多 小說

교과서
소설
다보기

2

# 교과서 소설 다보기 2

개정판 1쇄 발행  2020년 12월  1일
개정판 5쇄 발행  2023년 12월  8일

| | |
|---|---|
| **엮은이** | 씨앤에이논술연구팀 |
| **펴낸이** | 이재종 |
| **펴낸곳** | (주)C&A에듀 |
| **주소** | 서울시 강남구 도곡로 63길 23, 성진회관 302호 |
| **전화** | 02-501-1681 |
| **팩스** | 02-569-0660 |
| **ISBN** | 978-89-6703-869-4  44810 |
| | 978-89-6703-867-0 (세트) |

多

小說

교과서
소설
다보기

2

씨앤에이논술연구팀 엮음

2015
교육 과정
반영

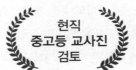

현직
중고등 교사진
검토

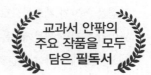

교과서 안팎의
주요 작품을 모두
담은 필독서

C&A에듀

# 개정판을 펴내며

현대 사회는 날마다 새로운 정보와 지식이 쌓이는 지식 정보화 시대입니다. 이러한 사회에서 자라나는 세대에게 필요한 능력은 지식과 정보를 제대로 판별해 내는 능력입니다. '스스로 생각하는 능력'과 '습득한 지식을 재구조화하는 능력'이 바로 그것입니다. 이 두 가지 능력은 요즘 교육의 화두인 창의력이나 문제 해결 능력을 이루는 중요한 구성 요소입니다. 또한 이전에는 객관적이고 타당한 지식과 정보를 교사가 학생들에게 가르치고 학생들은 이를 습득하는 것에 머물렀다면, 이제는 학생들이 스스로 습득한 지식을 재생산할 수 있어야 합니다. 지식이 개인에 의해 창조되고, 구성되고, 재조직될 때 비로소 지식으로서 의미가 있는 시대가 되었습니다. 이제는 학생이 지식을 구성해 나가는 과정을 존중해 주어야 하고, 그러려면 지식과 정보를 온전히 학생 자신의 것으로 표현하는 서술형·논술형 시험이 적합한 시대가 된 것입니다.

이러한 시대적 요구에 답하기 위해 씨앤에이논술연구팀이 기획한 것이 바로 《교과서 소설 다보기》입니다. '한 사람이 열 권의 책을 읽는 것보다 열 사람이 한 권의 책을 읽고 토론하는 것이 더 좋다.'라는 말이 있습니다. 이에 연구팀은 국어 교과서에 수록된 단편 소설을 엄선하여, 중·고등학생들이 우리 문학을 더 깊이 있게 이해하며 감상을 함께 나눌 수 있는 책을 기획하게 되었습니다.

소설은 단순한 이야기가 아니라 주인공이 다양한 환경에서 현실을 접하는 가운데 스스로 삶의 의미를 찾아 나가는 과정을 담은 새로운 세상입니다. 그리고 이러한 소설을 읽는 일 역시 단순히 이야기를 즐기는 것이 아니라, 소설 속에서 주인공이 겪는 모험을 독자가 체험함으로써 세상살이의 숨은 의미를 깨달아 나가는 행위입니다. 더 나아가 우리 학생들에게는 세계나 사회, 타자와 자신의 관계에 대해 혹은 '이 세계 속에서 어떻게 살아야 하는지'에 대한 존재론적이거나 윤리적인 물음의 답을 조금씩 찾아 나가는 계기가 될 수 있습니다.

《교과서 소설 다보기》 2권에서는 현행 중학교 국어 교과서에 수록된 작품을 중심으로 총 열두 편을 선정하여 그 작품들을 네 가지 주제로 분류하였습니다. 1부 '역사와 개인'에서는 시대적 배경이 각 인물들에게 어떤 영향을 미쳤는지 살펴보며 그들의 선택이 바람직했는지 자신의 생각을 정리해 보고, 2부 '변화와 성장'에서는 서술자의 역할 및 성장 소설의 관점에서 작품을 살핀 후 자신의 성장에 영향을 주는 것이 무엇인지 생각해 봅니다. 또 3부 '관계 속의 인간'에서는 현대인의 주요 주거 공간으로서 '아파트'의 특징과 문제점에 대해 이야기함으로써 관계의 소중함에 대해 살펴보고, 4부 '가난의 굴레'에서는 빈곤에 시달리는 작품 속 인물의 상황을 시대적 배경과 관련지어 분석하되 가난의 책임이 개인과 사회 중 어느 쪽에 있는지 토론해 봅니다. 나아가 작품을 입체적으로 감상할 수 있도록 다양한 배경지식을 소개하고, 작품의 어휘 풀이를 본문에 함께 실어 독자의 편의를 돕고자 했습니다. 작품을 읽은 후에는 좀 더 깊이 있는 이해를 위해 다양한 토의·토론·논술 문제를 제시했습니다.

이 책을 통해 작가의 입장에서 또는 작중 인물의 입장에서 생각해 보기도 하고, 다른 친구들의 감상도 들어 보며 '생각하는 즐거움', '인식의 지평이 넓어지는 즐거움'을 만끽하는 등 살아 있는 문학 작품을 만날 수 있을 것입니다. 특히 각 주제별로 마련된 토의·토론 문제로 친구들과 함께 이야기를 나눈다면, 비판적인 사고력도 키우면서 소통의 즐거움까지 느낄 수 있는 문학 수업이 될 것입니다.

《교과서 소설 다보기》는 문학적 상상력을 길러 주어 학생들이 가슴 따뜻한 미래의 리더로 성장하는 데 도움을 줄 시리즈입니다. 오랜 기간 준비하여 펴낸 《교과서 소설 다보기》가 학생들에게 좋은 선물이 되기를 바랍니다.

# 짜임과 활용

작품읽기

교과서에 실린 작품 전문을 수록하고,
어려운 단어를 알기 쉽게 풀이하였습니다.

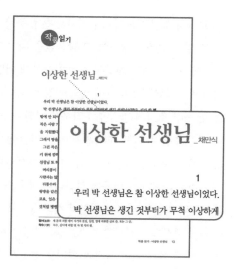

**이상한 선생님** _채만식

1

우리 박 선생님은 참 이상한 선생님이었다.

박 선생님은 생긴 것부터가 무척 이상하게

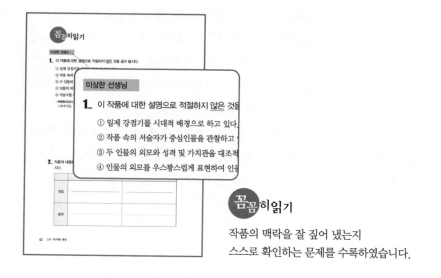

꼼꼼히읽기

작품의 맥락을 잘 짚어 냈는지
스스로 확인하는 문제를 수록하였습니다.

## 생각나누기

토의·토론 과정을 통해 자신의 생각을
논리적으로 표현하는 능력을 키울 수 있습니다.

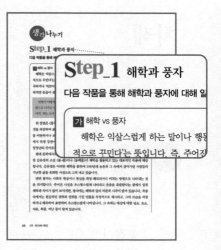

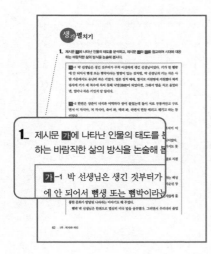

## 생각펼치기

다양한 주제의 글쓰기 과제를 수행하면서
기본적인 문장력, 글 구성 능력을 다집니다.

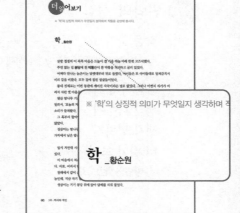

## 더읽어보기

주제와 관련하여 함께 읽을 만한
연관 작품을 수록하였습니다.

# 차례

# 01 역사와 개인

## 학습 목표

  채만식의 〈이상한 선생님〉과 하근찬의 〈수난이대〉를 통해 시대적 배경이 각 인물에게 어떤 영향을 미쳤는지 살펴봅니다. 이를 바탕으로 작품 안에서 인물들의 선택은 바람직했는지 자신의 생각을 정리해 봅니다. 또한 '풍자'와 '해학'의 공통점과 차이점을 확인하며 개념을 명확하게 정립하고, 표현의 효과에 대해 생각해 봅니다.

여러분은 주변의 어른들을 보며 '이상하다'고 느낀 적이 있나요? 어떤 점이 이상하고 이해할 수 없었나요? 이 작품의 주인공 '나'는 자신이 다니는 학교 선생님 한 분을 두고 '이상하다'고 느낍니다. 작아도 너무 작은 키에 놀랄 만큼 큰 머리통, 툭 내솟은 이마, 매부리코에 메기입인 박 선생님. 상상만으로도 생김새가 특이한 듯한데, 딱히 겉모습만 두고 이상하다고 말하는 것 같지는 않습니다. 오히려 해방 이후 여러모로 달라진 박 선생님의 태도가 '나'의 눈에는 알쏭달쏭할 만큼 이상하게 여겨집니다.

사실 개인이 사회의 큰 흐름인 역사로부터 자유로울 수는 없습니다. 특히 일제 강점기로부터 해방 직후 격변의 시대를 살았던 우리나라의 어른들은 하루가 다르게 급변하는 현실에 제대로 대응하기 어려웠을 것입니다. 대개는 일제 강점기에 수모를 겪었을 터이고, 더러는 변절자가 되었을 것입니다. 또 해방 후에는 혼란스러운 정치와 이해관계에 얽혀 복잡한 심경으로 살아갔을 어른들이 대부분이었을 것입니다. 그래서 그때에 굳건히 뜻을 세워 살아갔던 분들이 지금 우리에게 더욱 고결하게 여겨지는 것이겠죠. 그 시대를 살았던 박 선생님. 그의 행동이 얼마나 이상한지 주인공의 눈을 통해 살피며 작품을 감상해 봅시다.

## ▌채만식(蔡萬植, 1902~1950)

전북 옥구 출생. 1924년《조선문단》에 단편 소설 〈세 길로〉를 발표하며 문단에 등단했다. 그의 주된 작품 세계는 당대의 현실을 반영하고 이를 비판하는 것이었다. 그는 일제 강점기 농민의 궁핍, 지식인의 고뇌, 도시 하층민의 몰락과 광복 후의 혼란상 등을 실감 나게 그렸다. 이와 함께 그 바탕을 이루는 역사적·사회적 상황을 신랄하게 비판했다. 주요 작품으로 단편 소설 〈레디메이드 인생〉, 〈명일〉, 〈치숙〉, 〈미스터 방〉, 〈논 이야기〉 등과 장편 소설《탁류》,《태평천하》 등이 있다.

작품읽기

# 이상한 선생님 _채만식

## 1

우리 박 선생님은 참 이상한 선생님이었다.

박 선생님은 생긴 것부터가 무척 이상하게 생긴 선생님이었다. 키가 한 뼘 밖에 안 되어서 **뼘생** 또는 **뼘박**이라는 별명이 있는 것처럼, 박 선생님의 키는 작은 사람 가운데에서도 유난히 작은 키였다. 일본 정치 때에, **혈서**로 지원병 을 지원했다 체격 검사에 키가 제 **척수**에 차지 못해 낙방(落榜)이 되었다면, 그래서 땅을 치고 울었다면, 얼마나 작은 키인지 알 일이다.

그런 작은 키에 몸집은 그저 한 줌만 하고. 이 한 줌만 한 몸집, 한 뼘만 한 키 위에 깜짝 놀랄 만큼 큰 머리통이 위태위태하게 올라앉아 있다. 그래서 박 선생님 또 하나의 별명은 대갈장군이라고도 했다.

머리통이 그렇게 큰 박 선생님의 얼굴은 어떻게 생겼느냐 하면, 또한 여느 사람과는 많이 달랐다.

뒤통수와 앞이마가 툭 내솟고, 내솟은 좁은 이마 밑으로 눈썹이 시꺼멓고, 왕방울 같은 두 눈은 부리부리하니 정기(精氣)가 있고도 사납고, 코는 매부리 코요, 입은 메기입으로 귀밑까지 넓죽 째지고, 목소리는 쇠꼬챙이로 찌르는 것처럼 쨍쨍하고.

---

**혈서(血書)** 제 몸의 피를 내어 자기의 결심, 청원, 맹세 따위를 글로 씀. 또는 그 글.
**척수(尺數)** 치수. 길이에 대한 몇 자 몇 치의 셈.

이런 대갈장군인 **뼘생** 박 선생님과 아주 정반대로 생긴 이가 강 선생님이었다.

강 선생님은 키가 크고, 몸집도 크고, 얼굴이 **너부룻하고**, 얼굴이 검기는 해도 순하여 사나움이 든 데가 없고, 눈은 더 순하고, 허허 웃기를 잘하고, 별로 성을 내는 일이 없고, 아무하고나 장난을 잘하고……. 강 선생님은 이런 선생님이었다.

뼘박 박 선생님과 강 선생님은 만나면 싸움이었다.

**하학**을 하고 나서, 우리가 청소를 한 교실을 둘러보다가 또는 운동장에서 (그러니까 우리들이 여럿이는 보지 않는 곳에서 말이다.) 두 선생님이 만난다 치면, 강 선생님은 괜히 장난이 하고 싶어 박 선생님을 먼저 건드리곤 했다.

"뼘박아, 담배 한 대 붙여 올려라."

강 선생님이 그 생긴 것처럼 느릿느릿한 말로 이렇게 장난을 청하고, 그런다 치면 박 선생님은 벌써 성이 발끈 나 가지고

"까불지 말아, 죽여 놀 테니."

"애야 까불다니, 이 **덕집**엔 좀 억울하구나……. 아무튼 담배나 한 개 빌리자꾸나."

"나두 **뼈젓한** 돈 주구 담배 샀어."

"아따 이 사람, 누가 자네더러 담배 도둑질했대나?"

"너두 돈 내구 담배 사 피우란 말야."

"에구 요 **재리야!** 몸이 요렇게 **용잔하게** 생겼거들랑 속이나 좀 너그럽게

---

**너부룻하다** '너부죽하다'의 방언. 조금 넓고 평평한 듯하다.
**하학**(下學) 학교에서 그날의 수업을 마침.
**덕집** 몸집. 덩치.
**뼈젓하다** 남의 축에 빠지지 아니할 정도로 번듯하다.
**재리** 매우 인색한 사람을 낮잡아 이르는 말.
**용잔하다**(庸孱--) 못생기고 연약하다.

써요."

"몸 크구서 속 못 차리는 건, 볼 수 없더라."

하나는 커다란 몸집을 해 가지고 싱글싱글 웃으면서, 하나는 한 뼘만 한 키에 그 무섭게 큰 머리통을 한 얼굴을 바짝 대들고는 사나움이 졸졸 흐르면서, 그렇게 마주 서서 싸우는 모양은 마치 큰 수캐와 조그만 고양이가 마주 만난 **형국**이었다.


## 2

다른 학교에서도 다 그랬을 테지만 우리 학교에서도 그때 말로 '국어'라던 일본 말, 그 일본 말로만 말을 하게 하고 엄마 아빠 할 적부터 배운 조선말은 아주 한 마디도 쓰지 못하게 했다.

그러나 **주재소**의 순사, 면의 면 서기, 도 **평의원**을 한 송 주사, 또 군이나 도에서 연설하러 온 사람, 이런 사람들이나 조선 사람끼리 만나도 척척 일본 말로 인사를 하고 이야기를 했지, 다른 사람들이야 일본 사람과 만났을 때 말고는 다들 조선말로 말을 하고, 그래서 학교 문밖에만 나가면 **만판** 조선말로 말을 하는 사람들이요, 더구나 집에 돌아가면 어머니, 아버지, 언니, 누나, 아기 모두들 조선말로 말을 했다. 그러니까 우리도 교실에서 공부를 하고 나와 운동장에서 놀고 할 때에는 암만해도 일본 말보다 조선말이 더 많이, 더 잘 나왔다.

학교에서고 학교 밖에서고 조선말로 말을 하다 선생님한테 들키는 날이면

---

**형국**(形局)   어떤 일이 벌어진 형편이나 국면.
**주재소**(駐在所)   일제 강점기에, 순사가 머무르면서 사무를 맡아보던 경찰의 말단 기관.
**평의원**(評議員)   어떠한 일을 평가하거나 심의하는 데 참여하는 사람.
**만판**   다른 것은 없이 온통 한가지로.

**경치는** 판이었다. 선생님들 중에서도 제일 심하게 밝히는 선생님이 뺨박 박 선생님이었다. 교장 선생님이나 다른 일본 선생님은 나무라기만 하고 마는 수가 있어도, 뺨박 박 선생님만은 절대로 용서가 없었다.

나도 여러 번 혼이 나 보았다.

한번은 상준이 녀석과 어떡하다 쌈이 붙었는데 둘이 서로 부둥켜안고 구르면서 이 자식아, 저 자식아, 죽어 봐, 때려 봐, 하면서 한참 때리고 **제기고** 하는 참이었다.

그런데, 느닷없이

"고랏! 조셍고데 겡까 스루야쓰가 이루까(이놈아! 조선말로 쌈하는 녀석이 어딨어)."

하면서 구둣발길로 넓적다리를 걷어차는 건, 정신없는 중에도 뺨박 박 선생님이었다.

우리 둘이는 그 자리에서 **뺨**이 붓도록 따귀를 맞았고, 공부 시간에 들어가지도 못하고 그 시간 동안 변소 청소를 했고, 그리고 **조행** 점수를 듬뿍 깎였다.

이렇게 뺨박 박 선생님한테 제일 중한 벌을 받는 때가 언제냐 하면, 조선말로 지껄이다 들키는 때였다.

강 선생님은 그와 반대로 아무 시비가 없었다.

교실에서 공부를 할 때 빼고는 그리고 다른 선생님, 그중에서도 교장 이하 일본 선생님들과 뺨박 박 선생님이 보지 않는 데서는, 강 선생님은 우리한테 일본 말로 말을 하지 않았다. 우리가 일본 말을 해도 강 선생님은 조선말을 하곤 했다.

---

**경치다** 혹독하게 벌을 받다.
**제기다** 팔꿈치나 발꿈치 따위로 지르다.
**조행**(操行) 태도와 행실을 아울러 이르는 말.

우리가 어쩌다

"선생님은 왜 '국어(일본 말)'로 안 하세요?"

하고 물으면 강 선생님은 웃으면서

"나는 '국어'가 서툴러서 그런다."

하고 대답했다.

그렇지만 우리가 보기에도 강 선생님은 일본 말이 서투른 선생님이 아니었다.


## 3

해방이 되던 바로 그 이튿날이었다.

여름 방학으로 놀던 때라, 나는 궁금해서 학교엘 가 보았다. 다른 아이들도 한 오십 명이나 와 있었다.

우리는 해방이라는 말은 아직 몰랐고, 일본이 전쟁에 지고 항복을 한 것만 알았다.

선생님들이, 그중에서도 뺌박 박 선생님이 그렇게도 일본(우리 대일본 제국)은 결단코 전쟁에 지지 않는다고, 기어코 전쟁에 이기고 천하에 못된 미국, 영국을 거꾸러뜨려 천황 폐하의 위엄을 이 전 세계에 드날릴 날이 머지않았다고, 하루에도 몇 번씩 그런 말을 해 쌓던 그 일본이 도리어 지고 항복을 하다니, 도무지 모를 일이었다.

직원실에는 교장 선생님과 두 일본 선생님 그리고 뺌박 박 선생님, 이렇게 네 분이 모여 앉아서 초상난 집처럼 모두 코가 쑤욱 빠져 가지고 있었다.

우리는 운동장 구석으로 혹은 직원실 앞뒤로 끼리끼리 모여 서서 **제가끔**

---

**제가끔** 저마다 따로따로.

아는 대로 일본이 항복한 이야기를 하고 있었다.

그때 6학년에 다니던 우리 사촌 **언니** 대석이가 뒤늦게야 몇몇 동무와 함께 떨떨거리고 달려들었다. 대석 언니는 똘똘하고 기운 세고 싸움 잘하고, 그러느라고 선생님들한테 꾸지람과 매는 도맡아 맞고, 반에서 성적은 제일 꼴찌인 천하 말썽꾼이었다. 대석 언니네 집은 읍에서 십 리나 되는 곳이었고, 그래서 오늘 아침에야 소문을 들었노라고 했다.

대석 언니는 직원실을 넌지시 넘겨다보더니 싱끗 웃으면서 처억 직원실 안으로 들어섰다.

직원실 안에 있던 교장 선생님이랑 다른 두 일본 선생님이랑은 못 본 체하고 고개를 숙이고 있는데, 뼘박 박 선생님이 눈을 흘기면서 영락없이 일본말로

"난다(왜 그래)?"

하고 책망을 했다.

대석 언니는 그러나 무서워하지 않고 한다는 소리가

"선생님, 덴노헤이까가 고오상(천황 폐하가 항복)했대죠?"

하고 묻는 것이다.

뼘박 박 선생님은 성을 버럭 내어 그 큰 눈방울을 부라리면서 여전히 일본말로

"잠자쿠 있어. 잘 알지두 못하면서…… 건방지게시리."

하고 쫓아와서 곧 한 대 갈길 듯이 을러댔다.

대석 언니는 되돌아 나오면서 커다랗게 소리쳤다.

"덴노헤이까 바가(천황 폐하 망할 자식)!"

"……."

---

**언니**  여기서는 '형'의 뜻으로 쓰임.

만일 다른 때 누구든지 그런 소리를 했다간 당장 큰일이 날 판이었다. 그러나 교장 선생님이랑 두 일본 선생님은 그대로 못 들은 척 코만 빠뜨리고 앉았고, 뺨박 박 선생님도 잔뜩 눈만 흘기고 있을 뿐이지 아무렇지도 않았다. 그런 걸 보면 정녕 일본이 지고, 덴노헤이까가 항복을 했고, 그래서 인제는 **기승**을 떨지 못하는 모양인 것 같았다.

마침 강 선생님이 땀을 뻘뻘 흘리면서 헐떡거리고 뛰어왔다. 강 선생님은 본집이 이웃 고을이었다.

"오오, 느이들두 왔구나. 잘들 왔다. 느이들두 다들 알았지? 조선이, 우리 조선이 해방이 된 줄 알았지? 얘들아, 우리 조선이 독립이 됐단다, 독립이! 일본은 쫓겨 가구⋯⋯. 그 지지리 우리 조선 사람을 못살게 굴구 **하시하구** 피를 빨아먹구 하던 일본이, 그 왜놈들이 죄다 쫓겨 가구, 우리 조선은 독립이 돼서 우리끼리 잘 살게 됐어, 잘 살게."

의젓하고 점잖던 강 선생님이 그렇게도 **들이** 날뛰고 덤비고 하는 것은 처음 보았다.

"자아, 만세 불러야지 만세. 독립 만세, 독립 만세 불러야지. 태극기 없니? 태극기, 아무두 안 가졌구나! 느인 참 태극기가 어떻게 생겼는지 구경도 못 했을 게다. 가만있자, 내 태극기 만들어 가지구 나올게."

그러면서 강 선생님은 직원실로 들어갔다.

강 선생님이 직원실로 들어서는 것을 보고 교장 선생님이랑 두 일본 선생님은 인사를 하려고 **풀기** 없이 일어섰다.

강 선생님은 교장 선생님더러 말을 했다.

---

**기승**(氣勝)  성미가 억척스럽고 군세어 좀처럼 굽히지 않음. 또는 그 성미.
**하시하다**(下視――)  남을 얕잡아 낮추다.
**들이**  세차게 마구.
**풀기**(－氣)  드러나 보이는 활발한 기운.

"당신들은 인제는 **일없어**. 어서 집으로 가 있다가 당신네 나라로 돌아갈 도리나 허우."

"⋯⋯."

아무도 대꾸를 못 하는데, **뻠박** 박 선생님이 주저주저하다가

"아니, **자상히** 알아보기나 하구서⋯⋯."

하니까 강 선생님이 버럭 큰 소리로 말한다.

"무엇이 어째? 자넨 그래 무어가 미련이 남은 게 있어 왜놈들하고 대가리 맞대구 앉아서 수군덕거리나? 혈서로 지원병 지원 한 번 더 해 보고파 그러나? 아따, 그다지 애닲거들랑 왜놈들 쫓겨 가는 꽁무니 따라 일본으로 가서 살지 그러나. 자네 같은 충신이면 일본서두 **괄시**는 안 하리."

"⋯⋯."

**뻠박** 박 선생님은 그만 두말도 못 하고 얼굴이 벌게서 어쩔 줄을 몰라 했다. **뻠박** 박 선생님이 남한테 이렇게 꼼짝 못 하는 것을 보기는 처음이었다.

강 선생님은 **반지**를 여러 장 꺼내 놓고 붉은 잉크와 푸른 잉크로 태극기를 몇 장이고 그렸다. 그려 내놓고는 또 그리고, 그려 내놓고 또 그리고, 얼마를 그리면서, 그러다 아주 부드럽고 조용한 목소리로

"여보게 박 선생?"

하고 불렀다. 그리고는 잠자코 담배만 피우고 앉아 있는 **뻠박** 박 선생님을 한 번 돌려다 보고 나서 타이르듯 말했다.

"내가 좀 흥분해서 말이 너무 **박절했나** 보이. 어찌 생각하지 말게⋯⋯. 그리고 인제는 자네나 나나, 그동안 지은 죄를 우리 조선 동포 앞에 속죄해야

---

**일없다**　소용이나 필요가 없다.
**자상히**(仔詳–)　찬찬하고 자세히.
**괄시**(恝視)　업신여겨 하찮게 대함.
**반지**(半紙)　얇고 흰 일본 종이.
**박절하다**(迫切––)　인정이 없고 쌀쌀하다.

할 때가 아닌가? 물론 이담에, 민족이 우리를 심판하고 죄에 따라 벌을 줄 날이 오겠지. 그러나 장차에 받을 민족의 심판과 벌은 장차에 받을 심판과 벌이고, 시방 당장 조선 민족의 한 사람으로 할 일이 조옴 많은가? 우리 같이 손목 잡구 건국에 도움될 일을 하세. 자아, 이리 와서 태극기 그리게. 독립 만세부터 한바탕 부르세."

"……."

뻠박 박 선생님은 아무 소리도 않고 강 선생님 옆으로 와서 태극기를 그리기 시작했다.

그 뒤로 강 선생님과 뻠박 박 선생님은 사이가 매우 좋아졌다.

뻠박 박 선생님은 학과 시간마다 우리에게 여러 가지 좋은 이야기를 많이 해 주었다. 일본이 우리 조선을 **뺏어** 저의 나라에 **속국**으로 삼던 이야기도 해 주었다.

왜놈들은 천하의 **불측한** 인종이어서 남의 나라와 전쟁하기를 좋아하는 백성이라고 했다. 그래서 임진왜란 때에도 우리 조선에 쳐들어왔고, 그랬다가 이순신 장군이랑 권율 도원수한테 아주 혼이 나서 쫓겨 간 이야기도 해 주었다.

우리 조선은 역사가 사천 년이나 오래되고 그리고 세계의 어떤 나라 못지않게 훌륭한 문화가 발달된 나라라는 이야기도 해 주었다.

뻠박 박 선생님은 한편으로 열심히 미국 말을 공부했다. 그러면서 우리더러 졸업을 하고 중학교에 가거들랑 미국 말을 무엇보다도 많이 공부하라고, 시방은 미국 말을 모르고는 훌륭한 사람이 되지 못한다고 했다.

뻠박 박 선생님은 한 일 년 그렇게 미국 말 공부를 하더니, 그다음부터는

---

**속국**(屬國)  법적으로는 독립국이지만, 실제로는 정치나 경제·군사 면에서 다른 나라에 지배되고 있는 나라.
**불측하다**(不測——)  생각이나 행동 따위가 괘씸하고 엉큼하다.

미국 병정이 오든지 하면 **일쑤** 통역을 하고 했다. 중학교에 다닐 때에 조금 배운 것이 있어서 그렇게 쉽게 **체득했다고** 했다.

미국 병정은 벼 **공출**을 감독하러 와서 우리 **뼘박** 박 선생님을 꼬마 자동차에 태워 가지고 동네 동네 돌아다녔다. **뼘박** 박 선생님은 미국 양복을 얻어 입고, 미국 담배를 얻어 피우고, 미국 통조림이랑 과자를 얻어먹고 했다.

해방 뒤에 새로 온 김 교장 선생님이 갈려 가고 강 선생님이 교장이 되었다.

강 선생님이 교장이 된 다음부터는, **뼘박** 박 선생님은 강 선생님과 도로 사이가 나빠졌다.

우리는 한 번 **뼘박** 박 선생님이 미국 담배를 피우고 있는 것을, 교장 선생님이

"자넨 그걸 무어라고, 주접스럽게 얻어 피우곤 하나?"

하고 핀잔하는 것을 보았다.

강 선생님은 교장이 된 지 일 년이 못 되어서 **파면**을 당했다.

어른들 말이, 강 선생님은 빨갱이라고 했다. 그래서 파면을 당했노라고 했다. 또 누구는, **뼘박** 박 선생님이 강 선생님을 그렇게 꼬아 댄 것이지, 강 선생님은 하나도 빨갱이가 아니라고도 했다.

강 선생님이 파면을 당한 뒤를 물려받아 **뼘박** 박 선생님이 교장 선생님이 되었다. 교장이 된 **뼘박** 박 선생님은 그 작은 키가 으쓱했다.

**뼘박** 박 선생님은 미국을 침이 마르도록 칭찬했다. 이 세상에 미국같이 훌륭한 나라가 없고, 미국 사람같이 훌륭한 백성이 없다고 했다. 우리 조선은 미국 덕분에 해방이 되었으니까 미국을 누구보다도 고맙게 여기고, 미국이 시키는 대로 순종해야 하느니라고 했다.

---

**일쑤** 드물지 아니하게 흔히.
**체득하다**(體得--) 몸소 체험하여 알다.
**공출**(供出) 국민이 국가의 수요에 따라 농업 생산물이나 기물 따위를 의무적으로 정부에 내어놓음.
**파면**(罷免) 잘못을 저지른 사람에게 직무나 직업을 그만두게 함.

우리가 혹시 말끝에 "미국 놈……."이라고 하면, 뺌박 박 선생님은 단박 붙잡아다 벌을 세우곤 했다. 전에 "덴노헤이까 바가(천황 폐하 망할 자식)!"라고 한 것만큼이나 엄한 벌을 주었다.

　"이놈아 아무리 미련한 **소견**이기로, 자아 보아라. 우리 조선을 독립을 시켜 주느라구, 자기 나라 백성을 많이 죽여 가면서 전쟁을 했지. 그래서 그 덕에 우리 조선이 왜놈의 **압제**에서 벗어나서 독립이 되질 아니했어? 그뿐인 감? 독립을 시켜 주구 나서두 우리 조선 사람들 배 아니 고프구 편안히 잘 살라고 양식이야, 옷감이야, 기계야, 자동차야, 석유야, 설탕이야, 구두야, 무어 죄다 골고루 가져다주지 않어? 그런데 그런 고마운 사람들더러, 미국 놈이 무어야?"

　벌을 세우면서 뺌박 박 선생님은 이렇게 꾸짖곤 했다.

　우리는 뺌박 박 선생님더러 미국에도 덴노헤이까가 있느냐고 물었다. 미국에 덴노헤이까가 있지 않고서야 그렇게 일본의 덴노헤이까처럼 우리 조선 사람을 친아들과 같이 사랑하고, 우리 조선 사람들이 잘 살도록 근심을 하며, 온갖 물건을 가져다주고 할 이치가 없기 때문이었다(해방 전에 뺌박 박 선생님은, 덴노헤이까는 우리 조선 사람들이 잘 살기를 근심하신다고 늘 가르쳐 주곤 했다).

　뺌박 박 선생님은 미국에는 덴노헤이까는 없고, 덴노헤이까보다 훌륭한 '돌멩이'라는 양반이 있다고 대답했다.

　우리는 그럼 이번에는 그 '돌멩이'라는 훌륭한 어른을 위하여 미국 신민노세이시(미국 신민 서사)를 부르고, 기미가요(일본의 국가) 대신 돌멩이 가요를 부르고 해야 하나 보다고 생각했다.

　아무튼 뺌박 박 선생님은 참 이상한 선생님이었다.

---

**소견**(所見)　어떤 일이나 사물을 살펴보고 가지게 되는 생각이나 의견.
**압제**(壓制)　권력이나 폭력으로 남을 꼼짝 못 하게 강제로 누름.
**돌멩이**　미국의 제33대 대통령 트루먼(재임 1945~1953)을 가리키는 말.

6·25 전쟁은 일제 강점기 나라를 빼앗긴 아픔 못지않게 우리 민족에게 커다란 상처를 남겼습니다. 동족상잔의 비애도 그렇거니와, 이후의 이념 다툼과 그로 인한 정치적·사회적 혼란 및 외세의 간섭 등은 분단 조국의 현실로서 여전히 시퍼런 멍처럼 남아 있습니다. 하물며 전쟁에 참여하여 육신을 다친 군인의 상처야 두말할 나위 없겠지요.

이 작품에 등장하는 아버지는 일제 강점기 말, 일본이 벌인 전쟁에 강제 동원되어 노역자로 일하다가 그만 한쪽 팔을 잃고 맙니다. 그리고 그의 삼대독자 아들은 6·25 전쟁에 참전했다가 한쪽 다리를 잃고 돌아옵니다. 금쪽같은 자식이 살아 돌아온 건 다행이지만, 자신처럼 장애를 입게 되었으니 그 아버지의 마음은 얼마나 아팠을까요? 나라를 빼앗긴 민족의 일원으로서 감내해야 했던 아버지의 수난과, 개인의 힘으로는 어찌해 볼 도리가 없던 6·25 전쟁으로 치르게 된 아들의 수난. 작품을 감상하며, 두 개의 역사적 소용돌이가 이대(二代)에 걸쳐 남긴 수난(受難)의 상처를 아들과 아버지가 어떻게 극복해 가는지 살펴봅시다.

## ▌하근찬(河瑾燦, 1931~2007)

경북 영천 출생. 1957년 《한국일보》 신춘문예에 단편 소설 〈수난이대〉가 당선되어 문단에 나온 후 70여 편의 작품을 발표하였다. 향토성 짙은 농촌을 배경으로 농민들이 겪는 민족적 수난을 사실적으로 묘사하였으며, 역사적 현실 속에 드러난 사회의 모순에 대하여 강한 고발의 자세를 견지하였다. 주요 작품으로 단편 소설 〈나룻배 이야기〉, 〈붉은 언덕〉, 〈삼각의 집〉 등과 장편 소설 《야호(夜壺)》 등이 있다.

# 수난이대 _하근찬

　진수가 돌아온다. 진수가 살아서 돌아온다. 아무개는 전사했다는 통지가 왔고, 아무개 아무개는 죽었는지 살았는지 통 소식이 없는데, 우리 진수는 살아서 오늘 돌아오는 것이다. 생각할수록 어깻바람이 날 일이었다. 그래 그런지 몰라도 박만도는 여느 때 같으면 아무래도 한두 군데 앉아 쉬어야 넘어설 수 있는 용머리재를 단숨에 올라채고 말았다. 가슴이 펄럭거리고 허벅지가 빠근했다. 그러나 그는 고갯마루에서도 쉴 생각을 하지 않았다. 들 건너 멀리 바라보이는 정거장에서 연기가 물씬물씬 피어오르며 삐익 기적 소리가 들려왔기 때문이다. 아들이 타고 내려올 기차는 점심때가 가까워 도착한다는 것을 모르는 바 아니었다. 해가 이제 겨우 산등성이 위로 한 뼘가량 떠올랐으니 **오정**이 되려면 아직 차례 멀었다. 그러나 그는 공연히 마음이 바빴다.

　'까짓것, 잠시 앉아 쉬면 뭐 할 끼고.'

　만도는 손가락으로 한쪽 콧구멍을 찍 누르면서 팽! 마른 코를 풀어 던졌다. 그리고 휘청휘청 고갯길을 내려간다.

　내리막은 오르막에 비하면 아무것도 아니었다. **대고** 팔을 흔들라치면 절로 굴러 내려가는 것이다. 만도는 오른쪽 팔만을 앞뒤로 흔들고 있었다. 왼쪽 팔은 조끼 주머니에 아무렇게나 쑤셔 넣고 있는 것이다.

---

**오정**(午正) 정오. 낮 12시.
**대고** 무리하게 자꾸. 또는 계속하여 자꾸.

'**삼대독자**가 죽다니 말이 되나, 살아서 돌아와야 일이 옳고말고. 그런데 병원에서 나온다 하니 어디를 좀 다치기는 다친 모양이지만, 설마 나같이 이렇게야 되지 않았겠지.'

만도는 왼쪽 조끼 주머니에 꽂힌 소맷자락을 내려다보았다. 그 소맷자락 속에는 아무것도 든 것이 없었다. 그저 소맷자락만이 어깨 밑으로 덜렁 처져 있는 것이다. 그래서 **노상** 그쪽은 조끼 주머니 속에 꽂혀 있는 것이다.

'볼기짝이나 장딴지 같은 데를 총알이 약간 스쳐 갔을 따름이겠지. 나처럼 팔뚝 하나가 몽땅 달아날 지경이었다면 그 엄살스런 놈이 견뎌 냈을 턱이 없고말고.'

슬며시 걱정이 되기도 하는 듯, 그는 속으로 이런 소리를 **주워섬겼다**.

내리막길은 빨랐다. 벌써 고갯마루가 저만큼 높이 쳐다보였다. 산모퉁이를 돌아서면 이제 들판이다.

내리막길을 쏘아 내려온 기운 그대로, 만도는 들길을 **잰걸음** 쳐 나가다가 개천 둑에 이르러서야 걸음을 멈추었다. 외나무다리가 놓여 있는 조그마한 시냇물이었다. 한여름 장마철에는 들어설라치면 배꼽이 묻히는 수도 있었지마는, 요즈음엔 무릎이 잠길 듯 말 듯 한 물이었다. 가을이 깊어지면서부터 물은 밑바닥이 환히 들여다보일 만큼 맑아져 갔다. 소리도 없이 미끄러져 내려가는 물을 가만히 내려다보고 있으면 절로 이가 시려 온다.

만도는 물기슭에 내려가서 쭈그리고 앉아 한 손으로 **고의춤**을 풀어 헤쳤다. 오줌을 찌익 갈기는 것이다. 거울 면처럼 맑은 물 위에 오줌이 가서 부글부글 끓어오르며 뿌우연 거품을 이루니 여기저기서 물고기 떼가 모여든다.

---

**삼대독자**(三代獨子)  삼대에 걸쳐 형제가 없는 외아들.
**노상**  언제나 변함없이 한 모양으로 줄곧.
**주워섬기다**  들은 대로 본 대로 이러저러한 말을 아무렇게나 늘어놓다.
**잰걸음**  보폭이 짧고 빠른 걸음.
**고의춤**  고의(남자의 여름 홑바지)나 바지의 허리를 접어서 여민 사이.

제법 엄지손가락만씩 한 **피리**도 여러 마리다.

'한 바가지 잡아서 회 쳐 놓고 한잔 쭈욱 들이켰으면…….'

군침이 목구멍에서 꿀꺽했다. 고기 떼를 향해서 마른 코를 팽팽 풀어 던지고, 그는 외나무다리를 조심히 디뎠다.

길이가 얼마 되지 않는 다리였으나, 아래로 물을 내려다보면 제법 아찔했다. 그는 이 외나무다리를 퍽 조심했다.

언젠가 한번 읍에서 술이 꽤 되어 가지고 흥청거리며 돌아오다가 물에 굴러떨어진 일이 있었던 것이다. 지나치는 사람이 없었기에 망정이지, 누가 보았더라면 큰 웃음거리가 될 뻔했었다. 발목 하나를 약간 접쳤을 뿐, 크게 다친 데는 없었다. 이른 가을철이었기 때문에 옷을 벗어 둑에 널어놓고 말릴 수는 있었으나, 여간 창피스러운 것이 아니었다. 옷이 말짱 젖었다거나 옷이 마를 때까지 발가벗고 기다려야 한다거나 해서가 아니었다. 팔뚝 하나가 몽땅 잘라져 나간 흉측한 몸뚱이를 하늘 앞에 드러내 놓고 있어야 했기 때문이었다. 지나치는 사람이 있을라치면, 하는 수 없이 물속으로 뛰어 들어가서 얼굴만 내놓고 앉아 있었다. 물이 **선뜩해서** 아래턱이 덜덜거렸으나, 오그라붙는 사타구니께를 한 손으로 꽉 움켜쥐고 버티는 수밖에 없었다.

"흐흐흐……."

그때 일을 생각하면 지금도 곧 웃음이 터져 나오는 것이다. 하늘로 쳐들린 콧구멍이 연방 벌름거렸다.

개천을 건너서 논두렁길을 한참 부지런히 걸어가노라면 읍으로 들어가는 **한길**이 나선다. 도로변에 먼지를 부옇게 덮어쓰고 도사리고 앉아 있는 초가집은 주막이다. 만도가 읍에 나올 때마다 꼭 한 번씩 들르곤 하는 단골집인

---

**피리** '피라미'의 방언.
**선뜩하다** 갑자기 서늘한 느낌이 있다.
**한길** 사람이나 차가 많이 다니는 넓은 길.

것이다. 이 집 눈썹이 짙은 여편네와는 **예사로 농**을 주고받는 사이다.

　술방 문턱을 들어서며 만도가,

"서방님 들어가신다."

하면, 여편네는,

"아이 문둥아, 어서 오느라."

하는 것이 인사처럼 되어 있었다. 만도는 여간 언짢은 일이 있어도 이 여편네의 궁둥이 곁에 가서 앉으면 속이 절로 쑥 내려가는 것이었다.

　주막 앞을 지나치면서 만도는 술방 문을 열어 볼까 했으나, 방문 앞에 신이 여러 켤레 널려 있고, 방 안에서 웃음소리가 요란하기 때문에 돌아오는 길에 들르기로 하였다.

　**신작로**에 나서면 금시 읍이었다. 만도는 읍 **들머리**에서 잠시 망설이다가, 정거장 쪽과는 반대되는 방향으로 걸음을 옮겼다. **장거리**를 찾아가는 것이었다. 진수가 돌아오는데 고등어나 한 **손** 사 가지고 가야 될 거 아닌가 싶어서였다. 장날은 아니었으나, 고깃전에는 없는 고기가 없었다. 이것을 살까 하면 저것이 좋아 보이고, 그것을 사러 가면 또 그 옆의 것이 먹음직해 보였다. 한참 이리저리 서성거리다가 결국은 고등어 한 손이었다. 그것을 달랑달랑 들고 정거장을 향해 가는데, 겨드랑이 밑이 간질간질해 왔다. 그러나 한쪽밖에 없는 손에 고등어를 들었으니 참 딱했다. 어깻죽지를 연방 위아래로 움직거리는 수밖에 없었다.

　정거장 대합실에 들어선 만도는 먼저 벽에 걸린 시계부터 바라보았다. 두

---

**예사로**(例事-)　보통 일처럼 아무렇지도 아니하게.
**농**(弄)　실없이 놀리거나 장난으로 하는 말.
**신작로**(新作路)　새로 만든 길이라는 뜻으로, 자동차가 다닐 수 있을 정도로 넓게 새로 낸 길을 이르는 말.
**들머리**　들어가는 맨 첫머리.
**장거리**(場--)　장이 서는 거리.
**손**　한 손에 잡을 만한 분량을 세는 단위. 조기, 고등어, 배추 따위의 한 손은 큰 것 하나와 작은 것 하나를 합한 것을 이른다.

시 이십 분이었다.

'벌써 두 시 이십 분이라니, 내가 잘못 보았나?'

아무리 두 눈을 씻고 보아도 시계는 틀림없는 두 시 이십 분인 것이었다. 한쪽 걸상에 가서 궁둥이를 붙이면서도 곧장 미심쩍어했다.

'두 시 이십 분이라니, 그럼 벌써 점심때가 **겨웠단** 말인가?'

말도 아닌 것이다. 자세히 보니 시계는 유리가 깨어졌고, 먼지가 꺼멓게 앉아 있었다.

'그러면 그렇지.'

엉터리였다. 벌써 그렇게 되었을 리가 없는 것이다.

"여보이소, 지금 몇 싱교?"

맞은편에 앉은 양복쟁이한테 물어보았다.

"열 시 사십 분이오."

"예, 그렁교."

만도는 고개를 굽실하고는 두 눈을 연방 껌벅거렸다.

'열 시 사십 분이라……. 보자, 그럼 아직도 한 시간이나 넘어 남았구나.'

그는 안심이 되는 듯 후유 숨을 내쉬었다. **궐련**을 한 개 **빼** 물고 불을 **댕겼다.**

정거장 대합실에 와서 이렇게 **도사리고** 앉아 있노라면, 만도는 곧잘 생각나는 일이 한 가지 있었다. 그 일이 머리에 떠오르면 등골을 찬 기운이 쫙 스쳐 내려가는 것이었다. 손가락이 시퍼렇게 굳어진, 이끼 낀 나무토막 같은 팔뚝이 지금도 저만치 눈앞에 보이는 듯했다.

---

**겨다** 때가 지나거나 기울어서 늦다.
**궐련** 얇은 종이로 가늘고 길게 말아 놓은 담배.
**댕기다** 불이 옮아 붙다. 또는 그렇게 하다.
**도사리다** 두 다리를 꼬부려 각각 한쪽 발을 다른 한쪽 무릎 아래에 괴고 앉다.

바로 이 정거장 마당에 백 명 남짓한 사람들이 모여 웅성거리고 있었다. 그 중에는 만도도 섞여 있었다. 기차를 기다리고 있는 것이었으나, 그들은 모두 자기네들이 어디로 가는 것인지 알지를 못했다. 그저 차를 타라면 탈 사람들이었다. **징용**에 끌려 나가는 사람들이었다. 그러니까, 지금으로부터 십삼사 년 옛날의 이야기인 것이다.

　　**북해도** 탄광으로 갈 것이라는 사람도 있었고, 틀림없이 **남양 군도**로 간다는 사람도 있었다. 더러는 만주로 가면 좋겠다고 하기도 했다. 만도는 북해도가 아니면 남양 군도일 것이고, 거기도 아니면 만주겠지, 설마 저희들이 하늘 밖으로야 끌고 가겠느냐고, 아무렇지도 않은 듯이 그 들창코로 담배 연기를 푹푹 내뿜고 있었다. 그러나 마음이 좀 덜 좋은 것은 마누라가 저쪽 변소 모퉁이 벗나무 밑에 우두커니 서서 한눈도 안 팔고 이쪽만을 바라보고 있는 때문이었다. 그래서 그는 주머니 속에 성냥을 두고도 옆 사람에게 불을 빌리자고 하며 슬며시 돌아서 버리곤 했다.

　　플랫폼으로 나가면서 뒤를 돌아보니 마누라는 울 밖에 서서 수건으로 코를 눌러 대고 있는 것이었다. 만도는 코허리가 찡했다. 기차가 꽥꽥 소리를 지르면서 덜커덩! 하고 움직이기 시작했을 때는 정말 덜 좋았다. 눈앞이 뿌옇게 흐려지는 것을 어쩌지 못했다. 그러나 정거장이 까맣게 멀어져 가고 차창 밖으로 새로운 풍경이 휙휙 날아들자, 그만 아무렇지도 않아지는 것이었다. 오히려 기분이 유쾌해지는 것 같기도 했다.

　　바다를 본 것도 처음이었고, 그처럼 큰 배에 몸을 실어 본 것은 더구나 처음이었다. 배 밑창에 엎드려서 꽥꽥 **게워** 내는 사람들이 많았으나, 만도는 그

---

**징용**(徵用)　일제 강점기에, 일본 제국주의자들이 조선 사람을 강제로 동원하여 부리던 일.
**북해도**(北海道)　'홋카이도'를 우리 한자음으로 읽은 이름.
**남양 군도**(南洋群島)　태평양의 적도 부근에 흩어져 있는 섬의 무리.
**게우다**　먹은 것을 삭이지 못하고 도로 입 밖으로 내어놓다.

저 골이 좀 띵했을 뿐 아무렇지도 않았다. 더러는 하루에 두 개씩 주는 뭉치 밥을 남기기도 했으나, 그는 한꺼번에 하루 것을 뚝딱해도 시원찮았다.

　모두 내릴 준비를 하라는 명령이 떨어진 것은 사흘째 되는 날 황혼 때였다. 제가끔 **봇짐**을 챙기기에 바빴다. 만도는 호박 덩이만 한 보따리를 옆구리에 덜렁 찼다. 갑판 위에 올라가 보니 하늘은 활활 타오르고 있고, 바닷물은 불에 녹은 쇠처럼 벌겋게 **우줄렁거리고** 있었다. 지금 막 태양이 물 위로 뚝딱 떨어져 가는 중이었다. 햇덩어리가 어쩌면 그렇게 크고 붉은지 정말 처음이었다. 그리고 바다 위에 주황빛으로 번쩍거리는 커다란 산이 둥둥 떠 있는 것이었다. 무시무시하도록 황홀한 광경에 모두들 딱 벌어진 입을 다물 줄 몰랐다. 만도는 어깨 마루를 **버쩍** 들어 올리면서 히야, 고함을 질러 댔다. 그러나 섬에서 그들을 기다리고 있는 것은 숨 막히는 더위와 강제 노동, 그리고 잠자리만큼씩이나 한 모기떼……. 그런 것뿐이었다.

　섬에다가 비행장을 **닦는** 것이었다. 모기에게 물려 혹이 된 자리를 벅벅 긁으며 비 오듯 쏟아지는 땀을 무릅쓰고 아침부터 해가 떨어질 때까지 산을 허물어 내고 흙을 나르고 하기란, 고향에서 농사일에 **뼈**가 굳어진 몸에도 이만저만한 **고역**이 아니었다. 물도 입에 맞지 않았고, 음식도 이내 변하곤 해서 도저히 견디어 낼 것 같지가 않았다. 게다가 병까지 돌았다. 일을 하다가도 벌떡 자빠지기가 예사였다. 그러나 만도는 아침저녁으로 약간씩 설사를 했을 뿐 넘어지지는 않았다. 물도 차츰 입에 맞아 갔고, 고된 일도 날이 감에 따라 몸에 배어드는 것이었다. 밤에 날개를 치며 몰려드는 모기떼만 아니면 그냥 저냥 배겨 내겠는데, 정말 그놈의 모기들만은 질색이었다.

---

**봇짐**(褓-)　등에 지기 위하여 물건을 보자기에 싸서 꾸린 짐.
**우줄렁거리다**　큰 물체가 굼실거리며 자꾸 움직이다.
**버쩍**　몹시 긴장하거나 힘주는 모양.
**닦다**　건물 따위를 지을 터전을 평평하게 다지다.
**고역**(苦役)　몹시 힘들고 고되어 견디기 어려운 일.

사람의 힘이란 무서운 것이었다. 그처럼 험난하던 산과 산 틈바구니에 비행장을 닦아 내고야 말았던 것이다. 그러나 일은 그것으로 끝나는 것이 아니고, 오히려 더 벅찬 일이 기다리고 있었다. 연합군의 비행기가 날아들면서부터 일은 밤중까지 계속되었다. 산허리에 굴을 파 들어가는 작업이었다. 비행기를 집어넣을 굴이었다. 그리고 모든 시설을 다 굴속으로 옮겨야 하는 것이었다.

여기저기서 다이너마이트 튀는 소리가 산을 흔들어 댔다. 앵앵앵 하고 **공습경보**가 나면 일을 하던 손을 놓고 모두 굴 바닥에 납작납작 엎드려 있어야 했다. 비행기가 돌아갈 때까지 그러고 있는 것이었다. 어떤 때는 근 한 시간 가까이나 엎드려 있어야 하는 때도 있었는데, 차라리 그것이 얼마나 편한지 몰랐다. 그래서 더러는 공습이 있기를 은근히 기다리기도 했다. 때로는 공습경보의 사이렌을 듣지 못하고 그냥 일을 계속하는 수도 있었다. 그럴 때면 모두 큰 손해를 보았다고 야단들이었다. 어떻게 된 셈인지 사이렌이 미처 불기 전에 비행기가 산등성이를 넘어 들이닥치는 수도 있었다. 그럴 때는 정말 **질겁**을 했다. 가장 많이 피해를 낸 것도 그런 경우였다. 만도가 한쪽 팔뚝을 잃어버린 것도 바로 그런 때의 일이었다.

여느 날과 다름없이 굴속에서 바위를 허물어 내고 있었다. 바위 틈서리에 구멍을 뚫어서 다이너마이트 장치를 하는 것이었다. 장치가 다 되면 모두 바깥으로 나가고 한 사람만 남아서 불을 댕기는 것이다. 그리고 그것이 터지기 전에 얼른 밖으로 뛰어나와야 한다.

만도가 불을 댕기는 차례였다. 모두 바깥으로 나가 버린 다음 그는 성냥을 꺼냈다. 그런데 웬 영문인지 기분이 꺼림칙했다. 모기에게 물린 자리가 자꾸 쑥쑥 쑤시는 것이 아닌가. 긁적긁적 긁어 댔으나 도무지 시원한 맛이 없었다.

---

**공습경보**(空襲警報)  적의 항공기가 공습하여 왔을 때 위험을 알리는 경보.
**질겁**  뜻밖의 일에 자지러질 정도로 깜짝 놀람.

그는 이맛살을 찌푸리면서 성냥을 득! 그었다. 그래 그런지 몰라도 불은 이내 픽 하고 꺼져 버렸다. 성냥 알맹이 네 개째에서야 겨우 심지에 불이 댕겨졌다. 심지에 불이 붙는 것을 보자, 그는 얼른 몸을 굴 밖으로 날렸다. 바깥으로 막 나서려는 때였다. 산이 무너지는 듯한 소리와 함께 사나운 바람이 **귓전**을 후려갈기는 것이었다. 만도는 정신이 아찔했다. 공습이었던 것이다. 산등성이를 넘어 달려든 비행기가 머리 위로 아슬아슬하게 지나가는 것이었다. 미처 정신을 차리기도 전에 또 한 대가 뒤따라 날아드는 것이 아닌가. 만도는 그만 넋을 잃고 굴 안으로 도로 달려 들어갔다. 달려 들어가서 굴 바닥에 엎드리고 말았다. 그 순간이었다. 쾅! 굴 안이 **미어지는** 듯하면서 다이너마이트가 터졌다. 만도의 두 눈에서 불이 번쩍했다.

만도가 어렴풋이 눈을 떠 보니, 바로 거기 눈앞에 누구의 것인지 모를 팔뚝이 하나 아무렇게나 던져져 있었다. 손가락이 시퍼렇게 굳어져서 마치 이끼 낀 나무토막처럼 보이는 팔뚝이었다. 만도는 그것이 자기의 어깨에 붙어 있던 것인 줄을 알자, 그만 '으악!' 하고 정신을 잃어버렸다. 재차 눈을 떴을 때 그는 **폭삭한** 담요 속에 누워 있었고, 한쪽 어깻죽지가 못 견디게 쿡쿡 쑤셔 댔다. 절단 수술은 이미 끝난 뒤였다.

쾌애액—

기적 소리였다. 멀리 산모퉁이를 돌아오는가 보다. 만도는 앉았던 자리를 털고 벌떡 일어서며, 옆에 놓아두었던 고등어를 집어 들었다. 기적 소리가 가까워질수록 그의 가슴이 울렁거렸다. 대합실 밖으로 뛰어나가 플랫폼이 잘 보이는 울타리 쪽으로 가서 발돋움을 했다.

---

**귓전** 귓바퀴의 가장자리.
**미어지다** 가득 차서 터질 듯하다.
**폭삭하다** 가볍고 폭신하다.

땡땡땡…… 종이 울리자, 잠시 후 차는 소리를 지르면서 들이닥쳤다. 기관차의 옆구리에서는 김이 픽픽 풍겨 나왔다. 만도의 얼굴은 바짝 긴장되었다. 시꺼먼 열차 속에서 꾸역꾸역 사람들이 밀려 나왔다. 꽤 많은 손님이 쏟아져 내리는 것이었다. 만도의 두 눈은 곧장 이리저리 굴렀다. 그러나 아들의 모습은 쉽사리 눈에 띄지가 않았다. 저쪽 출입구로 밀려가는 사람의 물결 속에 두 개의 지팡이를 짚고 절룩거리며 걸어 나가는 **상이군인**이 있었으나, 만도는 그 사람에게 주의가 가지는 않았다.

기차에서 내릴 사람은 모두 내렸는가 보다. 이제 미처 차에 오르지 못한 사람들이 플랫폼을 이리저리 서성거리고 있을 뿐인 것이다.

'그놈이 거짓으로 편지를 띄웠을 리는 없을 건데……'

만도는 자꾸 가슴이 떨렸다.

'이상한 일인데……'

하고 있을 때였다. 분명히 뒤에서,

"아부지!"

부르는 소리가 들렸다. 만도는 깜짝 놀라며 얼른 뒤를 돌아보았다. 그 순간 만도의 두 눈은 무섭도록 크게 떠지고, 입은 딱 벌어졌다. 틀림없는 아들이었으나, 옛날과 같은 진수가 아니었다. 양쪽 겨드랑이에 지팡이를 끼고 서 있는데, 스쳐 가는 바람결에 한쪽 바짓가랑이가 펄럭거리는 것이 아닌가.

만도는 눈앞이 노래지는 것을 어쩌지 못했다. 한참 동안 그저 멍멍하기만 하다가, 코허리가 찡해지면서 두 눈에 뜨거운 것이 핑 도는 것이었다.

"에라이, 이놈아!"

만도의 입술에서 모질게 튀어나온 첫마디였다. 떨리는 목소리였다. 고등어를 든 손이 불끈 주먹을 쥐고 있었다.

---

**상이군인**(傷痍軍人)　전투나 군사상 공무 중에 몸을 다친 군인.

"이기 무슨 꼴이고, 이기?"

"아부지!"

"이놈아, 이놈아……."

만도의 들창코가 크게 벌름거리다가 훌쩍 물코를 들이마셨다. 진수의 두 눈에서는 어느 결에 눈물이 꾀죄죄하게 흘러내리고 있었다. 만도는 모든 게 진수의 잘못이기나 한 듯 험한 얼굴로,

"가자, 어서!"

무뚝뚝한 한마디를 내던지고는 성큼성큼 앞장을 서 가는 것이었다. 진수는 입술에 내려와 묻는 짭짤한 것을 혀끝으로 날름 핥아 버리면서 절름절름 아버지의 뒤를 따랐다.

앞장서 가는 만도는 뒤따라오는 진수를 한 번도 돌아보지 않았다. 한눈을 파는 법도 없었다. 무겁디무거운 짐을 진 사람처럼 땅바닥만을 내려다보며, 이따금 끙끙거리면서 부지런히 걸어만 가는 것이다. 지팡이에 몸을 의지하고 걷는 진수가 성한 사람의, 게다가 부지런히 걷는 걸음을 당해 낼 수는 도저히 없었다. 한 걸음 두 걸음씩 뒤지기 시작한 것이 그만 작은 소리로 불러서는 들리지 않을 만큼 떨어져 버리고 말았다. 진수는 목구멍을 왈칵 넘어오려는 뜨거운 기운을 참느라고 어금니를 **야물게** 깨물어 보기도 하였다. 그리고 두 개의 지팡이와 한 개의 다리를 열심히 움직여 대는 것이었다.

앞서 간 만도는 주막집 앞에 이르자, 비로소 한 번 뒤를 돌아보았다. 진수는 오다가 나무 밑에서 오줌을 누고 있었다. 지팡이는 땅바닥에 던져 놓고, 한쪽 손으로는 볼일을 보고, 한쪽 손으로는 나무둥치를 감싸 안고 있는 모양이 **을씨년스럽기** 이를 데 없었다. 만도는 눈살을 찌푸리며 '으음!' 하고 신음

---

**야물다** 일 처리나 언행이 옹골차고 야무지다.
**을씨년스럽다** 보기에 날씨나 분위기 따위가 몹시 스산하고 쓸쓸한 데가 있다.

소리 비슷한 무거운 소리를 토했다. 그리고 술방 앞으로 가서 방문을 왈칵 잡아당겼다.

기역 자 판 안에 도사리고 앉아서 속옷을 뒤집어 이를 잡고 있던 여편네가 '킥!' 하고 웃으며 후닥닥 **옷섶**을 여몄다. 그러나 만도는 웃지를 않았다. 방문턱을 넘어서면서도 서방님 들어가신다는 소리를 내뱉지 않았다. 이처럼 뚝뚝한 얼굴을 하고 이 술방에 들어서기란 처음일 것이다. 여편네가 멋도 모르고,

"오늘은 서방님 아닌가 배."

하고 킬룩 웃었으나, 만도는 '으음!' 또 무거운 신음 소리를 했을 뿐이었다. 기역 자 판 앞에 가서 쭈그리고 앉기가 바쁘게,

"빨리빨리."

재촉이었다.

"하따나, 어지간히도 바쁜가 배."

"빨리 곱빼기로 한 사발 달라니까구마."

"오늘은 와 이카노?"

여편네가 건네주는 술 사발을 받아 들며, 만도는 후유 한숨을 크게 내쉬었다. 그리고 입을 얼른 사발로 가져갔다. 꿀꿀꿀, 잘도 넘어간다. 그 큰 사발을 단숨에 비워 버리고는 도로 여편네 앞으로 불쑥 내민다.

그렇게 **거들빼기로** 석 잔을 해치우고서야 '으으윽!' 하고 **게트림**을 했다. 여편네가 눈이 휘둥그레져 가지고 혀를 내둘렀다. 빈속에 술을 그처럼 때려 마시고 보니 금세 눈두덩이 확확 달아오르고, **귀뿌리**가 발갛게 익어 갔다.

술기가 **얼근하게** 돌자, 이제 좀 속이 풀리는 것 같아 방문을 열고 바깥을

---

**옷섶** 저고리나 두루마기 따위의 깃 아래쪽에 달린 길쭉한 헝겊.
**거들빼기로** 연거푸. 거듭.
**게트림** 거만스럽게 거드름을 피우며 하는 트림.
**귀뿌리** 귓바퀴가 뺨에 붙은 부분.
**얼근하다** 술에 취하여 정신이 조금 어렴풋하다.

내다보았다. 진수는 이마에 땀을 척척 흘리면서 저만큼 오고 있었다.

"진수야!"

버럭 소리를 질렀다.

"이리 들어와 보래."

"……."

진수는 아무런 대구도 없이 어기적어기적 다가왔다. 다가와서 방문턱에 걸
터앉으니까 여편네가 보고,

"방으로 좀 들어오이소."

한다.

"여기 좋심더."

그는 수세미 같은 손수건으로 이마와 코언저리를 아무렇게나 **훔친다.**

"마, 아무 데서나 묵어라. 저, 국수 한 그릇 말아 주소."

"야."

"곱빼기로 잘 좀……. 참기름도 치소, 잉?"

"야아."

여편네는 코로 히죽 웃으면서 만도의 옆구리를 살짝 꼬집고는, 소쿠리에서
삶은 국수 두 뭉텅이를 집어 든다.

진수가 국수를 훌훌 끌어 넣고 있을 때, 여편네는 만도의 귓전으로 얼굴을
갖다 댔다.

"아들이가?"

만도는 고개를 약간 앞뒤로 끄덕거렸을 뿐, 좋은 기색을 하지 않았다. 진수
가 국물을 훌쩍 들이 마시고 나자 만도는,

"한 그릇 더 묵을래?"

---

**훔치다** 물기나 때 따위가 묻은 것을 닦아 말끔하게 하다.

한다.

"아니예."

"한 그릇 더 묵지, 와?"

"고만 묵을랍니더."

진수는 입술을 싹 닦으며 부스스 자리에서 일어났다.

주막을 나선 그들 부자는 논두렁길로 접어들었다. 아까와 같이 만도가 앞장을 서는 것이 아니라, 이번에는 진수를 앞세웠다. 지팡이를 짚고 기우뚱기우뚱 앞서 가는 아들의 뒷모습을 바라보며, 팔뚝이 하나밖에 없는 아버지가 느릿느릿 따라가는 것이다. 손에 매달린 고등어가 곧장 달랑달랑 춤을 춘다. 너무 급하게 들이부어서 그런지, 만도의 배 속에서는 우글우글 술이 끓고 다리가 휘청거린다. 콧구멍으로 더운 숨을 훅훅 내뿜어 본다. 정신이 아른하다. 좋다.

"진수야!"

"예."

"니 우짜다가 그래 됐노?"

"전쟁하다가 이래 안 됐심니꼬? 수류탄 쪼가리에 맞았심더."

"수류탄 쪼가리에?"

"예."

"음……."

"얼른 낫지 않고 막 썩어 들어가기 땜에 **군의관**이 짤라 버립디더, 병원에서예."

"……."

"아부지!"

"와?"

---

**군의관**(軍醫官)  군대에서 의사의 임무를 맡고 있는 장교.

"이래 가지고 우째 살까 싶습니더."

"우째 살긴 뭘 우째 살아? 목숨만 붙어 있으면 다 사는 기다. 그런 소리 하지 마라."

"……."

"나 봐라. 팔뚝이 하나 없어도 잘만 안 사나? 남 봄에 좀 덜 좋아서 그렇지, 살기사 와 못 살아?"

"차라리 아부지같이 팔이 하나 없는 편이 낫겠어예. 다리가 없어 노니, 첫째 걸어 댕기기가 불편해서 똑 죽겠심더."

"야야, 안 그렇다. 걸어 댕기기만 하면 뭐 하노, 손을 지대로 놀려야 일이 뜻대로 되지."

"그럴까예?"

"그렇다니까. 그러니까 집에 앉아서 할 일은 니가 하고, 나댕기메 할 일은 내가 하고, 그라면 안 되겠나, 그제?"

"예."

진수는 가벼운 한숨을 내쉬며 아버지를 돌아보았다. 만도는 돌아보는 아들의 얼굴을 향해 지그시 웃어 주었다.

술을 마시고 나면 이내 오줌이 마려워진다. 만도는 길가에 아무렇게나 쭈그리고 앉아서 고기 묶음을 입에 물려고 한다. 그것을 본 진수는,

"아부지, 그 고등어 이리 주이소."

한다. 팔이 하나밖에 없는 몸으로 물건을 손에 든 채 소변을 볼 수는 없는 것이다. 아버지가 볼일을 마칠 때까지, 진수는 저만큼 떨어져서 지팡이를 한쪽 손에 모아 쥐고, 다른 손으로 고등어를 들고 있었다. 볼일을 다 본 만도는 얼른 가서 아들의 손에서 고등어를 다시 받아 든다.

개천 둑에 이르렀다. 외나무다리가 놓여 있는 그 시냇물이다. 진수는 슬그머니 걱정이 되었다. 물은 그렇게 깊은 것 같지 않지만, 밑바닥이 모래흙이어

서 지팡이를 짚고 건너가기가 만만할 것 같지 않기 때문이다. 외나무다리는 도저히 건너갈 재주가 없고……. 진수는 하는 수 없이 둑에 **퍼지르고** 앉아서 바짓가랑이를 걷어 올리기 시작했다.

만도는 잠시 멀뚱히 서서 아들의 하는 양을 내려다보고 있다가,

"진수야, 그만두고 자아, 업자."

하는 것이었다.

"업고 건느면 일이 다 되는 거 아니가. 자아, 이거 받아라."

고등어 묶음을 진수 앞으로 내민다.

진수는 퍽 난처해하면서 못 이기는 듯이 그것을 받아 들었다. 만도는 등허리를 아들 앞에 갖다 대고 하나밖에 없는 팔을 뒤로 버쩍 내밀며,

"자아, 어서!"

하고 재촉했다. 진수는 지팡이와 고등어를 각각 한 손에 쥐고, 아버지의 등허리로 가서 슬그머니 업혔다. 만도는 팔뚝을 뒤로 돌리면서 아들의 하나뿐인 다리를 꼭 안았다. 그리고,

"팔로 내 목을 감아야 될 끼다."

했다. 진수는 무척 황송한 듯 한쪽 눈을 찔 감으면서 고등어와 지팡이를 든 두 팔로 아버지의 굵은 목줄기를 부둥켜안았다. 만도는 아랫배에 힘을 주며 '끙!' 하고 일어났다. 아랫도리가 약간 후들거렸으나 걸어갈 만은 했다. 외나무다리 위로 조심조심 발을 내디디며 만도는 속으로,

'이제 새파랗게 젊은 놈이 벌써 이게 무슨 꼴이고? 세상을 잘못 만나서 진수, 니 신세도 참 똥이다, 똥!'

이런 소리를 주워섬겼고, 아버지의 등에 업힌 진수는 곧장 미안스러운 얼굴을 하며,

---

**퍼지르다** 팔다리를 아무렇게나 편하게 뻗다.

'나꺼정 이렇게 되다니, 아부지도 참 복도 더럽게 없지. 차라리 내가 죽어
버렸더라면 나았을 낀데…….'
하고 속으로 중얼거렸다.

만도는 아직 술기가 약간 있었으나, 용케 몸을 가누며 아들을 업고 외나무
다리를 조심조심 건너가는 것이었다.

눈앞에 우뚝 솟은 용머리재가 이 광경을 가만히 내려다보고 있었다.

이상한 선생님

**1_** 이 작품에 대한 설명으로 적절하지 <u>않은</u> 것을 골라 봅시다.

① 일제 강점기를 시대적 배경으로 하고 있다.

② 작품 속의 서술자가 중심인물을 관찰하고 있다.

③ 두 인물의 외모와 성격 및 가치관을 대조적으로 보여 준다.

④ 인물의 외모를 우스꽝스럽게 표현하여 인물을 **희화화**하고 있다.

⑤ 서술자를 어린아이로 설정한 이유는 읽기 쉽게 서술하기 위해서이다.

- **희화화(戲畵化)** 어떤 인물의 외모나 성격, 또는 사건이 의도적으로 우스꽝스럽게 묘사되거나 풍자됨. 또는 그렇게 만듦.

**2_** 작품의 내용을 참고하여 '박 선생님'과 '강 선생님'의 외모와 성격을 비교하여 적어 봅시다.

| | 박 선생님 | 강 선생님 |
|---|---|---|
| 외모 | | |
| 성격 | | |

**3_** 조선말을 사용하는 학생에 대한 박 선생님과 강 선생님의 태도를 통해 알 수 있는 점을 정리해 봅시다.

| 박 선생님 | |
| --- | --- |
| • 일본 말만 쓰기를 고집하며 조선말을 쓰지 못하게 함.<br>• 조선말을 사용하는 학생들에게 심한 처벌을 내림. | ➡ |

| 강 선생님 | |
| --- | --- |
| • 학생들이 조선말을 사용하는 것을 문제 삼지 않음.<br>• 수업 시간 외 평소에는 의도적으로 일본 말 대신 조선말을 씀. | ➡ |

**4_** 다음 제시문에서 강 선생님이 박 선생님을 꾸짖는 까닭은 무엇인지 적어 봅시다.

> "무엇이 어째? 자넨 그래 무어가 미련이 남은 게 있어 왜놈들하고 대가리 맞대구 앉아서 수군덕거리나? 혈서로 지원병 지원 한 번 더 해 보고파 그러나? 아따, 그다지 애닯거들랑 왜놈들 쫓겨 가는 꽁무니 따라 일본으로 가서 살지 그러나. 자네 같은 충신이면 일본서두 팔시는 안 하리."
>
> "……."
>
> 뺌박 박 선생님은 그만 두말도 못 하고 얼굴이 벌게서 어쩔 줄을 몰라 했다. 뺌박 박 선생님이 남한테 이렇게 꼼짝 못 하는 것을 보기는 처음이었다.

**5_** 박 선생님이 일본이 패망한 현실을 받아들였음을 짐작하게 하는 행동을 작품에서 찾아 3어절로 적어 봅시다.

_____

**6_** 다음 제시문을 참고하여 강 선생님이 파면당한 이유는 무엇일지 유추하여 적어 봅시다.

> 해방 뒤에 새로 온 김 교장 선생님이 갈려 가고 강 선생님이 교장이 되었다.
>
> 강 선생님이 교장이 된 다음부터는, 뺌박 박 선생님은 강 선생님과 도로 사이가 나빠졌다. (중략)
>
> 강 선생님은 교장이 된 지 일 년이 못 되어서 파면을 당했다.
>
> 어른들 말이, 강 선생님은 빨갱이라고 했다. (중략)
>
> 강 선생님이 파면을 당한 뒤를 물려받아 뺌박 박 선생님이 교장 선생님이 되었다. 교장이 된 뺌박 박 선생님은 그 작은 키가 으쓱했다.

_____

_____

**7_** 박 선생님에 대한 서술자의 평가가 직접적으로 드러난 문장을 작품에서 찾아 적고, 그렇게 평가한 이유는 무엇인지 적어 봅시다.

• 서술자의 평가: _____

• 그와 같이 평가한 이유: _____

_____

**1_** 이 작품에 대한 설명으로 적절하지 <u>않은</u> 것을 골라 봅시다.

① 1950년대 **전후 소설**이다.

② 역순행적 구성 방식을 취하고 있다.

③ 공간의 이동에 따라 사건이 전개된다.

④ 서술자가 주인공을 관찰하며 담담하게 서술하고 있다.

⑤ 사투리를 사용하여 인물의 순박한 성격을 표현하고 있다.

- **전후 소설**(戰後小說)　전쟁과 전쟁 이후를 배경으로 한 소설. 단순히 전쟁을 소재로 하는 것이 아닌, 전쟁이 인간 사회에 어떤 영향을 미쳤는지 파헤치는 소설을 이른다.

**2_** '수난이대(受難二代)'라는 제목의 의미를 생각하며 다음 빈칸을 알맞게 채워 봅시다.

| | 아버지 '만도' | 아들 '진수' |
|---|---|---|
| 인물이 처한 시대적 배경 | _____ | _____ |
| 인물이 겪은 수난 | _____ | _____ |

➡ 이 소설의 제목인 '수난이대'는 _____ 을/를

의미하며, 이는 _____ 을/를 상징한다.

**3_** 다음 문장이 작품 안에서 어떤 역할을 하는지 적어 봅시다.

> • '설마 나같이 이렇게야 되지 않았겠지.'
> • '나처럼 팔뚝 하나가 몽땅 달아날 지경이었다면 그 엄살스런 놈이 견뎌 냈을 턱이 없고말고.'
> • 그런데 웬 영문인지 기분이 꺼림칙했다.

 

**4_** 다음 제시문에서 만도가 느꼈을 감정을 이유와 함께 적어 봅시다.

> "아부지!"
> 　부르는 소리가 들렸다. 만도는 깜짝 놀라며 얼른 뒤를 돌아보았다. 그 순간 만도의 두 눈은 무섭도록 크게 떠지고, 입은 딱 벌어졌다. 틀림없는 아들이었으나, 옛날과 같은 진수가 아니었다. 양쪽 겨드랑이에 지팡이를 끼고 서 있는데, 스쳐 가는 바람결에 한쪽 바짓가랑이가 펄럭거리는 것이 아닌가.

• 감정: _____

• 이유: _____

**5_** 작품에서 〈보기〉에 해당하는 소재를 찾아 적어 봅시다.

┃보기┃
- 부자(父子)에게 닥친 시련을 암시한다.
- 부자가 서로 도우며 살아나갈 수 있는 가능성을 보여 준다.

_____

**6_** 다음은 작품의 결말 부분입니다. 부자가 겪은 수난과 연관 지어, 밑줄 친 공간적 배경을 통해 작가가 말하고자 하는 바는 무엇인지 적어 봅시다.

┃조건┃
- 서술자의 시선이 만도와 진수에서 용머리재로 전환한 이유가 드러나도록 적을 것.

> 만도는 아직 술기가 약간 있었으나, 용케 몸을 가누며 아들을 업고 외나무다리를 조심조심 건너가는 것이었다.
> 눈앞에 우뚝 솟은 용머리재가 이 광경을 가만히 내려다보고 있었다.

_____

_____

_____

 **한걸음 더_**

**일제의 강제 징용**

일제는 중일 전쟁 이후 우리나라 사람들을 강제로 끌고 가 군수 공장, 탄광 등지에서 일을 시켰습니다. 수많은 조선인이 만도처럼 남양 군도, 북해도 또는 만주로 강제 동원되었는데, 전쟁 막바지에는 총알받이, 자살 테러, 굶주림 등으로 징용자 중 상당수가 사망했습니다. 어렵사리 살아 돌아온 사람들도 당시 노역에 대한 대가는 전혀 받지 못했습니다.

## Step_1 해학과 풍자

**다음 작품을 통해 해학과 풍자에 대해 알아봅시다.**

> **가** 해학 vs 풍자
>
> 해학은 익살스럽게 하는 말이나 행동을 의미합니다. 남을 웃기기 위해 '일부러', '의도적으로 꾸민다'는 뜻입니다. 즉, 주어진 사실을 곧이곧대로 드러내지 않고 과장하거나 왜곡하거나 비꼬아서, 표현하려는 것을 우스꽝스럽게 나타내 웃음을 유발하는 것입니다. 하지만 웃음이 섞인 동정은 읽는 이에게 상황을 공감하게 만드는 특징이 있습니다.
>
> > 안방이 어떻게 넓던지 부부가 들어가 누워 기지개를 켜면 발은 마당으로 나가고, 머리는 뒤꼍으로 나가고 엉덩이는 울타리 밖으로 나가니, 동네 사람들이 출입하다가 '이 엉덩이 불러들여라.' 하는 소리 듣고 흥부 깜짝 놀라 대성통곡한다.
>
> 위 장면은 《흥부전》의 한 대목입니다. 흥부의 집에 대해 설명하는데, 집이 무척 작다는 것을 과장하여 표현하고 있습니다. 이 장면을 읽으면 웃음이 납니다. 하지만 우리는 흥부를 비판하거나 조롱하는 것이 아니라 동정하고 연민을 느끼게 됩니다. 이처럼 고전 소설에서 특정 장면이 반복되어 나타나거나, 대상을 과장하면서 우스꽝스럽게 표현하거나, 말장난의 언어유희(言語遊戲)가 등장할 때 이를 해학이라고 할 수 있습니다.
>
> 현대 문학에서도 해학은 소설을 이끄는 주요한 기법으로 작용합니다. 농촌을 배경으로 한 김유정의 소설 〈봄·봄〉이나 〈동백꽃〉이 해학을 활용하고 있는 대표적인 작품에 해당합니다. 김유정은 이러한 해학을 통하여 1930년대 농촌과 그 속에서 살아가던 사람들의 가난한 삶을 온화한 시선으로 그려 내고 있습니다.
>
> 반면 풍자는 사회적 현상이나 현실을 과장·왜곡하거나 비꼬는 방법으로 나타내는 것을 의미합니다. 주어진 사실을 우스꽝스럽게 나타내고 웃음을 유발한다는 점에서 얼핏 해학과 차이가 없어 보이지만, 풍자에는 해학과 달리 비판적 시각이 담겨 있습니다. 작품 속에서는 현실적인 권력과 권위를 가진 인물을 부정적으로 제시하고, 그의 모습을 과장하거나 왜곡하여 표현하며 우스꽝스럽게 나타냅니다. 그 속에는 대상에 대한 냉소, 조소, 야유, 희롱, 비난 등이 담겨 있습니다.

놀부는 왼쪽 갈비뼈 밑에 장기알만 한 심술보 하나가 붙어 있다. 그 심술을 보자면 이러했다. 귀신 터에 이사 권하고, 불난 집에 부채질. 똥 누는 놈 주저앉히고, 엎어진 놈 뒤통수 치고, 달리는 놈 다리 걸고, 우는 아기 집어 뜯고, 자는 애기 눈 벌린다.

위 예는 《흥부전》 중 놀부의 심술을 설명하는 부분입니다. 이 글을 읽으면서 놀부의 심술에 우리는 웃음이 나지만, 그 웃음 뒤에는 놀부의 태도에 대한 비판적인 생각이 뒤따릅니다. 이처럼 풍자란 대상을 우스꽝스럽게 표현해서 우리에게 웃음을 주지만, 그 웃음 뒤에 왜곡한 대상에 대한 설득력 있는 비판이 따라오는 것입니다.

현대 문학에 있어서 풍자의 기법을 가장 적극적으로 활용한 작가로는 채만식을 꼽을 수 있습니다. 그는 풍자를 부정적인 인물에 대한 비판의 도구로 사용하길 즐겼습니다. 대표적인 작품인 《태평천하》의 '윤직원 영감'이나 〈치숙〉의 '나'는 세계에 대한 왜곡된 인식 틀을 가지고 억지스러운 언행을 일삼는데, 작가는 이들의 언행에 나타나는 억지스러움을 희화화함으로써 식민지 시대에 일제에 **영합하거나** 역사적 안목을 **결여한** 인물을 비판적으로 그려 내고 있습니다.

**나**-1 우리 박 선생님은 참 이상한 선생님이었다.

박 선생님은 생긴 것부터가 무척 이상하게 생긴 선생님이었다. 키가 한 뼘밖에 안 되어서 뼘생 또는 뼘박이라는 별명이 있는 것처럼, 박 선생님의 키는 작은 사람 가운데서도 유난히 작은 키였다. 일본 정치 때에, 혈서로 지원병에 지원했다 체격 검사에 키가 제 척수에 차지 못해 낙방(落榜)이 되었다면, 그래서 땅을 치고 울었다면, 얼마나 작은 키인지 알 일이다.

그런 작은 키에 몸집은 그저 한 줌만 하고. 이 한 줌만 한 몸집, 한 뼘만 한 키 위에 깜짝 놀랄 만큼 큰 머리통이 위태위태하게 올라앉아 있다. 그래서 박 선생님 또 하나의 별명은 대갈장군이라고도 했다.

머리통이 그렇게 큰 박 선생님 얼굴은 어떻게 생겼느냐 하면, 또한 여느 사람과는 많이 달랐다.

뒤통수와 앞이마가 툭 내솟고, 내솟은 좁은 이마 밑으로 눈썹이 시꺼멓고, 왕방울 같은 두 눈은 부리부리하니 정기(精氣)가 있고도 사납고, 코는 매부리코요, 입은 메기입으로 귀밑까지 넓죽 째지고, 목소리는 쇠꼬챙이로 찌르는 것처럼 쨍쨍하고.

**나**-2 우리는 뼘박 박 선생님더러 미국에도 덴노헤이까가 있느냐고 물었다. 미국에 덴노헤이까가 있지 않고서야 그렇게 일본의 덴노헤이까처럼 우리 조선 사람을 친아들과 같이 사랑하고, 우리 조선 사람들이 잘 살도록 근심을 하며, 온갖 물건을 가져다주고 할 이치가 없기 때문이었다(해방 전에 뼘박 박 선생님은, 덴노헤이까는 우리 조선 사람들이 잘 살기를 근심하신다고 늘 가르쳐 주곤 했다).

뼘박 박 선생님은 미국에는 덴노헤이까는 없고, 덴노헤이까보다 훌륭한 '돌멩이'라는 양반이 있다고 대답했다.

우리는 그럼 이번에는 그 '돌멩이'라는 훌륭한 어른을 위하여 미국 신민노 세이시(미국 신민 서사)를 부르고, 기미가요(일본의 국가) 대신 돌멩이 가요를 부르고 해야 하나 보다고 생각했다.

아무튼 뼘박 박 선생님은 참 이상한 선생님이었다.

– 채만식, 〈이상한 선생님〉

**다** 길이가 얼마 되지 않는 다리였으나, 아래로 물을 내려다보면 제법 아찔했다. 그는 이 외나무다리를 퍽 조심했다.

언젠가 한번 읍에서 술이 꽤 되어 가지고 흥청거리며 돌아오다가 물에 굴러떨어진 일이 있었던 것이다. 지나치는 사람이 없었기에 망정이지, 누가 보았더라면 큰 웃음거리가 될 뻔했었다. 발목 하나를 약간 접쳤을 뿐, 크게 다친 데는 없었다. 이른 가을철이었기 때문에 옷을 벗어 둑에 널어놓고 말릴 수는 있었으나, 여간 창피스러운 것이 아니었다. 옷이 말짱 젖었다거나 옷이 마를 때까지 발가벗고 기다려야 한다거나 해서가 아니었다. 팔뚝 하나가 몽땅 잘라져 나간 흉측한 몸뚱이를 하늘 앞에 드러내 놓고 있어야 했기 때문이었다. 지나치는 사람이 있을라치면, 하는 수 없이 물속으로 뛰어 들어가서 얼굴만 내놓고 앉아 있었다. 물이 선뜩해서 아래턱이 덜덜거렸으나, 오그라붙는 사타구니께를 한 손으로 꽉 움켜쥐고 버티는 수밖에 없었다.

"흐흐흐……."

그때 일을 생각하면 지금도 곧 웃음이 터져 나오는 것이다. 하늘로 쳐들린 콧구멍이 연방 벌름거렸다.

– 하근찬, 〈수난이대〉

- **영합하다**(迎合――)  사사로운 이익을 위하여 아첨하며 좇다.
- **결여하다**(缺如――)  마땅히 있어야 할 것을 빼거나 없애서 모자라게 하다.

**1_** 제시문 **가**를 참고하여 '해학'과 '풍자'의 공통점과 차이점을 각각 정리해 봅시다.

| 구분 | 해학 | 풍자 |
|------|------|------|
| 공통점 | | |
| 차이점 | | |

**2_** 제시문 **나**의 작품 전문에서 '박 선생님'을 우스꽝스럽게 표현한 부분을 찾아보고, 이러한 표현을 통해 얻을 수 있는 효과는 무엇인지 적어 봅시다.

• '박 선생님'을 우스꽝스럽게 표현한 부분: _____

_____

_____

_____

• 얻을 수 있는 효과: _____

_____

_____

_____

**3_** 제시문 **다**의 표현은 풍자인지 해학인지 적고, 이렇게 표현한 이유는 무엇일지 작가의 의도를 추론하여 적어 봅시다.

- 표현 방법: 제시문 **다**에서 만도의 행동을 묘사한 부분은 ( 풍자적 / 해학적 ) 표현이다.

- 그와 같이 표현한 이유: _____

_____

_____

### 채만식의 풍자 문학

우리 아저씨 말이지요? 아따 저 거시키, 한참 당년에 무엇이냐 그놈의 것, 사회주의라더냐, 막덕이라더냐, 그걸 하다 징역 살고 나와서 폐병으로 시방 앓고 누웠는 우리 오촌 고모부 그 양반······. (중략)

나도 죄선말은 싹 걷어치우고 국어만 쓰고요.

이렇게 다아 생활 법식부터도 내지인처럼 해야만 돈도 내지인처럼 잘 모으게 되거든요.

내 이상이며 계획은 이래서, 그 십만 원짜리 큰 부자가 바로 내다뵈고 그리로 난 길이 환하게 트이고 해서 나는 시방 열심히 길을 가고 있는데, 글쎄 그 미쳐살미 든 놈들이 세상 망쳐 버릴 사회주의를 하려드니, 내가 소름이 끼칠 게 아니라구요? 말만 들어도 끔찍하지!

'어리석은[痴] 아저씨[叔]'라는 뜻의 소설 〈치숙〉은 풍자를 통해 암울한 식민지 현실을 비판한 작가 채만식의 특징이 잘 드러난 작품입니다. 작가는 '나'의 목소리를 빌려 사회주의 운동을 하다 몰락한 숙부를 조롱하지만, 사실 일본인 주인에 빌붙어 자신의 미래를 기약하는 '나'의 태도를 비판하고 있습니다. 특히 겉으로는 야무진 현실주의자처럼 보이지만 사실은 무지하고 신빙성 없는 서술자인 '나'를 내세움으로써 이러한 풍자의 효과는 더욱 극대화되고 있습니다.

# Step_2 시대적 배경

작품의 시대적 상황이 인물에게 미친 영향에 대해 생각해 봅시다.

※ 문제를 풀기 전 66쪽 '더 읽어 보기'에 실린 〈학〉 전문을 먼저 감상해 봅니다.

**가**-1 다른 학교에서도 다 그랬을 테지만 우리 학교에서도 그때 말로 '국어'라던 일본 말, 그 일본 말로만 말을 하게 하고 엄마 아빠 할 적부터 배운 조선말은 아주 한 마디도 쓰지 못하게 했다. (중략)

학교에서고 학교 밖에서고 조선말로 말을 하다 선생님한테 들키는 날이면 경치는 판이었다. 선생님들 중에서도 제일 심하게 밝히는 선생님이 뺌박 박 선생님이었다. 교장 선생님이나 다른 일본 선생님은 나무라기만 하고 마는 수가 있어도, 뺌박 박 선생님만은 절대로 용서가 없었다.

**가**-2 해방이 되던 바로 그 이튿날이었다.

여름 방학으로 놀던 때라, 나는 궁금해서 학교엘 가 보았다. 다른 아이들도 한 오십 명이나 와 있었다.

우리는 해방이라는 말은 아직 몰랐고, 일본이 전쟁에 지고 항복을 한 것만 알았다.

선생님들이, 그중에서도 뺌박 박 선생님이 그렇게도 일본(우리 대일본 제국)은 결단코 전쟁에 지지 않는다고, 기어코 전쟁에 이기고 천하에 못된 미국, 영국을 거꾸러뜨려 천황 폐하의 위엄을 이 전 세계에 드날릴 날이 머지않았다고, 하루에도 몇 번씩 그런 말을 해쌓던 그 일본이 도리어 지고 항복을 하다니, 도무지 모를 일이었다.

직원실에는 교장 선생님과 두 일본 선생님 그리고 뺌박 박 선생님, 이렇게 네 분이 모여 앉아서 초상난 집처럼 모두 코가 쑤욱 빠져 가지고 있었다.

**가**-3 뺌박 박 선생님은 한 일 년 그렇게 미국 말 공부를 하더니, 그다음부터는 미국 병정이 오든지 하면 일쑤 통역을 하고 했다. 중학교에 다닐 때에 조금 배운 것이 있어서 그렇게 쉽게 체득했다고 했다.

미국 병정은 벼 공출을 감독하러 와서 우리 뺌박 박 선생님을 꼬마 자동차에 태워 가지고 동네 동네 돌아다녔다. 뺌박 박 선생님은 미국 양복을 얻어 입고, 미국 담배를 얻어 피우고, 미국 통조림이랑 과자를 얻어먹고 했다.

– 채만식, 〈이상한 선생님〉

**나**-1 사람의 힘이란 무서운 것이었다. 그처럼 험난하던 산과 산 틈바구니에 비행장을 닦아 내고야 말았던 것이다. 그러나 일은 그것으로 끝나는 것이 아니고, 오히려 더 벅찬 일이 기다리고 있었다. 연합군의 비행기가 날아들면서부터 일은 밤중까지 계속되었다. 산허리에 굴을 파 들어가는 작업이었다. 비행기를 집어넣을 굴이었다. 그리고 모든 시설을 다 굴속으로 옮겨야 하는 것이었다. (중략)

만도는 정신이 아찔했다. 공습이었던 것이다. 산등성이를 넘어 달려든 비행기가 머리 위로 아슬아슬하게 지나가는 것이었다. 미처 정신을 차리기도 전에 또 한 대가 뒤따라 날아드는 것이 아닌가. 만도는 그만 넋을 잃고 굴 안으로 도로 달려 들어갔다. 달려 들어가서 굴 바닥에 엎드리고 말았다. 그 순간이었다. 쾅! 굴 안이 미어지는 듯하면서 다이너마이트가 터졌다. 만도의 두 눈에서 불이 번쩍했다.

만도가 어렴풋이 눈을 떠 보니, 바로 거기 눈앞에 누구의 것인지 모를 팔뚝이 하나 아무렇게나 던져져 있었다. 손가락이 시퍼렇게 굳어져서 마치 이끼 낀 나무토막처럼 보이는 팔뚝이었다. 만도는 그것이 자기의 어깨에 붙어 있던 것인 줄을 알자, 그만 '으악!' 하고 정신을 잃어버렸다.

**나**-2 "진수야!" / "예."

"니, 우짜다가 그래 댔노?" / "전쟁하다가 이래 안 됐심니꺼? 수류탄 쪼가리에 맞았심더."

"수류탄 쪼가리에?" / "예."

"음……." / "얼른 낫지 않고 막 썩어 들어가기 땜에 군의관이 짤라 버립띠더, 병원에서예."

"……."

"아부지!" / "와?"

"이래 가지고 우째 살까 싶습니더."

"우째 살긴 뭘 우째 살아? 목숨만 붙어 있으면 다 사는 기다. 그런 소리하지 마라."

"……."

"나 봐라. 팔뚝이 하나 없어도 잘만 안 사나? 남 봄에 좀 덜 좋아서 그렇지, 살기사 와 못 살아?"

"차라리 아부지같이 팔이 하나 없는 편이 낫겠어예. 다리가 없어 노니, 첫째 걸어 댕기기가 불편해서 똑 죽겠심더."

– 하근찬, 〈수난이대〉

**다** 임시 치안대 사무소로 쓰고 있는 집 앞에 이르니, 웬 청년 하나가 포승에 꽁꽁 묶이어 있다.

이 마을에서 처음 보다시피 하는 젊은이라, 가까이 가 얼굴을 들여다보았다. 깜짝 놀랐다. 바로, 어려서 단짝 동무였던 덕재가 아니냐.

천태에서 같이 온 치안 대원에게 어찌 된 일이냐고 물었다. 농민 동맹 부위원장을 지낸 놈인데, 지금 자기 집에 **잠복해** 있는 걸 붙들어 왔다는 것이다.

성삼이는 거기 봉당 위에 앉아 담배를 피워 물었다.

덕재는 청단까지 호송하기로 되었다. 치안 대원 청년 하나가 데리고 가기로 했다.

성삼이가 다 탄 담배꽁초에서 새로 담뱃불을 댕겨 가지고 일어섰다.

"이 자식은 내가 데리고 가지요."

덕재는 한결같이 외면한 채 성삼이 쪽은 보려고도 하지 않았다.　　　　－ 황순원, 〈학〉

• **잠복하다**(潛伏－－)　드러나지 않게 숨다.

**1_** 작품 전문의 내용을 참고하여 제시문 **가**~**다**의 시대적 배경을 적어 봅시다.

| | 작품 | 시대적 배경 |
|---|---|---|
| **가**-1 | 이상한 선생님 | |
| **가**-2 | | |
| **가**-3 | | |
| **나**-1 | 수난 이대 | |
| **나**-2 | | |
| **다** | 학 | |

**2_** 문제 1번에서 정리한 시대적 상황이 각 작품 속 등장인물의 삶에 어떤 변화를 가져왔는지 정리해 봅시다.

• 〈이상한 선생님〉의 박 선생님: _____

_____

_____

• 〈수난이대〉의 만도와 진수: _____

_____

_____

• 〈학〉의 성삼과 덕재: _____

_____

_____

**3_** 세 작품의 시대적 배경이 갖는 공통점은 무엇인지 적어 봅시다.

_____

_____

_____

_____

## 소설 밖 전쟁 이야기

일제 강점기 말, 일본은 군국주의가 득세하면서 대륙 침략을 감행합니다. 그와 유사한 시기에 독일에서는 나치 정권이, 이탈리아에서는 파시스트 정권이 각각 들어서면서 세계는 다시 전쟁에 휩쓸리게 되죠. 그렇게 발발한 제2차 세계 대전은 가공할 무기를 앞세워 유례없는 인명 피해를 낳은 전쟁으로 기록됩니다. 만도와 진수 부자가 그랬듯, 전 세계 수많은 개인들이 전쟁과 이념 갈등에 휩쓸려야 했던 시기였죠. 오늘날에도 많은 예술가들이 이때를 다루며, 역사에 묻힌 개인의 삶을 조명함과 동시에 전쟁의 참혹함을 일깨우고자 합니다. 이렇듯 소설보다 한층 더 현장감 있게 제2차 세계 대전을 기록한 영화를 살펴봅시다.

① 〈라이언 일병 구하기〉(1998): 전쟁에 참여한 4형제 중 유일하게 살아남은 병사 '라이언'을 구하기 위해 미 정부가 구성한 특수 부대의 여정을 담고 있습니다. 실화에 바탕을 둔 영화로, 노르망디 상륙 작전을 사실감 있게 묘사한 영화로 평가받고 있습니다.

② 〈덩케르크〉(2017): 제2차 세계 대전 초기, 독일군은 프랑스의 방어선을 뚫고 영국 해협을 향해 서쪽으로 돌진합니다. 이 과정에서 덩케르크 해안에 고립된 영국군 및 프랑스, 벨기에 등 연합군은 영국 본토로 돌아가기 위한 탈출 작전을 벌입니다. 이때 '덩케르크'는 프랑스 북부의 벨기에 국경과 아주 가까운 곳에 접한 항구 도시로, 영국이 바로 보이는 곳이라고 합니다.

③ 〈인생은 아름다워〉(1999): 행복한 일상을 보내던 유대인 가족이 수용소에 끌려간 후에도 희망을 버리지 않는 모습을 보여 주는 영화입니다. 주인공 '귀도'가 아들에게 수용소 생활을 하나의 게임이라 속이고, 마지막까지 아들에게 희망을 심어 주려 애쓰는 모습이 감동적인 영화입니다.

④ 〈피아니스트〉(2002): 세계적인 유대계 피아니스트 블라디슬로프 스필만의 회고록을 바탕으로 제작된 영화입니다. 유대인 거주 지역인 게토와 수용소를 거쳐 죽음에서 살아남은 스필만이 독일 장교에게 발각된 순간, 영혼을 담아 연주하던 〈야상곡〉의 선율과 폐허의 전쟁터가 대비되는 장면이 압권입니다.

# Step_3 인물이 현실에 대처하는 자세

'전쟁'이라는 현실에 대응하는 인물의 태도에 대해 이야기해 봅시다.

**가** 6·25 전쟁은 남북한 양측에 엄청난 인명 피해를 일으켰다. 통계에 따르면 남측 인명 피해는 민간인 사망 37만, 부상 22만, 실종 38만여 명이며, 군인은 사망 13만, 부상 45만, 실종 2만여 명이다. 민간인과 군인을 합치면 약 160만여 명이 피해를 입었다. 북측은 민간인 사망 40만, 부상 160만, 실종 68만여 명이며, 군인은 사망 52만, 부상 22만, 실종 9만여 명으로 그 수가 350만여 명에 달한다. 연합군의 피해도 상당해서 사망 3만, 부상 11만, 실종 6천여 명이며, 중국군은 사망 11만, 부상 22만, 실종 3만여 명으로 추정된다.

당시 남북한 전체 인구가 약 3천만 명이라고 할 때 수치상으로 전체 인구의 약 1/5이 피해를 입었으며, 한 가족당 1명 이상이 구성원을 잃었다고 할 수 있다. 이처럼 6·25 전쟁은 양측에서 500만 명이 넘는 인명 피해를 입은 참혹한 전쟁이었다.

6·25 전쟁은 인적 차원에서뿐만 아니라 사회적·경제적인 측면에서도 한반도에 엄청난 손실을 안겨 주었다. 남한의 경우 일반 공업 시설의 40%, 주택의 16%가 파괴되었고, 북한은 피해가 이보다 더 심해서 전력 시설 74%, 연료 공업 시설 89%, **야금업** 시설 90%, 화학 공업 시설의 70%가 피해를 입었다.

**나** "진수야, 그만두고 자아, 업자."
하는 것이었다.

"업고 건느면 일이 다 되는 거 아니가. 자아, 이거 받아라."
고등어 묶음을 진수 앞으로 내민다.

진수는 퍽 난처해하면서 못 이기는 듯이 그것을 받아들었다. 만도는 등허리를 아들 앞에 갖다 대고 하나밖에 없는 팔을 뒤로 버쩍 내밀며,

"자아, 어서!"
하고 재촉했다. 진수는 지팡이와 고등어를 각각 한 손에 쥐고, 아버지의 등허리로 가서 슬그머니 업혔다. 만도는 팔뚝을 뒤로 돌리면서 아들의 하나뿐인 다리를 꼭 안았다. 그리고,

"팔로 내 목을 감아야 될 끼다."
했다. 진수는 무척 황송한 듯 한쪽 눈을 찍 감으면서 고등어와 지팡이를 든 두 팔로 아버지의 굵은 목줄기를 부둥켜안았다. 만도는 아랫배에 힘을 주며 '끙!' 하고 일어났다. 아랫

도리가 약간 후들거렸으나 걸어갈 만은 했다. 외나무다리 위로 조심조심 발을 내디디며 만도는 속으로,

　'이제 새파랗게 젊은 놈이 벌써 이게 무슨 꼴이고? 세상을 잘못 만나서 진수, 니 신세도 참 똥이다, 똥!'

　이런 소리를 주워섬겼고, 아버지의 등에 업힌 진수는 곧장 미안스러운 얼굴을 하며,

　'나꺼정 이렇게 되다니, 아부지도 참 복도 더럽게 없지. 차라리 내가 죽어 버렸더라면 나았을 낀데…….'

하고 속으로 중얼거렸다.

　만도는 아직 술기가 약간 있었으나, 용케 몸을 가누며 아들을 업고 외나무다리를 조심조심 건너가는 것이었다.

　눈앞에 우뚝 솟은 용머리재가 이 광경을 가만히 내려다보고 있었다.　─ 하근찬, 〈수난이대〉


**다**-1 술에 취한 동욱은 자꾸 원구의 어깨를 한 손으로 투덕거리며, 동옥이 년이 정말 가여워, 암만 생각해도 그 총기며 인물이 아까워, 그런 말을 되풀이하는 것이었다. 그러고는 다시 잔을 비우고 나서, 할 수 있나 모두가 운명인걸 하고 고개를 흔드는 것이었다. (중략)

　동욱도 잠이 안 오는 모양이었다. 동옥 역시 필경 잠이 들지 않았으련만 죽은 듯이 가만히 있었다. 후두둑후두둑 유리 없는 창문으로 들이치는 빗소리를 들으며, 사십 주야(晝夜)를 퍼부어서 산꼭대기에다 배를 매어 둔 노아네 가족만이 남고 세상이 전멸을 해 버렸다는, 《구약 성경》에 나오는 대홍수를 원구는 생각하는 것이었다.　─ 손창섭, 〈비 오는 날〉


**다**-2 주인공 '원구'는 전쟁으로 학업을 중단한 채 부산에서 리어카 잡화상을 하며 생계를 꾸려 가는 청년이다. 그는 어느 날 우연히 동창인 '동욱'을 만나게 된다. 1·4 후퇴 때 부산으로 내려온 동욱은 힘겨운 현실 앞에서 목사가 되겠다는 꿈을 잃어버린 채 무기력하고 절망적인 삶을 살아가고 있다. 동욱의 여동생 '동옥' 역시 소아마비를 앓아 불구가 된 육체 때문에 세상을 향한 막연한 적대감과 절망 속에 살고 있다. 이렇듯 두 남매는 아무런 희망 없이 동옥이 그린 초상화를 미군들에게 팔아 근근이 생활하고 있을 뿐이다. 원구는 폐가와도 같은 남매의 집을 드나들며 동옥에게 애틋한 감정을 갖고, 처음에는 원구를 경계하던 동옥 역시 원구에게 조금씩 마음을 열게 된다. 어느 날 원구는 일감이 없어

힘든 상황에 모아 둔 돈마저 집주인 노파에게 떼여 망연해진 남매의 모습을 보게 된다. 며칠 뒤 원구가 다시 남매의 집을 방문했을 때, 집주인은 바뀌어 있고 동욱 남매의 모습은 보이지 않는다. 동욱은 동옥을 둔 채 가출해 버렸고, 동옥 역시 종적을 감춘 것이다. 동옥이 얼굴은 반반하니 어떻게든 먹고 살 수 있을 거라는 집주인의 말에 원구는 분노하지만, 아무런 내색도 하지 못한 채 무기력하게 되돌아 나온다.

**라** 손창섭의 〈비 오는 날〉은 1953년 《문예》에 실린 단편 소설로, 전쟁의 후유증으로 인해 무기력한 삶을 살아가는 사람들의 우울한 내면 심리와 허무 의식을 다룬다. 작가는 작품에서 신체적·정신적 장애를 가진 남매의 모습과 이들이 살아가는 전쟁 후의 상황, '비 오는 날씨'라는 기후적인 조건 등을 결합하여 독특한 분위기를 조성하고 있다. 또한 폭압적이고 일방적인 전쟁이 개인의 삶에 미치는 영향을 보여 주면서 사회적 환경과 인간의 관계에 대한 인식을 심화하고 있다.

이 작품에는 객관적 묘사가 거의 없고, 작중 인물의 제한된 시점에서 내면 심리 중심의 서술이 이루어진다. 이를 통해 전쟁으로 인해 상처받은 인물들의 황폐한 내면을 효과적으로 전달한다. 또한 삶을 극복하려는 적극적인 의지 없이 무기력한 인물들의 모습을 통해 전쟁이 낳은 패배적이고 부정적인 인간상을 보여 주고 있다.

**마** 회복 탄력성은 자신에게 닥치는 온갖 역경과 어려움을 오히려 도약의 발판으로 삼는 힘이다. 성공은 어려움이나 실패가 없는 상태가 아니라 역경과 시련을 극복해 낸 상태를 말한다. 떨어져 본 사람만이 어디로 올라가야 하는지 그 방향을 알고, 추락해 본 사람만이 다시 튀어 올라가야 할 필요성을 절감하듯이 바닥을 쳐 본 사람만이 더욱 높이 날아오를 힘을 갖게 된다.

우리의 삶은 온갖 역경과 어려움으로 가득 차 있다. 물론 행복한 일도 있지만 그보다는 힘든 일, 슬픈 일, 어려운 일, 가슴 아픈 일이 더 많다. 불행한 일은 항상 행복한 일보다 양도 더 많고 질적으로도 강도가 더 센 것처럼 느껴져서 우리를 좌절하게 만든다는 연구 결과도 있다. 하지만 우리 모두는 인생의 역경을 얼마든지 이겨 낼 잠재적인 힘을 지니고 있다. 그러한 힘을 학자들은 '회복 탄력성'이라고 부른다.     – 김주환, 《회복 탄력성》

• **야금업**(冶金業) 광석에서 금속을 골라내는 일에 관계되는 사업.

**1.** 제시문 **가**를 참고하여, 제시문 **나**와 **다**의 인물이 현실에 대처한 자세를 비교하여 적어 봅시다.

| | |
|---|---|
| **나**의<br>만도와 진수 | |
| **다**의<br>동욱과 동옥 | |

📖 함께해요

**2.** '전후(戰後)'라는 현실적 상황을 고려하여, 인물들의 태도에 대한 나의 생각을 정리하고 친구들과 자유롭게 이야기를 나누어 봅시다.

• 나의 생각:

<br>

• 친구들의 생각:

<br>

# 생각펼치기

**1.** 제시문 **가**에 나타난 인물의 태도를 분석하고, 제시문 **나**와 **다**를 참고하여 시대에 대응하는 바람직한 삶의 방식을 논술해 봅시다.

> **가-1** 박 선생님은 생긴 것부터가 무척 이상하게 생긴 선생님이었다. 키가 한 뼘밖에 안 되어서 뼘생 또는 뼘박이라는 별명이 있는 것처럼, 박 선생님의 키는 작은 사람 가운데서도 유난히 작은 키였다. 일본 정치 때에, 혈서로 지원병에 지원했다 체격 검사에 키가 제 척수에 차지 못해 낙방(落榜)이 되었다면, 그래서 땅을 치고 울었다면, 얼마나 작은 키인지 알 일이다.
>
> **가-2** 한번은 상준이 녀석과 어떡하다 쌈이 붙었는데 둘이 서로 부둥켜안고 구르면서 이 자식아, 저 자식아, 죽어 봐, 때려 봐, 하면서 한참 때리고 제기고 하는 참이었다.
> 그런데, 느닷없이
> "고랏! 조셍고데 겡까 스루야쓰가 이루까(이놈아! 조선말로 쌈하는 녀석이 어딨어)."
> 하면서 구둣발길로 넓적다리를 걷어차는 건, 정신없는 중에도 뼘박 박 선생님이었다.
> 우리 둘이는 그 자리에서 뺨이 붓도록 따귀를 맞았고, 공부 시간에 들어가지도 못하고 그 시간 동안 변소 청소를 했고, 그리고 조행 점수를 듬뿍 깎였다.
> 이렇게 뼘박 박 선생님한테 제일 중한 벌을 받는 때가 언제냐 하면, 조선말로 지껄이다 들키는 때였다.
>
> **가-3** 왜놈들은 천하의 불측한 인종이어서 남의 나라와 전쟁하기를 좋아하는 백성이라고 했다. 그래서 임진왜란 때에도 우리 조선에 쳐들어왔고, 그랬다가 이순신 장군이랑 권율 도원수한테 아주 혼이 나서 쫓겨 간 이야기도 해 주었다.
> 우리 조선은 역사가 사천 년이나 오래되고 그리고 세계의 어떤 나라 못지않게 훌륭한 문화가 발달된 나라라는 이야기도 해 주었다.
> 뼘박 박 선생님은 한편으로 열심히 미국 말을 공부했다. 그러면서 우리더러 졸업

을 하고 중학교에 가거들랑 미국 말을 무엇보다도 많이 공부하라고, 시방은 미국 말을 모르고는 훌륭한 사람이 되지 못한다고 했다.

뼘박 박 선생님은 한 일 년 그렇게 미국 말 공부를 하더니, 그다음부터는 미국 병정이 오든지 하면 일쑤 통역을 하고 했다. 중학교에 다닐 때에 조금 배운 것이 있어서 그렇게 쉽게 체득했다고 했다.

미국 병정은 벼 공출을 감독하러 와서 우리 뼘박 박 선생님을 꼬마 자동차에 태워 가지고 동네 동네 돌아다녔다. 뼘박 박 선생님은 미국 양복을 얻어 입고, 미국 담배를 얻어 피우고, 미국 통조림이랑 과자를 얻어먹고 했다.    – 채만식, 〈이상한 선생님〉

**나** 시인 윤동주는 북간도에서 태어나 용정 중학교와 연희 **전문학교** 문과를 졸업한 후, 일본 유학 중 사상범으로 체포되어 후쿠오카 형무소에서 옥사했다. 그의 시는 일제 강점기 민족의 아픔을 노래하거나 지식인으로서 자아를 성찰하고 반성하는 내용이 주를 이룬다. 정부는 1990년 8월 15일 윤동주에게 건국 훈장 독립장을 **추서했다**.

또 다른 시인 이육사는 식민지 현실에 대한 저항과 초인적 의지를 작품에 그렸다. 그는 의열단에 가입하여 만주에서 독립 운동을 하다 수차례 투옥되었으며, 1944년 북경 감옥에서 옥사했다. 윤동주와 같은 해인 1990년 건국 훈장 애국장이 추서되었다.

**다** 《친일 인명사전》 편찬 위원회는 수록 대상자를 선정하는 데 몇 가지 기본적인 원칙을 가지고 임했다. 먼저 협력 행위의 자발성과 적극성을 신중하게 평가했다. 주체적 신념의 실천이거나 출세를 위한 방도로 친일의 길을 선택한 것과 강압에 의한 동원 또는 생계를 위한 불가피한 선택은 전혀 다른 차원의 문제이기 때문이다. 따라서 생계형 협력자는 뚜렷한 친일 행적이 없으면 제외한 반면, 권력과 부 그리고 명예를 좇는 기회주의자는 엄중하게 취급했다. 예컨대 일부 지원병이나 소년 특공대 등은 일제의 선전 도구로 악용되어 부정적 영향을 미쳤지만 전쟁의 막바지에 총알받이로 동원될 수밖에 없었던 역사적 상황을 고려해 특별한 사유가 없는 한 선정 대상에서 제외했다. (중략)

반복성과 중복성·지속성 여부도 주된 참고 사항이었다. 친일 단체 참여 등 협력 행위가 일회적이라면 **참작해야** 할 필요가 있지만 여러 단체에 가입하여 활동했거나,

단일 단체일지라도 되풀이하여 직책을 맡거나 장기간 참여했다면 당사자의 의지가 분명히 있었던 것으로 판단했다. (중략)

지식인과 문화 예술인은 가혹한 식민 통치와 광기 어린 침략 전쟁에 대한 비판 의식과 분별력을 지니고 있었음에도 일제의 선전 선동에 앞장섰다는 점에서 그 사회적·도덕적 책무와 영향력을 감안하여 맹목적인 협력자보다 더 엄중하게 책임을 물었다. 그리고 군 경찰, 헌병, **밀정** 등 폭압 기구의 복무자들은 물리력으로 식민지 지배를 뒷받침했을 뿐 아니라 항일 세력을 직접적으로 탄압함으로써 독립을 지연시켰다는 점에서 좀 더 가혹한 기준을 적용했다.　 － 조세열, 〈친일 인명사전 편찬의 쟁점과 의의〉

- **전문학교**(專門學校)　'전문 대학'의 전 이름.
- **추서하다**(追敍――)　죽은 뒤에 관등(관리나 벼슬의 등급)을 올리거나 훈장 따위를 주다.
- **참작하다**(參酌――)　이리저리 비추어 보아서 알맞게 고려하다.
- **밀정**(密偵)　남몰래 사정을 살핌. 또는 그런 사람.

**2_** 〈이상한 선생님〉, 〈수난이대〉, 〈학〉의 시대적 배경에 나타나는 공통점을 쓰고, 역사적 사건이 개인의 삶에 미치는 영향 및 이에 대처하는 올바른 자세에 대해 논술해 봅시다.

※ '학'의 상징적 의미가 무엇일지 생각하며 작품을 감상해 봅시다.

# 학 _황순원

삼팔 접경의 이 북쪽 마을은 드높이 갠 가을 하늘 아래 한껏 고즈넉했다.

주인 없는 집 **봉당**에 흰 **박통**만이 흰 박통을 의지하고 굴러 있었다.

어쩌다 만나는 늙은이는 담뱃대부터 뒤로 돌렸다. 아이들은 또 아이들대로 멀찌감치서 미리 길을 비켰다. 모두 겁에 질린 얼굴들이었다.

동네 전체로는 이번 동란에 깨어진 자국이라곤 별로 없었다. 그러나 어쩐지 자기가 어려서 자란 옛 마을은 아닌 성싶었다.

뒷산 밤나무 기슭에서 성삼이는 발걸음을 멈추었다. 거기 한 나무에 기어올랐다. 귓속 멀리서, '요놈의 자식들이 또 남의 밤나무에 올라가는구나.' 하는 혹부리 할아버지의 고함 소리가 들려왔다.

그 혹부리 할아버지도 그새 세상을 떠났는가, 몇 사람 만난 동네 늙은이 가운데 뵈지 않았다.

성삼이는 밤나무를 안은 채 잠시 푸른 가을 하늘을 쳐다보았다. 흔들지도 않은 밤나무 가지에서 남은 밤송이가 저 혼자 **아람**이 벌어져 떨어져 내렸다.

임시 치안대 사무소로 쓰고 있는 집 앞에 이르니, 웬 청년 하나가 **포승**에 꽁꽁 묶이어 있다.

이 마을에서 처음 보다시피 하는 젊은이라, 가까이 가 얼굴을 들여다보았다. 깜짝 놀랐다. 바로, 어려서 단짝 동무였던 덕재가 아니냐.

천태에서 같이 온 치안 대원에게 어찌 된 일이냐고 물었다. 농민 동맹 부위원장을 지낸 놈인데, 지금 자기 집에 잠복해 있는 걸 붙들어 왔다는 것이다.

성삼이는 거기 봉당 위에 앉아 담배를 피워 물었다.

덕재는 청단까지 호송하기로 되었다. 치안 대원 청년 하나가 데리고 가기로 했다.

성삼이가 다 탄 담배꽁초에서 새로 담뱃불을 댕겨 가지고 일어섰다.

"이 자식은 내가 데리고 가지요."

덕재는 한결같이 외면한 채 성삼이 쪽은 보려고도 하지 않았다.

동구 밖을 벗어났다.

성삼이는 연거푸 담배만 피웠다. 담배 맛은 몰랐다. 그저 연기만 기껏 빨았다 내뿜곤 했다. 그러다가 문득 이 덕재 녀석도 담배 생각이 나려니 하는 생각이 들었다. 어려서 어른들 몰래 담 모퉁이에서 호박잎 담배를 나눠 피우던 생각이 났다. 그러나 오늘 이깟 놈에게 담배를 권하다니 될 말이냐.

한번은 어려서 덕재와 같이 혹부리 할아버지네 밤을 훔치러 간 일이 있었다. 성삼이가 나무에 올라갈 차례였다. 별안간 혹부리 할아버지의 고함 소리가 들려왔다. 나무에서 미끄러져 떨어졌다. 엉덩이에 밤송이가 찔렸다. 그러나 그냥 달렸다. 혹부리 할아버지가 못 따라올 만큼 멀리 가서야 덕재에게 엉덩이를 돌려 댔다. 밤 가시 빼내는 게 더 따끔거리고 아팠다. 절로 눈물이 찔끔거렸다. 덕재가 불쑥 자기 밤을 한 줌 꺼내어 성삼이 호주머니에 넣어 주었다…….

성삼이는 새로 불을 댕겨 문 담배를 내던졌다. 그러고는 덕재 자식을 데리고 가는 동안 다시 담배를 붙여 물지 않으리라 마음먹는다.

고갯길에 다다랐다. 이 고개는 해방 전전해, 성삼이가 삼팔 이남 천태 부근으로 이사 가기까지 덕재와 더불어 늘 꼴 베러 넘나들던 고개다.

성삼이는 와락 저도 모를 화가 치밀어 고함을 질렀다.

"이 자식아, 그동안 사람을 몇이나 죽였냐?"

그제야 덕재가 힐끗 이쪽을 쳐다보더니, 다시 고개를 거둔다.

"이 자식아, 사람 몇이나 죽였어?"

덕재가 다시 이리로 고개를 돌린다. 그러고는 성삼이를 쏘아본다. 그 눈이 점점 빛을 더해 가며, 제법 수염발 잡힌 입언저리가 실룩거리더니,

"그래, 너는 사람을 그렇게 죽여 봤니?"

이 자식이! 그러면서도 성삼이의 가슴 한복판이 환해짐을 느낀다. 막혔던 무엇이 풀려 내리는 것만 같은. 그러나,

"농민 동맹 부위원장쯤 지낸 놈이 왜 피하지 않구 있었어? 필시 무슨 사명을 띠구 잠복해 있었던 거지?"

덕재는 말이 없다.

"바른대루 말해라. 무슨 사명을 띠구 숨어 있었냐?"

덕재는 그냥 잠잠히 걷기만 한다. 역시 이 자식 속이 꿀리는 모양이구나. 이런 때 낯짝을 한번 봤으면 좋겠는데, 외면한 채 다시는 고개를 돌리지 않는다.

성삼이는 허리에 찬 권총을 잡으며,

"변명은 소용없다, 영락없이 넌 총살감이니까. 그저 여기서 바른대로 말이나 해 봐라."

덕재는 그냥 외면한 채,

"변명은 하려고도 않는다. 내가 제일 빈농의 자식인 데다가 **근농꾼**이라구 해서 농민 동맹 부위원장이 됐던 게 죽을죄라면 하는 수 없는 거구, 나는 예나 이제나 땅 파먹는 재주밖에 없는 사람이다."

그리고 잠시 사이를 두어,

"지금 집에 아버지가 앓아누웠다. 벌써 한 반년 된다."

덕재 아버지는 홀아비로 덕재 하나만 데리고 늙어 가는 빈농꾼이었다. 칠 년 전에 벌써 허리가 굽고 **검버섯**이 돋은 얼굴이었다.

"장간 안 들었냐?"

잠시 후에,

"들었다."

"누구와?"

"꼬맹이와."

아니 꼬맹이와? 거 재미있다. 하늘 높은 줄 모르고 땅 넓은 줄만 알아, 키가 작고 똥똥하기만 한 꼬맹이. 무던히 새침데기였다. 그것이 얄미워서 덕재와 자기가 번번이 놀려서 울려 주곤 했다. 그 꼬맹이한테 덕재가 장가를 들었다는 것이다.

"그래, 애가 몇이나 되나?"

"올가을에 첫애를 낳는대나."

성삼이는 그만 저도 모르게 터져 나오려는 웃음을 겨우 참았다. 제 입으로 애가 몇이나 되느냐 묻고서도, 올가을에 첫애를 낳게 됐다는 말을 듣고는 우스워 못 견디겠는 것이다. 그러지 않아도 작은 몸에 큰 배를 한 아름 안고 있을 꼬맹이. 그러나 이런 때 그런 일로

웃거나 농담을 할 처지가 아니라는 걸 깨달으며,

"하여튼 네가 피하지 않구 남아 있는 건 수상하지 않어?"

"나두 피하려구 했어. 이번에 이남서 쳐들어오믄 사내란 사낸 모조리 잡아 죽인다구, 열일곱에서 마흔 살까지의 남자는 강제루 북으로 이동하게 됐어. 할 수 없이 나두 아버질 업구라두 피난 갈까 했지. 그랬더니 아버지가 안 된다는 거야. 농사꾼이 다 지어 놓은 농살 내버려 두구 어딜 간단 말이냐구. 그래, 나만 믿구 농사일루 늙으신 아버지의 마지막 눈이나마 내 손으로 감겨 드려야겠구, 사실 우리같이 땅이나 파먹는 것이 피난 간댔자 별수 있는 것두 아니구……."

지난 유월에는 성삼이 편에서 피난을 갔었다. 밤에 몰래 아버지더러 피난 갈 이야기를 했다. 그때 성삼이 아버지도 같은 말을 했다. 농사꾼이 농사일을 늘어놓구 어디루 피난 간단 말이냐. 성삼이 혼자서 피난을 갔다. 남쪽 어느 낯선 거리와 촌락을 헤매 다니면서 언제나 머리에서 떠나지 않는 건 늙은 부모와 어린 처자에게 맡기고 나온 농사일이었다. 다행히 그때나 이제나 자기네 식구들은 몸 성히들 있다.

고갯마루를 넘었다. 어느새 이번에는 성삼이 편에서 외면을 하고 걷고 있었다. 가을 햇볕이 자꾸 이마에 따가웠다. 참 오늘 같은 날은 타작하기에 꼭 알맞은 날이라고 생각했다.

고개를 다 내려온 곳에서 성삼이는 주춤 발걸음을 멈추었다.

저쪽 벌 한가운데 흰옷을 입은 사람들이 허리를 굽히고 섰는 것 같은 것은 틀림없는 학 떼였다. 소위 삼팔선 **완충 지대**가 되었던 이곳, 사람이 살고 있지 않은 그동안에도 이들 학들만은 전대로 살고 있었던 것이다.

지난날 성삼이와 덕재가 아직 열두어 살쯤 났을 때 일이었다. 어른들 몰래 둘이서 올가미를 놓아 여기 학 한 마리를 잡은 일이 있었다. **단정학**이었다. 새끼로 날개까지 얽어매 놓고는 매일같이 둘이서 나와 학의 목을 쓸어안는다, 등에 올라탄다, 야단을 했다. 그러한 어느 날이었다. 동네 어른들이 수군거리는 소리를 들었다. 서울서 누가 학을 쏘러 왔다는 것이다. 무슨 표본인가를 만들기 위해서 총독부의 허가까지 맡아 가지고 왔다는 것이다. 그길로 둘이는 벌로 내달렸다. 이제는 어른들한테 들켜 꾸지람 듣는 것 같은 건 문제가 아니었다. 그저 자기네의 학이 죽어서는 안 된다는 생각뿐이었다. 숨 돌릴 겨를도 없이 잡풀 새를 기어 학 발목의 올가미를 풀고 날개의 새끼를 끌렀다. 그런데 학은 잘 걷지도 못하는 것이다. 그동안 얽매여 시달린 탓이리라. 둘이서 학을 마주 안아 공중에 **투**

**쳤다.** 별안간 총소리가 들렸다. 학이 두서너 번 날갯짓을 하다가 그대로 내려왔다. 맞았구나. 그러나 다음 순간, 바로 옆 풀숲에서 펄럭 단정학 한 마리가 날개를 펴자, 땅에 내려앉았던 자기네 학도 긴 목을 뽑아 한 번 울음을 울더니 그대로 공중에 날아올라, 두 소년의 머리 위에 둥그러미를 그리며 저쪽 멀리로 날아가 버리는 것이었다. 두 소년은 언제까지나 자기네 학이 사라진 푸른 하늘에서 눈을 뗄 줄을 몰랐다…….

"얘, 우리 학 사냥이나 한번 하구 가자."

성삼이가 불쑥 이런 말을 했다.

덕재는 무슨 영문인지 몰라 어리둥절해 있는데,

"내 이걸루 올가미를 만들어 놓게, 너 학을 몰아오너라."

포승줄을 풀어 쥐더니, 어느새 성삼이는 잡풀 새로 기는 걸음을 쳤다. 대번 덕재의 얼굴에서 핏기가 걷혔다. 좀 전에, 너는 총살감이라던 말이 퍼뜩 머리를 스치고 지나갔다. 이제 성삼이가 기어가는 쪽 어디서 총알이 날아오리라.

저만치서 성삼이가 홱 고개를 돌렸다.

"어이, 왜 멍추같이 게 섰는 게야? 어서 학이나 몰아오너라!"

그제서야 덕재도 무엇을 깨달은 듯, 잡풀 새를 기기 시작했다.

때마침 단정학 두세 마리가 높푸른 가을 하늘에 큰 날개를 펴고 유유히 날고 있었다.

어휘
풀이

**봉당**(封堂)  안방과 건넌방 사이의 마루를 놓을 자리에 마루를 놓지 아니하고 흙바닥 그대로 둔 곳.
**박통**(-桶)  쪼개지 아니한 통째로의 박.
**아람**  밤이나 도토리 같은 열매가 잘 익어서 저절로 떨어질 정도가 된 상태. 또는 그런 열매.
**포승**(捕繩)  죄인을 잡아 묶는 노끈.
**근농꾼**(勤農-)  부지런히 농사를 짓는 농민.
**검버섯**  주로 노인의 살갗에 생기는 거무스름한 얼룩.
**완충 지대**(緩衝地帶)  대립하는 나라들 사이의 충돌을 완화하기 위하여 설치한 중립 지대.
**단정학**(丹頂鶴)  붉은 볏을 가진 학.
**투치다**  '던지다'의 방언.

# Memo

# 02 변화와 성장

김유정의 〈동백꽃〉과 성석제의 〈내가 그린 히말라야시다 그림〉을 통해 서술자의 역할과 서
술자가 작품에 미치는 영향에 대해 생각해 봅니다. 또한 두 작품을 성장 소설의 관점에서 분
석해 보고, 나의 성장에 영향을 주는 것은 무엇인지 생각하며 나의 삶을 돌아보는 시간을 갖
습니다.

누군가를 사랑하는 마음은 우리를 성장시키는 동력이 되곤 합니다. 사랑이라는 씨앗을 품는 순간 자기 자신만을 위하던 유년 세계는 금이 가고, 사랑하는 이를 포용하는 마음이 무럭무럭 자라납니다. 스스로 어찌할 수 없는 변화무쌍함을 겪으며 나 이외의 세상으로 확장되는 마음의 눈을 틔우는 것, 그것이 사랑이란 씨앗이 일구는 진짜 열매입니다.

1930년대 강원도 산골의 사춘기 소년 소녀가 등장하는 이 작품에서는 이제 막 움트는 사랑의 씨앗을 발견할 수 있습니다. 보통 사춘기 여자 친구가 또래의 남자보다 좀 더 빨리 이성에 눈을 뜨게 된다고 하죠? 〈동백꽃〉에도 조숙하고 넉살 좋은 점순이와, 그녀의 에두른 사랑 표현을 알아채지 못하는 어리숙한 '나'가 등장합니다. 감자를 건네다 마음을 거절당한 점순이는 애꿎은 '나'의 닭을 괴롭히고, 점순이의 속내를 이해하지 못한 '나'는 홧김에 점순이네 닭을 죽이곤 울음을 터뜨립니다. 그리고 '나'를 위로하는 점순이와 '나'는 동백꽃 속으로 함께 쓰러지고 말죠. 이때 '나'의 정신을 아찔하게 할 정도로 알싸한 노란 동백꽃은 '산동백'이라 불리는 생강나무입니다. 작가의 고향인 강원도에서 2~3월이면 피어나는 생강나무 꽃의 진한 향기는 어린 사랑의 씨앗을 품게 된 '나'의 급격한 변화를 대변합니다. '나'의 성장이 어떻게 이뤄지는지 기대하면서 작품을 감상해 봅시다.

## ▋김유정 (金裕貞, 1908~1937)

강원 춘천 출생. 1935년 《조선일보》 신춘문예에 〈소낙비〉가 당선되면서 등단했다. 김유정 소설의 가장 큰 특징은 '농촌'과 '해학'으로, 그는 농촌을 배경으로 소작농의 고단한 삶을 해학적으로 그렸다. 폐결핵으로 시달리다가 스물아홉 살에 요절했는데, 죽기 전 2년여 동안 30편에 가까운 작품을 남길 만큼 문학적 열정이 강했다. 주요 작품으로 〈봄·봄〉, 〈금 따는 콩밭〉, 〈동백꽃〉, 〈따라지〉, 〈산골 나그네〉 등이 있다.

# 동백꽃 _김유정

　오늘도 또 우리 수탉이 막 쪼이었다. 내가 점심을 먹고 나무를 하러 갈 양으로 나올 때이었다. 산으로 올라서려니까 등 뒤에서 푸드덕푸드덕하고 닭의 **홧소리**가 야단이다. 깜짝 놀라며 고개를 돌려 보니 아나나 다르랴, 두 놈이 또 **얼리었다.**

　점순네 수탉(은 대강이가 크고 똑 오소리같이 **실팍하게** 생긴 놈)이 **덩저리** 작은 우리 수탉을 함부로 **해내는** 것이다. 그것도 그냥 해내는 것이 아니라 푸드덕하고 **면두**를 쪼고 물러섰다가 좀 사이를 두고 푸드덕하고 모가지를 쪼았다. 이렇게 멋을 부려 가며 여지없이 닦아 놓는다. 그러면 이 못생긴 것은 쪼일 적마다 주둥이로 땅을 받으며 그 비명이 킥, 킥 할 뿐이다. 물론 미처 아물지도 않은 면두를 또 쪼이어 붉은 선혈은 뚝뚝 떨어진다.

　이걸 가만히 내려다보자니 내 대강이가 터져서 피가 흐르는 것같이 두 눈에서 불이 번쩍 난다. 대뜸 지게막대기를 메고 달려들어 점순네 닭을 후려칠까 하다가 생각을 고쳐먹고 헛매질로 떼어만 놓았다.

---

**홧소리**　닭이나 새 따위가 날갯짓으로 홰를 치는 소리. '홰'는 닭장이나 새장 속에 닭이나 새가 올라앉게 가로질러 놓은 나무 막대를 이른다.
**얼리다**　어울리다. 서로 얽히게 되다.
**실팍하다**　사람이나 물건 따위가 보기에 매우 실하다.
**덩저리**　'몸집'을 낮잡아 이르는 말.
**해내다**　상대편을 여지없이 이겨 내다.
**면두**　'볏'의 방언(강원, 경기). 닭이나 새 따위의 이마 위에 세로로 붙은 살 조각.

이번에도 점순이가 쌈을 붙여 났을 것이다. 바짝바짝 내 기를 올리느라고 그랬음에 틀림없을 것이다.

고놈의 계집애가 요새로 들어서서 왜 나를 못 먹겠다고 그렇게 아르렁거리는지 모른다.

나흘 전 감자 **쪼간**만 하더라도 나는 저에게 조금도 잘못한 것은 없다.

계집애가 나물을 캐러 가면 갔지 남 울타리 엮는 데 **쌩이질**을 하는 것은 다 뭐냐. 그것도 발소리를 죽여 가지고 등 뒤로 살며시 와서,

"애! 너 혼자만 일하니?"

하고 긴치 않은 수작을 하는 것이다.

어제까지도 저와 나는 이야기도 잘 않고 서로 만나도 본척만척하고 이렇게 점잖게 지내던 터이련만 오늘로 갑작스레 대견해졌음은 웬일인가. **항차** 망아지만 한 계집애가 남 일하는 놈 보고…….

"그럼 혼자 하지 떼루 하디?"

내가 이렇게 내뱉는 소리를 하니까

"너 일하기 좋니?"

또는

"한여름이나 되거든 하지 벌써 울타리를 하니?"

잔소리를 두루 늘어놓다가 남이 들을까 봐 손으로 입을 틀어막고는 그 속에서 깔깔댄다. 별로 우스울 것도 없는데 날씨가 풀리더니 이놈의 계집애가 미쳤나 하고 의심하였다. 게다가 조금 뒤에는 제 집께를 **할금할금** 돌아다보더니 행주치마의 속으로 꼈던 바른손을 뽑아서 나의 턱 밑으로 불쑥 내미는

---

**쪼간**　어떤 사건이나 일.
**쌩이질**　한창 바쁠 때에 쓸데없는 일로 남을 귀찮게 구는 짓.
**항차**(-且)　황차. 하물며.
**할금할금**　곁눈으로 살그머니 계속 할겨 보는 모양.

것이다. 언제 구웠는지 아직도 더운 김이 홱 끼치는 굵은 감자 세 개가 손에 뿌듯이 쥐였다.

"느 집엔 이거 없지?"

하고 **생색** 있는 큰소리를 하고는 제가 준 것을 남이 알면 큰일 날 테니 여기서 얼른 먹어 버리란다. 그리고 또 하는 소리가

"너 봄 감자가 맛있단다."

"난 감자 안 먹는다. 너나 먹어라."

나는 고개도 돌리려 하지 않고 일하던 손으로 그 감자를 도로 어깨 너머로 쑥 밀어 버렸다.

그랬더니 그래도 가는 기색이 없고, 그뿐만 아니라 쌔근쌔근하고 심상치 않게 숨소리가 점점 거칠어진다. 이건 또 뭐야 싶어서 그때에야 비로소 돌아다보니 나는 참으로 놀랐다. 우리가 이 동리에 들어온 것은 근 삼 년째 되어 오지만 여지껏 가무잡잡한 점순이의 얼굴이 이렇게까지 홍당무처럼 새빨개진 법이 없었다. 게다 눈에 독을 올리고 한참 나를 요렇게 쏘아보더니 나중에는 눈물까지 어리는 것이 아니냐. 그리고 바구니를 다시 집어 들더니 이를 꼭악물고는 엎어질 듯 자빠질 듯 논둑으로 **휭허케** 달아나는 것이다.

어쩌다 동리 어른이,

"너 얼른 시집을 가야지?"

하고 웃으면,

"염려 마서유. 갈 때 되면 어련히 갈라구!"

이렇게 천연덕스레 받는 점순이였다. 본시 부끄럼을 타는 계집애도 아니거니와 또한 분하다고 눈에 눈물을 보일 **얼병이**도 아니다. 분하면 차라리 나의

---

**생색**(生色)  다른 사람 앞에 당당히 나설 수 있거나 자랑할 수 있는 체면.

**휭허케**  휭하니. 중도에서 지체하지 아니하고 곧장 빠르게 가는 모양.

**얼병이**  얼뜨기. 겁이 많고 어리석으며 다부지지 못하여 어수룩하고 얼빠져 보이는 사람을 낮잡아 이르는 말.

등어리를 바구니로 한번 모질게 후려 째리고 달아날지언정.

그런데 고약한 그 꼴을 하고 가더니 그 뒤로는 나를 보면 잡아먹으려 기를 복복 쓰는 것이다.

설혹 주는 감자를 안 받아먹은 것이 실례라 하면, 주면 그냥 주었지 "느 집 엔 이거 없지?"는 다 뭐냐. 그렇잖아도 저희는 마름이고 우리는 그 손에서 **배재**를 얻어 땅을 부치므로 일상 굽실거린다. 우리가 이 마을에 처음 들어와 집이 없어서 곤란으로 지낼 제 집터를 빌리고 그 위에 집을 또 짓도록 마련해 준 것도 점순네의 호의였다. 그리고 우리 어머니 아버지도 농사 때 양식이 **달리면** 점순네한테 가서 부지런히 꾸어다 먹으면서 인품 그런 집은 다시 없으리라고 침이 마르도록 칭찬하곤 하는 것이다. 그러면서도 열일곱씩이나 된 것들이 수군수군하고 붙어 다니면 동리의 소문이 **사납다고** 주의를 시켜 준 것도 또 어머니였다. 왜냐하면 내가 점순이하고 일을 저질렀다가는 점순네가 노할 것이고, 그러면 우리는 땅도 떨어지고 집도 내쫓기고 하지 않으면 안 되는 까닭이었다.

그런데 이놈의 계집애가 까닭 없이 기를 복복 쓰며 나를 말려 죽이려고 드는 것이다.

눈물을 흘리고 간 그담 날 저녁나절이었다. 나무를 한 짐 잔뜩 지고 산을 내려오려니까 어디서 닭이 죽는소리를 친다. 이거 뉘 집에서 닭을 잡나 하고 점순네 울 뒤로 돌아오다가 나는 고만 두 눈이 뚱그레졌다. 점순이가 저희 집 봉당에 홀로 걸터앉았는데, 아 이게 치마 앞에다 우리 씨암탉을 꼭 붙들어 놓고는

"이놈의 닭! 죽어라, 죽어라."

---

**배재** 마름과 소작인이 주고받는 소작권 위임 문서.
**달리다** 재물이나 기술, 힘 따위가 모자라다.
**사납다** 상황이나 사정 따위가 순탄하지 못하고 나쁘다.

요렇게 **암팡스레** 패 주는 것이 아닌가. 그것도 대가리나 치면 모른다마는 아주 알도 못 낳으라고 그 볼기짝께를 주먹으로 콕콕 쥐어박는 것이다.

나는 눈에 쌍심지가 오르고 사지가 부르르 떨렸으나 사방을 한번 휘돌아보고야 그제서 점순이 집에 아무도 없음을 알았다. 잡은 참 지게막대기를 들어 울타리의 중턱을 후려치며

"이놈의 계집애! 남의 닭 알 못 낳으라구 그러니?"

하고 소리를 **빽** 질렀다.

그러나 점순이는 조금도 놀라는 기색이 없고 그대로 의젓이 앉아서 제 닭 가지고 하듯이 또 죽어라, 죽어라 하고 패는 것이다. 이걸 보면 내가 산에서 내려올 때를 겨냥해 가지고 미리부터 닭을 잡아 가지고 있다가 네 보란 듯이 내 앞에서 **췌지르고** 있음이 확실하다.

그러나 나는 그렇다고 남의 집에 뛰어들어 가 계집애하고 싸울 수도 없는 노릇이고 형편이 썩 불리함을 알았다. 그래 닭이 맞을 적마다 지게막대기로 울타리를 후려칠 수밖에 별도리가 없다. 왜냐하면 울타리를 치면 칠수록 **울섶** 이 물러앉으며 **뼈대**만 남기 때문이다. 하나 아무리 생각하여도 나만 밑지는 노릇이다.

"아, 이년아! 남의 닭 아주 죽일 터이냐?"

내가 도끼눈을 뜨고 다시 꽥 호령을 하니까 그제야 울타리께로 쪼르르 오더니 울 밖에 섰는 나의 머리를 겨누고 닭을 내팽개친다.

"예이 더럽다! 더럽다!"

"더러운 걸 널더러 **입때** 끼고 있으랬니? 망할 계집애 년 같으니."

---

**암팡스레** 몸은 작아도 야무지고 다부진 면이 있게.
**췌지르다** 쥐어지르다. 주먹으로 힘껏 내지르다.
**울섶** 울타리를 만드는 데 쓰는 섶나무.
**입때** 여태. 지금까지.

하고 나도 더럽단 듯이 울타리께를 횡허케 돌아내리며 약이 오를 대로 다 올랐다, 라고 하는 것은 암탉이 풍기는 서슬에 나의 이마빼기에다 물찌똥을 찍깔겼는데 그걸 본다면 알집만 터졌을 뿐 아니라 골병은 단단히 든 듯싶다.

그리고 나의 등 뒤를 향하여 나에게만 들릴 듯 말 듯 한 음성으로

"이 바보 녀석아!"

"얘! 너 배냇병신이지?"

그만도 좋으련만

"얘! 너 느 아버지가 고자라지?"

"뭐? 울 아버지가 그래 고자야?"

할 양으로 **열벙거지**가 나서 고개를 홱 돌리어 바라봤더니 그때까지 울타리 위로 나와 있어야 할 점순이의 대가리가 어디 갔는지 보이지를 않는다. 그러다 돌아서서 오자면 아까에 한 욕을 울 밖으로 또 퍼붓는 것이다. 욕을 이토록 먹어 가면서도 **대거리** 한마디 못 하는 걸 생각하니 돌부리에 채어 발톱 밑이 터지는 것도 모를 만치 분하고 급기야는 두 눈에 눈물까지 불끈 내솟는다.

그러나 점순이의 침해는 이것뿐이 아니다.

사람들이 없으면 틈틈이 제집 수탉을 몰고 와서 우리 수탉과 쌈을 붙여 놓는다. 제집 수탉은 썩 험상궂게 생기고 쌈이라면 홰를 치는 고로 으레 이길 것을 알기 때문이다. 그래서 툭하면 우리 수탉이 면두며 눈깔이 피로 <u>흐드르</u>하게 되도록 해 놓는다. 어떤 때에는 우리 수탉이 나오지를 않으니까 요놈의 계집애가 모이를 쥐고 와서 꼬여 내다가 쌈을 붙인다.

이렇게 되면 나도 다른 **배채**를 차리지 않을 수 없었다. 하루는 우리 수탉을

---

**열벙거지**  열화. 매우 급하게 치밀어 오르는 화증.

**대거리**(對--)  상대편에게 맞서서 대듦. 또는 그런 말이나 행동.

**배채**  대책, 방도.

붙들어 가지고 넌지시 장독께로 갔다. 쌈닭에게 고추장을 먹이면 병든 황소가 살모사를 먹고 용을 쓰는 것처럼 기운이 뻗친다 한다. 장독에서 고추장 한 접시를 떠서 닭 주둥아리께로 들이밀고 먹여 보았다. 닭도 고추장에 맛을 들였는지 거스르지 않고 거진 반 접시 턱이나 곧잘 먹는다.

그리고 먹고 금세는 용을 못 쓸 터이므로 얼마쯤 기운이 돌도록 홰 속에다 가두어 두었다.

밭에 두엄을 두어 짐 져 내고 나서 쉴 참에 그 닭을 안고 밖으로 나왔다. 마침 밖에는 아무도 없고 점순이만 저희 울안에서 헌 옷을 뜯는지 혹은 솜을 타는지 옹크리고 앉아서 일을 할 뿐이다.

나는 점순네 수탉이 노는 밭으로 가서 닭을 내려놓고 가만히 맥을 보았다. 두 닭은 여전히 얼리어 쌈을 하는데 처음에는 아무 보람이 없다. 멋지게 쪼는 바람에 우리 닭은 또 피를 흘리고 그러면서도 날갯죽지만 푸드덕푸드덕하고 올라 뛰고 뛰고 할 뿐으로 제법 한 번 쪼아 보도 못한다.

그러나 한번은 어쩐 일인지 용을 쓰고 펄쩍 뛰더니 발톱으로 눈을 **하비고** 내려오며 면두를 쪼았다. 큰 닭도 여기에는 놀랐는지 뒤로 **멈씰하며** 물러난다. 이 기회를 타서 작은 우리 수탉이 또 날쌔게 덤벼들어 다시 면두를 쪼니 그제서는 **감때사나운** 그 대강이에서도 피가 흐르지 않을 수 없다.

옳다 알았다, 고추장만 먹이면 되는구나 하고 나는 속으로 아주 **쟁그라워** 죽겠다. 그때에는 뜻밖에 내가 닭쌈을 붙여 놓는 데 놀라서 울 밖으로 내다보고 섰던 점순이도 입맛이 쓴지 눈살을 찌푸렸다.

나는 두 손으로 볼기짝을 두드리며 연방

---

**하비다** 손톱이나 날카로운 물건 따위로 조금 긁어 파다.
**멈씰하다** '멈칫하다'의 방언.
**감때사납다** 억세고 사납다.
**쟁그랍다** 보거나 만지기에 소름이 끼칠 정도로 조금 흉하거나 끔찍하다. 여기서는 '고소하다'의 뜻으로 쓰였다.

"잘한다! 잘한다!"

하고, 신이 머리끝까지 **뻗치었다**.

그러나 얼마 되지 않아서 나는 넋이 풀리어 기둥같이 묵묵히 서 있게 되었다. 왜냐하면 큰 닭이 한 번 쪼인 앙갚음으로 호들갑스레 연거푸 쪼는 서슬에 우리 수탉은 찔끔 못 하고 막 곯는다. 이걸 보고서 이번에는 점순이가 깔깔거리고 되도록 이쪽에서 많이 들으라고 웃는 것이다.

나는 보다 못하여 덤벼들어서 우리 수탉을 붙들어 가지고 도로 집으로 들어왔다. 고추장을 좀 더 먹였더라면 좋았을걸, 너무 급하게 쌈을 붙인 것이 퍽 후회가 난다. 장독께로 돌아와서 다시 턱 밑에 고추장을 들이댔다. 흥분으로 말미암아 그런지 **당최** 먹질 않는다.

나는 **하릴없이** 닭을 반듯이 눕히고 그 입에다 궐련 **물부리**를 물리었다. 그리고 고추장 물을 타서 그 구멍으로 조금씩 들이부었다. 닭은 좀 괴로운지 킥킥 하고 재채기를 하는 모양이나 그러나 당장의 괴로움은 매일같이 피를 흘리는 데 댈 게 아니라 생각하였다.

그러나 한 두어 종지가량 고추장 물을 먹이고 나서는 나는 고만 풀이 죽었다. 싱싱하던 닭이 왜 그런지 고개를 살머시 뒤틀고는 손아귀에서 **뻐드러지는** 것이 아닌가. 아버지가 볼까 봐서 얼른 홰에다 감추어 두었더니 오늘 아침에서야 겨우 정신이 든 모양 같다.

그랬던 걸 이렇게 오다 보니까 또 쌈을 붙여 놨으니 이 망할 계집애가, 필연 우리 집에 아무도 없는 틈을 타서 제가 들어와 홰에서 꺼내 가지고 나간 것이 분명하다.

---

**당최** '도무지', '영'의 뜻을 나타내는 말.
**하릴없이** 달리 어떻게 할 도리가 없이.
**물부리** 담배를 끼워서 빠는 물건.
**뻐드러지다** 굳어서 뻣뻣하게 되다.

나는 다시 닭을 잡아다 가두고 염려는 스러우나 그렇다고 산으로 나무를 하러 가지 않을 수도 없는 형편이었다.

소나무 **삭정이**를 따며 가만히 생각해 보니 암만해도 고년의 목쟁이를 돌려놓고 싶다. 이번에 내려가면 망할 년 등줄기를 한번 되게 후려치겠다 하고 **싱둥겅둥** 나무를 지고는 부리나케 내려왔다.

**거지반** 집에 다 내려와서 나는 **호드기** 소리를 듣고 발이 딱 멈추었다. 산기슭에 널려 있는 굵은 바윗돌 틈에 노란 동백꽃이 **소보록하니** 깔리었다. 그 틈에 끼여 앉아서 점순이가 청승맞게시리 호드기를 불고 있는 것이다. 그보다 더 놀란 것은 그 앞에서 또 푸드덕푸드덕하고 들리는 닭의 횃소리다. 필연코 요년이 나의 약을 올리느라고 또 닭을 집어내다가 내가 내려올 길목에다 쌈을 시켜 놓고 저는 그 앞에 앉아서 천연스레 호드기를 불고 있음에 틀림없으리라.

나는 약이 오를 대로 다 올라서 두 눈에서 불과 함께 눈물이 퍽 쏟아졌다. 나무 지게도 벗어 놀 새 없이 그대로 내동댕이치고는 지게막대기를 뻗치고 허둥지둥 달려들었다.

가차이 와 보니, 과연 나의 짐작대로 우리 수탉이 피를 흘리고 거의 **빈사 지경**에 이르렀다. 닭도 닭이려니와 그러함에도 불구하고 눈 하나 깜짝 없이 고대로 앉아서 호드기만 부는 그 꼴에 더욱 치가 떨린다. 동리에서도 소문이 났거니와 나도 한때는 **걱실걱실히** 일 잘하고 얼굴 이쁜 계집애인 줄 알았더니 시방 보니까 그 눈깔이 꼭 여우 새끼 같다.

---

**삭정이**  살아 있는 나무에 붙어 있는, 말라 죽은 가지.
**싱둥겅둥**  건성건성. 정성을 들이지 않고 대강대강 일을 하는 모양.
**거지반**(居之半)  거의 절반 가까이.
**호드기**  봄철에 물오른 버드나무 가지의 껍질을 고루 비틀어 뽑은 껍질이나 짤막한 밀짚 토막 따위로 만든 피리.
**소보록하다**  물건이 많이 담기거나 쌓여 좀 볼록하게 도드라져 있다.
**빈사지경**(瀕死地境)  거의 죽게 된 처지나 형편.
**걱실걱실히**  성질이 너그러워 말과 행동을 시원스럽게 하는 모양.

나는 대뜸 달려들어서 나도 모르는 사이에 큰 수탉을 **단매**로 때려 엎었다. 닭은 푹 엎어진 채 다리 하나 꼼짝 못 하고 그대로 죽어 버렸다. 그리고 나는 멍하니 섰다가 점순이가 매섭게 눈을 **홉뜨고** 닥치는 바람에 뒤로 벌렁 나자빠졌다.

"이놈아! 너 왜 남의 닭을 때려죽이니?"

"그럼 어때?"

하고 일어나다가,

"뭐 이 자식아! 누 집 닭인데?"

하고 **복장**을 떼미는 바람에 다시 벌렁 자빠졌다. 그러고 나서 가만히 생각을 하니 분하기도 하고 무안도 스럽고 또 한편 일을 저질렀으니 인젠 땅이 떨어지고 집도 내쫓기고 해야 될는지 모른다.

나는 비슬비슬 일어나며 소맷자락으로 눈을 가리고는 **얼김**에 엉 하고 울음을 놓았다. 그러다 점순이가 앞으로 다가와서,

"그럼 너 이담부텀 안 그럴 터냐?"

하고 물을 때에야 비로소 살길을 찾은 듯싶었다. 나는 눈물을 우선 씻고 뭘 안 그러는지 명색도 모르건만

"그래!"

하고 무턱대고 대답하였다.

"요담부터 또 그래 봐라, 내 자꾸 못살게 굴 터니."

"그래 그래, 인젠 안 그럴 테야!"

"닭 죽은 건 염려 마라, 내 안 이를 테니."

---

**단매**(單−) 단 한 번 때리는 매.
**홉뜨다** 눈알을 위로 굴리고 눈시울을 위로 치뜨다.
**복장** 가슴의 한복판.
**얼김** 어떤 일이 벌어지는 바람에 자기도 모르게 정신이 얼떨떨한 상태.

그리고 뭣에 떠다밀렸는지 나의 어깨를 짚은 채 그대로 픽 쓰러진다. 그 바람에 나의 몸뚱이도 겹쳐서 쓰러지며 한창 피어 퍼드러진 노란 동백꽃 속으로 폭 파묻혀 버렸다.

**알싸한** 그리고 향긋한 그 냄새에 나는 땅이 꺼지는 듯이 온 정신이 고만 아찔하였다.

"너 말 마라."

"그래!"

조금 있더니 요 아래서

"점순아! 점순아! 이년이 바느질을 하다 말구 어딜 갔어!"

하고 어딜 갔다 온 듯싶은 그 어머니가 역정이 대단히 났다.

점순이가 겁을 잔뜩 집어먹고 꽃 밑을 살금살금 기어서 산 아래로 내려간 다음 나는 바위를 끼고 엉금엉금 기어서 산 위로 **치빼지** 않을 수 없었다.

---

**알싸하다**  매운맛이나 독한 냄새 따위로 코 속이나 혀끝이 알알하다.
**치빼다**  냅다 달아나다.

부모의 보호를 받으며 시키는 대로 살았던 아이 때를 벗어나면 스스로 선택해야 할 것들이 많아집니다. 기말고사를 치르기 위해 당장 어떤 과목을 우선적으로 택해 공부해야 할지 결정한다거나, 제한된 용돈으로 무엇을 꼭 집어 사야 할지 선택해야 할 때도 있습니다. 나아가 고등학교를 어디로 진학할지, 미래 직업을 위해 대학의 어떤 과를 지망할지 등 중대한 결정의 순간도 마주합니다. 어떤 선택을 하든 갈등은 겪을 수밖에 없지만, 그것을 견디고 나름의 최선을 다하는 과정에서 사람은 성장합니다.

〈내가 그린 히말라야시다 그림〉은 두 명의 서술자가 서로 번갈아 가며 동일한 사건을 각자의 시선에서 서술하는 독특한 형식의 작품입니다. '0'의 서술자는 '말할 수 있었지만 말하지 않은 그 일 때문에 내 삶이 달라졌다.'며, 자신의 인생을 바꾸어 놓은 어릴 적 비밀스러운 선택을 끄집어냅니다. 같은 사건을 겪은 또 다른 주인공 '1'의 서술자는 '잘못된 과정을 바로잡는 게 너절하고 귀찮은 일'이라고 생각해서 마찬가지로 말하지 않는 쪽을 택했다 말합니다. 그리하여 한날한시 똑같이 '히말라야시다' 나무를 그린 그날 이후 한 사람은 한국에서 가장 유명한 화가가 되었고, 한 사람은 평범한 가정주부로 살게 되었습니다.

두 사람이 공유한 비밀은 어떤 내용일까요? 그 비밀을 간직한 두 주인공은 각자 어떤 갈등을 겪고 어떻게 성장해 갔을까요? 작품을 감상하며 이를 알아봅시다.

## ▌▌성석제(成碩濟, 1960~)

경북 상주 출생. 1986년 《문학사상》에 시 〈유리 닦는 사람〉을 발표하며 등단했으며, 1994년부터 본격적으로 소설을 쓰기 시작했다. 해학과 풍자, 과장과 익살을 통해 현대의 인간 군상을 그려 내는 작가로 평가받고 있으며, 희비극을 넘나드는 자유로운 서사와 독창적 문체로 독자들의 사랑을 받고 있다. 주요 작품으로 소설집 《그곳에는 어처구니들이 산다》, 《재미나는 인생》, 《황만근은 이렇게 말했다》 등과 장편 소설 《왕을 찾아서》, 《궁전의 새》, 《순정》 등이 있다.

# 내가 그린
# 히말라야시다 그림 _성석제

## 0

그때 말해야 했을까? 아니, 모르겠어. 다시 그때가 된다면 내 입으로 말할 수 있을까. 아니 그것도 몰라. 내가 아는 건 내가 말할 수 있었지만 말하지 않은 그 일 때문에 내 삶이 달라졌다는 거야. 그래, 달라졌어. 그 일이 아니었다면 나는 다른 직업을 가졌겠지. 남을 속이는 교활한 장사꾼? 명령에 충실하게 따르는 군인? 뭘 했을지는 몰라도 지금처럼 그림을 그리고 있지는 않겠지.

그 일이 일어난 건 내 탓이 아냐. 그건 확실히 그렇다고 말할 수 있어. 우연이야. 아니 누군가의 실수지. 내 실수는 아니라구.

나는 그림에 천재적인 재능이 있어. 겉으로 보면 그래. 지금 내가 그린 그림이 우리나라에서 가장 유명한 **화랑**의 벽을 장식하고 값비싸게 팔리고 있는 것만 봐도. 이런 **척도**를 **속물적**이라고 해도 할 수 없어. 사실이 그러니까. 내가 재능이 없으면 내 그림을 산 사람들이 엄청나게 손해를 보게 되겠지. 그러

---

**화랑**(畫廊)  그림 따위의 미술품을 진열하여 전람하도록 만든 방.
**척도**(尺度)  평가하거나 측정할 때 의거할 기준.
**속물적**(俗物的)  교양이 없거나 식견이 좁고 세속적인 일에만 신경을 쓰는 것.

니까 아무도 의심하지 않아.

나 혼자 내 재능을 의심하지. 나를 의심해 왔지. 그날 그 일이 있은 뒤부터. 혼자서만, 조용히, 아무도 모르게, 그 누구도, 나를 미술의 길에 들어서게 한 아버지도 모르게, 만난 이후 수십 년 동안 내가 그림을 그릴 때마다 격려하고 내가 벽에 막혀 더 나가지 못하고 서성거리거나 좌절할 때마다 나를 위로해 준 내 아내도 모르게. 내게 이런저런 상을 안겨 준 평론가들, **원로**들, 스승들이라고 알 수 있었겠어? 나는 이런 내 마음속을 들키지 않으려고 무진 애를 썼지. 내가 타고난 재능을 한 번도 의심해 본 적이 없는 것처럼 말하고 다녔지. 고개를 쳐들고 상대의 눈을 쏘아보며.

생각해 봐야겠어. 왜 그 일이 생겨났는지. 그 일은, 그 사건의 싹은 초등학교 3학년 때 자라기 시작했어. 그래, 천수기 선생님. 천 선생님이 내 담임 선생님이 되면서부터야. 선생님은 아버지의 초등학교 동창이었어. 졸업생이 스무 명도 안 되는 학교의 동창. 두 사람은 그 졸업생 중에서도 가장 친한 친구였지. 한 사람은 교사가 되었지만 한 사람은 그렇게 되고 싶어 하던 화가가 못 되고 농사를 짓는 사람이 되었어. 졸업한 이후 각자 서른 살이 되기까지 만나지 못했지만 서로를 잊지 않고 있었지.

아버지는 염소를 팔러 나갔다가 장터에서 선생님과 마주쳤어. 두 사람은 십수 년 만에 만난 어린 시절 친구를 금방 알아보지는 못했어. 선생님은 밀짚모자를 쓰고 흙탕물이 튄 옷을 입은 농부에게서 어린 시절 친구의 모습을 떠올리면서 그의 행동을 유심히 바라보고 있었지. 선생님이 지켜보는 동안 아버지의 염소가 팔렸고 아버지는 돈을 손에 든 채 읍내에 하나밖에 없는 **화방**으로 갔다지. 그걸 보고 선생님은 아버지가 어린 시절 친구라는 걸 확신했

---

**원로**(元老)  한 가지 일에 오래 종사하여 경험과 공로가 많은 사람.
**화방**(畫房)  그림 그리는 데에 필요한 기구나 물감 따위를 파는 가게.

지. 군 전체 인구가 20만 명, 읍내에 사는 인구가 5만 명 정도밖에 안 되는 작은 도시에서 화방까지 가서 그림 재료를 살 사람은 흔치 않았지. 미술 선생님이라면 그럴 수도 있겠지만 아버지는 장화를 신고 염소의 목에 달려 있던 방울을 손에 쥔 농부였어. 선생님은 아버지를 뒤따라 화방 안으로 들어갔고, 두 사람은 거기서 서로에게 남아 있는 어릴 때의 옛 모습을 찾아냈지. 다가서서 손을 맞잡았어.

"자네는 공부를 잘하더니만 결국 공부를 가르치는 선생님이 되었군. 양복과 자전거가 잘 어울려. 어디 사는가?"

선생님이 근무하는 초등학교 근처에 산다고 말하고는 아버지에게 아직도 그림을 그리느냐고 물었어.

"어, 내 아들놈이 지금 열 살이야. 난 아버님의 유언 때문에 그림을 포기한 대신 장가는 일찍 갔다네. 그 애가 그림에 재능이 있는지는 모르겠지만, 내가 그래도 한때 그림을 좀 그렸던 사람으로서 재료는 좋은 걸 써야겠기에 우리 형편에는 좀 **과분하지만** 이리로 온 걸세."

아버지는 화방에서 권하는 크레파스와 스케치북을 집어 들었어. 선생님은 아들이 어느 학교에 다니느냐고 물었어. 아버지는 내가 다니는 학교를 말했고 그 학교는 바로 선생님이 막 전근 온 학교였어. 선생님은 마침 3학년 담임을 맡은 터였지.

"그럼 자네 아들 이름이?"

"선규일세. 백선규."

선생님은 소리 내어 웃었지. 선생님 반에 우연히 내가 있었기 때문에. 이 우연 때문에 내 인생이 달라진 걸까. 아니야. 자신이 담임을 맡은 반에 친구의 아들이 있다는 게 흔한 일은 아니라도 있을 수 있는 일이지. 문제는 그다

---

**과분하다**(過分ーー) 분수에 넘쳐 있다.

음이야. 그날 저녁 집에 온 아버지는 내게 말했어.

"읍에서 네 담임 선생님을 만났다. 그 사람이 아버지의 친구더라. 그렇다고 너를 다른 아이들보다 잘 봐줄 거라고 생각하지는 마라. 오히려 이 아비의 얼굴에 **먹칠**을 하지 않으려면 다른 아이들보다 훨씬 더 노력해야 한다."

다음 날 아침, 조회가 끝난 뒤에 선생님이 나를 부르고는 복도에 세워 놓은 채 말했어.

"네 아버지가 내 친구라는 걸 들었겠지? 그렇지만 선생님은 친구의 아들이라고 봐주지는 않는다. 뭐든지 더 열심히 해야 해. 알았느냐?"

나는 두 사람 모두에게 고개를 끄덕이며 "예." 하고 대답했지만 두 사람의 마음에 들기 위해 뭘 어떻게 열심히 해야 할 줄은 몰랐어. 내가 그때 열심히 하고 싶은 건 딱 한 가지, 열심히 공을 차는 거였어. 나는 축구를 좋아했어. 아이들과 공을 차며 날이 어두워질 때까지 운동장에서 놀다가 집까지 십 리나 되는 길을 여우를 만날까 도깨비를 만날까 무서워하며 달려가는 일이 거의 매일 반복되고 있었어.


# 1

난 그림을 좋아해. 오늘도 미술관에 나와서 전시된 그림을 보았어. 유명한 전시회가 열리는 미술관이나 박물관은 어쩌다 한 번 가지만 일주일에 한두 번은 화랑과 작은 미술관이 **즐비한** 거리를 돌아다니지. 걷고 또 걸으며 돌아다니다 눈과 다리가 아프면 찻집 '고갱과 고흐'로 가곤 해. 여기서 따뜻한 커

---

**먹칠** 명예, 체면 따위를 더럽히는 짓을 비유적으로 이르는 말.
**즐비하다**(櫛比——)  빗살처럼 줄지어 빽빽하게 늘어서 있다.

피를 마시면서 창문 밖으로 걸어가는 사람들의 옷차림과 얼굴빛과 하늘의 색깔을 비교해 보지. 사람의 배경이 되는 나무줄기의 빛깔과 나뭇잎을 흔드는 바람에서 무슨 느낌을 얻기도 해.

바람을 그릴 수 있을까? 바람은 보이지 않아서 그릴 수 없어. 하지만 바람 때문에 휘어지는 나뭇가지, 바람에 뒤집히는 우산을 통해 바람을 표현할 수는 있어. 그런 일이 그림이 할 수 있는 영역이라고 나는 생각하곤 해. 그림에 대한 정의라고 할 수는 없지만, 나는 학자도 비평가도 화가도 아니니까, 그냥 그림을 좋아하고 좋은 그림을 바라보고 있으면 기분이 좋아지는 **애호가**로서 내 마음대로 생각할 거야.

물론 진짜 예술가라면 이 세상에 존재하는 모든 것을 표현할 수 있겠지. 바람도 붙들어서 화폭 안에 고정시키고 구름도 악보 안에 잡아 놓고. 시간도 그렇게 하는 거지. 시간, 시간도 무대와 음악과 화폭 속에 붙들어 영원하게 만들겠지. 좋은 그림을 보고 있으면 시간 가는 줄 몰라. 화가는 가는 시간을 화폭에 담아서 잡아 놓고 다른 사람의 시간은 마냥 흘러가도 모른 척하는 사람일까? 그럴지도 몰라. 내가 아는 사람이라면, 그렇게 하고도 시치미를 뚝 떼고 "난 잘못한 거 없소." 할 인물이지. 그 사람, 백선규. 나와 같은 고향 출신이고, 같은 초등학교를 나왔는데 어릴 때부터 상이란 상은 다 받고 다니더니 자라서도 한국을 대표하는 화가가 됐어.

'고갱과 고흐'에도 백선규의 작품이 걸려 있지. 진품은 아니고 몇 년 전 어느 대기업의 달력에 인쇄된 그림을 오려서 액자에 넣은 거지. 그 사람 작품, 저만한 크기에 진품이라면 몇천만 원을 할지 몰라. 그런 작품이 이런 가게 벽에 걸려 있다가 누군가 재채기를 하는 바람에 콧물이 튀기라도 한다면 어떻게 해. 누가 코딱지를 문질러 붙이면 어떻게 하겠느냐고. 그 사람 작품은

---

**애호가**(愛好家)  어떤 사물을 사랑하고 좋아하는 사람.

몽땅, 작업실 바깥으로 나오는 대로 특수하게 설계된 **수장고**로 모셔지고 그 안에서 적당한 온도와 습도가 유지되는 가운데 편안히 잠들어 있게 된다지, 아마.

인쇄된 작품이라도 얼마나 정확하게 그린 선인지 보여. 악마가 그려 준 것처럼 동그랗고 선명한 저 원. 원과 원을 연결하는 실낱같은 저 선. 더없이 흰 바탕, 너무나 희어서 마치 없는 듯한 바탕. 흰 눈보다 더 희고 흰 구름보다 더 희고 흰 거품보다 더 흰 저 흰색. 영혼을 팔아서 그 대가로 도깨비가 가져다 준 물감을 쓰는 것일까. 그 사람은 어떻게 저 흰색을 만들어 내는지 말하지 않았지. 원과 선을 그리는 저 검은색은 또 얼마나 검은지. 물감의 검은색보다 검고 숯보다 더 검고 **천진무구한** 소녀의 눈동자보다 더 검은 저 검은색. 여우 귀신이 그에게 검은색 물감을 가져다주는 것일까. 그는 말한 적이 없어. 그에게는 비밀이 많아 보여.

세상에서 가장 검은 검은색과 세상에서 가장 흰 흰색이 만나, 그의 그림은 보석처럼 벽을 빛나게 하지. 저런 게 예술이 아닐까. 인쇄된 작품이라도 그렇게 보이니 진품은 정말 어떨지 상상이 안 가. 진품이 생산되고 있는 작업실은 아마도 무균실 같을 거야.


0

내 어린 시절 고향 읍내에서는 5월이면 온 군민이 모두 참여하는 군민 체전이 열렸지. 공설 운동장 주변에는 임시로 장터가 만들어지고 사방이 잔칫집처럼 떠들썩하지. 풍선이 하늘로 날아오르고 솜사탕 만드는 자전거 바퀴가

---

**수장고**(收藏庫) 귀중한 것을 고이 간직하는 창고.
**천진무구하다**(天眞無垢--) 조금도 때 묻음이 없이 아주 순진함.

윙윙 돌고 어디선가 **브라스 밴드**의 연주 소리가 쿵쾅쿵쾅 울려 나오고 있어. 브라스 밴드의 연주는 어쩌면 우리들 가슴속에서 대회 기간 내내 울려 퍼지는지도 몰라.

　공설 운동장 안에서는 예선을 거쳐 올라온 선수와 팀 들이 경기를 벌여서 우승자를 가리지. 그렇게 사흘 동안 경기가 벌어지고 내가 좋아하는 축구 결승전은 체육 대회 마지막 날, 토요일 오전에 열렸어. 운동장 곁을 지날 때 사람들의 함성만 들어도 내 가슴이 쿵쾅쿵쾅 뛰었지. 내 발은 스펀지가 들어간 듯이 푹신거리고 어서 달려가서 경기하는 걸 보고 싶다는 마음으로 주먹을 꼭 쥔 손바닥이 아팠지.

　하지만 초등학교 3학년이던 해 나는 거기에 갈 수 없었어. 선생님이 가지 못하게 했기 때문이지. 내가 축구를 얼마나 좋아하는지 모르니까 그랬겠지만. 몰라서 잘못한 게 잘한 게 되지는 않아. 그 축구 경기를 못 봐서 얼마나 가슴이 찢어질 것 같았는지, 지금도 그 느낌이 생생해. 내가 그걸 얼마나 기다렸는데. 그때 우리 집에는 텔레비전도 없었고 영화를 보러 손을 잡고 극장에 가자는 사람도 없었어. 라디오에서 농촌의 어느 군민 체전 축구 경기를 중계하는 것도 아니었어. 그때 축구 결승전은 한 번 보지 않으면 영원히 못 보는, 세상에 단 하나밖에 없는, 단 한 번밖에 상영하지 않는 영화 같은 거였어. 그런데 선생님이 그걸 볼 기회를 **빼앗아** 간 거야.

　"넌 이번에 군 학예 대회 초등부 **사생** 대표로 나가야 한다. 반에서 두 명씩 나가서 학교를 대표하는 거다."

　군민 체육 대회가 있는 그 주간에 군 전체의 초·중·고 학생들이 참가하는 학예 대회가 열리고 그 안에 사생 경연 대회가 있는 건 맞아. 일 년 중 가장

---

**브라스 밴드**(brass band)　관악대. 금관 악기를 중심으로 편성된 악대.
**사생**(寫生)　실물이나 경치를 있는 그대로 그리는 일.

큰 문예 행사여서 교장 선생님부터 좋은 성적을 낼 수 있게 **조바심**을 내며 **닦달**을 하는 대회야. 선생님들은 말할 것도 없이 분야별로 좋은 성적을 내게 하려고 노력을 했지. 그림 외에도 서예, 합창, 밴드, 글짓기까지 여러 분야가 있는데 그거야 어떻든 간에, 어디까지나 학예 대회는 4학년 이상만 나가는 대회였어. 그런데 선생님은 자신의 친구 아들이 자신의 친구처럼 그림에 대단한 소질이 있다고 믿었어. 친구는 재능을 살리지 못하고 농사를 짓고 있지만 그의 아들에게 최대한의 기회를 주어야겠다고 생각한 거야. 그런데 그 방법이라는 게 정상적인 게 아니었어. 4학년 담임 선생님 중에 자신과 친한 5반 선생님에게 말해서 그 반의 대표로 나를 내보내기로 한 거야. 물론 나는 대회에 나가서 내 이름을 쓸 수가 없지. 4학년 5반 대표 중 하나로 나가는 거니까. 하긴 대회장에 가서 보니까 이름을 쓸 필요도 없고 써서도 안 되었지. 혹시 심사 과정에 부정이 있을지도 몰라 대회에 참가하는 사람들에게 번호를 미리 주고 참가자는 자신의 작품 뒤에 이름 대신 그 번호를 적게 되어 있었던 거지.

그거야 어떻든 상관없었어. 나한테 중요한 건 그 대회가 열리는 날이 축구 결승전을 하는 날이었다는 거야. 내가 좋아하는 경찰 대표가 결승전에 올라왔고 결승 상대는 진짜 축구 선수가 여섯 명이나 들어 있는 전문학교 대표였어.

사생 대회는 공설 운동장에서 그리 멀리 떨어지지 않은 교육청 마당에서 열렸어. 큰 플라타너스 나무 아래에 연못이 있었고 거기에 군의 14개 초등학교에서 대표로 나온 아이들 수백 명이 모여서 그림을 그렸어. 플라타너스와 연못 주변의 풍경을 그리라는 게 과제였어.

나는 공설 운동장에서 함성이 들려올 때마다 목이 메었어. 함성이 되풀이

---

**조바심**　조마조마하여 마음을 졸임. 또는 그렇게 졸이는 마음.
**닦달**　남을 단단히 윽박질러서 혼을 냄.

되다가 누군가 골을 넣었는지 크고 긴 함성이 들려왔을 때 눈물을 흘리기까지 했어. 얼른 그림을 그려서 제출하고 공설 운동장에 가려는 생각도 했지만 시간이 너무 없었어. 결승전이 사생 대회하고 같은 시간에 시작되었으니까 말이야. 최대한 빨리 그려 내고 운동장까지 뛰어간다고 해 봐야 결승전이 거의 끝날 시간이었지. 심사 결과는 그날 오후에 나올 예정이었지. 결국 나는 그해의 축구 결승전을 보지 못했어. 눈물을 훔치면서 집으로 돌아가야 했어.

이상한 일은 그날 저녁 무렵에 일어났어. 선생님이 자전거를 타고 읍에서 십 리쯤 떨어진 우리 집에 찾아온 거야. **가정 방문**을 온 게 아니야. 선생님은 손에 술병을 들고 왔어. 선생님은 아버지를 만나서는 어깨에 손을 얹더니 이렇게 말했어.

"축하하네. 자네 아들이 사생 대회에서 **장원**을 했어. 열 살짜리가. 보라구. 겨우 열 살짜리가 저보다 몇 살 더 많은 아이들을 다 제치고 일등을 했다 이 말이야. 그 애들 중에는 따로 그림을 과외로 배우는 애들도 있어. 자네 애는 이번에 크레파스를 처음 잡은 거라면서?"

아버지는 땀 냄새가 푹푹 나는 옷을 젖히면서 친구의 손에서 살그머니 떨어졌어. 그러고는 쑥스럽게 웃는 듯했는데, 그게 내가 그 눈물을 흘린 사생 대회에서 장원한 것에 대한 반응의 전부였어.

1

내 아버지는 읍에서 제일 큰 **제재소**를 운영했어. 그 시절은 한창 집을 많이 지을 때여서 제재소를 드나드는 차와 사람들로 문짝이 한 달에 한 번은 떨어

---

**가정 방문**(家庭訪問)  교사가 학생의 가정 환경을 이해하기 위하여 학생의 가정을 방문하는 일.
**장원**(壯元)  여럿이 겨루는 경기나 오락에서 첫째를 함. 또는 그런 사람.
**제재소**(製材所)  베어 낸 나무로 재목을 만드는 곳.

져 나갈 지경이었지. 나는 **고명딸**이었어. 아버지는 오빠들이 **정구**를 친다고 하자 정구장을 집 안에 지어 줬지. 나는 피아노를 배웠는데 피아노가 싫다고 하니까 바이올린을 사다 줬어. 그런데 바이올린 선생님이 무슨 일로 못 오게 된 뒤로 나는 그림을 배우겠다고 했어. 아버지는 언제나 내가 원하는 대로 해 주었지.

읍내에서 유일한 사립 중학교에서 미술을 가르치는 선생님이 집으로 와서 나에게 그림을 가르쳐 주었어. 선생님은 내가 그림에 재능이 뛰어나다고 계속 공부를 시키면 훌륭한 화가가 될 수 있을 거라고 했어. 비싼 과외비를 받으니까 그냥 해 본 말인지도 몰라. 그 말을 들은 아버지는 "딸내미가 예쁘게 커서 시집만 잘 가면 됐지, 뭐 그림 그려서 돈 벌 것도 아니고 결혼해서 식구들 먹여 살릴 것도 아닌데 힘들게 공부할 거 뭐 있나."라고 했대. 그 말을 전해 듣고 나는 그렇게 열심히 할 생각이 없어졌어. 원래 열심히 하려던 것도 아니고 말이야. 그래도 배운 게 있어서 그림을 남들보다 잘 그리게는 됐을 거야.

4학년이 되어서 나는 특별 활동반으로 문예반에 들었어. 그런데 막상 들어가고 보니 글짓기는 아무나 하는 게 아닌 것 같았어. 내가 하고 싶은 말은 이런 건데 막상 글을 써 놓고 보면 저런 게 돼 버리고, 그것도 여기저기 틀리기도 하고 그래. 정말 아버지 말대로 내가 남자고 결혼하고 아이 낳아서 글로 벌어먹고 살아야 된다면 엄청나게 힘들 것 같았어. 그래도 문예반이 좋았어.

문예반 선생님은 동시를 쓰시는 분인데 아주 유명하기도 했고 참 잘생겼지. 가까이 가면 기분 좋은 냄새가 났어. 그 냄새가 좋았고 그 냄새의 주인인 선생님은 더 좋았어. 나는 동시를 잘 쓰지 못하지만 선생님이 쓴 동시를 보면 무슨 뜻인지 잘 알 것 같고 참 좋았어. 그런 게 진짜 문학이 아닐까. 잘 모르

---

**고명딸** 아들 많은 집의 외딸.
**정구**(庭球) 테니스와 유사한 구기 경기.

는 사람도 좋아지게 만드는 게 예술 작품이지.

　그해 봄에 나는 군 학예 대회에서 글짓기 백일장에 나가지 못했어. 그건 당연하지. 내가 읍에서 몇 번째 안에 드는 부잣집 딸이라고 해서 누가 봐도 재능이 없는데 글짓기 대표로 내보낼 수는 없지. 그 대신 나는 사생 대회 대표로 뽑혔어. 그때 우리 학교는 한 학년이 다섯 반이고 4학년 이상 한 반에 두 명씩 대회에 나가니까 우리 학교에서만 서른 명이 참가하는 거야. 대개는 미술반에 있는 애들이었어. 문예반에 있는 애들은 학교에서 십 리 이십 리 떨어진 데 사는 농촌 애들이 많은데 미술반 애들은 거의 다 읍내 애들이고 좀 잘 사는 애들이었어. 글짓기는 연필하고 지우개, 원고지만 있어도 되지만 미술은 크레파스, 화판, 스케치북이 필요하고 그것들을 빨리 써 버리게 되니까 돈이 좀 들거든. 그런 게 나하고 무슨 큰 상관이 있는 건 아니지만.

　사생 대회는 토요일 오전에 우리 학교에서 열렸어. 우리가 다니는 초등학교가 군에서 가장 오래된 학교라서 그랬던 것 같아. 건물도 오래됐고 나무도 커서 그림 그릴 게 많았는지도 몰라. 우리 학교 다니는 애들한테 유리한 것 같긴 했지.

　우리는 주최 측이 확인 도장을 찍어서 준 도화지를 한 장씩 받아서 그림을 그리기 위해 여기저기로 흩어졌지. 그런데 내 뒤에서 그림을 그리던 녀석, 옷도 지저분하고 검정 고무신을 신은 데다 간장 냄새가 나던 녀석이 기억에 오래 남았어. 그 냄새며 꼴이 싫어서 자리를 옮기려고 했지만 이미 노란색 크레파스로 그 앞의 나무와 갈색 나무 **교사**의 밑그림을 그린 뒤라서 그럴 수도 없었어. 참 그 냄새, 머리가 아프도록 지독했어. 그건 한마디로 하면 가난의 냄새였어.

---

**교사**(校舍)　학교의 건물.

# 0

4학년이 되고 나서 나는 미술반에 들어갔지. 천수기 선생님은 문예반을 맡았는데 미술반을 맡은 주은희 선생님에게 나를 특별히 부탁했다고 했지. 아버지 이야기를 했는지도 몰라. 천 선생님은 자신이 직접 본 사람 중에 가장 그림에 뛰어난 재능을 가진 사람이 아버지라고 했어. 그림과 동시는 분야가 다르지만 천 선생님은 다른 예술에 대한 평가 기준도 상당히 높았지.

아버지는 한때 그림을 그리겠다고 했다가 할아버지에게 혼이 났어. 입에 풀칠하기도 힘든 가난한 농사꾼의 자식이 도시의 여유 있는 사람들이 즐기는 예술인 미술을 평생의 직업으로 삼겠다니 할아버지는 이해를 못 했겠지. 그래도 아버지는 고등학교까지는 미술반에서 활동을 했고 같은 또래에서는 제일 그림을 잘 그리는 걸로 인정을 받았던가 봐. 서울에 있는 국립 미술 대학에 합격까지 했다니 그 당시 고향에서는 일 년에 한두 명 나올까 말까 한 일이었다지. 할아버지가 그 사실을 알고 아버지를 **호되게** 나무랐지. 그때 아버지는 집을 나가려고 가방까지 쌌었는데 그만 할아버지가 쓰러지신 거야.

할아버지를 **달구지**에 싣고 병원에 모시고 가니까 곧 돌아가실 것 같다고 준비를 하라고 했대. 그때 할아버지가 유언으로 "네 어미와 동생들을 단 한 끼라도 굶게 해서는 안 된다."라고 하셨고 아버지는 그러겠다고 맹세했어. 할아버지는 이웃 동네에 살던 친구의 딸을 데려오게 해서 그 자리에서 아버지와 약혼을 하게 했어. 지금은 이해가 잘 안 가는 일이지만 그땐 스무 살에 결혼하는 게 그렇게 이상한 일은 아니었다지. 아버지는 할아버지 간호를 하고 생계를 꾸려 가기 위해 대학 진학을 미뤘어. 그런데 할머니가 그해 봄에 쓰러져서 곧 돌아가셨고 그 바람에 어머니는 주부가 된 거야. 할아버지는 가을쯤

---

**호되다** 매우 심하다.
**달구지** 소나 말이 끄는 짐수레.

에 **병석**에서 일어나셨지. 그해 겨울에 내가 태어난 거고 말이야. 그래서 아버지는 할아버지와 함께 농사를 짓게 된 거지.

나는 미술반에 들어가서 그림을 많이 그리지는 않았어. 한 해 전 3학년 때에 학교 대표로 나간 건 비밀이었지. 주은희 선생님은 알았어. 그러니까 내가 연습을 안 해도 못 본 척해 준 거야. 군 학예 대회에서 사생 부문 장원을 하면 48색짜리 크레파스 다섯 통하고 스케치북 열 권이 상품인데 내가 그걸 받을 수는 없었어. 상품이 아이들 나무할 때 쓰는 작은 지게로 한 짐이나 되니 열 살짜리가 무거워서 못 받은 게 아니라 나에게 이름을 빌려 준 4학년 5반 대표가 받고는 입을 싹 씻어 버린 거야. 그게 알려지면 자기도 망신이니까 비밀은 지켰어.

그래서 나는 그림을 그릴 때 몽당연필처럼 짤막한 크레파스하고 이미 그린 그림이 있는 스케치북 뒷면으로 그림 연습을 할 수밖에 없었어. 우리 집 형편에 크레파스와 스케치북을 자꾸 사 달라고 하기도 힘든 일이고 아버지에게 염소가 많은 것도 아니었어. 게다가 내 동생이 넷이나 됐지.

미술이 별것 아니라는 생각도 들었지. 내 아버지는 동시로 전국적으로 유명한 천수기 선생님이 인정하는 화가의 재능을 타고났어. 내가 그 아버지의 아들이 틀림없는데 다른 평범한 아이들처럼 죽어라 연습할 필요는 없잖아. 나는 미술반 아이들과 함께 주 선생님을 따라 산과 들을 다닐 때 열에 여덟아홉은 스케치북을 펴지도 않았어. 가끔 주 선생님이 "관찰도 공부다."라고 하면서 자연과 주변의 물건들을 세세하게 봐 두라고 했지.

아버지, 아버지는 나한테 별 관심이 없는 것 같았어. 염소를 팔아서 크레파스와 스케치북을 사 주던 때, 그때는 아버지한테 좀체 잘 없는 특별한 순간이었던 것 같아. 다시 병석에 누운 할아버지와 우리 식구들 굶기지 않으려면 정

---

**병석**(病席)  병자가 앓아누워 있는 자리.

신없이 일을 해야 했지. 생각하긴 싫지만 내가 태어나는 바람에 아버지가 화가가 되려는 꿈을 버려야 했는지도 몰라. 그래서 일부러 그림 쪽으로는 모른 척하는 건지도.

그러다가 다시 군민 체전이 열리는 5월이 돌아왔어. 군 전체 초·중·고 학생들이 참가하는 학예 대회도 당연히 함께 열렸지. 모든 게 작년하고 비슷했어. 내가 떳떳이 반 대표로 사생 대회에 참가하게 되었다는 것이나 대회 장소가 우리 학교라는 게 달랐지. 이번에 장원 상을 받으면 상품으로 그림 연습을 마음껏 할 수 있게 될 거라고 생각했어. 크레파스 다섯 통과 스케치북 열 권을 다 쓰기도 전에 다음 대회가 열리게 되겠지.

지금 생각하면 참 우스워. 상으로 그림 도구를 받아서 그림을 제대로 잘 그릴 생각을 하다니. 그땐 전혀 우습지 않았어. 좀 긴장이 됐지. 차상, 차하도 돼. 크레파스하고 스케치북이 상품으로 나오긴 하니까 모자라는 대로 어떻게 되겠지. 그냥 특선이나 입선은 곤란하지. 공책이나 연필밖에 안 주니까. 상장 뒷면에 그림을 그릴 수도 없고.

나는 아버지가 사 준 크레파스를 들고 학교로 갔어. 한 해 전과는 다르게 크레파스 뚜껑이 달아나 버려서 **습자지**를 덮고 고무줄로 동여맸지. 한 해 전처럼 그림을 그려서 제출할 도화지를 받아 들고 뒷면에 미리 부여받은 내 번호를 적었지. 나는 124번이었어. 잊어버릴 수가 없는 번호야. 그 몇 해 전에 **무장간첩**들이 남한으로 내려왔는데 무장간첩을 훈련시킨 부대 이름이 124군 부대라서 그런 게 아냐. 하여튼 나는 도화지 뒤 네모난 보랏빛 칸에 검은색으로 번호를 124라고 분명히 적었어.

내 앞에는 언제부터인가 여자아이가 두 명 앉아 있었어. 한 아이는 낯이 익

---

**습자지**(習字紙)  글씨 쓰기를 연습할 때 쓰는 얇은 종이.
**무장간첩**(武裝間諜)  전투에 필요한 장비를 갖춘 간첩.

었어. 같은 반을 한 적은 없지만 천수기 선생님하고 같이 가는 걸 몇 번 본 적
이 있었지. 자주색 원피스에 검정 에나멜 구두를 신고 있었고 머리에 푸른 구
슬 리본을 매고 있는데 무척 얼굴이 희고 예뻤지. 나하고 한 반이었다고 해도
나 같은 촌뜨기에게는 말을 걸지도 않았겠지.

그 여자애와 나는 비슷한 점이 하나도 없었어. 크레파스부터 한 번도 쓰지
않은 새것, 한 번만 더 쓰면 더 쓸 수 없도록 닳은 것이라는 차이가 있었어.
처음부터 다른 길에서 출발해서 가다가 우연히 두어 시간 동안 같은 장소에
서 비슷한 그림을 그리게 되겠지만 앞으로 영원히 만날 일이 없을 것 같은
사람이야. 그 여자아이도 그걸 의식하고 있는 것 같았어. 나를 한 번 힐끗 넘
겨다보고는 코를 찡그리더니 더 이상 눈길을 주지 않았어. 자리를 뜰 것 같
았는데 계속 그리기는 하더군. 나를 의식하기 전에 밑그림을 그렸던 게 아까
웠겠지.

**히말라야시다**가 쑥색 가지를 늘어뜨리고 있는 화단이 있고 화단 뒤에 나무
쪽을 붙인 벽이, 벽 위쪽에 흰 종이가 발린 유리창이 있는 교사가 있었어. 히
말라야시다 앞에 키 작은 **영산홍**이 서 있고, 화단을 따라 발라진 시멘트 길에
햇빛이 하얗게 비치고 있었어.

축구 결승전이 열리고 있을 공설 운동장은 꽤 멀었지. 멀지 않다고 해도 나
에게는 목표가 있었어. 장원, 그리고 다음 군 사생 대회까지 그림을 그릴 수
있는 크레파스와 스케치북. 나는 그림에 집중했지. 내가 생각해도 그림은 잘
되었어.

마감 시간이 다 되어서 나는 그림을 제출했어. 그 여자아이는 진작에 가고
없었어. 그런 아이들이야 재미로 그리는 거니까 쉽고 빠르게 그리고 내 버렸

---

**히말라야시다** 개잎갈나무. 소나뭇과의 상록 침엽 교목.
**영산홍**(映山紅) 진달랫과의 상록 관목.

을 거라고 생각했지. 할아버지 말이 맞을지도 모르지. 그림 같은 건 돈 많은 사람들이 시간을 주체할 수 없어서 하는 놀이라고. 우리 같은 가난뱅이 농사꾼 **무지렁이**들이 무슨 예술을 하느니 마느니 **개나발**을 불다가는 쪽박이나 차기 십상이라는 거지. 있는 쪽박이나 잘 간수하는 게 주제에 맞다는 거야.

그림을 제출하고 나면 공설 운동장에 갈 수 있고 잘하면 축구 결승전 끄트머리를 볼 수 있을지도 모르지만 나는 그럴 생각이 전혀 없었지. 내가 정작 궁금한 건 심사 결과니까 말이야. 축구야 누가 우승하면 어때. 어차피 군민 체전이니까 군민들 중 누군가 이기는 거 아니겠어. 그런 생각을 하게 된 게 내가 일 년 동안 퍽 성숙했다는 증거였어. 그렇게 되는 데 열 살짜리가 열한 살 이상이 참가하는 대회에 나가서 장원을 했다는 게 큰 작용을 한 건 당연하지.

오후부터 3층짜리 신축 교사 2층 교실 한 곳에서 심사위원들이 심사를 했어. 나는 예전에 함께 축구를 하던 아이들과 공을 차면서 시간을 보냈어. 이상하게 축구가 재미가 없었어. 자꾸 눈이 심사를 하고 있을 교실로 향하는 거야. 내가 골을 집어넣을 수도 있는 기회에서 엉뚱한 데 눈을 주니까 아이들이 정신을 어디다 파느냐고 화를 냈지. 나는 미안하다고 했고. 그러면서도 아, 이제 나한테 축구보다 더 중요한 게 생겼구나 하는 생각이 드는 거야. 사실 그건 크레파스나 스케치북 같은 상품이 아니야. 그건 내가 가지고 있는 재능, 아버지에게서 물려받은 천부적인, 천재적인 재능을 명백히 확인받고 싶다는 충동이었어. 내가 아버지의 아들이라는 확신을 가지고 싶었어. 아무리 시골 구석에서 염소나 키우고 구렁이를 잡아다 장날에 내다 파는 사람이라고는 해도 내 아버지니까.

심사하는 데 그렇게 오랜 시간이 걸리는 줄은 몰랐어. 다리가 아프도록 축

---

**무지렁이** 아무것도 모르는 어리석은 사람.
**개나발**(-喇叭) 사리에 맞지 아니하는 헛소리나 쓸데없는 소리를 낮잡아 이르는 말.

구를 하고 수도꼭지가 있는 곳으로 가서 몸을 씻고 다 말리도록 심사는 끝나지 않았어. 아이들이 풀빵을 사 먹으러 간다고 학교 밖으로 갈 때까지도. 나는 평소처럼 아이들을 따라가지 않았어. 고픈 배를 부여잡고 교사 앞에 앉아 있었어. 심사 결과를 알 수 있을 거라고 생각한 건 아니야. 그냥 어떤 기미라도, 결과의 부스러기라도 얻고 나서야 갈 수 있을 것 같았어.

아이들이 가 버리자 학교는 조용해졌어. 그러고도 한 삼십 분은 있다가 다른 군의 학교에서 온 심사 위원들이 걸어 나왔어. 물론 나한테 관심을 가진 사람은 아무도 없었지. 주 선생님이 보였어. 심사를 한 건 아니고 우리 학교의 미술 지도 교사로 **참관**을 하고 있었던 것 같았어.

교문 조금 못 미친 곳에서 심사 위원들과 인사를 나눈 주 선생님은 뒤돌아서서 내가 앉아 있는 쪽으로 걸어왔어. 새하얀 시멘트 길에 떨어지던 새하얀 햇빛, 그 위에 또각또각 찍히던 그 발소리를 나는 아직도 잊지 못해. 선생님은 히말라야시다 앞 시멘트 의자에 숨은 듯이 앉은 내게 와서는 불쑥 손을 내밀었지.

"백선규, 축하한다."

나는 못 잊어.

"장원이다."

나는 목이 메어서 아무 말도 할 수 없었어. 그렇게 목이 죄는 듯한 느낌은 평생 다시 없었어. 그 뒤에 수십 번, 이런저런 상을 받고 수상을 통보받았지만.

나는 선생님 앞에서 눈물을 보이고 말았어. 내가 우는 것을 보고 선생님은 무척 놀라고 당황했어. 하지만 곧 내 어깨를 잡고는 내 얼굴을 가슴에 가만히 안아 주었어. 그 따뜻하고 기분 좋은 냄새, 못 잊어.

---

**참관(參觀)** 어떤 자리에 직접 나아가서 봄.

# 1

나는 한 번도 상 같은 건 받아 본 적 없어. 학교 다닐 때 그 흔한 개근상도 못 받았으니까. 상에 욕심을 부려 본 적도 없었어. 내게는 모자란 게 없어서 그랬는지도 몰라. 어릴 때는 부유한 집안에서 단 하나밖에 없는 딸로 사랑을 받으며 자랐고 여자 대학에서 가정학을 공부하다가 판사인 남편을 **중매**로 만나서 결혼했지. 내가 권력이나 돈을 손에 쥔 건 아니라도 그런 것 때문에 불편한 적도 없어. 아이들은 예쁘고 별문제 없이 잘 자라 주었지. 큰아이가 중학교부터 미국에 가서 공부할 때는 적응에 힘이 들었지만 결국 학생 회장까지 지내서 신문에도 여러 번 났지. 나는 상을 못 받았지만 내가 타고난 행운, 삶 자체가 상이다 싶어.

그렇지만 단 한 번 상을 받을 뻔한 적은 있지. 스스로의 실수 때문에 못 받은 거니까 누구를 원망할 수도 없지만. 그 실수를 인정하고 내가 받을 상이 남에게 간 것을 바로잡을 수 있었을까. 할 수 있었을지도 몰라. 아버지에게 이야기했다면. 아니면 천수기 선생님한테라도.

왜 안 했을까. 그때 나를 스쳐 가던 그 아이, 그 아이의 표정 때문인지도 몰라. 땟국물이 흐르던 목덜미, 전신에서 풍겨 나던 뭔가 찌든 듯한 그 냄새, 그 **너절한** 인상이 내 실수와 잘못된 과정을 바로잡는 게 너절하고 귀찮은 일이라는 생각을 갖게 했을 거야. 어쩌면 그 결과 한 아이가 가지게 될지도 모르는 씻지 못할 좌절감이 내게도 약간 느껴졌는지도 모르지. 상관없어. 나는 그런 상하고는 담을 쌓고 살아도 행복해. 그런 스트레스를 받는 것 자체가 싫어. 왜 내가 그렇게 살아야 하는데?

---

**중매**(仲媒)　결혼이 이루어지도록 중간에서 소개하는 일. 또는 그런 사람.
**너절하다**　허름하고 지저분하다.

# 0

나는 사생 대회 이틀 후, 월요일 아침 조회에서 전교생이 지켜보는 가운데 교단 앞으로 가서 장원 상을 받았어. 글짓기, 서예, 밴드, 합창, 그림 등 전 분야를 통틀어 우리 학교에서 장원 상을 받은 사람은 오직 나 하나뿐이었어. 게다가 4학년이니까 앞으로 2년간 더 많은 상을 학교에 안겨 주게 되겠지. 교장선생님은 내가 4학년이라는 것, 장원이라는 것을 스무 번도 더 이야기했어.

크레파스 다섯 통, 스케치북 열 권은 혼자 들기에 좀 무거웠어. 글짓기에서 차하 상을 받아서 앞으로 나온 6학년이 크레파스를 대신 들어 줬지. 나는 박수 소리가 끊이지 않는 중에 천천히 걸어서 내가 서 있던 자리로 돌아왔어. 조회가 끝나고 교실로 들어갈 때 옆에 있던 아이들이 상품을 대신 들어 줬고 나는 상장만 들고 갔어.

**부임한** 지 얼마 안 되어서 그런지 흥분한 교장 선생님은 **전례**가 없이 그해 학예 대회 입상작을 찾아와서 강당에서 전시회를 가지기로 결정했어. 나는 가 보지 않았어.

가서 내 그림을 보는 건 뭔가 창피할 것 같았어. 그런 데 가서 그림과 글짓기, 서예 작품을 보고 배워야 하는 아이들은 입상을 못 한 평범한 아이들이야. 창작의 재능이 없고 겨우 감상만 할 수 있는 아이들인 거야. 생각은 그렇게 했지만 일주일 동안 진행된 전시 마지막 날 오후, 나는 강당으로 걸음을 옮겼지. 모르겠어. 왜 갔는지.

강당에는 아무도 없었어. 벽에는 전시 작품들이 걸려 있었어. 글짓기는 원고지 여러 장에 쓰인 작품을 한꺼번에 벽에 압정으로 박아 놓고 넘겨 가며 읽도록 해 놨어. 차하 상을 받은 동시는 아이들이 넘기면서 침을 묻히는 바람에

---

**부임하다**(赴任--) 임명이나 발령을 받아 근무할 곳으로 가다.
**전례**(前例) 이전부터 있었던 사례.

글씨가 다 지워지고 원고지 앞 장 아래쪽은 먹지처럼 까매졌더군.

　나는 천천히 그림이 전시된 곳으로 걸어갔지. 내 그림은 맨 안쪽에 걸려 있었어. 입선작 여덟 점을 지나서 특선작 세 점을 지나고 나서 황금색 종이 리본을 매달고 좀 떨어진 곳에, 검은색 붓글씨로 '壯元(장원)'이라고 크게 쓰인 종이를 거느리고, 다른 작품보다 세 뼘쯤 더 높이. 초등학교에 다니는 아이들이라면 우러러볼 수밖에 없는 높이에.

　그런데, 그런데, 그런데, 그런데 그 그림은 내가 그린 그림이 아니었어. 풍경은 내가 그린 것과 비슷했지만 절대로, 절대로 내가 그린 그림이 아니야. 아버지가 사 준 내 오래된 크레파스에는 진작에 떨어지고 없는 회색이 히말라야시다 가지 끝 앞부분에 살짝 칠해져 있는 그림이었어. 나는 가슴이 후들후들 떨려서 두 손으로 가슴을 가렸어. 사방을 둘러봤지만 아무도 없었어. 나는 까치발을 하고 손을 최대한 쳐들어서 그림 뒷면의 번호를 확인했어. 네모진 칸 안에 쓰인 숫자는 분명히 124였어. 124, 북한에서 무장간첩을 훈련시킨 그 124군 부대의 124. 그렇지만 그건 내 글씨가 아니었어.

　누가, 왜 제 번호를 쓰지 않고 내 번호를 썼을까. 실수로? 이런 실수를 하고, 제가 받을 상을 다른 사람이 받았다는 걸 알면 가만히 있을까. 그렇지는 않을 거야. 다른 학교에 다니는 아이라서 제 실수를 모르고 있는 거겠지.

　아니야. 그 그림은 **구도**로 봐서 내가 그렸던 바로 그 장소에서 아주 가까운 데서 그린 그림이었어. 그 그림을 그린 아이는 천수기 선생님과 함께 다니던 그 아이인 게 틀림없었어. 그러니까 나와 같은 학교에 다니는 아이라는 거지. 그러면 그 아이는 제가 그린 그림을 봤을 거야. 그런데 왜? 왜 아무 말을 하지 않은 거지? 상품이 필요 없어서? 실수 때문에 처벌을 받을까 봐? 나라면? 나라면 가만히 있었을까?

---

**구도(構圖)**　그림에서 모양, 색깔, 위치 따위의 짜임새.

왜 내가 그린 작품은 입선에도 들지 않았을까? 비슷한 풍경이고 비슷한 구도인데도? 가만히 그 그림을 보고 있자니 정말 잘 그린 그림이라는 느낌이 들기 시작했어. 장원을 받을 수밖에 없는 그림, 같은 장소에 있었던 나로서는 발견할 수 없었던 부분, 벽과 히말라야시다 사이의 빈 공간의 처리는 완벽했어. 나는 모든 걸 그림 속에 **욱여넣으려고만** 했지 비울 줄은 몰랐어. 그건 나를 뛰어넘는 재능인 게 분명했어.

비슷한 그림에 같은 번호가 써진 걸 보고 심사위원들이 당황했을 거야. 한 사람이 두 작품을 그릴 수는 없으니 누군가 실수를 했다고 단정 짓고는 혼동을 **초래할지도** 모르니까 둘 중 하나는 아예 시상 대상에서 제외를 하자고 했겠지. 그래서 심사에 오랜 시간이 걸렸던 것이고.

그러니까 내 그림은 번호를 착각한 아이의 그림에 못 미치는 그림으로 버려졌던 거야. 입선에도 들지 못하게 완벽하게. 누구의 생각일까. 주 선생님은 아니었어. 심사 위원이 아니니까. 아니, 심사 중에 불려 들어간 것일지도 몰라. 혼란스러워진 심사 위원들이 번호를 확인하고 그게 우리 학교 학생의 번호인 줄 알고 미술반 지도 교사를 오라고 했고……. 그래서 그 모든 것이 주 선생님의 조정으로 이루어졌고, 그래서 **이례적**으로 주 선생님이 그 결과를 미리 알게 된 것이고……. 그런데 나는 주 선생님 품에 안겨서 울었어! 내가 그리지도 않은 그림을 가지고 상을 탔다고 감격해서, 바보같이, 바보!

나는 가슴이 찢어질 것 같은 통증을 느끼면서 강당을 걸어 나왔어. 열 걸음쯤 떼었을 때 강당 문으로 어떤 여자아이가 걸어 들어왔어. 자주색 원피스를 입고 있었어. 검정 에나멜 구두를 신고 있었지. 나는 그 여자아이를 지나칠 때 눈을 감았어. 눈을 감은 채 열 걸음쯤 걸어가서 다시 눈을 떴어.

---

**욱여넣다** 주위에서 중심으로 함부로 밀어 넣다.
**초래하다**(招來--) 일의 결과로서 어떤 현상을 생겨나게 하다.
**이례적**(異例的) 보통 있는 일에서 벗어나 특이한 것.

내가 주 선생님을 찾아가서 말해야 했을까. 이건 내 그림이 아니라고. 다른 사람이 그린 그림이라고. 나는 그 사람만 한 재능이 없다고. 실수를 바로잡아 달라고. 나는 그렇게 하지 못했어. 주 선생님의 품에 안겨 울지만 않았더라도 찾아갈 수 있었어. 가능성이 높지는 않지만. 내 더러운 눈물로 주 선생님의 앞가슴에 늘어뜨려진 흰 레이스를 더럽히지만 않았더라도.

그림의 주인이 선생님을 찾아가서 그 그림이 자기 것이라고 주장한다면 부정할 도리는 없었겠지. 하지만 내가 먼저 선생님을, 주 선생님이든 천 선생님이든, 아버지도 할아버지도, 그 누구도 찾아갈 수 없었어.

그 뒤부터 나는 늘 나를 의심하면서 살았어. 누군가 나보다 뛰어난 재능을 가지고 있고 누군가 나와 똑같은 대상을 두고 훨씬 더 뛰어난 작품을 그렸고, 앞으로도 더 뛰어난 작품을 그릴 수 있다는 생각을 벗어나 본 적이 없어. 그러니까 어떤 작품이라도, 그게 포스터물감으로 그리는 **반공** 포스터라도 내가 가진 능력 전부를, 그 이상을 쏟아부어야 했지. 언제나, 어디서나. 그 결과가 오늘의 나일까. 의심의 결과, 좌절의 결과, 누군가 내 비밀을 알고 있다는 생각의 결과.

나는 화가가 된 후 풍경화를 그린 적은 없어. 나는 그림의 **원형**, 본질로 돌아갔어. 선과 원, 점, 그리고 바탕이 되는 사물의 원형, 본질을 최대한 **추상화**하고 **이상화**한 상태로 만들어 갔어. 내 모든 색깔의 원형은, 이상은 그날 그 하얀 시멘트 길과 그 위의 흰 햇빛이야.

---

**반공**(反共) 공산주의에 반대함.
**원형**(原形) 본디의 모습.
**추상화**(抽象化) 경험하거나 지각할 수 있는 형태와 성질을 갖추고 있지 않은 것.
**이상화**(理想化) 현실을 그대로 보지 않고, 가장 완전하다고 여겨지는 상태에 비추어서 보고 생각하는 일.

# 1

어라, 저기 걸어가는 저 사람, 백선규 같네. 저 사람 도대체 무슨 생각을 저렇게 골똘하게 하고 있을까. 인사를 해 볼까? 안녕하세요, 라고 해야 하나? 그냥 안녕이라고? 그러고 나서 고향, 연도, 초등학교를 말하면 알아볼까? 아이, 귀찮아. 그런 걸 하면 뭘 해. 우리는 가는 길이 다른데. 나는 그림을 좋아하고 저 사람은 자신의 그림을 열심히 그리면 그만이지.

점점 멀어지네. 사라졌네. 나는 여기에 있고. 나도 곧 가야 하지만.

동백꽃

**1_** '나'와 점순이에 대한 설명으로 옳은 것을 골라 봅시다.

① 점순이는 다정하고 사교성이 좋은 성격이다.

② '나'는 마름의 아들이고, 점순이는 소작농의 딸이다.

③ '나'와 점순이는 어릴 적부터 매우 친한 친구 사이다.

④ 점순이는 **조숙하고** 자신의 감정을 표현하는 데 적극적이다.

⑤ '나'는 점순이에 대한 자신의 관심을 표현하지 못하고 있다.

• **조숙하다**(早熟――)   나이에 비하여 정신적·육체적으로 발달이 빠르다.

**2_** 작품의 줄거리를 떠올리며, 다음을 사건이 일어난 시간 순서대로 배열해 봅시다.

> ㉠ '나'는 점순네 수탉을 때려 죽였다.
>
> ㉡ '나'는 점순이가 준 감자를 거절했다.
>
> ㉢ '나'는 닭에게 고추장을 먹였다.
>
> ㉣ 점순이는 자기네 닭과 '나'의 집 닭을 싸움 붙였다.
>
> ㉤ 점순이가 '나'의 집 닭을 잡아다 때렸다.

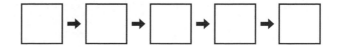

**3_** 다음 제시문을 읽고 물음에 답해 봅시다.

> 언제 구웠는지 아직도 더운 김이 홱 끼치는 굵은 감자 세 개가 손에 뿌듯이 쥐였다.
> ㉠"느 집엔 이거 없지?"
> 하고 생색 있는 큰소리를 하고는 제가 준 것을 남이 알면 큰일 날 테니 여기서 얼른 먹어 버리란다. 그리고 또 하는 소리가
> "너 봄 감자가 맛있단다."
> "난 감자 안 먹는다. 너나 먹어라."
> 나는 고개도 돌리지 않고 일하던 손으로 그 ㉡감자를 도로 어깨 너머로 쑥 밀어 버렸다.

(1) ㉠에 담긴 점순이의 속마음은 무엇일지, 또 '나'는 ㉠을 어떻게 받아들였을지 각각 추론하여 적어 봅시다.

• ㉠에 담긴 점순이의 속마음: _____

_____

• ㉠에 대한 '나'의 생각: _____

_____

(2) ㉡이 작품 안에서 어떤 역할을 하는지 적어 봅시다.

_____

_____

_____

**4_** 제시문 **가**를 참고하여, 제시문 **나**에서 '나'가 점순이의 심술에 제대로 대응하지 <u>못하는</u> 이유가 무엇인지 적어 봅시다.

> **가** 그리고 우리 어머니 아버지도 농사 때 양식이 달리면 점순네한테 가서 부지런히 꾸어다 먹으면서 인품 그런 집은 다시 없으리라고 침이 마르도록 칭찬하곤 하는 것이다. 그러면서도 열일곱씩이나 된 것들이 수군수군하고 붙어 다니면 동리의 소문이 사납다고 주의를 시켜 준 것도 또 어머니였다.
>
> **나** 그리고 나의 등 뒤를 향하여 나에게만 들릴 듯 말 듯 한 음성으로
> "이 바보 녀석아!" / "얘! 너 배냇병신이지?"
> 그만도 좋으련만
> "얘! 너 느 아버지가 고자라지?"
> "뭐? 울 아버지가 그래 고자야?"
> 할 양으로 열벙거지가 나서 고개를 홱 돌리어 바라봤더니 그때까지 울타리 위로 나와 있어야 할 점순이의 대가리가 어디 갔는지 보이지를 않는다. 그러다 돌아서서 오자면 아까에 한 욕을 울 밖으로 또 퍼붓는 것이다. 욕을 이토록 먹어 가면서도 대거리 한마디 못 하는 걸 생각하니 돌부리에 채어 발톱 밑이 터지는 것도 모를 만치 분하고 급기야는 두 눈에 눈물까지 불끈 내솟는다.

---

---

**5_** 작품에서 〈보기〉에 해당하는 소재를 찾아 적어 봅시다.

**┤보기├**
• '나'에 대한 점순이의 관심과 애정의 반어적 표현이다.
• '나'와 점순이를 대신하여 인물 간 갈등을 심화시킨다.

---

**6_** 작가가 작품 속에서 비속어를 사용하여 얻고자 한 효과는 무엇일지 빈칸에 알맞은 단어를 넣어 봅시다.

---

- 작품에 (　　　　⊙　　　　)와/과 현장감을 준다.
- 인물 간의 싸움이 (　　　　ⓒ　　　　)(으)로 느껴지게 한다.
- 향토적이고 토속적인 분위기를 조성한다.

---

- ⊙: _____　　　　· ⓒ: _____

**7_** 이 작품에서 '동백꽃'의 역할을 두 가지 이상 서술해 봅시다.

_____

_____

_____

---

내가 그린 히말라야시다 그림

**1_** 이 작품에 대한 설명으로 적절하지 <u>않은</u> 것을 골라 봅시다.

① 현재의 시점에서 과거를 회상하고 있다.
② 두 서술자의 시점이 교차하면서 서술되고 있다.
③ '나'가 객관적 시각에서 사건을 공정하게 서술한다.
④ 이야기 속 인물인 '나'가 주인공이 되어 자신의 이야기를 들려준다.
⑤ 독자는 '나'가 자신의 이야기를 들려주는 듯한 친근감과 신뢰감을 느낄 수 있다.

**2_** 이 작품의 서술자에 대한 설명으로 맞으면 ○표, 틀리면 ×표를 해 봅시다.

(1) 어릴 적 '0'의 서술자는 염소를 키우는 가난한 집안의 아들이었던 반면, '1'의 서술자는 읍에서 손꼽히는 부자로 큰 제재소를 운영하는 집의 고명딸이었다. ( )

(2) '0'의 서술자의 아버지는 가난해도 자녀가 꿈을 펼칠 기회를 만들어 주고자 노력했고, '1'의 서술자의 아버지 역시 자녀가 재능을 최대한으로 펼칠 수 있도록 지원을 아끼지 않았다. ( )

(3) '0'과 '1'의 서술자는 그림 그리기를 좋아했고 재능도 있었다. ( )

(4) '0'의 서술자는 끊임없이 노력하는 성격이며, '1'의 서술자 역시 주부가 된 이후에도 끊임없이 자기개발에 매진하고 있다 ( )

(5) '0'의 서술자는 현재 한국을 대표하는 화가가 되었고, '1'의 서술자는 미술 감상을 취미로 하며 여유로운 삶을 누리고 있다. ( )

**3_** 다음 제시문을 읽고 물음에 답해 봅시다.

> 그때 말해야 했을까? 아니, 모르겠어. 다시 그때가 된다면 내 입으로 말할 수 있을까. 아니 그것도 몰라. 내가 아는 건 ㉠내가 말할 수 있었지만 말하지 않은 그 일 때문에 ㉡내 삶이 달라졌다는 거야.

(1) 작품의 내용을 바탕으로 ㉠이 말하는 사건이 무엇인지 한 문장으로 적어 봅시다.

_____

_____

(2) ⓒ과 관련하여 ⓐ이 '0'의 서술자의 삶에 미친 영향 두 가지를 적어 봅시다.

_____

_____

_____

_____

**4_** 다음 제시문은 '0'의 서술자가 '1'의 서술자를 만났을 때 받은 인상입니다. '1'의 서술자가 밑줄 친 부분과 같이 행동한 이유를 작품에서 찾아 조건에 맞게 적어 봅시다.

┃**조건**┃
• '1'의 서술자의 관점에서 서술할 것.

그 여자애와 나는 비슷한 점이 하나도 없었어. 크레파스부터 한 번도 쓰지 않은 새것, 한 번만 더 쓰면 더 쓸 수 없도록 닳은 것이라는 차이가 있었어. 처음부터 다른 길에서 출발해서 가다가 우연히 두어 시간 동안 같은 장소에서 비슷한 그림을 그리게 되겠지만 앞으로 영원히 만날 일이 없을 것 같은 사람이야. 그 여자아이도 그걸 의식하고 있는 것 같았어. 나를 한 번 힐끗 넘겨다보고는 코를 찡그리더니 더 이상 눈길을 주지 않았어. 자리를 뜰 것 같았는데 계속 그리기는 하더군. 나를 의식하기 전에 밑그림을 그렸던 게 아까웠겠지.

_____

_____

_____

_____

**5_** 사건이 ㉠~㉢으로 전개됨에 따라 '0'의 서술자의 심리가 어떻게 변화했을지 적어 봅시다.

나는 천천히 그림이 전시된 곳으로 걸어갔지. ㉠내 그림은 맨 안쪽에 걸려 있었어. 입선작 여덟 점을 지나서 특선작 세 점을 지나고 나서 황금색 종이 리본을 매달고 좀 떨어진 곳에, 검은색 붓글씨로 '壯元(장원)'이라고 크게 쓰인 종이를 거느리고, 다른 작품보다 세 뼘쯤 더 높이. 초등학교에 다니는 아이들이라면 우러러볼 수밖에 없는 높이에.

㉡그런데, 그런데, 그런데, 그런데 그 그림은 내가 그린 그림이 아니었어. 풍경은 내가 그린 것과 비슷했지만 절대로, 절대로 내가 그린 그림이 아니야. 아버지가 사준 내 오래된 크레파스에는 진작에 떨어지고 없는 회색이 히말라야시다 가지 끝 앞부분에 살짝 칠해져 있는 그림이었어. 나는 가슴이 후들후들 떨려서 두 손으로 가슴을 가렸어. 사방을 둘러봤지만 아무도 없었어. 나는 까치발을 하고 손을 최대한 쳐들어서 그림 뒷면의 번호를 확인했어. 네모진 칸 안에 쓰인 숫자는 분명히 124였어. 124, 북한에서 무장간첩을 훈련시킨 그 124군 부대의 124. 그렇지만 그건 내 글씨가 아니었어. (중략)

왜 내가 그린 작품은 입선에도 들지 않았을까? 비슷한 풍경이고 비슷한 구도인데도? ㉢가만히 그 그림을 보고 있자니 정말 잘 그린 그림이라는 느낌이 들기 시작했어. 장원을 받을 수밖에 없는 그림, 같은 장소에 있었던 나로서는 발견할 수 없었던 부분, 벽과 히말라야시다 사이의 빈 공간의 처리는 완벽했어. 나는 모든 걸 그림 속에 욱여넣으려고만 했지 비울 줄은 몰랐어. 그건 나를 뛰어넘는 재능인 게 분명했어.

| ㉠ | |
|---|---|
| ㉡ | |
| ㉢ | |

**6_** 다음 제시문을 읽고 물음에 답해 봅시다.

> 나는 ㉠가슴이 찢어질 것 같은 통증을 느끼면서 강당을 걸어 나왔어. 열 걸음쯤 떼었을 때 강당 문으로 어떤 여자아이가 걸어 들어왔어. 자주색 원피스를 입고 있었어. 검정 에나멜 구두를 신고 있었지. ㉡나는 그 여자아이를 지나칠 때 눈을 감았어. 눈을 감은 채 열 걸음쯤 걸어가서 다시 눈을 떴어.

⑴ '0'의 서술자가 ㉠처럼 느낀 이유를 적어 봅시다.

_____

_____

⑵ '0'의 서술자가 ㉡처럼 행동한 이유를 적어 봅시다.

_____

_____

**7_** '1'의 서술자가 장원을 놓친 실수를 바로잡지 <u>않은</u> 이유는 무엇인지 〈조건〉에 맞게 적어 봅시다.

┃**조건**┃
- 세 가지 이유가 잘 드러나도록 적을 것.
- 각각 완결된 문장 형식을 갖출 것.

_____

_____

# Step_1 서술자의 역할

소설에서 서술자의 역할을 정리하고, 서술자가 작품에 미치는 영향에 대해 생각해 봅시다.

**가** 소설에서 이야기를 전달하는 사람을 '서술자'라고 합니다. 소설의 내용과 분위기는 서술자에 따라 다르게 전달됩니다. 이때 서술자는 이야기에 등장하는 인물일 수도 있고, 이야기 밖의 존재일 수도 있습니다. 따라서 소설을 읽을 때는 서술자가 누구인지, 어느 위치에서 사건을 바라보고 있는지 살펴보고, 서술자에 따라 소설의 내용과 분위기가 어떻게 달라지는지 알아보며 읽는 것이 좋습니다.

**나** 일반적으로 소설에서 서술자는 작가가 그려 내는 인물과 이들 사이의 사건을 비교적 객관적으로 담아낸다. 여기서 '객관적'이라는 말은 주관성이 **배제**되었다는 의미라기보다는 사건의 **추이**와 그 의미를 어느 정도 인식하고 있음을 나타낸다.

　그러나 김유정의 〈봄·봄〉에서처럼 작가가 의도적으로 '수준이 낮은', '신뢰할 수 없는' 서술자를 내세워 이야기를 전달하게 함으로써 독자 스스로 작품의 진정한 의미를 깨닫도록 유도하는 방식을 택하는 경우도 있다. 이 경우 서술자는 작가와 근접한 위치에서 이야기를 전달하는 것이 아니라, 자신만의 관점을 고집하거나 지적 수준의 한계를 드러내며 사건의 진상을 제대로 파악하지 못한다. 그러면서 왜곡되거나 부분적인 측면에서만 사건을 인식하게 된다. 독자는 서술자의 한계를 파악하고, 소설 속에서 실체화되지 못한 내용이나 드러나지 않은 부분을 보충하는 역할을 스스로 맡게 된다.

**다** 나흘 전 감자 쪼간만 하더라도 나는 저에게 조금도 잘못한 것은 없다. (중략)
"그럼 혼자 하지 떼루 하디?"
내가 이렇게 내뱉는 소리를 하니까
"너 일하기 좋니?"
또는
"한여름이나 되거든 하지 벌써 울타리를 하니?"
잔소리를 두루 늘어놓다가 남이 들을까 봐 손으로 입을 틀어막고는 그 속에서 깔깔댄다. 별로 우스울 것도 없는데 날씨가 풀리더니 이놈의 계집애가 미쳤나 하고 의심하였다. 게다가 조금 뒤에는 제 집께를 할금할금 돌아다보더니 행주치마의 속으로 꼈던 바른손을 뽑아서 나의 턱 밑으로 불쑥 내미는 것이다. 언제 구웠는지 아직도 더운 김이 홱 끼치는 굵은 감자 세 개가 손에 뿌듯이 쥐였다.

"느 집엔 이거 없지?"

하고 생색 있는 큰소리를 하고는 제가 준 것을 남이 알면 큰일 날 테니 여기서 얼른 먹어 버리란다. 그리고 또 하는 소리가

"너 봄 감자가 맛있단다."

"난 감자 안 먹는다. 너나 먹어라."

나는 고개도 돌리지 않고 일하던 손으로 그 감자를 도로 어깨 너머로 쑥 밀어 버렸다.

그랬더니 그래도 가는 기색이 없고, 그뿐만 아니라 쌔근쌔근하고 심상치 않게 숨소리가 점점 거칠어진다. 이건 또 뭐야 싶어서 그때에야 비로소 돌아다보니 나는 참으로 놀랐다. 우리가 이 동리에 들어온 것은 근 삼 년째 되어 오지만 여지껏 가무잡잡한 점순이의 얼굴이 이렇게까지 홍당무처럼 새빨개진 법이 없었다. 게다 눈에 독을 올리고 한참 나를 요렇게 쏘아보더니 나중에는 눈물까지 어리는 것이 아니냐. 그리고 바구니를 다시 집어 들더니 이를 꼭 악물고는 엎어질 듯 자빠질 듯 논둑으로 횡허케 달아나는 것이다.

– 김유정, 〈동백꽃〉

**라**-1 단 한 번 상을 받을 뻔한 적은 있지. 스스로의 실수 때문에 못 받은 거니까 누구를 원망할 수도 없지만. 그 실수를 인정하고 내가 받을 상이 남에게 간 것을 바로잡을 수 있었을까. 할 수 있었을지도 몰라. 아버지에게 이야기했다면. 아니면 천수기 선생님한테라도.

왜 안 했을까. 그때 나를 스쳐 가던 그 아이, 그 아이의 표정 때문인지도 몰라. 땟국물이 흐르던 목덜미, 전신에서 풍겨 나던 뭔가 찌든 듯한 그 냄새, 그 너절한 인상이 내 실수와 잘못된 과정을 바로잡는 게 너절하고 귀찮은 일이라는 생각을 갖게 했을 거야. 어쩌면 그 결과 한 아이가 가지게 될지도 모르는 씻지 못할 좌절감이 내게도 약간 느껴졌는지도 모르지. 상관없어. 나는 그런 상하고는 담을 쌓고 살아도 행복해. 그런 스트레스를 받는 것 자체가 싫어. 왜 내가 그렇게 살아야 하는데?

**라**-2 내가 주 선생님을 찾아가서 말해야 했을까. 이건 내 그림이 아니라고. 다른 사람이 그린 그림이라고. 나는 그 사람만 한 재능이 없다고. 실수를 바로잡아 달라고. 나는 그렇게 하지 못했어. 주 선생님의 품에 안겨 울지만 않았더라도 찾아갈 수 있었어. 가능성이 높지는 않지만. 내 더러운 눈물로 주 선생님의 앞가슴에 늘어뜨려진 흰 레이스를 더럽히지만 않았더라도.

그림의 주인이 선생님을 찾아가서 그 그림이 자기 것이라고 주장한다면 부정할 도리는 없었겠지. 하지만 내가 먼저 선생님을, 주 선생님이든 천 선생님이든, 아버지도 할아버지도, 그 누구도 찾아갈 수 없었어.         – 성석제, 〈내가 그린 히말라야시다 그림〉

- **배제**(排除)　받아들이지 아니하고 물리쳐 제외함.
- **추이**(推移)　일이나 형편이 시간의 경과에 따라 변하여 나감. 또는 그런 경향.

**1_** 제시문 **가**와 **나**를 참고하여, **다**의 작품을 점순이가 아닌 '나'의 입장에서 서술하면서 얻는 효과는 무엇인지 적어 봅시다.

_____

_____

_____

**2_** 제시문 **라**의 작품이 'O'의 서술자의 관점에서만 서술하는 방식이었다면, 두 서술자가 교차하는 지금의 방식과 어떤 차이가 있을지 적어 봅시다.

_____

_____

_____

**3_** 다음 〈보기〉의 내용을 바탕으로, 서술자가 작품에 미치는 영향에 대해 서술해 봅시다.

**┃보기┃**

• 소설에서 서술자는 배경을 제시하고 인물을 소개하며 사건을 전달하는 역할을 한다.

---

---

---

---

---

🐾 **한걸음 더**

### 경춘선을 달려 '김유정 문학촌'으로

경춘선을 달리다 보면 작가 김유정의 이름을 딴 '김유정 역'을 지나게 됩니다. 이 역에 내리면 그의 고향 실레마을을 찾을 수 있는데, 1933년에 발표한 그의 처녀작 〈산골 나그네〉의 배경이 된 곳이자 그가 청년 작가로 죽기 전까지 대다수 작품을 구상했던 곳입니다. 작가는 자신의 고향을 다음과 같이 소개합니다.

> 나의 고향은 저 강원도 산골이다. 춘천읍에서 한 이십 리가량 산을 끼고 꼬불꼬불 돌아 들어가면 내 닫는 조그마한 마을이다. 앞뒤 좌우에 굵직굵직한 산들이 빽 둘러섰고 그 속에 묻힌 아늑한 마을이다. 그 산에 묻힌 모양이 마치 옴팍한 떡시루 같다 하여 동명을 실레라 부른다.

실레마을에는 김유정 문학촌이 조성되어 있습니다. 작가의 생애를 돌아볼 수 있는 '김유정 이야기집'과 함께 작가의 생가, 디딜방아, 정자 등이 그 시대 모습대로 재현되어 있습니다. 특히 〈동백꽃〉에서 '나'와의 갈등을 증 폭시켰던 점순이의 닭싸움 장면을 구현한 동상과, 또 다른 작품 〈봄·봄〉에서 데릴사위인 '나'와 장인 영감이 점순이의 키를 재 는 장면이 연상되는 동상 등을 만나볼 수 있습니다. 이 밖에도 〈동백꽃〉 마지막 장면에서 점순이가 나를 꼬시 던 '동백꽃길' 등 작품을 떠올릴 수 있는 형상물을 접하 는 재미를 누릴 수 있습니다.

# Step_2 경험과 성장

**인물이 겪은 사건이 인물에게 어떤 변화를 가져왔는지 생각해 봅시다.**

※ 문제를 풀기 전 132쪽 '더 읽어 보기'에 실린 〈별〉 전문을 먼저 감상해 봅시다.

**가** "그럼 너 이담부텀 안 그럴 터냐?" / 하고 물을 때에야 비로소 살길을 찾은 듯싶었다.
나는 눈물을 우선 씻고 뭘 안 그러는지 명색도 모르건만

"그래!" / 하고 무턱대고 대답하였다.

"요담부터 또 그래 봐라, 내 자꾸 못살게 굴 터니." / "그래 그래, 인젠 안 그럴 테야!"

"닭 죽은 건 염려 마라, 내 안 이를 테니."

그리고 뭣에 떠다밀렸는지 나의 어깨를 짚은 채 그대로 픽 쓰러진다. 그 바람에 나의
몸뚱이도 겹쳐서 쓰러지며 한창 피어 퍼드러진 노란 동백꽃 속으로 폭 파묻혀 버렸다.

알싸한 그리고 향긋한 그 냄새에 나는 땅이 꺼지는 듯이 온 정신이 고만 아찔하였다.

"너 말 마라." / "그래!"

조금 있더니 요 아래서

"점순아! 점순아! 이년이 바느질을 하다 말구 어딜 갔어!"

하고 어딜 갔다 온 듯싶은 그 어머니가 역정이 대단히 났다.

　점순이가 겁을 잔뜩 집어먹고 꽃 밑을 살금살금 기어서 산 아래로 내려간 다음 나는 바
위를 끼고 엉금엉금 기어서 산 위로 치빼지 않을 수 없었다.　　　　　　　－ 김유정, 〈동백꽃〉

**나** 내가 주 선생님을 찾아가서 말해야 했을까. 이건 내 그림이 아니라고. 다른 사람이 그
린 그림이라고. 나는 그 사람만 한 재능이 없다고. 실수를 바로잡아 달라고. 나는 그렇게
하지 못했어. 주 선생님의 품에 안겨 울지만 않았더라도 찾아갈 수 있었어. 가능성이 높
지는 않지만. 내 더러운 눈물로 주 선생님의 앞가슴에 늘어뜨려진 흰 레이스를 더럽히지
만 않았더라도.

　그림의 주인이 선생님을 찾아가서 그 그림이 자기 것이라고 주장한다면 부정할 도리는
없었겠지. 하지만 내가 먼저 선생님을, 주 선생님이든 천 선생님이든, 아버지도 할아버지
도, 그 누구도 찾아갈 수 없었어.

　그 뒤부터 나는 늘 나를 의심하면서 살았어. 누군가 나보다 뛰어난 재능을 가지고 있고
누군가 나와 똑같은 대상을 두고 훨씬 더 뛰어난 작품을 그렸고, 앞으로도 더 뛰어난 작

품을 그릴 수 있다는 생각을 벗어나 본 적이 없어. 그러니까 어떤 작품이라도, 그게 포스터물감으로 그리는 반공 포스터라도 내가 가진 능력 전부를, 그 이상을 쏟아부어야 했지. 언제나, 어디서나. 그 결과가 오늘의 나일까. 의심의 결과, 좌절의 결과, 누군가 내 비밀을 알고 있다는 생각의 결과.

　나는 화가가 된 후 풍경화를 그린 적은 없어. 나는 그림의 원형, 본질로 돌아갔어. 선과 원, 점, 그리고 바탕이 되는 사물의 원형, 본질을 최대한 추상화하고 이상화한 상태로 만들어 갔어. 내 모든 색깔의 원형은, 이상은 그날 그 하얀 시멘트 길과 그 위의 흰 햇빛이야.

– 성석제, 〈내가 그린 히말라야시다 그림〉

**다** 그리고 누이가 시집간 지 또 얼마 안 되는 어느 날, 별나게 빨간 놀이 진 늦저녁 때 아이네는 누이의 부고를 받았다. (중략) 거기서 아이는 인형 묻었던 자리라고 생각키우는 곳을 손으로 팠다. 흙이 단단했다. 손가락을 세워 힘껏힘껏 파 댔다. 없었다. 짐작되는 곳을 또 파 보았으나 없었다. 벌써 썩어 흙과 분간치 못하게 된 지가 오래리라. (중략) 그리고 아이는 당나귀에게나처럼, 우리 뉠 왜 쥑엔! 왜 쥑엔! 하고 소리 질렀다. 당나귀가 더 날뛰었다. 당나귀가 더 날뛸수록 아이의, 왜 쥑엔! 왜 쥑엔! 하는 지름 소리가 더 커 갔다. 그러다가 아이는 문득 골목 밖에서 누이의, 데런! 하는 부르짖음을 들은 거로 착각하면서, 부러 당나귀 등에서 떨어져 굴렀다. 이번에는 어느 쪽 다리도 삐지 않았다. 그러나 아이의 눈에는 그제야 눈물이 괴었다. 어느새 어두워지는 하늘에 별이 돋아났다가 눈물 괸 아이의 눈에 내려왔다. 아이는 지금 자기의 오른쪽 눈에 내려온 별이 돌아간 어머니라고 느끼면서, 그럼 왼쪽 눈에 내려온 별은 죽은 누이가 아니냐는 생각에 미치자 아무래도 누이는 어머니와 같은 아름다운 별이 되어서는 안 된다고 머리를 옆으로 저으며 눈을 감아 눈 속의 별을 내몰았다.

– 황순원, 〈별〉

**1** 제시문 **가**의 밑줄 친 사건의 의미를 '인물의 성장'이라는 관점에서 적어 봅시다.

_____

_____

**2_** 제시문 **나**의 밑줄 친 사건이 'O'의 서술자의 예술관·인생관에 어떤 영향을 미쳤을지 이유와 함께 적어 봅시다.

_____

_____

_____

_____

**3_** 제시문 **다**를 읽고 물음에 답해 봅시다.

(1) '누이의 죽음'이 아이에게 미친 영향을 아이의 성장과 관련하여 정리해 봅시다.

_____

_____

(2) 문제 (1)번의 답을 참고하여, 나를 성장하게 한 경험을 〈조건〉에 맞게 적어 봅시다.

> **┤조건├**
> • 변화의 계기가 드러나도록 적을 것.
> • 경험 전과 후 나 자신이 어떻게 변화했는지 구체적으로 적을 것.

_____

_____

_____

# Step_3 나의 성장의 계기

다음 제시문을 참고하여 지금까지 여러분의 정신적 성장을 도와주었던 것들을 생각하여 발표해 봅시다.

서정주의 시 〈자화상〉에는 '나를 키운 건 팔 할이 바람이다.'라는 구절이 있습니다. 시인 서정주의 정신적 성장을 도운 것은 '바람'으로 대변되는 삶의 고난과 시련, 역경 등이었겠지만, 누군가에게 그것은 어릴 적 상처이거나 책, 음악, 여행, 공상, 열등감 등입니다.

### 나를 키운 것은 책과 함께한 여행!

어린 시절, 우리 집은 그다지 부유하지 못했다. 해외여행은커녕 국내여행도 변변히 가 보지 못했다. 그럼에도 어린 시절 나는 결코 불행하지 않았다. 그것은 전적으로 책의 힘이었다. 책 속에서 나는 지구를 열 바퀴 이상 돌고도 남을 긴 여행을 했다. 책 속에서 풍요로웠으니 현실이 아무리 남루해도 전혀 불만이 없었다.

           – 조정욱(미술 평론가)

### 나를 키운 것은 동네 도서관!

오늘날의 나를 만든 것은 동네 도서관이다. 멀티미디어 시스템이 정보 전달 과정에서 영상과 음향을 사용하지만 문자 텍스트는 여전히 세부적인 내용을 전달하는 최선의 방식이다. 나는 평일에는 최소한 매일 밤 1시간, 주말에는 서너 시간의 독서 시간을 가지려 노력한다. 이런 독서가 나의 안목을 넓혀 준다.

           – 빌 게이츠(마이크로소프트 창업자)

### 나를 키운 것은 열등감!

촌스러운 시골뜨기였던 나는 방송국 입사 직후 세련된 동료 아나운서들 틈에서 열등감을 느끼고 있었다. 다른 이들과 비교하며 남들과 비슷하게 꾸며 보았지만, 화면에 비친 나는 남의 옷을 입은 듯 어색하고 불편해 보일 뿐이었다. 그런데 바로 이 '촌스러움', 즉 소박하고 친근한 이미지 덕분에 나는 프로그램 진행을 두 개나 맡을 수 있었다. 하나는 어린이 동요 대회 프로그램이었고, 다른 하나는 고향 소식을 전하는 방송국의 간판 프로그램이었다. 이처럼 '촌스럽다'는 열등감은 어울리지 않는 '남의 것'을 따라 하기보다 '나다움'을 자각할 수 있도록 도와준 계기가 되었다.

           – 이금희(아나운서)

### 나를 키운 것은 가난!

나를 키운 팔 할은 가난이고 나의 가장 큰 스승은 배고픔이었다.  — 이외수(작가)

### 나를 키운 것은 인종 차별!

학창 시절 유색 인종에 대한 괴롭힘과 비하는 자연스러운 일상이었다. '동양인이 왜 농구를 하냐, 가서 수학 문제나 풀어라.' 같은 말을 매일같이 듣곤 했다. '동양인은 이래야 한다'는 말이 듣기 싫었다. 나는 그냥 나였고, 나는 내가 어떤 사람인지 잘 알고 있었다. 그래서 나는 남들의 기준에 맞추지 않고 내 식대로 행동했다. 처음에는 무시하던 사람들도 점차 내가 생각한 내 모습대로 나를 바라봐 주었다.  — 박재범(가수)

### 나를 키운 것은 사람들!

나를 키운 것은 그동안 내가 만난 사람들이다. 좋은 사람을 만나면 그 사람처럼 멋지게 살고 싶어졌고, 안 좋은 사람을 만나면 나한테도 저런 면이 있지 않나 반성하게 되었다. 사람과 만나다 보면 안 좋은 일로 갈등도 겪게 된다. 갈등을 겪으면 고통스러우니까 해결하려고 노력하였다. 그러는 중에 상대방의 문제뿐만 아니라 나 자신의 문제도 발견하게 되었다. 이러는 과정에서 내가 넓어지고 깊어졌다.  — 박성식(대학생)

### 나를 키운 것은 여행!

여행은 머릿속에서 일어나는 교통사고 같은 것이다. 낯선 장소, 사람들과의 만남은 내가 알고 있는 것들이 세상의 전부가 아니라 지극히 일부라는 것을 깨닫게 한다. 내가 전부로 여겼던 곳이 실은 우물 안에 불과할 수 있다는 충격, 그래서 내 사고가 편협할 수 있다는 경계를 하게 된다.  — 윤지영(교사)

### 나를 키운 것은 엄마의 무조건적인 지지!

엄마는 내가 잘할 때도, 못할 때도 늘 나를 지지해 준다. 잘하면 잘했다고 칭찬해 주고, 못하면 앞으로 잘할 거라며 격려해 준다. 엄마의 이러한 무조건적인 지지를 알기에 나는 새로운 일에 도전하는 것을 망설이지 않았다. 그리고 도전을 통하여 얻은 새로운 경험들은 나의 세계를 넓혀 주었다.  — 김나나(중학생)

나를 키운 것은 _____

_____

_____

_____

_____

_____

_____

_____

_____

_____

_____

_____

# 생각펼치기

**1_** 다음 장면을 '점순이'의 시점으로 재구성해 봅시다.

> 나흘 전 감자 쪼간만 하더라도 나는 저에게 조금도 잘못한 것은 없다.
>
> 계집애가 나물을 캐러 가면 갔지 남 울타리 옆는 데 쌩이질을 하는 것은 다 뭐냐. 그것도 발소리를 죽여 가지고 등 뒤로 살며시 와서,
>
> "얘! 너 혼자만 일하니?" / 하고 긴치 않은 수작을 하는 것이다.
>
> 어제까지도 저와 나는 이야기도 잘 않고 서로 만나도 본척만척하고 이렇게 점잖게 지내던 터이련만 오늘로 갑작스레 대견해졌음은 웬일인가. 항차 망아지만 한 계집애가 남 일하는 놈 보고…….
>
> "그럼 혼자 하지 떼루 하디?"
>
> 내가 이렇게 내뱉는 소리를 하니까
>
> "너 일하기 좋니?" / 또는
>
> "한여름이나 되거든 하지 벌써 울타리를 하니?"
>
> 잔소리를 두루 늘어놓다가 남이 들을까 봐 손으로 입을 틀어막고는 그 속에서 깔깔댄다. 별로 우스울 것도 없는데 날씨가 풀리더니 이놈의 계집애가 미쳤나 하고 의심하였다. 게다가 조금 뒤에는 제 집께를 할금할금 돌아다보더니 행주치마의 속으로 꼈던 바른손을 뽑아서 나의 턱 밑으로 불쑥 내미는 것이다. 언제 구웠는지 아직도 더운 김이 홱 끼치는 굵은 감자 세 개가 손에 뿌듯이 쥐였다.
>
> "느 집엔 이거 없지?"
>
> 하고 생색 있는 큰소리를 하고는 제가 준 것을 남이 알면 큰일 날 테니 여기서 얼른 먹어 버리란다. 그리고 또 하는 소리가
>
> "너 봄 감자가 맛있단다."
>
> "난 감자 안 먹는다. 너나 먹어라."
>
> 나는 고개도 돌리지 않고 일하던 손으로 그 감자를 도로 어깨 너머로 쑥 밀어 버렸다.
>
> 그랬더니 그래도 가는 기색이 없고, 그뿐만 아니라 쌔근쌔근하고 심상치 않게 숨소리가 점점 거칠어진다. 이건 또 뭐야 싶어서 그때에야 비로소 돌아다보니 나는 참

으로 놀랐다. 우리가 이 동리에 들어온 것은 근 삼 년째 되어 오지만 여지껏 가무잡잡한 점순이의 얼굴이 이렇게까지 홍당무처럼 새빨개진 법이 없었다. 게다 눈에 독을 올리고 한참 나를 요렇게 쏘아보더니 나중에는 눈물까지 어리는 것이 아니냐. 그리고 바구니를 다시 집어 들더니 이를 꼭 악물고는 엎어질 듯 자빠질 듯 논둑으로 횡허케 달아나는 것이다.

– 김유정, 〈동백꽃〉

**2_** 자신의 경험을 바탕으로 '성장한다는 것'의 의미를 쓰고, 사람은 무엇을 통해 성장하는지 논술해 봅시다.

# 더 읽어 볼 만한 성장 소설

'성장 소설'이란 소설 속 주인공이 내·외적 갈등을 겪으며 정신적 성장을 이루고 자신을 둘러싼 세계에 대해 깨우치는 소설을 말합니다. 청소년들에게 성장 소설은 유익한 친구입니다. 성장 소설 속 주인공이 겪는 갈등과 그 해결 방법을 간접 체험함으로써 앞으로의 갈등을 대비하는 데 좋은 지침으로 삼을 수 있기 때문입니다. 청소년들이 나아갈 길을 생각하는 데 많은 도움을 줄 성장 소설 몇 편을 함께 살펴봅시다.

① 박상률, 《봄바람》: 섬마을에 사는 열세 살 소년 훈필의 성장통을 그린 작품입니다. 훈필은 같은 반 친구 은주를 좋아하지만 알 수 없는 그녀의 속내에 갈팡질팡합니다. 전학 온 서울 여학생에게도 호감을 갖지만 미숙한 탓에 좌절을 겪습니다. 자신의 꿈을 지탱했던 염소마저 죽자 상심이 커진 훈필은 가출을 결행하는데, 돈만 잃고 이틀 만에 집으로 돌아옵니다. 다시 새 꿈을 품게 된 훈필은 "열세 살의 세월이 뒤로 밀려갔으면 사실은 그 열세 살만큼 자랐다."라며 한 뼘 자라납니다.

② 오정희, 〈중국인 거리〉: 전쟁 직후 '나'는 낯선 해인초 냄새가 가득한 중국인 거리로 이사를 옵니다. 거기서 만난 친구 치옥은 셋방 사는 매기 언니의 물건들을 경험하며 '나'에게 "양갈보가 될 거야."라고 말합니다. '나'는 도둑고양이를 단칼에 죽이는 미군의 잔혹함을 목격하고, 술 취한 검둥이가 매기 언니를 집 밖으로 던져 버리는 사건을 겪습니다. 뒤이어 치매로 고생하던 할머니가 죽음을 맞으며, 어린 소녀였던 '나'는 "복잡하고 분명치 않은 색채로 뒤범벅된 혼란에 가득 찬 어제"를 떠나보냅니다. 그리고 낮잠에서 깬 '나'는 초경을 치른 걸 깨닫습니다.

③ 박완서, 《그 많던 싱아는 누가 다 먹었을까》: 작품 속 '나'는 조부모의 극진한 사랑을 받던 개풍 덕적골을 떠나 서울로 이사를 오면서 많은 변화를 겪게 됩니다. 어린 '나'에게 서울 생활은 싱아를 먹지 못해 "비위가 들뜨는" 나날만 같습니다. 사춘기로 접어든 '나'는 해방 이후 한국의 격동기를 지켜보게 되고, 대학생이 된 '나'는 6·25 전쟁의 발발로 가정의 안정과 평화마저 빼앗기게 되면서 글을 써서 시대를 증언하리라 다짐합니다. 이렇듯 주인공 '나'의 의식이 성장해 가는 과정을 담은 이 작품은 작가 자신과 그 가족이 겪은 파란만장한 이야기이기도 합니다.

※ 다음 작품을 읽고 마지막 문단의 밑줄 친 문장에 담긴 의미를 정리해 봅시다.

# 별 _황순원

　동네 애들과 노는 아이를 한동네 **과수** 노파가 보고, 같이 **저자**에라도 다녀오는 듯한 젊은 여인에게 무심코, 쟈 **동복** 누이가 꼭 죽은 쟈 오마니 닮았디 왜, 한 말을 얼김에 듣자 아이는 동무들과 놀던 것도 잊어버리고 일어섰다. 아이는 얼핏 누이의 얼굴을 생각해 내려 하였으나 암만해도 떠오르지 않았다. 집으로 뛰면서 아이는 저도 모르게, 오마니 오마니, 수없이 외었다. 집 뜰에서 이복동생을 업고 있는 누이를 발견하고 달려가 얼굴부터 들여다보았다. 너무나 엷은 입술이 지나치게 큰 데 비겨 눈은 짯짯하니 작고, 그 눈이 또 늘 몽롱히 흐려 있는 누이의 얼굴. 아홉 살 난 아이의 눈은 벌써 누이의 그런 얼굴 속에서 기억에는 없으나 마음속으로 그렇게 그려 오던 돌아간 어머니의 모습을 더듬으며 떨리는 속으로 찬찬히 누이를 바라보았다. 참으로 오마니는 이 누이의 얼굴과 같았을까. 그러자 제법 어른처럼 갓난 이복동생을 업고 있던 열한 살잡이 누이는 전에 없이 별나게 자기를 자세히 들여다보는 동복 남동생에게 마치 어머니다운 애정이 끓어오르기나 한 듯이 미소를 지어 보였을 때, 아이는 누이의 지나치게 큰 입 새로 드러난 검은 잇몸을 바라보며 누이에게서 돌아간 어머니의 그림자를 찾던 마음은 온전히 사라지고, 어머니가 누이처럼 미워서는 안 된다고 머리를 옆으로 저었다. 우리 오마니는 지금 눈앞에 있는 누이로서는 흉내도 못 내게스레 무척 이뻤으리라. 그냥 남동생이 귀엽다는 듯이 미소를 짓고 있는 누이에게 아이는 처음으로 눈을 흘기며 무서운 상을 해 보였다. 미운 누이의 얼굴이 놀라 한층 밉게 찌그러질 만큼. 생각다 못해 종내 아이는 누이가 꼭 어머니 같다고 한 동네 과수 노파를 찾아 자기 집에서 왼편 쪽으로 마주난 골목 막다른 집으로 갔다. 마침 노파는 새로 지은 저고리 **동정**에 **인두질**을 하고 있었다. 늘 남에게 삯바느질을 시켜 말쑥한 옷만 입고 다녀 동네에서 이름난 과수 노파가 제 손으로 인두질을 하다니 웬일일까. 그러나 아이를 보자 과수 노파는 아이보다도 더 의아스러운 눈초리를 하면서 인두를 화로에 꽂는

다. 아이는 곧 노파에게, 아니 우리 오마니하구 우리 뉘하구 같이 생겼단 말은 거짓말이
디요? 했다. 노파는 더욱 수상하다는 듯이 아이를 바라보다가 그러나 남의 일에는 흥미
없다는 얼굴로, 왜 닮았디, 했다. 아이는 떨리는 입술로 다시, 아니 우리 오마니 입하구
뉘 입하구 다르게 생기디 않았이요? 하고 열심히 물었다. 노파는 이번에는 화로에 꽂았
던 인두를 뽑아 자기 입술 가까이 갖다 대어 보고 나서, 반만큼 세운 왼쪽 무릎 치마에 문
대고는 일감을 잡으며 그저, 그러구 보믄 다른 것 같기두 하군, 했다. 아이는 인두질하는
과수 노파의 손 가까이로 다가서며 퍼뜩 과수 노파의 손이 나이보다는 젊고 고와 보인다
는 생각을 하면서, 우리 오마니 잇몸은 우리 뉘 잇몸터럼 검디 않구 이뻤디요? 했다. 과
수 노파는 아이가 가까이 다가와 어둡다는 듯이 갑자기 인두 든 손으로 아이를 물러나라
고 손짓하고 나서 한결같이 흥 없이, 그래앤, 했다. 그러나 아이만은 여기서 만족하여 과
수 노파의 집을 나서 그 달음으로 자기 집까지 뛰어오면서, 그러면 그렇지 우리 오마니가
뉘처럼 미워서야 될 말이냐고 속으로 수없이 되뇌었다. 안뜰에 들어서자 누이가 안 보임
을 다행으로 여기며 방 안으로 들어갔다. 그리고 책상 앞으로 가 **란도셀** 속에서 산수책을
꺼내다가 그 속에 인형을 발견하고 주춤 손을 거두었다. 누이가 비단 색 헝겊을 모아 만
들어 준 **낭자를 튼** 예쁜 각시 인형이었다. 그리고 아이가 언제나 란도셀 속에 넣어 가지
고 다니는 인형이었다. 과목은 요일에 따라 바뀌었으나 항상 란도셀 속에 이 인형만은 변
함없이 들어 있었다. 아이는 인형을 꺼내 들었다. 그러자 지금 아이는 이 인형의 여태까
지 그렇게 이쁘던 얼굴이 누이의 얼굴이나 한 것처럼 미워짐을 어쩔 수 없었다. 곧 아이
는 인형을 내다 버려야 한다는 걸 느꼈다. 그걸 품에 품고 밖으로 나섰다. 저녁 그늘이 내
린 과수 노파가 사는 골목을 얼마 들어가다 아이는 주위에 사람 없는 것을 살피고 나서
주머니에서 칼을 꺼냈다. 칼 끝으로 땅을 파 가지고 거기에다 품속의 인형을 묻었다. 그
러고는 그곳을 떠났다. 인형인가 누이인가 분간 못 할 서로 얽힌 손들이 매달리는 것 같
음을 아이는 느꼈다. 그러나 아이는 어머니와 다른 그 손들을 쉽사리 뿌리칠 수 있었다.
골목을 다 나온 곳에서 달구지를 벗은 당나귀가 아이의 아랫도리를 찼다. 아이는 굴러 나
동그라졌다. 분하다. 일어난 아이는 당나귀 고삐를 쥐고 **달구지채로** 해서 당나귀 등에 올
라탔다. 당나귀가 제 꼬리를 물려는 듯이 돌다가 날뛰기 시작했다. 아이는, 그럼 우리 오
마니가 뉘터럼 생겼단 말인가? 뉘터럼 생겼단 말인가? 하고 당나귀가 알아나 듣는 것처
럼 소리를 질렀다. 당나귀가 더 날뛰었다. 아이의, 뉘터럼 생겼단 말인가? 하는 소리가
더 커 갔다. 그러다가 별안간 뒤에서 누이의, 데린! 하는 부르짖음 소리를 듣고 아이는 그

만 당나귀 등에서 떨어지고 말았다. 땅에 떨어진 아이는 다리 하나를 약간 삔 채로 나자 빠져 있었다. 누이가 분주히 달려왔다. 그러나 아이는 누이가 위에서 굽어보며 붙들어 일 으키려는 것을 **무지스럽게** 손으로 뿌리치고는 혼자 벌떡 일어나, 삔 다리를 예사롭게 놀 려 집으로 돌아갔다.

　갓난 이복동생을 업어 주는 것이 학교 다녀온 뒤의 나날의 일과가 되어 있는 누이가, 하루는 아이의 거동에서 자기를 꺼리고 있다는 것을 눈치채고는 그런 동생을 기쁘게 해 주려는 듯이, 업은 애의 볼기짝을 돌려 대더니 꼬집기 시작했다. 물론 누이의 손은 힘껏 꼬집는 시늉만 했고, 그럴 적마다 그 작은 눈을 힘주는 듯이 끔쩍끔쩍하였지만, 결국은 애가 울지 않을 정도로 조심하면서 꼬집어 대는 것이었다. 사실 줄곧 누이에게만 애를 업 히는 의붓어머니에게 슬그머니 불평 같은 것이 가고 누이에게는 동정이 가던 아이였다. 그러나 이날 아이는 자기를 기껍게나 해 주려는 듯이 이복동생의 볼기짝을 힘껏 꼬집는 시늉을 하는 누이에게 재미있다는 생각이 일기는커녕 도리어 밉고, 실눈을 끔쩍일 적마 다 흉하게만 여겨졌다. 아이는 문득 누이를 혼내어 줄 **계교**가 생각났다. 그는 날렵하게 달려가 이복동생의 볼기짝을 진짜로 꼬집어 댔다. 그리고 업힌 애가 울음을 터뜨리는 걸 보고야 꼬집기를 멈추고 골목으로 뛰어가 숨었다. 이제 턱이 **밭은** 의붓어머니가 달려 나 와, 왜 애를 그렇게 갑자기 울리느냐고 누이를 꾸짖으리라. 아이는 골목에서 몰래 의붓어 머니가 나오기만 기다렸다. 사실 곧 의붓어머니는 나왔다. 그리고 또 어김없이 누이를 내 려다보면서, 앨 왜 그렇게 갑자기 울리니, 했다. 아이는 재미나하는 장난스런 미소를 떠 올렸다. 그러나 다음 순간 아이는 누이의 대답이 어떨까 하는 생각이 들면서, 이번에는 저도 모르게 미소가 걷히고 귀가 기울여졌다. 그렇게 자기들을 못살게 굴지는 않는다고 생각되면서도 어딘가 어렵고 두렵게만 여겨지는 의붓어머니에게 겁난 누이가 그만 자기 가 꼬집어서 운다고 바로 이르기나 하면 어쩌나. 그러나 누이는 의붓어머니가 어렵고 힘 들고 두렵게 생각키우지도 않는지 대담스레 고개를 들고, 아마 내 등을 **빨다가** 울 젠 배 가 고파 그런가 봐요, 하지 않는가. 아, 기묘한 거짓말을 잘 돌려 댄다. 그러나 지금 대담 하게 의붓어머니에게 거짓말을 하여 자기를 감싸 주는 누이에게서 어머니의 애정 같은 것이 풍기어 오는 듯함을 느끼자 아이는, 우리 오마니가 뉘 같지는 않았다고 속으로 부르 짖으며 숨었던 골목에서 나와 의붓어머니에게로 걸어갔다. 그러고는, 난 또 애 업구 어디 넘어디디나 않았나 했군, 하면서 누이의 등에서 어린애를 풀어 내고 있는 의붓어머니에게 아이도 이번에는 겁내지 않고, 이자 내가 애 엉뎅일 꼬집었어요, 했다.

아이는 옥수수를 좋아했다. 옥수수를 줄줄이 다음다음 뜯어 먹는 게 참 재미있었다. 알이 배고 곧은 자루면 엄지손가락 쪽의 손바닥으로 되도록 여러 알을 한꺼번에 눌러 밀어 얼마나 많이 붙은 쌍둥이를 떼 낼 수 있나 누이와 내기하기도 했었다. 물론 아이는 이 내기에서 누이한테 늘 졌다. 누이는 줄이 곧지 않은 옥수수를 가지고도 꽤는 잘 여러 알 붙은 쌍둥이를 떼 내곤 했다. 그렇게 떼 낸 쌍둥이를 누이가 손바닥에 놓아 내밀면 아이는 맛있게 그걸 집어먹기도 했었다. 그러나 이날 아이는 누이가, 우리 누가 많이 쌍둥이를 만드나 내기할까? 하는 것을 단박에, 싫어! 해 버렸다. 누이는 혼자 아이로서는 엄두도 못 낼 긴 쌍둥이를 떼 냈다. 아이는 일부러 줄이 곧게 생긴 옥수수자루인데도 쌍둥이를 떼 내지 않고 알알이 뜯어 먹고만 있었다. 누이는 금방 뜯어낸 쌍둥이를 아이에게 내주었다. 그러나 아이는 거칠게, 싫어! 하고 머리를 **도리질하고** 말았다. 누이가 새로 더 긴 쌍둥이를 뜯어내서는 다시 아이에게 내밀었다. 그러나 누이가 마치 어머니처럼 굴 적마다 도리어 돌아간 어머니가 누이와 같지 않다는 생각으로 해서 더 누이에게 냉정할 수 있는 아이는, 내민 누이의 손을 쳐 쌍둥이를 떨궈 버리고 말았다. 그러던 어떤 날 저녁, 어둑어둑한 속에서 아이가 하늘의 별을 세며 별은 흡사 땅 위의 이슬과 같다고 생각하고 있는데, 누이가 조심스레 걸어오더니 어둑한 속에서도 분명한 옥수수 한 자루를 치마폭 밑에서 꺼내어 아이에게 쥐어 주었다. 그러나 아이는 그것을 먹어 볼 생각도 않고 그냥 뜨물 항아리 있는 데로 가 그 속에 떨구듯 넣어 버렸다.

아이는 또 땅바닥에 갖가지 지도 같은 금을 그으며 놀기를 잘했다. 바다를 모르는 아이는 바다 아닌 대동강을 여러 개 그리고, 산으로는 모란봉을 몇 개고 그리곤 했다. 그러다가 동무가 있으면 땅따먹기도 했다. 상대편의 말을 맞히고 뼘을 재어 구름이 피어오르는 듯한 땅과 무성한 나무 같은 땅을 만드는 게 재미있었다. 그날도 아이는 옆집 애와 길가에서 땅따먹기를 하고 있었다. 옆집 애의 땅한테 아이의 땅이 거의 **잠식**당하고 있었다. 한쪽 금에 붙어 꼭 반달처럼 생긴 땅과 거기에 붙은 한 뼘 남짓한 땅이 남았을 뿐이었다. 그것마저 옆집 애가 새로 말을 맞히고 한 뼘 재먹은 뒤에는 또 줄었다. 이번에는 아이가 칠 차례였다. 옆집 애가 말을 놓았다. 그것은 아이의 반달 땅 끝에서 한껏 먼 곳이었다. 그러나 아이는 기어코 반달 끝에다 자기의 말을 놓았다. 옆집 애는 아이의 반달 땅에 달린 다른 나머지 땅에서가 자기의 말이 제일 가까운데 왜 하필 반달 끝에서 치려는지 이상히 여기는 눈치였다. 사실 어디까지나 반달 끝에다 한 뼘 맘껏 둘러 재어 동그라미를 그어 놓으면 얼마나 아름다울지 모르겠다는 아이의 계획을 옆집 애는 알 턱 없었다. 아이는 반달 끝에서 옆집 애의 말까지의 길을 닦았다. 이번에는 꼭 맞혀 이 반달 위에 무지개 같은 동그라미를 그어 놓으리라. 아이의 입은 꼭 다물어지고 눈은 빛났다. 뒤이어 아이는 옆집 애의 말을 겨누어 엄지손가락에 버텼던 **장가락**을 퉁기었다. 그러나 아이의 장가락 손톱에 맞은 말은 옆집 애의 말에서 꽤 먼 거리를 두고 빗나갔다. 옆집 애가 됐다는 듯이 곧 자기의 말을 집어 들며 아이가 아무리 먼 곳에 말을 놓더라도 대번에 맞혀 버리겠다는 **득의**의 미소를 떠올렸다. 그러면서 아이의 말 놓기를 기다리다가 흐려지지도 않은 경계선을 **사금파리** 말을 세워 그었다. 아이의 반달 끝이 이지러지게 그어졌다. 아이가, 이건 왜 이르케? 하고 고함쳤다. 옆집 애는 곧 다시 고쳐 금을 그었다. 옆집 애는 아이가 자기의 땅을 줄게 그어서 그러는 줄로 알았는지 이번에는 반달의 등이 약간 살찌게 그어 놓았다. 아이는 그래도, 것두 아냐! 했다. 그러는데 어느새 왔었는지 누이가 등 뒤에서 옆집 애의 말을 빼앗아서는 동생을 도와 반달의 배가 부르게 긋기 시작했다. 그러나 아이는 누이가 채 다 긋기도 전에 손바닥으로 막 지워 버리면서, 이건 더 아냐! 이건 더 아냐! 하고 소리 질렀다.

하루는 아이가 뜰 안에서 혼자 땅바닥에다 지도 같은 금을 그으며 놀고 있는데, 바깥에서 누이가 뒷집 계집애와 싸우는 소리가 들려, 마침 안의 어른들이 듣지 못하고 있는 것을 다행으로 열린 대문 새로 내다보았다. 아이가 늘 이쁘다고 생각해 오던 뒷집 계집애의 내민 역시 이쁜 얼굴에서, 그래 안 맞았단 말이가? 하는 말소리가 빠른 속도로 계속되는 대로, 또 누이의 내민 밉게 찌그러진 얼굴에서는, 안 맞지 않구, 하는 소리가 같은 속도로 계속되고 있었다. 땅따먹기 하다가 말이 맞았거니 안 맞았거니 해서 난 싸움이 분명했다. 어느 편이 하나 물러나는 법 없이 점점 더 다가들면서 내민 입으로 자기의 말소리를 좀 더 **이악스레** 빠르게들 하고 있는데, 저쪽에서 뒷집 계집애의 남동생이 달려오더니 다짜고짜로 누이에게 흙을 움켜 뿌리는 것이 아닌가. 그러자 뒷집 계집애의 이쁜 얼굴이 더 내밀어지며, 그래 안 맞았단 말이가? 하는 소리가 더 날카롭고 빠르게 계속되는 한편, 누이는 먼저 한 걸음 물러나며, 안 맞디 않구, 하는 소리도 **떠져** 갔다. 뒷집 계집애의 남동생이 또 흙을 움켜 뿌렸다. 뒷집 계집애의 남동생이 흙을 움켜 뿌릴 적마다 이쪽 누이는 흠칫흠칫 물러나며 말소리가 줄고, 뒷집 계집애의 말소리는 더욱 잦아 갔다. 그러자 아이는 저도 깨닫지 못하고 대문을 나서 그리로 걸어갔다. 아이를 보자 뒷집 계집애의 남동생이 우선 흙 뿌리기를 멈추고, 다음에 뒷집 계집애가 다가오기를 멈추고, 다음에 계집애의 말소리가 늦추어지고, 다음에 누이가 뒷걸음치던 걸음을 멈추었다. 그리고 누이는 뒷집 계집애의 남동생처럼 자기의 남동생도 **역성**을 들러 오는 것으로만 안 모양이어서 차차 기운을 내어 다가 나가며, 안 맞디 않구, 안 맞디 않구, 하는 소리를 점점 **빠르게** 회복하고 있었다. 거기 따라 뒷집 계집애는 도로 물러나며 점차, 그래 안 맞았단 말이가? 하는 소리를 늦추고 있고, 뒷집 계집애의 남동생도 한옆으로 아이를 피하고 있었다. 그러나 아이는 싸움터로 가까이 가자 누이의 흥분된 얼굴이 전에 없이 더 흉하게 느껴지면서, 어디 어머니가 저래서야 될 말이냐는 생각에, **냉연하게** 그곳을 지나쳐 버리고 말았다. 그리고 등 뒤로 도로 빨라 가는 뒷집 계집애의 말소리와 급작스레 떠가는 누이의 말소리를 들으면서도 아이는 누이보다 이쁜 뒷집 계집애가 싸움에 이기는 게 옳다고 생각하며 저만큼 골목 어귀에서 여물을 먹고 있는 당나귀에게로 걸어갔다.

열네 살의 소년이 된 아이는 뒷집 계집애보다 더 이쁜 소녀와 알게 되었다. 검고 맑고 깊은 눈매, 깨끗하고 건강한 볼, 그리고 약간 노란 듯한 머리카락에서 풍기는 **숫한** 향기. 아이는 소녀와 함께 있으면서 그 맑은 눈과 건강한 볼과 머리카락 향기에 온전히 홀린 마음으로 그네를 바라보기만 하면 그만이었다. 그러나 소녀 편에서는 차차 말없이 자기를 쳐다보기만 하는 아이에게 마음 한구석으로 어떤 부족감을 느끼는 듯했다. 하루는 아이와 소녀는 모란봉 뒤 한 언덕에 대동강을 등지고 나란히 앉아 있었다. 언덕 앞 연보랏빛 하늘에는 희고 산뜻한 구름이 빛나며 떠가고 있었다. 아이가 구름에 주었던 눈을 소녀에게로 돌렸다. 그러고는 소녀의 얼굴을 언제까지나 들여다보기 시작했다. 소녀의 맑은 눈에도 연보랏빛 하늘이 가득 차 있었다. 이제 구름도 피어나리라. 그러나 이때 소녀는 또 자기만 말끄러미 바라보고 있는 아이에게 느껴지는 어떤 부족감을 못 참겠다는 듯한 기색을 떠올렸는가 하면, 아이의 어깨를 끌어당기면서 어느새 자기의 입술을 아이의 입에다 갖다 대고 비비었다. 아이는 저도 모르게 피하는 자세를 취하였으나 서로 입술을 비비고 난 뒤에야 소녀에게서 물러났다. 벌떡 일어났다. 그리고 아이는 거친 숨을 쉬면서 상기돼 있는 소녀를 내려다보았다. 이미 소녀는 아이에게 결코 아름다운 소녀는 아니었다. 얼마나 추잡스러운 눈인가. 이 소녀도 어머니가 아니라는 생각이 불현듯 떠올랐다.

아이는 소녀에게서 돌아섰다. 소녀는 실망과 멸시로 찬 아이의 기색을 느끼며 아이를 붙들려 했으나 아이는 쉽게 그녀를 뿌리치고 무성한 여름의 언덕길을 뛰어내릴 수 있었다.

하늘에 별이 별나게 많은 첫가을 밤이었다. 아이는 전에 땅 위의 이슬같이만 느껴지던 별이 오늘 밤엔 그 어느 하나가 꼭 어머니일 것 같은 생각이 들어, 수많은 별을 뒤지고 있었다. 그러나 아이는 곧 안에서 누구를 꾸짖는 듯한 아버지 음성에 정신을 깨치고 말았다. 아이는 다시 하늘로 눈을 부었으나 다시는 어느 별 하나가 어머니라는 환상을 붙들 수는 없었다. 아쉬웠다. 다시 아버지의 누구를 꾸짖는 듯한 음성이 들려 나왔다. 아이는 아쉬운 마음으로 아버지의 음성이 들려오는 창 가까이로 갔다. 안에서는 아버지가, 두 번 다시 그런 눈치만 뵀단 봐라, 죽여 없애구 말 테니, 꼭대기 피두 안 마른 년이 누굴 망신 시키려구, 하는 품이 누이 때문에 여간 노한 게 아닌 것 같았다. 좀한 일에는 노하는 일이 없는 아버지가 이렇도록 노함에는 심상치 않은 일이 일어났음에 틀림없었다. 의붓어머니의 조심스런 음성으로, 좌우간 그편 집안을 알아보시구레, 하는 말이 들려 나왔다. 이어서 여전히 아버지의, 알아보긴 쥐뿔을 알아봐! 하는 노기 찬 음성이 뒤따랐다. 이번엔 누이의 나직이 떨리는 음성이 한 번, 동무의 오래비야요, 했다. 이젠 학교두 고만둬라, 하는 아버지의 고함에, 누이 아닌 아이가 등골이 서늘해짐을 느꼈다. 그러면서 얼마 전에 누이가 호리호리한 키에 흰 얼굴을 한 청년과 과수 노파가 살고 있는 골목 안에 마주 서 있는 것을 본 일이 생각났다. 그때 누이는 청년이 한 반 동무의 오빠인데 심부름을 왔다고 변명하듯 말했고, 아이는 아이대로 그저 모른 체하고 있었으나, 속으로는 누이 같은 여자와 좋아하는 청년의 마음을 정말 모르겠다고 생각했었다. 그 청년과 누이가 만나는 것을 집안에서도 알았음이 틀림없었다. 지금 안에서 의붓어머니의 낮으나 힘이 든 음성으로, 얘 넌 또 웬 성냥 장난이가! 하는 것만은 이제는 유치원에 다니게 된 이복동생을 꾸짖는 소리리라. 요사이 차차 의붓어머니가 어렵고 두렵기만 한 게 아니고 진정으로 자기네를 골고루 위해 주고 있다는 것을 깨닫게 된 아이는, 동복인 누이의 일로 의붓어머니를 걱정시키는 것이 아버지에게보다 더 안됐다고 생각됐다. 다시 의붓어머니의 조심성 있고 은근한 음성으로, 넌두 생각이 있갔디만 이제 네게 잘못이라두 생기믄 땅속에 있는 너의 어머니한테 어떻게 내가 낯을 들겠니, 자 이젠 네 방으루 건너가그라, 함에 아이는 이번에는 의붓어머니의 애정에 얼굴이 달아오르면서, 정말 누이가 돌아간 어머니까지 들추어내게 하는 일을 저질렀다가는 용서 않는다고 절로 주먹이 쥐어졌다. 어디서 스며오듯 누이의 흐느끼는 소리가 들려왔다. 두 번 다시 그런 일만 있었단 봐라, 초매(치마)루 묶어서 강물에 집어넣구 말디 않나, 하는 아버지의 약간 노염은 풀렸으나 아직 엄한 음성에, 아이는 이번에는 또 밤바람과 함께 온몸을 한 번 부르르 떨었다.

꽤 쌀쌀한 어떤 날 밤이었다. 의붓어머니가 아버지에게 애걸하다시피 하여 학교만은 그냥 다니게 된 누이보고 아이가, 우리 산보 가, 했다. 누이는 먼저 뜻지 않았던 일에 놀란 듯 흐린 눈을 크게 떠 보이고 나서 곧 아이를 따라나섰다. 밖은 조각달이 달려 있었다. 그리고 수많은 별들이 빛나고 있었다. 싸늘한 바람이 불어왔다. 바람이 불어올 적마다 별들은 빛난다기보다 떨고 있는 것만 같았다. 아이는 앞서 대동강 쪽으로 난 길을 접어들었다. 누이는 그저 아이를 따랐다. 어둑한 속에서도 이제 누이를 놀래어 주리라는 계교 때문에 아이의 얼굴은 미소가 떠올라 있었다. 강둑을 거슬러오르니까 더 써느러웠다. 전에 없이 남동생이 자기를 밖으로 이끌어 낸 것을 의아하게 여기는 눈치로, 그러나 즐거운 듯이 누이가 아이에게, 춥디 않니? 했다. 아이는 거칠게 머리를 옆으로 저었다. 젓고 나서 어둠으로 해서 누이가 자기의 머리 저음을 분간치 못했으리라고 깨달았으나 아이는 잠자코 말았다. 누이가 돌연 혼잣말처럼, 사실 나 혼자였다믄 벌써 죽구 말았어, 죽구 말디 않구, 살믄 멀 하노……. 그래두 네가 있어 그렇디, 둘이 있다 하나가 죽으믄 남는 게 더 불쌍할 것 같애서……. 난 정말 그래, 하며 바람 때문인지 약간 느끼는 듯했다. 아이는 혹시 집에서 누이의 연애 사건을 알게 된 것이 자기가 아버지나 의붓어머니에게 고자질한 것으로 잘못 알고 있지나 않나 하는 생각이 들자, 누이를 쓸어안고 변명이나 할 듯이 획 돌아섰다. 누이도 섰다. 그러나 아이는 계획해 온 일을 실현할 좋은 계기를 바로 붙잡았음을 기뻐하며 누이에게, 초매 벗어라! 하고 고함을 치고 말았다. 뜻밖에 당하는 일로 잠시 어쩔 줄 모르고 섰다가 겨우 깨달은 듯이 누이는 어둠 속에서 조용히 저고리를 벗고 어깨치마를 머리 위로 벗어 냈다. 아이가 치마를 빼앗아 땅에 길게 폈다. 그리고 아이는 아버지처럼 엄하게 가루 눠라! 했다. 누이는 또 곧 순순히 하라는 대로 했다. 그러나 아이는 치마로 누이를 묶어 강물에 집어넣는 차례에 이르러서는 자기의 하는 일이면 누이가 죽는 한이 있더라도 아무 **항거** 없이 도리어 어머니다운 애정으로 따라 할 것만 같은 생각이 들며, 누이가 돌아간 어머니와 같은 애정을 베풀어서는 안 된다고 치마 위에 이미 죽은 듯이 누워 있는 누이를 그대로 남겨둔 채 돌아서 그곳을 떠나고 말았다.

누이는 시내 어떤 실업가의 막내아들이라는 작달막한 키에 얼굴이 검푸른, 누이의 한

반 동무의 오빠라는 청년과는 비슷도 안 한 남자와 아무 불평 없이 혼약을 맺었다. 그러고 나서 얼마 안 되어 결혼하는 날, 누이는 가마 앞에서 의붓어머니 팔을 붙잡고는 무던히나 슬프게 울었다. 아이는 골목에 몸을 숨기고 있었다. 누이는 동네 아낙네들이 떼어놓는 대로 가마에 오르기 전에 젖은 얼굴을 들었다. 자기를 찾고 있음에 틀림없다고 생각하면서도, 아이는 그냥 몸을 숨기고 있었다. 그리고 누이가 시집간 지 또 얼마 안 되는 어느 날, 별나게 빨간 놀이 진 늦저녁 때 아이네는 누이의 **부고**를 받았다. 아이는 언뜻 누이의 얼굴을 생각해 내려 하였으나 도무지 떠오르지가 않았다. 슬프지도 않았다. 그러다가 아이는 지난날 누이가 자기에게 만들어 주었던, 뒤에 과수 노파가 사는 골목 안에 묻어 버린 인형의 얼굴이 떠오를 듯함을 느꼈다. 아이는 골목으로 뛰어갔다. 거기서 아이는 인형 묻었던 자리라고 생각키우는 곳을 손으로 팠다. 흙이 단단했다. 손가락을 세워 힘껏힘껏 파 댔다. 없었다. 짐작되는 곳을 또 파 보았으나 없었다. 벌써 썩어 흙과 분간치 못하게 된 지가 오래리라. 도로 골목을 나오는데 전처럼 당나귀가 매어 있는 게 눈에 띄었다. 그러나 전처럼 당나귀가 아이를 차지는 않았다. 아이는 달구지채에 올라서지도 않고 전보다 쉽사리 당나귀 등에 올라탔다. 당나귀가 전처럼 제 꼬리를 물려는 듯이 돌다가 날뛰기 시작했다. 그리고 아이는 당나귀에게나처럼, 우리 뉠 왜 쥑엔! 왜 쥑엔! 하고 소리 질렀다. 당나귀가 더 날뛰었다. 당나귀가 더 날뛸수록 아이의, 왜 쥑엔! 왜 쥑엔! 하는 지름소리가 더 커 갔다. 그러다가 아이는 문득 골목 밖에서 누이의, 데련! 하는 부르짖음을 들은 거로 착각하면서, 부러 당나귀 등에서 떨어져 굴렀다. 이번에는 어느 쪽 다리도 삐지 않았다. 그러나 아이의 눈에는 그제야 눈물이 괴었다. 어느새 어두워지는 하늘에 별이 돋아났다가 눈물 괸 아이의 눈에 내려왔다. <u>아이는 지금 자기의 오른쪽 눈에 내려온 별이 돌아간 어머니라고 느끼면서, 그럼 왼쪽 눈에 내려온 별은 죽은 누이가 아니냐는 생각에 미치자 아무래도 누이는 어머니와 같은 아름다운 별이 되어서는 안 된다고 머리를 옆으로 저으며 눈을 감아 눈 속의 별을 내몰았다.</u>

**과수**(寡守)  남편을 잃고 혼자 사는 여자.

**저자**  날마다 아침저녁으로 반찬거리를 파는 작은 규모의 시장.

**동복**(同腹)  한 어머니의 배에서 남. 또는 그런 관계의 사람.

**동정**  한복의 저고리 깃 위에 조붓하게 덧대어 꾸미는 하얀 헝겊 조각.

**인두질**  인두(바느질할 때 불에 달구어 쓰는 기구)로 구김살을 펴거나 꺾은 솔기를 누르는 일.

**란도셀**  초등학생들이 어깨에 메는 네모난 가방을 가리키는 일본어.

**낭자**  여자의 예장(禮裝)에 쓰는 딴머리의 하나. 쪽.

**틀다**  상투나 쪽 따위로 머리털을 올려붙이다.

**달구지채**  달구지의 양쪽에 달린 긴 나무.

**무지스럽다**(無知---)  보기에 미련하고 우악스런 데가 있다.

**계교**(計巧)  요리조리 헤아려 보고 생각해 낸 꾀.

**밭다**  길이가 매우 짧다.

**도리질하다**  머리를 좌우로 흔들어 싫다거나 아니라는 뜻을 표시하다.

**잠식**(蠶食)  누에가 뽕잎을 먹듯이 점차 조금씩 침략하여 먹어 들어감.

**장가락**  '가운뎃손가락'의 사투리.

**득의**(得意)  일이 뜻대로 이루어져 만족해하거나 뽐냄.

**사금파리**  사기그릇의 깨어진 작은 조각.

**이악스럽다**  달라붙는 기세가 굳세고 끈덕진 데가 있다.

**떠지다**  사이가 뜸해지다. 속도가 더디어지다.

**역성**  옳고 그름에는 관계없이 무조건 한쪽 편을 들어 주는 일.

**냉연하다**(冷然--)  태도 따위가 쌀쌀하다.

**숫하다**  더럽혀지지 않아 깨끗하다.

**항거**(抗拒)  순종하지 아니하고 맞서서 반항함.

**부고**(訃告)  사람의 죽음을 알림. 또는 그런 글.

## Memo

# 03 관계 속의 인간

**작품 읽기** – 박완서 〈옥상의 민들레꽃〉, 오정희 〈소음 공해〉
**토론하기** – 갈등의 책임
**더 읽어 보기** – 양귀자 〈일용할 양식〉

**학습 목표**

　박완서의 〈옥상의 민들레꽃〉과 오정희의 〈소음 공해〉를 통해 현대인의 주요 주거 공간인
'아파트'의 특징과 문제점에 대해 생각해 보고, 그 해결 방안을 이야기해 봅니다. 또한 등장인
물의 가치관을 비교하여 살펴보며 현대 사회에서 점점 더 소홀해지기 쉬운 관계의 소중함에
대해 생각해 봅니다.

도심의 아파트는 편리한 현대 문명의 상징이기도 하지만, 그 단단하고 높은 콘크리트는 오래전 나무 그늘 아래 평상에서 담화를 나누던 마을 공동체를 뿔뿔이 흩어 놓은 옹벽처럼 여겨지기도 합니다. 지금 이야 노인정도 생기고 놀이터도 활성화되고 있지만, 처음 아파트가 들어섰을 무렵만 해도 사회생활이 드문드문한 노인들이 그 벽에 갇히면서 깊은 소외감과 외로움에 시달리는 일이 많았습니다.

이 작품은 아파트가 도시를 점령하던 1970~1980년대, 최고급형 아파트인 '궁전 아파트'에서 벌어진 사건을 다루고 있습니다. 아파트에 살던 노인들의 의문스러운 자살이 잇달아 발생하자 대책 회의가 열렸는데, 아파트 주민들은 유가족의 슬픔을 헤아리기보다 아파트값이 떨어질까 전전긍긍합니다. 엄마와 함께 그 자리에 참석하게 된 어린 '나'는 어른들의 이야기를 들으며 옛 기억을 떠올립니다. 가족들이 더 이상 자신을 좋아하지 않는다고 오해하여 자살하려다 옥상에 핀 민들레꽃을 발견하고 자신의 경솔함을 돌이켰던 기억이지요. '나'는 노인들이 자살한 이유를 알 것만 같은데, 어른들은 '나'의 말을 들어주려 하지 않습니다. 과연 '나'는 그 이유를 말할 수 있을까요? '나'의 시도는 성공할 수 있을까요?

## ▌박완서(朴婉緒, 1931~2011)

경기 개풍 출생. 1970년 장편 소설 《나목》이 《여성동아》 현상 모집에 당선되어 문단에 등단했다. 폭넓고 다채로운 작품 세계로 《엄마의 말뚝》, 《그 남자네 집》, 《도시의 흉년》, 《목마른 계절》, 《서 있는 여자》, 《그대 아직도 꿈꾸고 있는가》 등의 작품에서 6·25 전쟁과 그로 인한 상처, 물질 만능 풍조, 여성 문제 등 사회 문제를 두루 그려 냈다. 《나의 가장 나종 지니인 것》, 《그 산이 정말 거기 있었을까》, 《너무도 쓸쓸한 당신》 등 삶에 대한 관조가 담긴 자전적인 작품들도 있다.

# 옥상의 민들레꽃 _박완서

　우리 아파트 7층 베란다에서 할머니가 떨어져서 돌아가셨습니다. 실수로 떨어지신 게 아니라 일부러 떨어지셨다니까 할머니는 자살을 하신 것입니다. 이런 일이 벌써 두 번째입니다. 그것을 제일 먼저 발견한 할머니의 며느리가 놀라서 소리를 지르자, 아파트에 사는 사람들이 모두 베란다로 뛰어나갔습니다. 나도 뛰어나갔습니다. 다만, 엄마가 뒤에서 내 눈을 가렸기 때문에 7층에서 떨어진 할머니가 어떻게 망가졌는지 보지는 못했습니다.

　엄마는 내 눈을 가려 주면서 떨리는 목소리로 말했습니다.

　"오오, 끔찍한 일이다."

　다른 어른들도 "끔찍한 일이야. 오오, 끔찍한 일이야." 하면서 아이들의 눈을 가려서 얼른 안으로 데리고 들어갔습니다.

　우리 궁전 아파트는 살기가 편하고, 시설이 고급이고, 환경이 아름답기로 이름이 난 아파트입니다. 우리나라에서 나는 물건은 물론, 외국에서 들어온 물건까지 없는 것 없이 갖추어 놓은 슈퍼마켓도 있고, 어린이를 위한 널찍한 놀이터도 있고, 아름다운 공원도 있고, 노인들을 위한 정자도 있고, 사람의 힘으로 만든 푸른 연못도 있습니다.

　누가 "너, 어디 사느냐?" 하고 물었을 때, 궁전 아파트에 산다고 하면, 물은 사람의 얼굴에 부러워하는 빛이 역력해집니다. 그리고 한숨을 쉬며 말합니다.

"참 좋겠다. 우린 언제 그런 데 살아 보누."

그러니까 궁전 아파트에 살지 않는 사람들은 궁전 아파트에 사는 사람이 행복하다는 걸 아무도 의심하지 않나 봅니다. 그렇게 믿고 있는 사람들을 실망시키지 않기 위해서도 궁전 아파트에 사는 사람들은 모두 모두 행복할 수밖에 없습니다.

그런데 이게 웬일입니까? 벌써 두 사람이나 살기가 싫어서 스스로 목숨을 끊었습니다. 얼마나 사는 게 행복하지 않으면 목숨을 끊고 싶어지나 궁전 아파트 사람들은 상상도 할 수 없습니다. 궁전 아파트 사람들이 생각할 수 있는 건 앞으로 이런 일이 다시는 일어나선 안 된다는 겁니다. 이런 일이 자꾸 일어나 소문이 퍼져 보십시오. 사람들은 궁전 아파트 사람들의 행복이 가짜일 거라고 의심할지도 모릅니다. 그렇게 되면 큰일입니다. 그런 생각만으로도 궁전 아파트 사람들은 금방 불행해지고 맙니다.

궁전 아파트 사람들이 여태껏 행복했던 것은 다른 사람들이 그렇게 알아주었기 때문이니까요. 그것은 마치 엄마를 행복하게 하는 이유가 엄마의 보석 반지가 아름다워서가 아니라, 그 보석이 진짜라는 보석 장수의 보증 때문인 것과 같은 이치입니다.

여태껏 굳게 믿고 있던 행복이 흔들리자, 궁전 아파트 사람들은 그 불안을 견디다 못해 회의를 하기로 했습니다. 모이는 장소는 70평짜리 아파트 두 채를 터서 쓰는 사장님 댁으로 정했습니다.

넓은 사장님 댁은 벌써 사람들로 꽉 들어차 있었습니다. 반상회 날보다 더 많은 사람들이 모여들었습니다. 반상회 날은 더러 아이들도 섞여 있었는데, 오늘은 아이들이 한 명도 안 보입니다. 어른들만 모여 있으니까 회의의 분위기가 한층 엄숙해지는 것 같았습니다.

엄마도 그제야 내가 따라간 게 창피한지 눈짓을 하며 나를 등 뒤로 숨기려 했습니다. 그러나 나는 엄마 등 뒤에 숨을 수 있을 만큼 작은 아이가 아닙니다. 나는 모습을 보이고 싶고 참견도 하고 싶었습니다. 다른 일이라면 모를까 이번 일은 내가 꼭 참견을 해야 할 것 같았습니다.

왜냐하면, 나는 그 할머니가 왜 살고 싶어 하지 않으셨는지를 알고 있기 때문입니다. 생전의 그 할머니와 만나 본 적은 없지만, 그것만은 자신 있게 알고 있었습니다.

"에에또, 이렇게 여러 귀빈들을 한자리에 모시게 되어서 영광입니다. 오늘은 저희 집에 모신 만큼 제가 임시 회장이 돼서 이 회의를 진행하겠습니다. 아참, 회장이 있으려면 회 이름도 있어야겠군요. 명함에 넣으려면 '무슨 무슨 회' 회장이라고 해야지 그냥 회장이라고 할 순 없지 않습니까? 안 그렇습니까, 여러분?"

"옳습니다."

여러 사람이 찬성을 했습니다.

"'서로 돕기회'가 어떻습니까?"

어떤 젊은 아저씨가 말했습니다.

"안 됩니다, 그건. 서로 돕다니요? 우리가 뭐가 부족해서 서로 돕습니까? 이웃 돕기는 가난하고 불쌍한 사람들끼리 하는 겁니다."

"옳소, 옳소."

여러 사람이 찬성했기 때문에 '서로 돕기회'는 **부결**이 됐습니다.

"그, 그렇지만 우리가 여기 이렇게 모인 건 서로 돕기 위해서가 아닙니까?"

'서로 돕기회'를 주장한 아저씨가 외롭게 말했습니다.

"아닙니다. 이번 사고를 **수습할** 대책을 마련하려고 모인 겁니다."

"아, 됐습니다. 바로 그겁니다. 수습 대책 협의회가 좋겠군요. '궁전 아파트

---

**부결**(否決)  의논한 안건을 받아들이지 아니하기로 결정함. 또는 그런 결정.
**수습하다**(收拾--)  어수선한 사태를 거두어 바로잡다.

사고 수습 대책 협의회'……. 적당히 어렵고 적당히 길고, 그걸로 정할까요?"

"사장님, 아니 회장님, 그럼 그 **명의**로 명함을 만드실 건가요?"

"그럼은요. 썩 마음에 드는 명칭입니다. 안 그렇습니까?"

"안 그렇습니다. 그건 마치 우리 궁전 아파트가 사고만 나는 아파트란 인상을 퍼뜨리는 것과 같습니다. 아파트값이 뚝 떨어질지도 모릅니다."

아파트값이 떨어질지도 모른다는 소리에 여러 사람들이 일제히 와글와글 **들고일어나** 그 의견도 부결이 됐습니다.

"여러분, 지금 급한 건 회의 이름 짓기가 아닙니다. 어떡하면 그런 사고가 다시는 안 일어나게 하는가 하는 겁니다. 이번이 벌써 두 번째입니다. 이 소문이 퍼져 보십시오. 제일 먼저 영향을 받는 건 우리 아파트값일 겁니다. 아마 한 번만 더 사고가 나면 우리 아파트값은 당장 똥값이 될걸요."

회 이름을 '서로 돕기회'로 하자던 아저씨가 이렇게 말하자, 장내는 조용해지고 사람들의 얼굴은 사색이 됐습니다.

"여러분, 우리 아파트값을 똥값으로 만들지 않기 위해 머리를 짭시다. 좋은 의견이 있으신 분은 편한 마음으로 말씀해 주십시오."

"젊은 사람, 그것은 회장의 권한입니다. 좋은 의견이 있으신 분은 말씀해 주십시오."

회장이 젊은 아저씨로부터 말끝을 **빼앗았습니다.**

"저요, 저요."

나는 학교에서 선생님한테 나를 시켜 달라고 조를 때처럼 손을 들고 벌떡 일어서려 했습니다. 그런데 엄마가 나를 붙잡았습니다.

"아니, 여기가 어딘 줄 알고 네가 나서려고 해? 아이 창피해."

---

**명의**(名義)  어떤 일이나 행동의 주체로서 공식적으로 알리는 개인 또는 기관의 이름.
**들고일어나다**  어떤 일에 반대하거나 항의하여 나서다.

엄마의 얼굴이 홍당무가 됩니다.

"아니, 여기가 어디라고 아이를 끌고 다녀? 쯧쯧."

사람들이 수군대는 소리도 들립니다. 엄마는 얼굴이 더 빨개지면서 어쩔 줄을 모릅니다.

"제가 한마디 하겠습니다."

뚱뚱한 아줌마가 엄숙한 얼굴로 말을 시작했습니다.

"나도 조금 전까지만 해도 지금처럼 심각하진 않았습니다. 우리 집엔 노인네가 안 계시니까요. 그러나 지금은 누구 못지않게 심각합니다. 다들 그래야 됩니다. 노인네들 지키는 것은 노인네를 모신 집만의 골칫거리지만 최고의 아파트값을 지키는 것은 우리 모두의 일입니다. 아시겠어요?"

장내가 물을 끼얹은 듯 조용해졌습니다.

"제일 처음 우리가 할 일은 절대로 이번 사고를 입 밖에 내지 않는 겁니다. 소문만 안 나면 그런 일은 없었던 거나 마찬가집니다. 다음은 그런 일이 다시는 안 일어나게 하는 겁니다. 감쪽같이 감추는 것도 한두 번이지, 자주 계속되면 소문이 안 날 수가 없게 됩니다. 왜냐하면, 이사 가는 사람이 생기거든요. 나부터도 그런 사고가 한 번만 더 나면 아파트값이 뚝 떨어지기 전에 제일 먼저 팔고 이사를 갈 테니까요. 이사만 가 보세요. 뭐가 무서워 소문을 안 냅니까? 아시겠죠? 소문을 안 내는 것보다는 그런 사고가 또다시 안 일어나게 하는 게 더 중요한 까닭을……."

모두들 말없이 고개만 끄덕였습니다. 뚱뚱한 여자는 더욱 의기양양해서 연설을 계속했습니다.

"그래서 제가 연구한 사고 방지책을 지금부터 말씀드리겠어요. 조용히 하세요, 조용히……. 우리 아파트 베란다는 너무 허술해요. 노인네가 아니라도 아이들이 장난치다 떨어지지 말란 법도 없잖아요?"

"아유, 끔찍해라."

엄마가 나를 꼭 껴안았습니다. 딴 엄마들도 아이들이 떨어질 수 있다는 새로운 근심에 안절부절못합니다. 아이들한테만 집을 맡기고 온 엄마는 뒤로 몰래 빠져나갈 눈치를 보이기도 합니다.

"그래서 베란다에다 일제히 쇠창살을 달면 어떨까 하는 의견을 말씀드리는 겁니다. 바람은 통하되 사람은 빠져나갈 수 없는 쇠창살 말입니다."

"옳소, 옳소."

"옳은 말씀이에요. 왜 진작 그 생각을 못 했을까? 인제부터 발 뻗고 자게 됐지 뭐예요?"

모든 사람들의 얼굴에서 근심이 걷히면서 뚱뚱한 여자의 의견에 대한 칭찬의 소리가 **자자했습니다.**

"옳은 일은 서두르는 게 좋아요. 곧 쇠창살을 해 달도록 합시다. 회장의 권한으로 명령합니다."

회장님이 주먹으로 탁탁 탁자를 치면서 말했습니다.

"쇠창살 주문은 내가 받겠어요. 우리 애기 아빠가 쇠붙이 회사 사장이니까요. 누구보다도 값싸게, 누구보다도 빨리 해 드릴 수가 있어요. 품질은 보증하겠느냐고요? 여부가 있나요."

뚱뚱한 여자가 신이 나서 소리쳤습니다. 사람들은 서로 먼저 쇠창살 신청을 하려고 밀치고 아우성이었습니다.

"여러분, 침착하세요. 이럴 때일수록 흥분을 가라앉히고 이성을 되찾아 침착하게 생각해야 합니다. 과연 쇠창살이 가장 좋은 방법일까요?"

젊은 아저씨가 아우성치는 사람들을 향해 팔을 휘두르며 외쳤습니다. 사람들은 젊은 아저씨의 다음 말을 기다리느라 잠깐 조용히 하였습니다. 그때 나는 내가 다시 나서야 할 것처럼 느꼈습니다.

---

**자자하다**(藉藉--)   여러 사람의 입에 오르내려 떠들썩하다.

나는 알고 있기 때문입니다. 베란다에서 떨어져 그만 살고 싶은 마음을 돌이킬 수 있는 건 쇠창살이 아니라 민들레꽃이라는 걸 나만이 알고 있기 때문입니다. 내가 알고 있는 건 어른들처럼 갑자기 떠오른 생각이 아니라 겪어서 알고 있는 것이기 때문에 더욱 자신이 있습니다.

'베란다에 있어야 할 것은 쇠창살이 아니라 민들레꽃이에요. 정말이에요.'

그 소리를 높이 외치고 싶어 목구멍이 간질간질하고 가슴이 두근댑니다. 오줌을 쌀 것처럼 아랫도리가 뿌듯하기도 합니다. 나는 참을 수가 없어서 몸부림치면서 엄마의 품을 벗어나려고 했습니다.

"얘가, 누구 망신을 시키려고 또 이러지?"

엄마는 입속으로 중얼대면서 쇠사슬처럼 꽁꽁 나를 껴안았습니다. 젊은 아저씨가 말을 계속했습니다.

"여러분, 우리 아파트가 가장 값이 비싼 것은 내부의 시설과 **부대시설**이 잘된 때문만은 아니란 걸 알아야 합니다. 우리 아파트는 겉모양이 아름답기로도 소문난 아파트입니다. 지나가던 사람도 우리 아파트를 보면 금방 한번 살아보고 싶은 생각이 들 만큼 아름다운 겉모양을 하고 있습니다. 옛 궁전이나 성을 연상하고, 그 속에 들어가 살면 왕족이나 귀족이 될 것 같은 희망이 생기기도 합니다. 그런 아파트의 베란다마다 쇠창살을 달아 보세요. 사람들이 뭘 연상하겠습니까?"

"감옥이오, 감옥."

"세상에 끔찍해라. 감옥이라니……."

"아파트값이 똥값이 되고 말 거예요."

"나라면 거저 줘도 안 살 거예요."

이렇게 해서 베란다에 쇠창살을 달자는 의견은 흐지부지되고 말았습니다.

---

**부대시설**(附帶施設) 기본이 되는 건축물 따위에 덧붙어 있는 시설.

"제 생각으로는……."

노교수님이 천천히 입을 열었습니다. 사람들의 눈길이 노교수님의 우물대는 입가로 모였습니다.

"제 생각으로는 할머니가 두 분씩이나 왜 갑자기 살고 싶지 않아졌나 우리가 그걸 먼저 알아야 한다고 생각합니다. 중요한 건 그분들이 목숨을 끊고 싶어 끊었지 베란다가 있기 때문에 끊은 건 아니라는 겁니다. 목숨을 꼭 끊고 싶으면 베란다가 아니라도 끊을 데는 얼마든지 있습니다."

"옳소, 옳소."

젊은 아저씨가 눈을 빛내면서 큰 소리로 동의했습니다.

"그분이 왜 목숨을 끊고 싶었을지에 대해 아는 대로 대답해 주십시오. 먼저, 돌아가신 할머니의 따님과 며느님."

교수님은 교수님답게 대답을 기다리지 않고 지적을 합니다.

지난번에 돌아가신 할머니는 따님하고 같이 사셨고, 이번에 돌아가신 할머니는 아드님하고 같이 사셨답니다. 두 할머니의 딸과 며느리는 고개를 숙이고 눈물을 닦을 뿐 대답을 못 합니다.

"무엇을 부족하게 해 드리지 않았습니까?"

교수님은 울고 있는 아주머니들을 똑바로 바라보면서 따지듯이 말했습니다.

"아니요, 그런 일 없었습니다. 저희 어머니의 방 냉장고는 늘 어머니께서 즐기시는 음식으로 가득 채워져 있었고, 옷장엔 **사시장철** 충분히 갈아입을 수 있는 비단옷으로 가득 차 있었습니다. 어머니께서 돌아가신 후 그걸 다 양로원에 기부했는데, 열 사람의 노인네가 돌아가실 때까지 입을 수 있을 거라고 했습니다. 필요하시다면 그분들을 증인으로 부를 수도 있습니다."

---

**사시장철**(四時長—) 사철 중 어느 때나 늘.

"아, 알겠습니다. 이번엔 며느님에게 변명할 기회를 드리겠습니다."

"저도 마찬가지입니다. 지금도 그분의 방이 그대로 보존돼 있습니다만, 부족한 건 아무것도 없습니다. 제 방과 똑같은 크기의 방에, 제 방에 있는 건 그분의 방에도 다 있습니다. 그분이 한 번도 듣지 않는 전축이나 녹음기도 제 방에 있는 것이기 때문에 그분 방에도 들여놓았습니다. 그랬건만 그분은 늘 불만이셨습니다."

"바로 그겁니다. 그걸 말씀해 주셔야 합니다."

교수님이 마침내 유도 신문에 성공한 형사처럼 좋아하며 그 아주머니 앞으로 한 발 다가갔습니다.

"그분은 손자를 업어서 기르고 싶어 하셨어요."

"그건 안 되죠. 안짱다리가 되니까."

"그분은 바느질을 좋아해서 뭐든지 깁고 싶어 하셨어요. 특히 버선을 깁고 싶어 하셨죠."

"점점 더 어렵군요. 요새 버선이라니? 더군다나 기워서 신는 버선을 어디 가서 구하겠소?"

"그분은 또 흙에다 뭘 심고, 거름을 주고, 김을 매고 싶어 하셨어요. 그분은 시골에서 자란 분이거든요."

"참으로 참으로 어려운 분이셨군요."

교수님이 **낙담**을 합니다. 이때 젊은 아저씨가 또 나섭니다.

"이제야 알겠습니다. 그분은 고향이 그리워서 돌아가셨군요."

"저희 어머니는 이 도시가 고향인데도 베란다에서 떨어지셨어요."

먼저 돌아가신 할머니의 딸이 젊은 아저씨에게 말했습니다.

"고향이 시골이 아니어도 마찬가질 겁니다. 도시에서도 사람 살아가는 모

---

**낙담**(落膽)  너무 놀라 간이 떨어지는 듯하다는 뜻으로, 바라던 일이 뜻대로 되지 않아 마음이 몹시 상함.

습이 예전보다 너무 많이 달라졌으니까요. 노인들은 예전의 사람 사는 모습이 그리워서 더 이상 살고 싶지가 않았을 겁니다. 그렇지만 제아무리 효자라도 세월을 거꾸로 흐르게 할 수는 없습니다. 이렇게 문명화된 세상에 돈 가지고 안 되는 일이 아직도 남아 있다는 건 참으로 **통탄할** 일입니다."

젊은 아저씨가 이렇게 결론을 내리자 장내가 **숙연해졌습니다.**

나는 이번에야말로 내가 나설 차례라고 생각했습니다. 다시 목구멍이 간질간질하고 가슴이 울렁거리고 오줌이 마려웠습니다. 나는 베란다에서 떨어져 목숨을 끊고 싶은 생각을 맨 마지막으로 막아 줄 수 있는 게 쇠창살이 아니라 민들레꽃이라는 걸 알고 있습니다. 마찬가지로, 할머니가 살고 싶지 않아진 게 세월을 거꾸로 흐르게 할 수 없었기 때문이 아니란 것도 알고 있습니다. 둘 다 상상이나 남에게 들어서 알고 있는 게 아니라, 스스로 겪어서 알고 있는 것이기 때문에 확실합니다. 나는 어른이 되려면 아직 먼 사람인데도 살고 싶지 않았던 적이 있습니다. 정말입니다.

나는 이것을 말하고 싶어서 쇠사슬처럼 단단하게 나를 껴안은 엄마의 팔에서 드디어 벗어났습니다. 그리고 회장석 앞으로 나가려고 했습니다. 꼭꼭 끼여 앉은 어른들을 헤치려니 어떤 아저씨는 어깨를 짚었다고 눈을 부라리고, 어떤 아줌마는 발가락을 밟았다고 비명을 지릅니다. 그러건 말건 나는 반장도 모르는 어려운 문제의 답을 나만이 알고 있을 때처럼 의기양양 신이 나서 사람들을 마구 밀치고 드디어 앞으로 나섰습니다.

그러나 내가 미처 입도 떼기도 전에 회장이 탁자를 탁 치며 호령을 했습니다.

"누굽니까? 도대체 누굽니까? 이런 중대한 모임에 어린이를 데리고 온 분

---

**통탄하다**(痛歎----/痛嘆----) 몹시 탄식하다.
**숙연하다**(肅然--) 고요하고 엄숙하다.

이 누굽니까?"

"죄송합니다. 미안합니다. 애가 막내라 버릇이 없어서……."

어느 틈에 엄마가 따라 나와 나를 치마폭에 싸면서 어쩔 줄을 모릅니다.

"그 아이를 데리고 먼저 퇴장할 것을 회장의 권한으로 허락합니다. 여러분 **이의**가 없으시겠죠?"

회장이 말했습니다. 모두 이의가 없다면서 엄마와 나의 퇴장을 찬성했습니다.

"이 회의에서 앞으로 결정된 일은 **서면**으로 통지할 테니 빨리 그 애를 데리고 돌아가시오."

"저도요, 저도요."

딴 엄마들도 회장한테 퇴장할 것을 허락받고자 손을 들었습니다. 이유는, 집에 놓고 온 아이가 베란다에서 떨어질까 봐 불안해서 더 이상 회의만 지켜볼 수 없다는 거였습니다. 회장은 그런 엄마들에게도 퇴장을 허락했습니다.

엄마와 나를 선두로 여러 엄마들이 회의장을 물러났습니다. 집에 돌아온 나는 엄마에게 호된 꾸지람을 들었습니다.

나는 꾸지람을 들은 것보다 내가 알고 있는 걸 발표하지 못한 것이 억울하고 슬펐습니다. 내가 알고 있는 걸 어른들이 귀담아들어 주었더라면 베란다에서 사람이 떨어져 죽는 일을 미리 막는 데 적지 않은 도움이 되었을 것입니다.

내가 지금보다 더 어렸을 적입니다. 학교에도 가기 전이었으니까요. 어느 날, 누나와 형이 학교에서 만든 꽃을 한 송이씩 들고 왔습니다. 내일이 어버이날이라나요. 누나와 형은 또 조그만 선물 꾸러미도 마련해 놓고 있었습니다. 내일 아침 꽃과 함께 엄마 아빠께 드릴 거라고 했습니다.

---

**이의**(異議) 다른 의견이나 논의.
**서면**(書面) 일정한 내용을 적은 문서.

그날 밤, 나도 꽃을 만들었습니다. 누나가 쓰던 색종이를 오려서 만든 꽃은 보기에는 누나나 형 것만 훨씬 못해 보였습니다. 그러나 정성 들여 만든 것이기 때문에 엄마 아빠가 신통해하실 것으로 믿고 가슴이 잔뜩 부풀어 있었습니다. 선물은 장만하지 않았습니다. 나는 학교에도 들어가기 전이라 용돈이 없으니까 그걸로 엄마 아빠가 섭섭해할 리는 없었습니다.

어버이날 아침이 됐습니다. 아침상에서 누나가 먼저 선물과 꽃을 아빠 앞에 내어놓았습니다. 아빠는 누나에게 뽀뽀하고 선물을 끌렀습니다. 넥타이핀이 나왔습니다. 아빠는 입이 귀에까지 닿게 크게 웃으시면서 그 자리에서 넥타이핀을 넥타이에 꽂고, 꽃은 양복 깃에 달았습니다. 아빠의 얼굴이 예식장의 신랑처럼 행복해 보였습니다.

다음엔 형이 꽃과 선물을 엄마한테 드렸습니다. 엄마가 형한테 뽀뽀하고 선물을 끌렀습니다. 오색찬란한 브로치가 나왔습니다. 엄마는 좋아하시더니 브로치를 블라우스에 달고, 꽃은 단춧구멍에 끼우셨습니다.

다음은 내 꽃을 드릴 차례입니다. 그러나 형과 누나는 내 차례는 주지도 않고 어버이날 노래를 부르기 시작했습니다. 나는 그 노래를 모르기 때문에 따라 하지 못했습니다.

형과 누나의 노래를 들으며 부끄러워하고 좋아하시는 엄마 아빠의 모습이 꼭 신랑 신부처럼 고와 보였습니다. 나는 엄마 아빠가 아무쪼록 오래오래 아름답고 젊기를 마음속으로 바랐습니다. 그런 바람을 전하는 마음으로 조용히 나의 꽃을 엄마와 아빠의 사이에 놓았습니다.

'꽃을 두 송이 준비할 걸.' 하고 후회도 했습니다만, 어느 분이 가져도 상관없다고 생각했습니다. 두 분이 함께 쓰는 물건이 한두 가지가 아니기 때문입니다. 두 분께 꽃을 드리고 나자 나는 뽐내고 싶은 마음보다는 부끄러운 마음이 더해서 고개를 숙이고 아침도 먹는 둥 마는 둥 했습니다.

누나와 형은 학교에 갔습니다. 아빠는 꽃을 단 채 출근했습니다. 엄마도 꽃을 단 채 노래를 부르면서 집안일을 했습니다. 나는 놀이터에 나가 놀았습니다.

놀이에 싫증도 나고 배도 고프기도 해 집에 들어와 냉장고를 열려다가 나는 내 꽃을 보았습니다. 내 꽃은 식당 구석에 있는 쓰레기통 속에 과일 껍질과 밥찌꺼기와 함께 버려져 있었습니다.

그때 엄마는 거실에서 전화를 걸고 있었습니다. 오래간만에 소식을 알게 된 친구로부터 온 전화인가 봅니다. 아이는 몇이나 되나 친구가 물어본 모양입니다. 엄마는 한숨을 쉬면서 대답했습니다.

"글쎄 셋이란다. 창피해 죽겠지 뭐니? 우리 동창이나 우리 아파트에 사는 사람들을 아무리 살펴봐도 하나 아니면 둘이지 셋씩 낳은 사람은 하나도 없더구나. 창피해서 얼굴을 들고 다닐 수가 없단다. 어쩌다 막내를 하나 더 낳아 가지고 이 고생인지, 막내만 아니면 지금쯤 얼마나 홀가분하겠니? 막내만 아니면 남부러울 게 뭐가 있니?"

그때 나는 처음으로 엄마에게 내가 필요하지 않다는 것을 알았습니다. 나에겐 나의 가족이 필요한데 나의 가족은 나를 필요로 하지 않는다는 건 나에겐 견디기 어려운 슬픔이었습니다.

엄마는 늘 나를 '막내, 우리 귀여운 막내' 하면서 사랑해 주셨기 때문에, 나는 한 번도 엄마가 나를 사랑한다는 걸 의심해 본 적이 없었습니다. 그러나 엄마의 사랑은 거짓이었습니다. 나는 엄마를 진짜로 사랑했는데 엄마는 나를 거짓으로 사랑했던 것입니다.

나는 말없이 집을 나왔습니다. 계단을 오르고 또 올랐습니다. 마침내 옥상까지 올랐습니다. 옥상에서 내려다보니까 사람들이 개미처럼 작게 보였습니다. 나는 살고 싶지 않다고 생각했습니다. 정말 그랬습니다. 내가 사랑하는 사람들이 내가 없어져 줬으면 하고 바라고 있는데, 내가 무슨 재미로 살아가겠습니까?

나는 옥상에서 떨어지기 위해 밤이 되길 기다렸습니다. 낮에 떨어지면 사람들이 금방 보게 되고, 병원에 데리고 가서 살려 놓을지도 모르기 때문입니다. 나는 정말로 살고 싶지 않았기 때문에 밤까지 기다려야 했습니다.

밤을 기다리는 동안 춥지도 않았고 배고프지도 않았습니다. 아파트 광장에 차와 사람의 움직임이 멎자 둥근 달이 하늘 한가운데 와서 옥상을 대낮같이 비춰 주었습니다. 마치 세상에 달하고 나하고만 있는 것 같은 기분이 들었습니다. 그때 나는 민들레꽃을 보았습니다. 옥상은 시멘트로 **빤빤하게** 발라 놓아 흙이라곤 없습니다. 그런데도 한 송이의 민들레꽃이 노랗게 피어 있었습니다. 봄에 엄마 아빠와 함께 야외로 소풍 가서 본 민들레꽃이었습니다.

나는 하도 이상해서 톱니 같은 이파리를 들치고 밑동을 살펴보았습니다. 옥상의 시멘트 바닥이 조금 파인 곳에 한 숟갈도 안 되게 흙이 조금 모여 있었습니다. 그건 어쩌면 흙이 아니라 먼지일지도 모릅니다. 하늘을 날던 먼지가 축축한 날, 몸이 무거워 옥상에 내려앉았다가 비를 맞고 떠내려가면서 그곳이 움푹하여 모이게 된 것입니다. 그 먼지 중에 민들레 씨앗이 있었나 봅니다. 싹이 나고 잎이 돋고 꽃이 피게 하기에는 너무 적은 흙이어서 잎은 시들시들하고 꽃은 작은 단추만 했습니다. 그러나 흙을 찾아 공중을 날던 수많은 민들레 씨앗 중에서 그래도 뿌리내릴 수 있는 한 줌의 흙을 만난 게 고맙다는 듯이 꽃은 샛노랗게 피어서 달빛 속에서 곱게 웃고 있었습니다.

도시로 부는 바람을 탄 민들레 씨앗들은 모두 시멘트로 포장된 딱딱한 땅을 만나 싹을 틔우지도 못하고 죽어 버렸으련만, 단 하나의 민들레 씨앗은 **옹색하나마** 흙을 만난 것입니다. 흙이랄 것도 없는 한 줌의 먼지에 허겁지겁 뿌리를 내리고, 눈물겹도록 노랗게 핀 민들레꽃을 보자 나는 갑자기 부끄러운 생각이 들었습니다. 살고 싶지 않아 하던 것이 큰 잘못같이 생각되었습니다.

---

**옹색하다**(壅塞--)  형편이 넉넉하지 못하여 생활에 필요한 것이 없거나 부족하다.

나는 집으로 돌아왔습니다. 온 가족이 나를 찾아 헤매다 돌아와서 슬피 울고 있었습니다. 엄마는 나를 껴안고 엉엉 울면서 말했습니다.

"아무 일도 없었구나, 막내야. 만일 너에게 무슨 일이 있으면 나도 더 살지 않으려고 했다."

엄마는 내가 무사히 돌아온 것만 반가워서, 말없이 집을 나간 잘못에 대해선 나무라지도 않았습니다. 나 역시 엄마의 잘못에 대해서 말하지 않았습니다. 엄마가 나를 사랑하고 나를 필요로 한다는 것을 안 것만으로 충분했습니다. 그 일도 그렇게 끝났습니다.

그러나 그 일을 통해 사람은 언제 살고 싶지 않아지나를 알게 된 것입니다. 사람은 사랑하는 사람이 자기를 없어져 줬으면 할 때에 살고 싶지가 않아집니다. 돌아가신 할머니의 가족들도 말이나 눈치로 할머니가 안 계셨으면 하고 바랐을 것이 틀림없습니다.

그리고 살고 싶지 않아 베란다나 옥상에서 떨어지려고 할 때에 그것을 막아 주는 건 쇠창살이 아니라 민들레꽃이라는 것도 틀림없습니다. 그것도 내가 겪어서 알고 있는 일이니까요.

그러나 어른들은 끝내 나에게 그 말을 할 기회를 안 주었습니다.

현대 사회의 아파트 생활 문화는 개인적인 동시에 공동체적입니다. 자로 잰 듯 구획된 아파트는 현관문을 잠그는 순간 철저히 개인 중심의 삶을 살아가도록 만들어져 있으면서도, 층간 소음과 복도 흡연 문제, 엘리베이터나 주차장의 안전 공유 문제, 재활용 쓰레기 배출 문제 등 공동 주택으로서의 성격을 지니고 있지요.

이 작품의 사건은 이웃 간 왕래가 없는 아파트에서 주인공이 소음을 유발하는 위층 거주자에게 불만을 품으면서 시작됩니다. 처음에는 소음 문제에 품위 있게 대응하려 '인터폰'이라는 수단을 활용해 경비실을 통해 불만을 간접적으로 표현했지만, 문제는 좀처럼 해결될 기미가 보이지 않습니다. 오히려 소음은 점점 심해질 뿐이어서, 위층 사람이 자신에게 도전적으로 대응한다고까지 생각하게 되지요. 급기야 '나'는 소음 공해를 따져 물을 셈으로 나름의 계획을 세워 위층을 방문하지만, 계획의 핵심 수단인 슬리퍼조차 건넬 수 없는 처지가 되고 맙니다. 과연 '나'가 보게 된 진실은 무엇이었을까요? 이웃 간 무관심이 빚은 사건은 어떻게 결말을 맺을지 작품을 감상해 봅시다.

## ▌오정희(吳貞姬, 1947~)

서울 출생. 1968년 《중앙일보》 신춘문예에 단편 소설 〈완구점 여인〉이 당선되면서 등단했다. 간결한 문체, 섬세한 내면 묘사로 인간의 존재론적 불안과 내면의 고뇌를 예리하게 드러낸다는 평가를 받는다. 대표작으로는 어린 소녀의 고독감을 그려 낸 〈유년의 뜰〉, 두려움과 혼란 속에서 여성으로 성장해 가는 소녀의 모습을 그린 〈중국인 거리〉, 그리고 우물을 통해 삶과 죽음, 빛과 어둠, 그리움과 사랑의 관계를 그린 〈옛 우물〉 등이 있다.

# 소음 공해 _오정희

집에 돌아오자마자, 뜨거운 물로 샤워를 하고 실내복으로 갈아입었다. 목요일, 심신 장애자 시설에서 자원봉사자로 일하는 날은 몸이 젖은 솜처럼 무겁고 피곤하다. 그래도 뇌성마비나 선천적 기능 장애로 사지가 뒤틀리고 정신마저 온전치 못한 아이들을 씻기고 함께 놀이를 하고 휠체어를 밀어 산책을 시키는 등 시중을 들다 보면, 나를 요구하는 곳에서 시간과 힘을 내어 일한다는 뿌듯함이 있다. 고등학생인 두 아들은 아침에 도시락을 두 개씩 싸 들고 갔으니 밤 11시나 되어야 올 것이고, 남편은 3박 4일의 출장 중이니 날이 저물어도 서두를 일이 없었다. 더욱이 나는 한나절 심신이 지치게 일을 한 뒤라 당당히 휴식을 즐길 권리가 있다. 아이들이 올 때까지의 서너 시간은 오로지 내 시간인 것이다. 아이들은 머리가 커져 치마폭에 감기거나 귀찮게 치대는 일이 없이 "다녀왔습니다." 한마디로 문 닫고 제 방에 들어앉게 마련이지만, 가족들이 집에 있을 때는 아무리 거실이나 방에 혼자 있어도 혼자 있다는 기분을 갖기 어려웠다. 사방 문 열린 방에서 두 손 모아 쥐고 **전전긍긍** 24시간 대기하고 있는 형국이었다.

거실 탁자의 갓등을 켜고 커피를 진하게 끓여 마시며 슈베르트의 아르페지오네 소나타를 틀었다. 첼로의 감미로운 선율이 흐르고, 나는 어슴푸레하고

---

**전전긍긍**(戰戰兢兢) 몹시 두려워서 벌벌 떨며 조심함.

아득한 공간, 먼 옛날로 돌아가는 듯한 기분에 잠겨 들었다. **몽상**과 시와 꿈과 불투명한 미래가 약간은 불안하게, 그러나 기대와 신비한 예감으로 존재하던 시절, 내가 이러한 모습으로 살아가리라는 것은 상상할 수도 없었던 시절로……

사람이 단돈 몇 푼 잃는 것은 금세 알아도 본질적인 것을 잃어 가는 것에는 무감하다던가? 눈을 감고 하염없이 소나타의 음률에 따라 흐르던 나는 그 감미롭고 슬픔에 찬 흐름을 **압도하며** 끼어든 불청객에 사납게 눈을 치떴다. 드르륵드르륵. 무거운 수레를 끄는 듯 둔탁한 그 소리는 중년 여자의 **부질없는 회한**과 감상을 비웃듯 천장 위에서 쉼 없이 들려왔다. 십 분, 이십 분, 초침까지 헤아리며 천장을 노려보다가 나는 신경질적으로 전축을 껐다. 그 사실적이고 무지한 소리에 피아노와 첼로의 멜로디는 이미 소음에 지나지 않았다.

하루 이틀의 일이 아니었다. 위층 주인이 바뀐 이래 한 달 전부터 나는 그 정체 모를 소리에 밤낮없이 시달려 왔다. 진공청소기 소리인가? 운동 기구를 들여놓았나? 가내 공장을 차렸나? 식구들마다 온갖 추측을 해 보았으나 도시 알 수 없는 일이었다.

"도깨비가 사나 봐요. 롤러스케이트를 타는 도깨비."

아들 녀석이 머리에 뿔을 만들어 보이며 처음에는 시시덕거렸으나, 자정 넘도록 들려오는 그 소리에 나중에는 짜증을 내기 시작했다. 좀체 남의 **험구**를 하지 않는 남편도

"한 지붕 아래 함께 못 살 사람들이군."

하는 말로 공동생활의 기본적인 수칙을 모르는 이웃을 나무랐다.

---

**몽상**(夢想) 실현성이 없는 헛된 생각을 함. 또는 그 생각.
**압도하다**(壓倒——) 보다 뛰어난 힘이나 재주로 남을 눌러 꼼짝 못 하게 하다.
**부질없다** 대수롭지 아니하거나 쓸모가 없다.
**회한**(悔恨) 뉘우치고 한탄함.
**험구**(險口) 남의 흠을 들추어 헐뜯거나 험상궂은 욕을 함. 또는 그 욕.

일주일을 참다가 나는 인터폰을 들었다. 인터폰으로 직접 위층을 부르거나 **면대하지** 않고 경비원을 통해 이쪽 의사를 전달하는 간접적인 방법을 택하는 것은 나로서는 자신의 품위와 상대방에 대한 예절을 지키기 위해서였던 것이다. 나는 자주 경비실에 전화를 걸어, 한밤중에 조심성 없이 화장실 물을 내리는 옆집이나 때 없이 두들겨 대는 피아노 소리, 자정 넘어까지 조명등 쳐들고 비디오 찍어 가며 고래고래 악을 써 **삼동네**에 잠을 깨우는 **함진아비**의 행태 따위가 얼마나 교양 없고 몰상식한 짓인가, 소음 공해와 공동생활의 수칙에 대해 주의를 줄 것을, 선의의 피해자들을 대변해서 말하곤 했었다.

직접 대놓고 말한 것은 아래층 여자의 경우뿐이었다. 부부 싸움을 그만두게 하라고 경비실에 부탁할 수는 없는 것이 아닌가. 남편이 **오퍼상**을 한다는 것, 돈과 여자 문제로 부부 싸움이 잦다는 것은 부엌 옆 다용도실의 홈통을 통해 들려온 소리 때문에 알게 된 일이었다. 홈통은 마이크처럼 성능이 좋았다. 부엌에서 일을 할라치면 남자를 향해 퍼붓는 여자의 **앙칼진** 소리들을 싫어도 들을 수밖에 없었다. 엘리베이터에 단둘이 타게 되었을 때 나는 여자에게, 부엌이나 다용도실에선 남이 알면 거북할 얘기는 안 하는 게 좋다고 조용히 말했다. 여자가 자꾸 남편의 자존심을 건드리고 약점을 잡아 몰아대면 남자는 더욱 밖으로 돌기 마련이라고, 알고도 모르는 체 속아 주기도 하는 게 좋을 때도 있는 법이라는 충고를 덧붙인 것은 나이 많은 인생 선배로서의 친절이었다. 여자는 차갑게 굳은 얼굴로 명심하겠노라고 말했지만 다음부터는 인사는커녕 마주치면 괴물을 보듯 아예 고개를 돌려 버리곤 했다.

위층의 소리는 멈추지 않았다. 드르륵거리는 소리에 머리털이 진저리를 치

---

**면대하다**(面對 - -)  서로 얼굴을 마주 보고 대하다.
**삼동네**(三洞-)  양옆과 앞에 이웃하여 있는 가까운 동네.
**함진아비**(函 - - -)  혼인 때에, 신랑 집에서 신부 집에 보내는 함을 지고 가는 사람.
**오퍼상**(offer商)  무역 거래에서 매도인과 매수인 사이의 거래 조건을 조정하는 일. 또는 그 일을 전문으로 하는 업자.
**앙칼지다**  제힘에 겨운 일에 악을 쓰고 덤비는 태도가 있다.

며 곤두서는 것 같았다. 철없고 상식 없는 요즘 젊은 엄마들이 아이들에게 집 안에서 자전거나 스케이트보드 따위를 타게도 한다는데, 아무래도 그런 것 같았다. 인터폰의 수화기를 들자, 경비원의 응답이 들렸다. 내 목소리를 알아채자마자 길게 말꼬리를 늘이며 지레 짚었다. 귀찮고 성가셔하는 표정이 눈앞에 역력히 떠올랐다.

"위층이 또 시끄럽습니까? 조용히 해 달라고 말씀드릴까요?"

잠시 후 인터폰이 울렸다.

"충분히 주의하고 있으니 염려 마시랍니다."

경비원의 **전갈**이었다. 염려 마시라고? 다분히 도전적인 **저의**가 느껴지는 **전언**이었다. 게다가 드르륵드르륵 소리는 여전하지 않은가? 이젠 한판 싸워 보자는 얘긴가? 나는 인터폰을 들어 다짜고짜 909호를 바꿔 달라고 말했다. 신호음이 서너 차례 울린 후에야 신경질적인 젊은 여자의 응답이 들렸다.

"아래층인데요. 댁이 그런 식으로 말할 건 없잖아요? 나도 참을 만큼 참았 다고요. 공동 주택에는 지켜야 할 규칙들이 있잖아요. 난 그 소리 때문에 병이 날 지경이에요."

"여보세요. 난 날아다니는 나비나 파리가 아니에요. 내 집에서 맘대로 움직이지도 못하나요? 해도 너무하시네요. 이틀거리로 전화를 해 대시니 저도 피가 마르는 것 같아요. 저더러 어쩌라는 거예요?"

"하여튼 아래층 사람 고통도 생각하시고 주의해 주세요."

나는 거칠게 수화기를 내려놓았다.

"뻔뻔스럽긴. 이젠 순 배짱이잖아?"

소리 내어 욕설을 퍼부어도 화가 가라앉지 않았다. 그렇다고 언제까지 경

---

**전갈**(傳喝)  사람을 시켜 말을 전하거나 안부를 물음. 또는 전하는 말이나 안부.
**저의**(底意)  겉으로 드러나지 아니한, 속에 품은 생각.
**전언**(傳言)  말을 전함. 또는 그 말.

비원을 사이에 두고 '하랍신다', '하신다더라' 하며 신경전을 펼 수도 없는 일이었다. 화가 날수록 침착하고 부드럽게 **처신해야** 한다는 것은 나이가 가르친 지혜였다. 지난겨울 선물로 받은, 아직 쓰지 않은 실내용 슬리퍼에 생각이 미친 것은 스스로도 신통했다. 선물도 무기가 되는 법. 발소리를 죽이는 푹신한 슬리퍼를 선물함으로써 소리를 죽이라는 메시지와 함께 소리 때문에 고통받는 내 심정을 간접적으로 나타낼 수 있으리라. 사려 깊고 **양식** 있는 이웃으로서 공동생활의 규범에 대해 조곤조곤 타이르리라.

위층으로 올라가 벨을 눌렀다. 안쪽에서 "누구세요?" 묻는 소리가 들리고도 십 분 가까이 지나 문이 열렸다. '이웃사촌이라는데 아직 인사도 없이……' 등등 준비했던 인사말과 함께 포장한 슬리퍼를 내밀려던 나는 첫마디를 뗄 겨를도 없이 **우두망찰했다.** 좁은 현관을 꽉 채우며 휠체어에 앉은 젊은 여자가 달갑잖은 표정으로 나를 올려다보았다.

"안 그래도 바퀴를 갈아 볼 작정이었어요. 소리가 좀 덜 나는 것으로요. 어쨌든 죄송해요. 도와주는 아줌마가 지금 안 계셔서 차 대접할 형편도 안 되네요."

여자의 텅 빈, 허전한 하반신을 덮은 화사한 빛깔의 담요와 휠체어에서 황급히 시선을 떼며 나는 할 말을 잃은 채 부끄러움으로 얼굴만 붉히며 슬리퍼 든 손을 등 뒤로 감추었다.

---

**처신하다**(處身--)  세상을 살아가는 데 가져야 할 몸가짐이나 행동을 취하다.
**양식**(良識)  뛰어난 식견이나 건전한 판단.
**우두망찰하다**  정신이 얼떨떨하여 어찌할 바를 모른다.

옥상의 민들레꽃

**1_** 할머니의 자살 사건을 두고 궁전 아파트 사람들이 가장 관심을 갖고 두려워하는 것은 무엇인지 적어 봅시다.

_____

_____

**2_** '나'는 '궁전 아파트 사람들이 행복해하는 이유'를 '엄마가 행복해하는 이유'에 빗대어 표현합니다. 다음 제시문을 참고하여, ㉠과 ㉡에 들어갈 말을 적어 봅시다.

> 그것은 마치 엄마를 행복하게 하는 이유가 엄마의 보석 반지가 아름다워서가 아니라, 그 보석이 진짜라는 보석 장수의 보증 때문인 것과 같은 이치입니다.

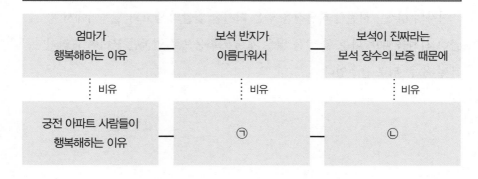

- ㉠: _____

- ㉡: _____

**3_** 이 작품의 등장인물에 대한 설명으로 맞으면 ○표, 틀리면 ×표를 해 봅시다.

(1) 엄마: '나'를 사랑하지만 남에게 보이는 것도 중요하게 여긴다. ( )

(2) 뚱뚱한 아줌마: 이기적이고 기회주의적이며 계산적인 인물이다. ( )

(3) 젊은 아저씨: 문제의 본질을 밝혀 해결책을 찾으려 노력한다. ( )

(4) 임시 회장(사장): 명예욕이 강하며 권위적인 인물로 사회적 지위를 중요하게 생각한다.
( )

(5) 노교수: 상대방을 추궁하며 논리적으로 문제를 해결하려다 눈총을 받는다. ( )

**4_** '나'와 젊은 아저씨는 할머니가 자살한 이유를 무엇이라고 생각했는지 적어 봅시다.

• '나': _____

_____

_____

• 젊은 아저씨: _____

_____

_____

**5_** 다음 제시문을 읽고 물음에 답해 봅시다.

> '꽃을 두 송이 준비할 걸.' 하고 후회도 했습니다만, 어느 분이 가져도 상관없다고 생각했습니다. 두 분이 함께 쓰는 물건이 한두 가지가 아니기 때문입니다. 두 분께 꽃을 드리고 나자 나는 ㉠뽐내고 싶은 마음보다는 부끄러운 마음이 더해서 고개를 숙이고 아침도 먹는 둥 마는 둥 했습니다.
>
> 누나와 형은 학교에 갔습니다. 아빠는 꽃을 단 채 출근했습니다. 엄마도 꽃을 단 채 노래를 부르면서 집안일을 했습니다. 나는 놀이터에 나가 놀았습니다.
>
> 놀이에 싫증도 나고 배도 고프기도 해 집에 들어와 냉장고를 열려다가 나는 내 꽃을 보았습니다. ㉡내 꽃은 식당 구석에 있는 쓰레기통 속에 과일 껍질과 밥찌꺼기와 함께 버려져 있었습니다.
>
> 그때 엄마는 거실에서 전화를 걸고 있었습니다. (중략)
>
> ㉢"창피해서 얼굴을 들고 다닐 수가 없단다. 어쩌다 막내를 하나 더 낳아 가지고 이 고생인지, 막내만 아니면 지금쯤 얼마나 홀가분하겠니? 막내만 아니면 남부러울 게 뭐가 있니?"

(1) '나'가 ㉠과 같이 느낀 이유는 무엇인지 적어 봅시다.

_____

_____


(2) ㉡과 ㉢의 상황에서 '나'의 감정이 어땠을지 이유와 함께 적어 봅시다.

• ㉡: _____

_____

• ㉢: _____

_____

**6_** 이 작품에서 ⊙과 ⓒ이 의미하는 바가 무엇인지 적어 봅시다.

> 그리고 살고 싶지 않아 베란다나 옥상에서 떨어지려고 할 때에 그것을 막아 주는
> 건 ⊙쇠창살이 아니라 ⓒ민들레꽃이라는 것도 틀림없습니다. 그것도 내가 겪어서
> 알고 있는 일이니까요.

• ⊙: _____

_____

• ⓒ: _____

_____

### 현대 사회와 인간관계

현대 사회에서는 돈이나 물질이 삶의 중심이 되어 모든 것을 돈으로 환원시켜 생각하고 돈벌이를 인생의 주된 목적으로 삼는 물질 만능의 사고가 팽배합니다. 행복을 위한 수단이었던 물질적 풍요가 거꾸로 인간의 삶의 목표가 되자 인간관계는 복잡해졌을 뿐 긴밀함이 떨어졌습니다.

이렇게 변화한 인간관계는 가족 관계도 바꾸어 놓았습니다. 가족 간 위계질서와 친밀함이 중시되었던 대가족 제도 대신, 수평적이고 평등한 관계와 가족 구성원 각자의 사생활 보장이 우선시되는 핵가족 제도가 자리하게 되었습니다. 그러면서 인간의 고독감은 더욱 커졌습니다. 돈과 물질이 내면까지 채워 주진 않기 때문입니다.

아이러니하게도, 이러한 변화 속에서 삶의 가장 기초적이고 안전한 공동체로서의 가정은 더욱 큰 의미를 갖게 되었습니다. 인간의 고독감을 치유할 가족 구성원 간의 노력과 이를 통한 사회적 유대감 유지가 현대를 살아가는 개인에게 더욱 중요해졌기 때문입니다.

**1_** '나'에 대한 설명으로 옳지 <u>않은</u> 것을 골라 봅시다.

① 남편과 고등학생인 두 아들을 둔 전업주부이다.

② 공동생활의 기본 수칙을 중시하며, 품위와 예절을 중시한다.

③ 여유가 있을 때는 클래식 음악을 듣는 고상한 취미도 가지고 있다.

④ 매주 심신 장애자 시설에서 자원봉사를 하며 뿌듯함을 느끼고 있다.

⑤ 이웃에서 소음이 들리면 부드럽게 부탁할 줄 아는 사려 깊은 사람이다.

**2_** 위층의 소음을 '나'는 어떻게 표현하고 있는지 작품에서 세 가지 이상 찾아 적어 봅시다.

_____

_____

**3_** 다음 상황에서 아래층 여자가 '나'에 대해 어떻게 생각했을지 적어 봅시다.

> 엘리베이터에 단둘이 타게 되었을 때 나는 여자에게, 부엌이나 다용도실에선 남이 알면 거북할 얘기는 안 하는 게 좋다고 조용히 말했다. 여자가 자꾸 남편의 자존심을 건드리고 약점을 잡아 몰아대면 남자는 더욱 밖으로 돌기 마련이라고, 알고도 모르는 체 속아 주기도 하는 게 좋을 때도 있는 법이라는 충고를 덧붙인 것은 나이 많은 인생 선배로서의 친절이었다.

_____

_____

**4_** '나'와 위층 여자의 입장을 정리하고, 갈등의 원인을 적어 봅시다.

> | 나 |
> 
> ---
> 
> ⬍
> 
> | 위층 여자 |
> 
> ---

• 갈등의 원인: _____

**5_** 위층 여자와의 갈등을 해결하기 위해 '나'는 많은 노력을 기울입니다. 다음 내용을 참고하여 물음에 답해 봅시다.

> **갈등 해결을 위한 '나'의 노력**
> • 경비원에게 ㉠인터폰을 하여 조용히 해 달라는 의사를 전달했다.
> • 위층 여자와 직접 인터폰으로 통화하여 주의해 줄 것을 요청했다.
> • ( ㉡ )
> • ㉢위층 여자가 처한 상황을 이해하게 되었다.

(1) ㉠과 관련하여 다음 제시문에서 유추할 수 있는 사실을 적어 봅시다.

> 수화기를 들자, 경비원의 응답이 들렸다. 내 목소리를 알아채자마자 길게 말꼬리를 늘이며 지레 짚었다. 귀찮고 성가셔하는 표정이 눈앞에 역력히 떠올랐다.

_____

_____

(2) ⓛ에 들어갈 적절한 문장을 〈조건〉에 맞게 적어 봅시다.

┃**조건**┃

- '∼하기 위해서 + ∼다.' 형태의 문장으로 완성할 것.
  
  (의도)       (행동)
- 작품의 주요 소재를 포함하여 문장을 구성할 것.

_____

_____

(3) ⓒ의 결정적 계기가 된 소재는 무엇인지 적어 봅시다.

_____

**6_** 작품의 결말 부분에서 '나'가 슬리퍼 든 손을 등 뒤로 감춘 이유는 무엇인지 작품의 주제와 관련지어 적어 봅시다.

> 선물도 무기가 되는 법. 발소리를 죽이는 푹신한 슬리퍼를 선물함으로써 소리를 죽이라는 메시지와 함께 소리 때문에 고통 받는 내 심정을 간접적으로 나타낼 수 있으리라. 사려 깊고 양식 있는 이웃으로서 공동생활의 규범에 대해 조곤조곤 타이르리라.
> 위층으로 올라가 벨을 눌렀다. 안쪽에서 "누구세요?" 묻는 소리가 들리고도 십 분 가까이 지나 문이 열렸다. '이웃사촌이라는데 아직 인사도 없이…….' 등등 준비했던 인사말과 함께 포장한 슬리퍼를 내밀려던 나는 첫마디를 뗄 겨를도 없이 우두망찰했다. 좁은 현관을 꽉 채우며 휠체어에 앉은 젊은 여자가 달갑잖은 표정으로 나를 올려다보았다.

_____

_____

## Step_1 현대인의 주거 공간, 아파트

소설 속에서 '아파트'라는 공간이 어떻게 그려지는지 살펴보고, 현대인의 주된 삶의 공간으로서 아파트가 갖는 문제점과 해결 방안에 대해 이야기해 봅시다.

> **가** 나는 알고 있기 때문입니다. 베란다에서 떨어져 그만 살고 싶은 마음을 돌이킬 수 있는 건 쇠창살이 아니라 민들레꽃이라는 걸 나만이 알고 있기 때문입니다. 내가 알고 있는 건 어른들처럼 갑자기 떠오른 생각이 아니라 겪어서 알고 있는 것이기 때문에 더욱 자신이 있습니다.
>
> '베란다에 있어야 할 것은 쇠창살이 아니라 민들레꽃이에요. 정말이에요.'
>
> 그 소리를 높이 외치고 싶어 목구멍이 간질간질하고 가슴이 두근댑니다. 오줌을 쌀 것처럼 아랫도리가 뿌듯하기도 합니다. 나는 참을 수가 없어서 몸부림치면서 엄마의 품을 벗어나려고 했습니다.
>
> "얘가, 누구 망신을 시키려고 또 이러지?"
>
> 엄마는 입속으로 중얼대면서 쇠사슬처럼 꽁꽁 나를 껴안았습니다. 젊은 아저씨가 말을 계속했습니다.
>
> "여러분, 우리 아파트가 가장 값이 비싼 것은 내부의 시설과 부대시설이 잘된 때문만은 아니란 걸 알아야 합니다. 우리 아파트는 겉모양이 아름답기로도 소문난 아파트입니다. 지나가던 사람도 우리 아파트를 보면 금방 한번 살아보고 싶은 생각이 들 만큼 아름다운 겉모양을 하고 있습니다. 옛 궁전이나 성을 연상하고 그 속에 들어가 살면 왕족이나 귀족이 될 것 같은 희망이 생기기도 합니다. 그런 아파트의 베란다마다 쇠창살을 달아 보세요. 사람들이 뭘 연상하겠습니까?"
>
> "감옥이오, 감옥."
>
> "세상에 끔찍해라. 감옥이라니……."
>
> "아파트값이 똥값이 되고 말 거예요."
>
> "나라면 거저 줘도 안 살 거예요."
>
> 이렇게 해서 베란다에 쇠창살을 달자는 의견은 흐지부지되고 말았습니다.
>
> — 박완서, 〈옥상의 민들레꽃〉

**나** 위층 주인이 바뀐 이래 한 달 전부터 나는 그 정체 모를 소리에 밤낮없이 시달려 왔다. 진공청소기 소리인가? 운동 기구를 들여놓았나? 가내 공장을 차렸나? 식구들마다 온갖 추측을 해 보았으나 도시 알 수 없는 일이었다.

"도깨비가 사나 봐요. 롤러스케이트를 타는 도깨비."

아들 녀석이 머리에 뿔을 만들어 보이며 처음에는 시시덕거렸으나, 자정 넘도록 들려오는 그 소리에 나중에는 짜증을 내기 시작했다. 좀체 남의 험구를 하지 않는 남편도

"한 지붕 아래 함께 못 살 사람들이군."

하는 말로 공동생활의 기본적인 수칙을 모르는 이웃을 나무랐다.

일주일을 참다가 나는 인터폰을 들었다. 인터폰으로 직접 위층을 부르거나 면대하지 않고 경비원을 통해 이쪽 의사를 전달하는 간접적인 방법을 택하는 것은 나로서는 자신의 품위와 상대방에 대한 예절을 지키기 위해서였던 것이다. 나는 자주 경비실에 전화를 걸어, 한밤중에 조심성 없이 화장실 물을 내리는 옆집이나 때 없이 두들겨 대는 피아노 소리, 자정 넘어까지 조명등 쳐들고 비디오 찍어 가며 고래고래 악을 써 삼동네에 잠을 깨우는 함진아비의 행태 따위가 얼마나 교양 없고 몰상식한 짓인가, 소음 공해와 공동생활의 수칙에 대해 주의를 줄 것을, 선의의 피해자들을 대변해서 말하곤 했었다.

— 오정희, 〈소음 공해〉

**1.** 제시문 **가**에 나타난 '아파트'의 특징을 적고, 이를 통해 엿볼 수 있는 현대 사회의 문제점을 정리해 봅시다.

• 아파트의 특징: _____

_____

• 현대 사회의 문제점: _____

_____

_____

**2_** 제시문 **나**에 나타난 '아파트'의 특징을 적고, '인터폰'의 상징적 의미를 바탕으로 '아파트'라는 주거 공간의 문제점을 정리해 봅시다.

• 아파트의 특징: _____

_____

• '인터폰'이 상징하는 것: _____

_____

_____

• 아파트의 문제점: _____

_____

_____

**3_** 문제 2번에서 정리한 문제를 해결할 수 있는 방안을 구체적으로 제시해 봅시다.

※ 내가 살고 있는 주거 공간의 사례를 소개해도 좋습니다.

# Step_2 현대인의 가치관

등장인물을 통해 알 수 있는 현대인의 가치관을 비판적으로 바라보고, 이를 극복할 수 있는 대안을 생각해 봅시다.

---

**가-1** "안 그렇습니다. 그건 마치 우리 궁전 아파트가 사고만 나는 아파트란 인상을 퍼뜨리는 것과 같습니다. 아파트값이 뚝 떨어질지도 모릅니다."

아파트값이 떨어질지도 모른다는 소리에 여러 사람들이 일제히 와글와글 들고일어나 그 의견도 부결이 됐습니다.

"여러분, 지금 급한 건 회의 이름 짓기가 아닙니다. 어떡하면 그런 사고가 다시는 안 일어나게 하는가 하는 겁니다. 이번이 벌써 두 번째입니다. 이 소문이 퍼져 보십시오. 제일 먼저 영향을 받는 건 우리 아파트값일 겁니다. 아마 한 번만 더 사고가 나면 우리 아파트값은 당장 똥값이 될걸요."

회 이름을 '서로 돕기회'로 하자던 아저씨가 이렇게 말하자, 장내는 조용해지고 사람들의 얼굴은 사색이 됐습니다.

"여러분, 우리 아파트값을 똥값으로 만들지 않기 위해 머리를 짭시다. 좋은 의견이 있으신 분은 편한 마음으로 말씀해 주십시오."

**가-2** "무엇을 부족하게 해 드리지 않았습니까?"

교수님은 울고 있는 아주머니들을 똑바로 바라보면서 따지듯이 말했습니다.

"아니요, 그런 일 없었습니다. 저희 어머니의 방 냉장고는 늘 어머니께서 즐기시는 음식으로 가득 채워져 있었고, 옷장엔 사시장철 충분히 갈아입을 수 있는 비단옷으로 가득 차 있었습니다. 어머니께서 돌아가신 후 그걸 다 양로원에 기부했는데, 열 사람의 노인네가 돌아가실 때까지 입을 수 있을 거라고 했습니다. 필요하시다면 그분들을 증인으로 부를 수도 있습니다."

"아, 알겠습니다. 이번엔 며느님에게 변명할 기회를 드리겠습니다."

"저도 마찬가지입니다. 지금도 그분의 방이 그대로 보존돼 있습니다만, 부족한 건 아무것도 없습니다. 제 방과 똑같은 크기의 방에, 제 방에 있는 건 그분의 방에도 다 있습니다. 그분이 한 번도 듣지 않는 전축이나 녹음기도 제 방에 있는 것이기 때문에 그분 방에도 들여놓았습니다. 그랬건만 그분은 늘 불만이셨습니다."

"바로 그겁니다. 그걸 말씀해 주셔야 합니다." / 교수님이 마침내 유도 신문에 성공한 형사처럼 좋아하며 그 아주머니 앞으로 한 발 다가갔습니다.

**가**-3 그러나 그 일을 통해 사람은 언제 살고 싶지 않아지나를 알게 된 것입니다. 사람은 사랑하는 사람이 자기를 없어져 줬으면 할 때에 살고 싶지가 않아집니다. 돌아가신 할머니의 가족들도 말이나 눈치로 할머니가 안 계셨으면 하고 바랐을 것이 틀림없습니다.

그리고 살고 싶지 않아 베란다나 옥상에서 떨어지려고 할 때에 그것을 막아 주는 건 쇠창살이 아니라 민들레꽃이라는 것도 틀림없습니다. 그것도 내가 겪어서 알고 있는 일이니까요. / 그러나 어른들은 끝내 나에게 그 말을 할 기회를 안 주었습니다.

– 박완서, 〈옥상의 민들레꽃〉

**나** 일주일을 참다가 나는 인터폰을 들었다. 인터폰으로 직접 위층을 부르거나 면대하지 않고 경비원을 통해 이쪽 의사를 전달하는 간접적인 방법을 택하는 것은 나로서는 자신의 품위와 상대방에 대한 예절을 지키기 위해서였던 것이다. 나는 자주 경비실에 전화를 걸어, 한밤중에 조심성 없이 화장실 물을 내리는 옆집이나 때 없이 두들겨 대는 피아노 소리, 자정 넘어까지 조명등 쳐들고 비디오 찍어 가며 고래고래 악을 써 삼동네에 잠을 깨우는 함진아비의 행태 따위가 얼마나 교양 없고 몰상식한 짓인가, 소음 공해와 공동생활의 수칙에 대해 주의를 줄 것을, 선의의 피해자들을 대변해서 말하곤 했었다. (중략)

나는 인터폰을 들어 다짜고짜 909호를 바꿔 달라고 말했다. 신호음이 서너 차례 울린 후에야 신경질적인 젊은 여자의 응답이 들렸다.

"아래층인데요. 댁이 그런 식으로 말할 건 없잖아요? 나도 참을 만큼 참았다고요. 공동 주택에는 지켜야 할 규칙들이 있잖아요. 난 그 소리 때문에 병이 날 지경이에요."

"여보세요. 난 날아다니는 나비나 파리가 아니에요. 내 집에서 맘대로 움직이지도 못하나요? 해도 너무하시네요. 이틀거리로 전화를 해 대시니 저도 피가 마르는 것 같아요. 저더러 어쩌라는 거예요?"

"하여튼 아래층 사람 고통도 생각하시고 주의해 주세요."

나는 거칠게 수화기를 내려놓았다.

"뻔뻔스럽긴. 이젠 순 배짱이잖아?"

– 오정희, 〈소음 공해〉

**다** 인간의 삶은 경제적으로 윤택해졌고, 생활은 편리해졌습니다. 하지만 과학의 진보와 경제적 부의 축적이 인간에게 영광만을 안겨 준 것은 아닙니다. 사람들은 생활에 필요한 재화부터 서비스에 이르기까지 모든 것을 인간관계가 아닌 돈을 통해 얻게 되었고, 그러한 구도는 화폐를 **맹신하는** 경향을 낳았습니다. 그 결과 타인을 가치 있는 존재로 여기지 않고 다만 나에게 얼마나 필요한 사람인지 아닌지, 마치 도구를 판단하는 것과 같이 대하게 되었습니다.

우리들은 사람과 사람 사이의 소통을 통해 사회 속에서 자신과 상대방의 위치를 제대로 인식할 수 있고 자신의 존재감도 느낄 수 있습니다. 그런데 현대 사회에서 관계와 소통의 중요성은 점점 소홀히 여겨지고 있습니다. 진정한 소통이란 단지 이야기를 나누는 것을 넘어 타인의 생각과 감정을 나누는 행위입니다. 사회가 분업화되고 통신 기술이 발달하면서 진정한 인간관계와 소통의 중요성을 잊고 있는 것은 아닌지 돌이켜 봐야 합니다.

• **맹신하다**(盲信--) 옳고 그름을 가리지 않고 덮어놓고 믿다.

**1_** 제시문 **가**와 **나**의 등장인물들이 중요하게 생각하는 가치가 무엇인지 정리해 봅시다.

• **가**-1의 아파트 사람들: _____

_____

• **가**-2의 딸과 며느리: _____

_____

• **가**-3의 '나': _____

_____

• **나**의 '나': _____

_____

**2_** 제시문 **다**를 참고하여, 제시문 **가**-3의 '나'의 관점에서 다음 사람들에게 조언하는 글을 적어 봅시다.

| | |
|---|---|
| **가**-1의<br>아파트 사람들 | |
| **가**-2의<br>딸과 며느리 | |
| **나**의 '나' | |

**3_** 다음은 〈옥상의 민들레꽃〉의 젊은 아저씨가 이야기한 내용입니다. 우리 사회에서 밑줄 친 부분의 사례로 어떤 것이 있을지 적어 봅시다.

> "고향이 시골이 아니어도 마찬가질 겁니다. 도시에서도 사람 살아가는 모습이 예전보다 너무 많이 달라졌으니까요. 노인들은 예전의 사람 사는 모습이 그리워서 더 이상 살고 싶지가 않았을 겁니다. 그렇지만 제아무리 효자라도 세월을 거꾸로 흐르게 할 수는 없습니다. 이렇게 <u>문명화된 세상에 돈 가지고 안 되는 일</u>이 아직도 남아 있다는 건 참으로 통탄할 일입니다."

**4_** 우리 주위에서 **가**-3의 '민들레꽃'과 같은 존재는 어떤 사람인지 예를 들어 소개해 봅시다.

한걸음 더_

### 대안의 삶, 공동체 마을

서울 마포구 '성미산 마을'은 성미산을 중심으로 성산동 일대 사람들이 꾸린 우리나라 최초의 공동체 마을입니다. 공동 육아를 위해 뜻을 모았던 몇몇 부모들이 어린이집을 세우면서 출발한 이 마을은 점차 학교와 협동조합, 카페, 마을 극장 등 공동의 생활 공간이 확대되면서 **공고해졌습니다.** 그리고 지속 가능한 공동체를 위해 성산동 부지에 공동 주택들이 건립되면서 성미산 마을은 현대 사회의 대안적 삶으로서 그 이름을 알리게 되었습니다.

사회적 동물인 인간이 공동체의 삶을 지향하는 것은 어쩌면 아주 당연한 일일 것입니다. 오늘날 대표적인 주거 형태인 아파트의 입주민들 또한 공동체적 활동을 모색하고 있습니다. 쓰레기 분리 배출 문제처럼 주민 공공의 이해를 도모하는 활동에서부터 취미 교실, 나눔 잔치와 벼룩시장 운영 등 많은 아파트 주민들이 앞장서서 공동체적 삶을 향해 나아가고 있습니다. 이에 지자체가 지역적 특성에 맞게 공동체 운동을 지원하면서, 더불어 사는 사회를 조성하는 움직임은 더욱 활기를 띠게 되었습니다.

연대와 협동의 인간관계, 이를 지속 가능하게 만드는 사회적·경제적 시스템은 지역 주민의 삶뿐만 아니라 인류 모두의 발전된 삶을 위한 작은 열쇠임이 분명합니다.

• **공고하다**(鞏固--) 단단하고 튼튼하다.

# Step_3 갈등의 책임

〈소음 공해〉에서 '나'와 '위층 여자'가 겪는 갈등은 누구에게 더 큰 책임이 있는지 토론해 봅시다.

**가-1** 하루 이틀의 일이 아니었다. 위층 주인이 바뀐 이래 한 달 전부터 나는 그 정체 모를 소리에 밤낮없이 시달려 왔다. 진공청소기 소리인가? 운동 기구를 들여놓았나? 가내 공장을 차렸나? 식구들마다 온갖 추측을 해 보았으나 도시 알 수 없는 일이었다. (중략)

일주일을 참다가 나는 인터폰을 들었다. 인터폰으로 직접 위층을 부르거나 면대하지 않고 경비원을 통해 이쪽 의사를 전달하는 간접적인 방법을 택하는 것은 나로서는 자신의 품위와 상대방에 대한 예절을 지키기 위해서였던 것이다.

**가-2** 인터폰의 수화기를 들자, 경비원의 응답이 들렸다. 내 목소리를 알아채자마자 길게 말꼬리를 늘이며 지레 짚었다. 귀찮고 성가셔하는 표정이 눈앞에 역력히 떠올랐다.

"위층이 또 시끄럽습니까? 조용히 해 달라고 말씀드릴까요?"

잠시 후 인터폰이 울렸다.

"충분히 주의하고 있으니 염려 마시랍니다."

경비원의 전갈이었다. 염려 마시라고? 다분히 도전적인 저의가 느껴지는 전언이었다.

**가-3** "아래층인데요. 댁이 그런 식으로 말할 건 없잖아요? 나도 참을 만큼 참았다고요. 공동 주택에는 지켜야 할 규칙들이 있잖아요. 난 그 소리 때문에 병이 날 지경이에요."

"여보세요. 난 날아다니는 나비나 파리가 아니에요. 내 집에서 맘대로 움직이지도 못하나요? 해도 너무하시네요. 이틀거리로 전화를 해 대시니 저도 피가 마르는 것 같아요. 저더러 어쩌라는 거예요?"

"하여튼 아래층 사람 고통도 생각하시고 주의해 주세요."

나는 거칠게 수화기를 내려놓았다.

**가-4** 위층으로 올라가 벨을 눌렀다. 안쪽에서 "누구세요?" 묻는 소리가 들리고도 십 분 가까이 지나 문이 열렸다. '이웃사촌이라는데 아직 인사도 없이……' 등등 준비했던 인사말과 함께 포장한 슬리퍼를 내밀려던 나는 첫마디를 뗄 겨를도 없이 우두망찰했다. 좁은 현관을 꽉 채우며 휠체어에 앉은 젊은 여자가 달갑잖은 표정으로 나를 올려다보았다.

"안 그래도 바퀴를 갈아 볼 작정이었어요. 소리가 좀 덜 나는 것으로요. 어쨌든 죄송해요. 도와주는 아줌마가 지금 안 계셔서 차 대접할 형편도 안 되네요."

여자의 텅 빈, 허전한 하반신을 덮은 화사한 빛깔의 담요와 휠체어에서 황급히 시선을 떼며 나는 할 말을 잃은 채 부끄러움으로 얼굴만 붉히며 슬리퍼 든 손을 등 뒤로 감추었다.

– 오정희, 〈소음 공해〉

**나** 지난 ○○일 오후 6시쯤 경기도의 한 아파트에서 60대 노인 A 씨가 숨진 채 발견됐다.

담당 경찰서에 따르면 이날 집에서 악취가 난다는 한 주민의 신고가 들어와 해당 아파트 관리 사무소 직원이 강제로 문을 열고 들어가 숨진 A 씨를 발견하고 경찰에 신고했다.

발견 당시 A 씨에게서 외상이나 외부인의 침입 흔적은 발견되지 않았다. 경찰은 A 씨가 고독사했을 가능성이 높다고 보고 정확한 사망 원인을 조사하고 있으며, 부패 정도 등을 고려해 사망한 지 3개월 정도의 시간이 지난 것으로 추정하고 있다.

경찰 관계자는 "날씨가 더워진 탓에 부패가 심하게 진행된 상태였다."라며 "특별히 왕래하는 사람이 없다 보니 늦게 발견됐다. 이웃 간 작은 관심이 고독사를 줄이는 데 도움이 될 것 같다."라며 안타까워했다.

–〈△△일보〉

**다** 모든 자연과 사회에는 질서가 있습니다. 질서란 단순히 순서를 지키는 것이 아니라, 다른 사람을 배려할 줄 아는 마음입니다. 특히 사회적 질서는 인간이 예절과 법을 지키는 것, 사람들 스스로 행동을 삼가고 자신을 다스리는 것을 뜻합니다. 이러한 사회적 질서는 공동생활의 기반이 됩니다. 질서를 지켜야 하는 이유는 인간이 다른 사람과의 관계 속에서 자아를 형성하는 사회적 존재이기 때문입니다. 인간은 사회적 존재로서 스스로 절제할 수 있어야 하며, 옳다고 생각하는 것을 행할 수 있어야 합니다.

현대 사회는 매우 복잡하고 개인의 이익을 중시하기 때문에 개인의 양심에 호소하는 질서 유지에는 한계가 있습니다. 따라서 현대 사회는 법을 통하여 사회적 약자의 권리를 보호하기도 합니다. 그러나 우리가 공동체를 잘 유지하기 위해서는 무엇보다 주변의 작은 약속부터 잘 지켜야 할 것입니다. 기초 질서를 준수하는 것은 문화 시민의 기반이며, 민주 사회 정착의 시작입니다. 공동생활의 질서를 지키지 않을 경우, 나는 물론 남에게도 큰 피해를 줄 수 있다는 인식을 가지고 '나부터 먼저' 법을 준수해야 합니다.

**주장 1** '나'의 책임이 더 크다.

_____

_____

_____

_____

_____


**주장 2** '위층 여자'의 책임이 더 크다.

_____

_____

_____

_____

_____

# 생각펼치기

**1.** 〈옥상의 민들레꽃〉에서 어른들과 '나'의 가치관을 비교해 보고, 이를 통해 작가가 비판하고자 한 현대 사회의 모습은 무엇인지 논술해 봅시다.

> **가** 뚱뚱한 아줌마가 엄숙한 얼굴로 말을 시작했습니다.
>
> "나도 조금 전까지만 해도 지금처럼 심각하진 않았습니다. 우리 집엔 노인네가 안 계시니까요. 그러나 지금은 누구 못지않게 심각합니다. 다들 그래야 됩니다. 노인네들 지키는 것은 노인네를 모신 집만의 골칫거리지만 최고의 아파트값을 지키는 것은 우리 모두의 일입니다. 아시겠어요?" (중략)
>
> "이제야 알겠습니다. 그분은 고향이 그리워서 돌아가셨군요."
>
> "저희 어머니는 이 도시가 고향인데도 베란다에서 떨어지셨어요."
>
> 먼저 돌아가신 할머니의 딸이 젊은 아저씨에게 말했습니다.
>
> "고향이 시골이 아니어도 마찬가질 겁니다. 도시에서도 사람 살아가는 모습이 예전보다 너무 많이 달라졌으니까요. 노인들은 예전의 사람 사는 모습이 그리워서 더 이상 살고 싶지가 않았을 겁니다. 그렇지만 제아무리 효자라도 세월을 거꾸로 흐르게 할 수는 없습니다. 이렇게 문명화된 세상에 돈 가지고 안 되는 일이 아직도 남아 있다는 건 참으로 통탄할 일입니다."
>
> 젊은 아저씨가 이렇게 결론을 내리자 장내가 숙연해졌습니다.
>
>
> **나** 그러나 그 일을 통해 사람은 언제 살고 싶지 않아지나를 알게 된 것입니다. 사람은 사랑하는 사람이 자기를 없어져 줬으면 할 때에 살고 싶지가 않아집니다. 돌아가신 할머니의 가족들도 말이나 눈치로 할머니가 안 계셨으면 하고 바랐을 것이 틀림없습니다.
>
> 그리고 살고 싶지 않아 베란다나 옥상에서 떨어지려고 할 때에 그것을 막아 주는 건 쇠창살이 아니라 민들레꽃이라는 것도 틀림없습니다. 그것도 내가 겪어서 알고 있는 일이니까요.
>
> 그러나 어른들은 끝내 나에게 그 말을 할 기회를 안 주었습니다.
>
> — 박완서, 〈옥상의 민들레꽃〉

**2_** 〈소음 공해〉에 나타나는 현대 사회의 문제점과 그 해결 방안에 대해 논술해 봅시다.

인터폰의 수화기를 들자, 경비원의 응답이 들렸다. 내 목소리를 알아채자마자 길게 말꼬리를 늘이며 지레 짚었다. 귀찮고 성가셔하는 표정이 눈앞에 역력히 떠올랐다.

"위층이 또 시끄럽습니까? 조용히 해 달라고 말씀드릴까요?"

잠시 후 인터폰이 울렸다.

"충분히 주의하고 있으니 염려 마시랍니다."

경비원의 전갈이었다. 염려 마시라고? 다분히 도전적인 저의가 느껴지는 전언이었다. 게다가 드르륵드르륵 소리는 여전하지 않은가? 이젠 한판 싸워 보자는 얘긴가? 나는 인터폰을 들어 다짜고짜 909호를 바꿔 달라고 말했다. 신호음이 서너 차례 울린 후에야 신경질적인 젊은 여자의 응답이 들렸다.

"아래층인데요. 댁이 그런 식으로 말할 건 없잖아요? 나도 참을 만큼 참았다고요. 공동 주택에는 지켜야 할 규칙들이 있잖아요. 난 그 소리 때문에 병이 날 지경이에요."

"여보세요. 난 날아다니는 나비나 파리가 아니에요. 내 집에서 맘대로 움직이지도 못하나요? 해도 너무하시네요. 이틀거리로 전화를 해 대시니 저도 피가 마르는 것 같아요. 저더러 어쩌라는 거예요?"

"하여튼 아래층 사람 고통도 생각하시고 주의해 주세요."

나는 거칠게 수화기를 내려놓았다.

"뻔뻔스럽긴. 이젠 순 배짱이잖아?"

소리 내어 욕설을 퍼부어도 화가 가라앉지 않았다. 그렇다고 언제까지 경비원을 사이에 두고 '하랍신다', '하신다더라' 하며 신경전을 펼 수도 없는 일이었다. 화가 날수록 침착하고 부드럽게 처신해야 한다는 것은 나이가 가르친 지혜였다. 지난겨울 선물로 받은, 아직 쓰지 않은 실내용 슬리퍼에 생각이 미친 것은 스스로도 신통했다. 선물도 무기가 되는 법. 발소리를 죽이는 푹신한 슬리퍼를 선물함으로써 소리를 죽이라는 메시지와 함께 소리 때문에 고통 받는 내 심정을 간접적으로 나타낼 수 있으리라. 사려 깊고 양식 있는 이웃으로서 공동생활의 규범에 대해 조곤조곤 타이르리라.

위층으로 올라가 벨을 눌렀다. 안쪽에서 "누구세요?" 묻는 소리가 들리고도 십 분 가까이 지나 문이 열렸다. '이웃사촌이라는데 아직 인사도 없이⋯⋯.' 등등 준비했던 인사말과 함께 포장한 슬리퍼를 내밀려던 나는 첫마디를 뗄 겨를도 없이 우두망찰했다. 좁은 현관을 꽉 채우며 휠체어에 앉은 젊은 여자가 달갑잖은 표정으로 나를 올려다보았다.

　"안 그래도 바퀴를 갈아 볼 작정이었어요. 소리가 좀 덜 나는 것으로요. 어쨌든 죄송해요. 도와주는 아줌마가 지금 안 계셔서 차 대접할 형편도 안 되네요."

　여자의 텅 빈, 허전한 하반신을 덮은 화사한 빛깔의 담요와 휠체어에서 황급히 시선을 떼며 나는 할 말을 잃은 채 부끄러움으로 얼굴만 붉히며 슬리퍼 든 손을 등 뒤로 감추었다.

－ 오정희, 〈소음 공해〉

※ 다음 작품에서 '김포 슈퍼'와 '형제 슈퍼'가 겪는 갈등의 원인과 해결 방안을 살펴보고, 이를 통해 타인과 함께 사는 공동체에 대해 생각해 봅시다.

# 일용할 양식 _양귀자

　원미동에 사는 사람들은, 아니 더 정확히 말하여 원미동 23통 5반 사람들은 이 겨울 들어 아주 난처한 일이 하나 생겼다. 생각하기에 따라서는 무엇이 그리 대단한 일이겠느냐고, 제법 요령 있게 넘어갈 수 있는 방법이 있지 않겠느냐고 하겠지만, 어쨌든 딱한 일임에는 분명하였다.

　일의 시작은 지난 연말부터였다. 여름의 원미동 거리는 가게에 딸린 단칸방의 무더위를 피하기 위한 동네 사람들로 자정 무렵까지 북적이게 마련이었으나 추위가 닥치면 그렇지가 않았다. 너 나 할 것 없이 아랫목으로 파고들어서 텔레비전이나 쳐다보는 것으로 족하게 여기고, 찬바람이 씽씽 몰아치고 있을 밤거리야 상관할 바가 아니었다. 낮 동안 햇살이 발갛게 비치어 기온이 다소 올라가도 사정은 크게 달라지지 않았다. 요즘 집집마다 유행처럼 번지기 시작한 유선 방송이라는 게 시도 때도 없이 영화를 보내 주고 있기 때문에 사람들은 변소 갈 시간도 아끼면서, 법석을 떨어 대는 아이들이나 바깥으로 내몰아 놓고서 이내 텔레비전 앞에 붙어 앉는 것이다. 옥상마다 다닥다닥 붙어 있는 안테나 사정 탓인지 따로이 선을 잇지 않아도 유선 방송이 잘 잡히더라는 집도 더러 있었다. 날씨는 춥고, 아랫목은 따뜻하고, 눈요기할 만한 필름은 텔레비전이 담당하였다. 그럭저럭 겨울이 깊어 가던 연말에 동네 사람들은 행복 사진관 엄 씨가 일으킨 연애 사건으로 한동안 모이기만 하면 쑤군쑤군 입을 맞추었으나 인삼 찻집이 문을 닫아 버리고 나서는 찻집 여자와 엄 씨의 관계에 초점을 모으던 화제도 시들해져 있었다.

　그때를 맞추기나 한 듯이 일이 시작된 것이다. 처음에는 어떤 일이나 그렇듯 대수롭지 않았다. '김포 쌀 상회'의 상호가 '김포 슈퍼'로 바뀌었을 뿐인 것이다. 원래는 쌀과 연탄만을 취급하면서 23통 일대의 쌀과 연탄을 도맡아 배달해 주던 김포 쌀 상회의 경호 아버지가 어지간히 돈을 모은 모양이었다. 비어 있는 옆 칸을 헐어 가게를 확장한 것이다. 김포 쌀 상회가 김포 슈퍼로 도약하였을 때는 응당 상호에 걸맞게시리 온갖 생활필수품들이 진열대를 메우는 것은 당연한 노릇이었다. 한쪽에는 **싸전**을, 또 한쪽에다는 미니 슈퍼를, 그리고 가게 앞 공터에다가는 연탄을 쟁여 놓고 있는 품이 제법 거창하기까지 해서 김포 쌀 상회의 눈에 띄는 성공은 동네 사람들을 놀라게 하였다. 충청도 산골 마을에서 야망을 품고 상경한 이들 내외는 품팔이로 번 돈을 모아 사 년 전, 원미동에 어엿하게 김포 쌀 상회를 내었다.

처음엔 고향 동네의 쌀을 받아다 파는 정도에 불과했지만 다음 해에는 연탄 배달까지 일을 벌일 만큼 내외간이 모두 억척스럽고 성실한 일꾼이었다. 성품 또한 모난 데 없이 두루뭉술하여 어른 알아볼 줄 알고 노상 웃는 얼굴이어서 원미동 사람들에게 고루 인정을 받고 있었다. 그래서 김포 슈퍼의 개업일에는 많은 사람들이 **부러** 찾아가서 과자 한 봉지, 두부 한 모라도 사 주면서 부지런한 내외의 앞날을 격려해 주었다. 김포 슈퍼가 개업 기념으로 돌린 수수팥떡이 두 시루도 넘었다는 말을 입증하기나 하려는 듯 그날은 아이들마다 모두 입가에 팥고물을 묻혀 놓고 있었다. 큰길가의 번듯한 슈퍼마켓은 아니지만 그래도 옹색한 꼴은 면한 가게를 꾸며 놓고서 내외간이 어찌나 벙싯벙싯 웃어 대는지 보기만 해도 배가 부르더라고, 이웃의 세탁소 여자가 사람들마다에 **귀띔**을 해 주기도 하였다.

이제 그들은 그 큰 가게를 꾸려 나가면서 더욱 착실히 돈을 모을 것이라고 강남 부동산의 고흥댁 같은 이는 경호네의 성공을 여간 부러워하지 않았다. 원미동 거리에서는 하기야 모처럼 보게 되는 사업 확장인 셈이었다. 겨울철 추운 날씨가 제아무리 기승을 떤다 해도 손님만 북적거리면 누군들 유선 방송의 흘러간 중국 영화에나 매달려 있을까. 봄가을 잠시 반짝 일손을 재촉하고 나면 그뿐인 원미 지물포나, 필름 현상이 고작인 행복 사진관이나, 건전지나 형광등 몇 개 파는 정도인 써니 전자 주인들이 썰렁한 가게를 놓아두고 방구석에만 처박혀 있는 것도 다 까닭이 있어서였다. 우리 정육점이야 어쩌네 저쩌네 해도 돼지고기 반 근짜리 손님이나마 **해거름**에는 심심찮게 모여드니 돈이 아쉽지는 않겠지만, 겨울엔 파마머리가 잘 안 나온다고 서울 미용실마저 드라이 손님 몇에 매달려 난로의 연탄만 축내고 있는 형편이었다. 요새야 원미동 거리 어느 가게나 다 그렇지만 특히 강남 부동산은 아주 죽을 지경이었다. 벌써 몇 년째, 그 좋던 벌이는 다 옛말이고 말 그대로 파리만 날리고 있는 형편이 언제 나아질지 그것조차 까마득했다.

"복덕방 벌이가 시방처럼 가겟세도 못 당헐 것 겉으면 누구라고 문 열어 놓을랍디여. 인자부터 애들도 여의고 돈 쓸 일이 널린 판인디 돈줄이 이러코롬 꽉 막혀 부렀으니 사람 환장하제이. 이런 판에 경호네 집은 참말 어쩐 일인가 몰라. 인자 막 돈줄이 붙는 갑소. 운이 닿으니 저렇제. 안 그려 봐. 암만 머리 싸매고 덤벼도 어림없지."

고흥댁 말대로 김포 슈퍼의 경호네 앞날은 가히 풍년의 조짐이 보이기도 하였다. 싹싹한 경호 엄마는 백 원짜리 꼬마 손님한테도 일일이 뻥튀기 한 장씩을 선물로 주었다. 입에다가는 언제나 '어서 오세요, 안녕히 가세요, 감사합니다.'를 매달아 놓았고, 까다로운 사람이 와도 활짝 웃는 낯에 고분고분 응대하여 곧잘 비위를 맞추어 냈다. 경호 아버지는 겨울철이라 밀려드는 연탄 주문으로 신새벽부터 해거름까지 눈코 뜰 사이 없었다. 연탄 배달 틈틈이 쌀 배달도 지체 없이 해치우고 야채를 받아 오기 위해 신나게 자전거 페달을 밟고 큰 시장으로 내달리는 모습은 일견 대견하게까지 보였다. 생필품 외에도 채소며 과일을 종류대로 팔고 있는 터라 가게는 그럭저럭 매상이 오르는 눈치였다. 시장이 먼 탓에 어지간한 찬거리는 가게에서 구입하는 원미동 여자들 사이에 김포 슈퍼 **부식값**이 시장 상인들보다 오히려 싼 편이며 채소나 과일들도 모두 싱싱하고 질이 좋더라는 소문이 핑 돌기 시작한 것은 개업 후 며칠 만의 일이었다.

바로 그 무렵, 원미동 여자들은 형제 슈퍼의 김 반장이 가게 앞 공터에 수백 장씩 연탄을 부리는 현장을 목격하였다. 또, 형제 슈퍼의 간이 창고 구실을 하던 입구의 천막 속엔 쌀과 잡곡들이 제각기 망태기에 담겨 있고 그 옆에 돌 고르는 **석발기**까지 덜덜거리며 돌아가는 모습도 목격하였다. 물론 형제 슈퍼는 쌀과 연탄을 취급하던 가게가 아니었다. 과일이나 야채, 생선을 비롯하여 생활필수품들을 파는 구멍가게에 불과한 규모이긴 해도 이름만은 곧잘 '슈퍼'로 불리던 그런 가게였다. 형제 슈퍼가 느닷없이 쌀과 연탄을 벌여 놓고 빨간 페인트로 '쌀·연탄'이라고 쓴 어엿한 입간판까지 내다 놓은 것은 누가 뭐래도 김포 슈퍼의 개업과 발을 맞춘 것임이 분명하였다.

"우리도 연탄 배달합니다. 거기다 또 대리점 대우라서 한 장에 이 원씩 싸게 드립니다요. 쌀이라면 우리 고향 쌀, 아시지라우? 계화미, 호남평야의 일등품만 취급하니까 한 번 잡숴만 보세요, 틀림없다구요."

김 반장이 만나는 동네 사람들마다에게 쏟아 놓는 대사였다. 아니, 부러 가게 앞에 나와 서서 짐짓 쾌활한 얼굴과 목소리로 자신만만하게 단골들을 설득하였는데, 사람들은 그제야 형제 슈퍼와 김포 슈퍼의 간격이 일백 미터도 채 못 된다는 사실을 깨달았다. 그리고 김포에서 쌀과 연탄만을 취급했을 때는 모두 김 반장의 형제 슈퍼에서 물건을 샀다는 사실도 깨달았다. 모두들 경호네의 눈부신 발전에만 정신이 팔려서 깜박 김 반장을 잊고 있었던 것이다.

김 반장은 이제 스물여덟의, 역시 싹싹한 총각이었으며 23통 5반을 손바닥 안에 꿰뚫고 있는 반장 직책을 가지고 있었다. 때문에 동네의 잡다한 사건에 그가 끼이지 않는 법이 없었고 원미동 거리에서 가장 자주 듣게 되는 높다란 전라도 사투리도 틀림없이 그의 음성일 게 확실한, 이 동네의 대변자이기도 하였다. 그의 형제 슈퍼에는 네 명의 어린 동생과 다리 골절로 직장을 잃은 아버지와 잔소리가 많은 어머니, 또한 팔순의 할머니가 매달려 있었다. 식구가 복잡한 만큼 가게도 복잡하여 누구 말대로 없는 것 빼고는 다 있는 만물상임은 틀림없지만 **기득권**을 가진 가게답게 적잖이 무질서하고 부식의 신선미도 떨어지는 편이어서 사람들은 알게 모르게 깔끔하고 정돈되어 있는 김포 슈퍼 쪽으로 발길을 돌렸던 것이다. 뭐든 새것이 역시 새 맛으로 좋은 법이었다. 그렇다고는 해도 김 반장이 그처럼 재빠르게 쌀과 연탄을 팔겠다고 나설 줄은 몰랐었다. 아는 사람은 다 아는 일이지만 지난가을 김 반장은 작은 짐차를 하나 샀다가 한 달도 못 되어 사고를 저질러 그 뒷수습에 바짝 쪼들리고 있는 중이었다. 물건도 실어 나르고 채소나 과일을 산지에서 **밭떼기**를 할 작정으로 모아 놓은 장가 밑천을 다 털어서 차를 샀던 것인데 그만 사람을 다치게 한 것이었다. 합의를 보고, 피해자 보상도 해 주고 이것저것 **뒷갈망**을 하는 데 차를 판 것은 물론이요 빚도 수월찮게 얻었다는 내막을 동네 사람들은 알고 있었다. 그런 처지에 빚돈을 얻어 싸전을 벌이고 연탄까지 팔겠다고 나서다니, 지물포 주 씨 말대로 제 죽을 구멍 파는 미련한 짓이라고 욕을 먹을 만도 하였다. 경호 아버지가 쌀과 연탄을 도맡아 대고 있는 줄 **번연히** 알면서 말이다.

"김포 슈퍼요? 아, 난 상관없어요. 우리도 연탄 배달, 쌀 배달 다 하는데요. 무작정이 아니라구요. 관에다 허가받고 시작한 장사인데 나라고 왜 못 해요?"

말은 요만큼 하여도 그동안 김 반장이 얼마나 끙끙 앓았는지 짐작할 만하였다. 비어 있는 점포에 구멍가게가 들어설까 봐 가게 계약 건수만 있으면 강남 부동산을 번질나게 드나들곤 하던 김 반장이었다. 김포 쌀 상회가 김포 슈퍼로 도약하여 자신의 목을 조를 줄은 생각지도 못했을 것이었다. 어디서나 동네의 조그마한 구멍가게가 대상으로 하는 지역은 암암리에 지정되어 있는 터, 같은 업종의 가게가 새로 문을 열 때는 일정 거리 이상을 유지하는 게 상호 간의 예의라는 형제 슈퍼의 김 반장 이론은 분명히 옳았다. 우리 가게 하나도 제대로 소화시키지 못하는 조그마한 구역에 똑같은 구멍가게가 마주 보고 앉아서 어쩌자는 것이냐고, 다 같이 죽자는 모양인데 나는 못 죽어 주겠다, 옛정을 봐서 우리 연탄이나 쌀도 팔아 줘야 할 게 아니냐, 가격도 싸고 품질도 월등히 좋은데…….

김 반장은 원미동 거리에 서서 입이 닳도록 외웠다. 김 반장의 어머니도, 김 반장의 허리 꼬부라진 할머니도 동네 여자들을 향해

"우리 연탄도 좀 때요. 이번 참엔 우리 것 좀 들여놓아, 꼭!"

하며 우겨 대었다. 팔순을 넘긴 김 반장 할머니는 꼬부라진 허리를 아랑곳 않고 추위를 피해 종종걸음 치는 아낙네들 뒤를 따라가면서까지 외워 댔다.

"우리 것도 팔아 주랑게……."

참말로 딱하게 된 것은 원미동 여자들이었다. 이제까지 대놓고 쓰던 경호네를 나 몰라라 하고 김 반장한테 돌아설 수가 없는 것이, 김포 슈퍼 개업일 때 무심코 던진 말들을 기억하고 있는 탓이었다.

"모쪼록 잊지 말고 들러 주십시오. 성의껏 모시겠습니다."

허리 굽혀 인사하면서 은박지 쟁반에 담긴 팥떡을 나누어 주던 경호네한테 누구라 할 것 없이 덕담처럼 던진 말이 있었다.

"다른 건 몰라도 쌀 안 먹고 연탄 안 때고 살 수는 없으니까 경호네를 잊고 살 수는 없지."

딱히 그것뿐이라면 또 모른다. 듣기 좋은 말만 뜯어먹고 살 수 있는 세상은 아니므로 그깟 덕담쯤이야 인사치레로 들릴 수도 있었다. 하지만 김포 슈퍼에 들를 때마다 은근히 얹어 주던 덤이며, 찾아 줘서 고맙다고 손에 쥐어 주던 빨랫비누 한 장씩을 누구라도 한 번씩은 받게 마련이었으므로 입 싹 씻고 돌아서기가 여간 난처한 게 아니었다.

일이 이쯤에 이르자 김 반장이 쌀과 연탄을 벌인 게 잘못이라는 사람들도 있고, 애초에 김포 슈퍼로 가게를 확장한 경호네가 잘못이라는 사람들도 생겨났다. 그렇지만 어느 쪽도 딱 부러지게 죽을죄를 진 것은 아니었다. 모두 다 살기 위하여, 어쨌거나 한번 살아 보기 위하여 저러는 것이었으므로 애꿎은 동네 사람들만 가게 가기가 심란스러워진 셈이었다.

"김 반장 말도 맞아. 어쩔까, 이번에는 형제 슈퍼에서 연탄 백 장을 들여놓아야 할까 봐."

우리 정육점 안주인이 처음으로 김 반장에게서 연탄을 샀다. 형제 슈퍼 코앞에 우리 정육점이 있었다. 서로서로 가게를 열고 있는 처지라서 딱해 죽겠다던 이였다.

"할 수 없잖아. 김포 몰래 우리도 이십 킬로그램짜리 쌀 팔았어. 괜히 경호 아버지 눈치가 보이고, 참말 내 돈 내고 쌀 팔면서 무슨 죄를 짓는 것처럼 이게 뭐야."

써니 전자의 시내 엄마도 이마를 찌푸렸다.

"이번에는 김포, 다음에는 형제, 그렇게 하면 되잖아요."

64번지 새댁이 공평한 결론을 내리는가 했더니 고흥댁이

"그럼 계란이니 두부니 라면도 일일이 나눠 가지고 사러 다닐 꺼여? 아이구, 난 이젠 늙어서 기억력도 모자라는디 헷갈려서 그 짓 못 혀."

하며 고개를 설레설레 흔들었다. 만은 그러했다. 김포에서 대어 먹던 쌀이나 연탄을 가끔씩이나마 김 반장에게로 거래를 옮긴다면, 형제 슈퍼에서 사 오던 부식이나 잡다한 일용품들도 이쪽저쪽 공평하게 사러 다녀야 할 판이었다. 어느 쪽으로 가나 한쪽의 눈총이 뒤통수에 달라붙어 있기는 마찬가지겠지만 섣불리 굴었다간 괜히 이웃 간에 정만 날 것이고 하여간 난처한 일이다.

일은 그게 다가 아니었다. 김포 슈퍼에서는 또 가만 앉아 당할 수가 없으니 그들 내외는 머리를 짜내어 모든 물건의 가격을 일이십 원꼴로 낮추어 팔기 시작하였다. 형제 슈퍼에서 백팔십 원 하는 과자는 백칠십 원으로, 삼백 원짜리는 이백팔십 원으로 내려 받으면서 저울 눈금으로 파는 채소까지 후하게 달아 주었다. 뿐이랴? 계란 두 줄을 사면 하나를 덤으로 주고, 형제에서 천 원에 스무 개씩 귤을 팔면 김포는 스물세 개를 담아 주었다. 오백 원에 세 개들이 비누를 형제 슈퍼에서 산 누구는 김포에서 사백오십 원에 판다는 귓속말을 듣자마자 가서 비누를 물리기도 하였다. 뒤통수에 달라붙은 눈총이야 모른 척하면 그만이지만 당장 잔돈푼이 지갑 속으로 떨어져 들어오는 데야 김포 슈퍼로 치달리는 걸음에 의혹이 있을 수가 없었다.

김 반장은 그럼 두 손을 늘어뜨리고 구경만 할 것인가. 제꺼덕 김포 슈퍼보다 십 원씩더 가격을 내리고 저울 눈금도 마냥 후하게 달았다. 스무 개짜리 귤은 아예 스물다섯 개씩 팔아넘기니 한 상자 팔아도 본전 건지면 천만다행인 장사가 시작된 셈이었다. 새해 들면서 김포와 형제의 **공방전**이 여기에 이르자 오히려 살판난 것은 동네 여자들이었다. 구입할 게 많다 싶으면 세 정거장쯤 떨어져 있는 시장으로 가던 여자들이 시장 발걸음을 끊은 것도 새해 들어서의 버릇이었다. 굳이 시장에 갈 일이 없었다. 어지간한 것은 모두 형제나 김포에 있었고 이만저만 파격 세일이 아닌 까닭이었다.

"워메, 그게 콩나물 이백 원어치여? 시상에 난 김포가 더 싼 줄 알았더니 김 반장네가 훨씬 많구만그려."

어느 날 고흥댁이 소라 엄마의 손에 들린 콩나물의 부피에 입을 쩍 벌린 것도 무리는 아니었다. 시장에 가더라도 오백 원어치꼴은 실히 될 만한 양이었기 때문이었다.

"아녜요. 연탄은 김포가 더 싸요. 난 어제 백 장 들였는데 오백 원이나 깎아 주고 플라

스틱 바구니까지 얹어 주던걸요."

소라 엄마가 소곤소곤 정보를 일러 주고 가자 이번에는 원미 지물포 안주인이 아이들한테 초콜릿을 물리고 오면서 또 소곤거린다.

"어쩌려고 저러는지. 이백 원짜리 초콜릿을 김 반장은 백오십 원에 팔드라니깐요. 떼온 값도 안 되게 막 팔아넘긴대요. 이판사판이래요."

그러면 고흥댁은 정말 헷갈리기 시작하는 것이었다. 아까까지만 해도 김포에서 적어도 삼십 원은 싸게 샀다고 **자부한** 판인데 잠깐 사이에 형제에서는 오십 원이나 싸게 팔고 있다니 어느 쪽으로 가야 이익일지 계산하기가 썩 어렵잖은가 말이다. 그러잖아도 지난번에 형제 슈퍼에서 산 비누를 물리고 그 즉시로 김포 슈퍼에서 싼값으로 비누를 샀다고 해서 동네 여자들 구설수에 올라 있는 고흥댁이었다. 한마디로 너무 노골적이라는 비난이었는데 그깟 몇십 원 때문에 당장 산 물건을 되물리는 법이 어디 있느냐는 거였다. 이쪽저쪽을 다니더라도 좀 눈치껏 하지 않고 너무 표나게 굴었던 까닭이었다. 고흥댁도 말귀를 알아들었다. 싸게 주는 쪽으로 가는 것이야 말리지 않지만 요령껏, 어느 쪽이 더 싼지 눈치를 살핀 후에 행동에 옮기라는 말일 것이었다. 말귀는 알아들었다 해도 번번이 한 수 뒤처지는 것이 고흥댁은 여간 억울하지 않았다. 아까 콩나물만 해도 그랬다. 김포 콩나물이 엄청 양이 많더라고 오전에 이미 소문을 들었던 터라 경호네한테 가서 이백 원어치를 한 봉투 받아 왔다. 흡족할 만큼 많이 뽑아 준 터라 내심 기분이 좋았는데 잠시 후에 보니 소라 엄마는 김 반장네서 훨씬 많은 콩나물 봉투를 들고 오는 게 아닌가. 그래서 괜히 자기만 손해 보았다고 지물포 여자한테 하소연을 좀 했더니 단박에 **면퉁이**만 돌아오고 말았다.

"아이구, 아줌마도. 손해는 무슨 손해요? 김포에서 받은 것도 이백 원어치 곱절은 됐을 텐데, 안 그래요?"

말을 듣고 보니 맞는 소리였다. 눈치를 잘 보아서 김 반장한테로 갔으면 더 이익은 봤을망정 손해는 아니었으니까.

"그나저나 고래 싸움에 새우등 터진다는 옛말은 다 틀린 말여. 고래들이 싸우는 통에 우리 같은 새우들이 먹잘 게 좀 많은가 말여."

그러나 고흥댁의 그럴싸한 옛말 풀이는 1월이 거지반 지날 무렵부터 서서히 모양새가 바뀌어 가기 시작했다. 유난히도 날씨가 맵지 않아 집집마다 김장 김치들이 부글부글 괴어오르던 정월이었다. 서울 미용실 옆으로 비어 있는 점포가 서너 개 있었다. 원래가 이

동네는 허울 좋은 상가 주택만 즐비한 터여서 가게는 비워 놓고 방만 세 들어 있는 수도 많았다. 집을 지었다 하면 약속이나 한 듯 아래로는 가게를 두 칸 내고 이 층에 살림집을 올리는 식이었다. 게다가 기왕의 주택이나 연립 주택들마저 아래층은 개조를 해서까지 점포를 만들었다. 요즘에 와서야 수요가 없는 점포는 오히려 단칸방 월세보다 시세가 없다는 사실을 깨달긴 한 모양이지만 어쨌든 지난 사오 년 사이의 원미동 23통 거리는 상가 주택이 대유행이었다. 시청을 끼고 있어서 몇 년 지나지 않아 한몫하려니 했던 기대는 완전 물거품이 된 셈이었다. 시청 정문 앞이라면 혹시 몰라도 이만큼 한 행보 멀어져 있고서는 어느 세월에 상가가 조성될지 아득하기만 했다.

다른 데는 어쨌거나 영세한 꼴이나마 점포들이 문을 열었어도 서울 미용실 옆의 상가 주택들이 비어 있는 까닭은 앞이나 옆이 모두 공터인 탓이었다. 소방 도로를 끼고 꺾어돈 자리에 앉아 있는 서울 미용실까지는 그럭저럭 큰길에서 내다보이는 이점이 있지만 그다음부턴 도무지 무엇을 벌여도 밑천 잘라먹기가 예사인 점포들이었다. 그래서 이것저것 퍽도 많은 종류의 가게들이 철새 날아오듯 문을 열었다 닫았다 하였는데, 그중의 한 가게에서 별안간 '싱싱 청과물'이란 간판을 내건 것이었다.

새로 생긴 싱싱 청과물의 위치를 설명하자면 이렇다. 형제 슈퍼와 맞은편에 서울 미용실이 있고, 소방 도로를 끼고 구부러지면서 '종합 화장품 할인 코너'란 이름의 화장품 가게가 들어 있는데, 서울 미용실의 경자가 새해 **벽두**에 친구와 동업 형식으로 문을 열어서 동네 여자들을 상대로 화장품을 할인하여 팔고 있었다. 이 자리가 바로 인삼 찻집이 있던 그 가게였다. 행복 사진관 엄 씨와 꽤 진한 연애를 했던 탓에 어쩔 수 없이 이 동네를 떠나야 했던 찻집 여자의 뒷소식은 아무도 몰랐지만, 사람들은 화장품 코너에 들어설 때마다 영락없이 사진관 엄 씨의 바람난 이야기를 입에 올리곤 하였다. 화장품 할인 코너 옆은 가게를 비워 둔 채 살림만 사는 명옥이 집이고, 명옥이 집과 붙은 또 하나의 점포 역시 그간은 진만이네가 싸구려 화장지를 도매로 떼어다 쌓아 놓는 창고 구실만 하고 있었다. 진만이 아버지는 끝내 리어카 행상이 되어 화장지를 팔러 다니더니, 지난 연말에 시골로 내려가고 말았다. 진만이네가 살던 점포는 이내 가내 수공업 형태의 바지 공장이 들어섰다. 아마 집주인이 직접 일꾼 서넛 데리고 일을 하는 모양이었다. 선팅된 유리문 안으로 미싱 돌리는 청년들의 머리통이 보이고, 방에 가득 원단이 쟁여져 있는 것도 눈에 띄었다.

바지 공장 다음이 싱싱 청과물이었다. 싱싱 청과물 옆으로 다시 두 칸의 빈 점포가 있고 이어 서너 **필지**의 공터와 공터 맞은편에 김포 슈퍼가 자리 잡고 있었다. 싱싱 청과물

자리 역시 원래는 살림만 하던 빈 점포였는데, 언제 이사를 가고 새로 들어왔는지 눈치채지 못할 만큼 갑작스런 개업이었다. 아마 강남 부동산을 거치지 않고 위쪽의 다른 복덕방이 성사시킨 물건이기가 십상이었다. 강남 부동산을 거쳤다면 김 반장이 모르고 있었을 리가 없었다.

싱싱 청과물 주인 사내는 이제 막 이사 와서 동네 형편은 전혀 모르는 듯하였다. 무작정 과일전만 벌였으면 혹시 괜찮았을 것을 눈치도 없이 '부식 **일절** 가게 안에 있음'이란 종이쪽지를 붙여 놓고 파·콩나물·두부·상추·양파 따위 부식 일절이 아닌 부식 **일체**를 팔기 시작하였다. 참 답답한 노릇이었다. 김포 슈퍼와 형제 슈퍼의 딱 가운데 지점에서, 그것도 결사적인 고객 확보로 바늘 끝처럼 날카로운 두 가게 앞에 버젓이 부식 일절 **운운한** 쪽지를 매달아 놓았으니 무사할 리가 없었다. 김포의 경호네나 형제의 김 반장이나 밑천 잘라먹기 식의 장사를 한 탓에 서로들 적잖이 지쳐 있는 때였다. 웃음 많고 상냥하던 경호 엄마의 얼굴에도 시름이 덕지덕지 끼었고, 세탁소집 여자 말을 들으면 밤중에 곧잘 부부 싸움도 벌어지고 있는 모양이었다. 김 반장은 꺼칠한 얼굴에 술만 늘어서 소주 네 **홉**이 하루 기본이라고 외치는 판이었다. 김 반장의 경우는 좀 지나치다 할 만큼 술주정까지 덧붙여진 탓에 동네 사람들의 이맛살을 찌푸리게 하는 수도 많았다. 한번 술에 취하면 장사고 뭐고 때려치우겠다고 날뛰지를 않나, 기분이 상한다고 턱도 없는 값에 물건을 팔아 넘기질 않나, 팔리지도 않는 쌀과 연탄은 무슨 고집으로 외상을 내서라도 쌓아 놓지를 않나, 참말 속이 터져 죽을 노릇이라고 김 반장의 어머니와 할머니는 매일 징징대었다. 특히 그 허리 굽은 할머니는

"이날 입때껏 장가도 못 들고 지 부모 대신 동생들 가르치느라고 마음고생만 시킨 내 큰손주 다 버렸겠어!"

라고 눈물까지 글썽거렸다.

"사람 폴짝 뛰다 죽겠네. 얼라! 과일만 팔아도 속이 뒤집힐 판에 부식 일절? 참 골고루들 애먹이는구먼."

김 반장의 눈빛이 곱지 못하듯, 김포 슈퍼 내외도 안색이 좋지 못하였다.

"정말 죽어라 죽어라 하네요. 김 반장 등쌀에도 피가 마르는데 인제는 싱싱 청과물까지 끼어들어 훼방을 놓으니……."

웃음 많던 경호 엄마가 한숨을 푹 쉬었다. 그런 걸 아는지 모르는지 싱싱 청과물의 유리창에는 또 하나의 쪽지가 나붙었다.

'완도 김 대량 **입하**'

며칠 후 경호네와 형제 슈퍼의 김 반장이 휴전 협정을 맺었다는 소문이 동네 안에 좌악 퍼졌다. 아닌 게 아니라, 두 집의 물건값이 같아졌고 저울 눈금도 서로 확실히 하고 있어서, 이제는 어느 집으로 가든 같은 가격으로 물건을 살 수밖에 없었다. 말로 표현하지는 않았지만 동네 여자들은 내심 김이 빠졌다. 그래도 고흥댁은 나이가 많으니 솔직해도 흉이 되지 않는다.

"진작 이렇게 되었어야 혔지만, 그래도 어쩨 좀 아쉬운디……."

그러나 얼마 지나지 않아 여자들은 새로운 사실을 알게 되었다. 경호네와 김 반장이 단순한 휴전 조약만을 맺은 게 아니라 당분간 동맹 관계를 유지하기로 약조를 했다는 것이다. 물론 이 동맹자들이 쳐부숴야 할 적군은 싱싱 청과물이었다. 믿을 만한 소식통에 의하면 먼저 동맹을 제안한 쪽은 김 반장이라고 했다. 김 반장이 늦은 밤, 경호 아버지와 함께 공단 쪽 돼지갈빗집에서 술을 마시는 걸 보았다는 사람도 있었다. 제안은 김 반장이 했지만 이것저것 묘책은 경호 아버지한테서 나온 것이란 말도 있었고 서로 형님, 아우 해 가면서 신세 한탄도 할 만큼 사이가 좋아졌다는 소문도 있었다.

남은 일은 싱싱 청과물이 어떻게 당하는지 구경하는 것뿐이었다. 고흥댁 말대로 고래가 세 마리로 불어났으니 먹을 게 더 많아지리라는 기대도 조금 있었다. 아닌 게 아니라 주된 전략은 바로 가격 인하였다. 싱싱 청과물에서 취급하는 품목에 한해서만 두 가게가 모두 대폭적으로 가격을 내리기로 하였다는 것이다. 그 외의 상품들은 동맹 이후 두 가게가 같이 정상 가격으로 환원하였다. 완도 김을 대량 입하했던 싱싱 청과물에 맞서 김 반장은 위도 김을 들여와 집집마다 산지 가격으로 나누어 주었다. 부지런한 경호 아버지가 서울의 청과물 도매 시장에서 들여온 사과와 귤이 김 반장네 가게에도 진열되어 싼값으로 팔려 나가기 시작했다. 원미동 여자들이야 굳이 싱싱 청과물을 들러야 할 이유가 없었다. 과일이나 부식은 경호네나 김 반장 쪽이 훨씬 값이 헐했으므로, 또한 한 동네 이웃으로 낯이 익은 그들의 가게에서 싱싱 청과물 쪽을 지켜보고 있을 게 뻔한데 원성을 사 가면서까지 찾아갈 까닭이 무언가.

이렇게 되자 싱싱 청과물의 주인 남자는 슬그머니 '부식 일절' 운운한 쪽지를 거두어들였다. '완도 김 대량 입하'라는 쪽지도 떼었다. 과일만 취급할 것임을 공표하기나 하는 듯 대신 '과일 **도산매**'란 종이쪽지가 나붙었다. "콩나물이나 파 따위 팔아 봤자 큰돈 남는 것도 아니고 그래, 너희들 소원대로 딴눈 안 팔고 과일이나 팔아 보겠다." 이러면서 땅바닥에 침을 탁 뱉는 것을 보았노라고 서울 미용실 경자가 드나드는 여자들한테 말을 전하곤 하였다. 그만큼 해 두었으니 동맹을 맺은 보람이 있은 셈이었다. 이제는 김 반장이나 경호 아버지의 동맹 관계가 지속될 이유가 없어진 게 아니냐고, 앞으로는 어떻게 일이 되어 갈 것인지 동네 사람들은 성급히 앞일을 궁금해하였다. 그러나 싱싱 청과물을 향한 일제 공격이 끝난 게 아닌 모양이었다. 경호 엄마 말에 의하면, 그들 내외도 사실상 동맹 관계가 끝난 것으로 해석하고 있었다는 것이었다. 그런데 김 반장이 펄쩍 뛰며 야단이더라고 전했다.

"우리는 과일 안 팔아? 그놈이 문 닫는 꼴을 보기 전에는 절대로 그만두지 않을 거요."

김 반장이 기어이 싱싱 청과물 망하는 꼴을 보아야겠다고 이를 악물더라는 말을 들은 동네 여자들의 반응은 가지가지였다.

"지독하구나. 경호네는 김 반장이 그런다고 따라 해? 어린 사람이 악심을 품으면 경호 아버지가 달래야 사람 도리지."

"그런 소리 말아요. 어떻게 김 반장 말을 거역해요? 동맹을 맺었을 때는 끝까지 의리를 지켜야죠."

"의리 좋아하네. 모르긴 몰라도 경호네 역시 싱싱 청과물 망하는 꼴 보려고 같이 **작당 했을걸.**"

"만약에 그렇다면 경호네가 잘못 생각한 거야. 사실로 말해서 김 반장이 진짜로 망하는 꼴 보고 싶은 마음으로 치자면야 경호네 김포 슈퍼지 어디 그깟 싱싱 청과물 가지고 성이 차겠수?"

"김 반장 그 사람, 너무 악착스러워. 젊은 사람이 어찌 그리 인정머리가 없을꼬."

"그래 말야. 지 엄마한테는 왜 그리 툴툴거리는지 남들한테는 곧잘 싹싹하면서 지 부모한테는 얼굴 펴는 걸 못 보겠더라구."

"그게 다 무능한 부모들이 받아야 할 대접인 게지. 우리도 이 꼴로 나가다간 자식들한테 그런 대접 받기 십상이지."

과일 도산매만 하겠다면 설마 어쩌랴 싶었던지 싱싱 청과물에서는 구정 대목이 다가오자 울긋불긋한 꽃종이로 포장한 사과 상자·귤·배·진영 단감·딸기 들을 가게 안팎으로 가득 벌여 놓기 시작하였다. 신정 연휴가 사흘이나 된다 하여도 음력설만큼 돈이 풀리려면 어림도 없다. 우리 정육점도 연일 비린내를 풍기며 고기 근을 쟁여 놓고 대목 장사를 준비하던 무렵이었다. 김포 슈퍼와 형제 슈퍼에도 울긋불긋 과일전이 흐드러졌다. 김 반장이 차를 빌려 서울까지 원정 나가서 도매로 들여온 물건이었다. 가격은 싱싱 청과물을 기준으로 하여 정해졌다. 싱싱 쪽에서 사과 상품 한 상자를 만오천 원에 판다면 그들은 만사천 원에 금을 매겼다. 깎으려고 드는 손님들도 그냥 돌려보내지 않고 한껏 금을 내려 주었다. 구정 선물용으로 대개 상자째 팔려 나가는 때였다. 그것뿐이 아니었다. 싱싱에서 물건을 흥정하는 손님이 있으면 김 반장은 어디서 구해 왔는지 삑삑거리는 핸드 마이크를 쳐들고 훼방을 놓았다.

"과일 바겐세일입니다. 조생 굴이 있습니다. 산지에서 금방 올라온 맛좋은 부사 사과를 파격적인 가격으로 판매합니다. 자, 과일 바겐세일!"

어떤 때에는 김포 슈퍼를 선전해 주기도 하였다.

"과일 세일합니다. 사과, 배, 굴 모두 세일합니다. 저쪽 김포 슈퍼로 가시든가 여기로 오시든가 마음대로 하세요. 몽땅 세일합니다요."

싱싱 청과물 사내가 김 반장을 쫓아간 것은 당연한 일이었다. 하지만 싸움은 초반부터 싱싱 청과물 사내가 불리한 쪽에 있었다. 생각 없이 대뜸 내뱉은 첫말이 당장 김 반장의 공격망에 걸려 버린 것이다. 나이가 어리다 하여 만만히 여기고 다짜고짜 말을 놓은 게 실수였다. 싱싱 청과물 사내가 말꼬리를 붙잡혀서 정작 장사를 훼방한 것에 대해서는 따질 기회도 얻지 못한 채 전전긍긍하고 있을 때, 경호 아버지가 싸움에 끼어들었다. 이때다 싶었던지 몰리고 있던 싱싱 청과물 사내가 버럭 소리를 질렀다.

"당신들 말야, 왜 **어깃장**을 놓아? 가격이야 뻔한데 본전치기로 넘기면서 남의 장사 망쳐 놓는 속셈이 대관절 무엇이야? 엉! 왜 못살게들 굴어?"

경호 아버지도 **어름하게** 물러서지는 않았다.

"싸게 사서 싸게 파는 것도 죄요? 원 별소릴 다 듣겠네."

얼굴이 벌개진 싱싱 사내는 공연스레 목청만 돋운다.

"이 사람들, 이제 보니 심보가 새까맣군 그래. 싸게 사서 싸게 파는 것도 죄냐구? 말해! 나하고 무슨 원수가 졌냐? 날 죽여 보겠다는 심보는 대체 뭐야?"

그러면 김 반장이 또 씩씩거리며 대들었다.

"이게 좁쌀밥만 먹고 살았나. 말마다 영 기분 나쁘게끔 반말로만 내뱉는군. 단단히 정신을 차릴 필요가 있는 작자라니까."

마침내 싱싱 청과물 사내가 죽기 살기로 김 반장의 멱살을 잡고 바둥거리기 시작했다. **몸피**가 유난히 왜소하여 애초 김 반장의 상대가 되지도 못하면서 기를 쓰고 덤벼드는 그를 김 반장은 여유 있게 메다꽂았다. 이 못된 놈이 사람 친다고 악을 쓰면서 덤벼드는 그를 향해 김 반장은 알게 모르게 주먹 솜씨를 발휘하였다.

"어디서 굴러 먹던 뼈다귀인지 생전 보지도 못한 놈이 남의 장사 망치려고 덤벼든 것을 생각하면 내 속이 터진다구."

김 반장의 목소리는 칼날처럼 서늘했다.

"와 이라노? 이게 무슨 짓들이가? 한 동네 삼시로 서로 웬 주먹질이란 말이가. 보소, 아저씨가 참으소. 맞는 사람만 손해라 카이. 아이구마, 김 반장아. 니가 깡패로 나섰노? 이러는 기 아니다. 아무리 억울헌 일이 있다 캐도 나이 많은 아저씨한테 이러는 기 아니다. 이 손 치아라! 내 말 안 들을라면 인자부터 니랑 내랑 아는 체도 말자고마. 이 손 치아라!"

원미 지물포 주 씨가 적극적으로 두 사람을 뜯어말렸다. 지물포 주 씨가 뜯어말리는 그 사이에도 김 반장은 연신 싱싱 청과물 사내의 옆구리를 향해 헛발길질을 해대고 있었다.

싸움 구경에 나섰던 사람들은 그날의 사건을 두고두고 입에 올렸다. 다음다음 날, 싱싱 청과물 사내가 입술을 깨물며 리어카 행상으로 과일 처분에 나선 것을 보고는 모두들 김 반장의 잔인함에 몸을 떨었다. 구정 대목을 보려고 무리하면서까지 들여놓은 과일을 소화하기 위해서는 그 수밖에 없기는 하였다.

"지독해. 김 반장네 가게에선 앞으로 두부 한 모도 사지 않을 거야."

시내 엄마는 질렸다는 듯이 고개를 절레절레 흔들었다. 이제 네 살짜리 하나를 두고 있는 그녀는 얼핏 보기엔 64번지 새댁보다 훨씬 앳되어 보였다. 써니 전자를 꾸려 나가는 그들 부부의 사는 모습도 지극히 낭만적이어서 깊은 밤, 문 닫힌 그들 가게에서 흘러나오는 애수 어린 음악 소리만 들어도 그것을 능히 짐작할 수 있는 터였다.

"경호 아버지도 다시 봐야겠어. 어쩌면 그렇게 몸을 사릴까? 약아빠졌어. 난 김 반장보다 경호 아버지가 더 얄밉더라."

64번지 새댁이 분개하였지만, 여자들은 김 반장 쪽이 아무래도 나빴다는 쪽으로 의견들을 모았다. 그렇게까지 독한 줄은 몰랐었는데, 정말이지 사람이란 두고두고 겪어 보아야만 속을 안다고 입을 삐쭉였다.

원래가 목이 좋지 않아 어느 장사든 길게 가 본 적이 없는 싱싱 청과물은 문을 연 지 한 달 만에 셔터를 내리고야 말았다. 만두집, 돼지갈비 전문, 오락실 따위의 장사를 벌였던 이전의 주인들도 두세 달을 채우지 못했으니까 그닥 이상할 것도 없는 일이었다. 다만 몇 푼이라도 가게 치장에 돈이 든 것도 아니고, 미처 팔지 못한 과일이나 부식은 식구들이 먹어 치우면 될 것이니 다른 사람에 비해 큰 손해는 없을 것이라고 여자들은 수군거렸다. 동맹자들이 결국은 목적을 달성한 사실에 대해 한편으로는 놀라기도 하면서 혹은 언짢게 생각하기도 하면서.

특히 시내 엄마가 싱싱 청과물의 폐업을 가장 가슴 아파했다.

"오죽하면 여기까지 와서 장사를 벌였을라구. 이 동네가 어디 장사해서 돈 벌 곳이 되나? 그깟것 같이 좀 먹고 살면 어때서, 너무 잔인해."

"문 닫은 걸 보니 안되긴 좀 안됐어. 그래도 어쩌겠나. 다들 먹고살아 보려고 아웅다웅하는 것이니……."

원래 대범한 편인 지물포 여자가 다소나마 김 반장을 감싸 주었다.

2월로 접어들면서 영상 10도 이상의 따뜻한 날씨가 며칠 계속되는 중이었다. 언제 꽃샘 추위가 밀어닥쳐 꽁꽁 얼어붙게 할는지 그것은 알 수 없지만, 하여간 요사이라면 봄이 왔다고 해도 틀린 말은 아니었다. 원미동 거리는 모처럼 시끌벅적하였다. 아이들도 모조리 쏟아져 나와서 세발자전거를 타기도 하고, 무작정 달음박질을 쳐 보기도 하였다. 아이들을 거느린 채 써니 전자 앞의 양지에 한 무리 모여 서 있던 여자들 중의 하나가 낮은 목소리로 킥킥 웃었다.

"저것 봐. 봄이 오긴 왔어. 겨우내 뜸하더니만 **으악새** 울음소릴랑 이제 실컷 듣게 생겼군."

아닌 게 아니라, 겨울 동안 기척도 없던 으악새 할아버지가 무궁화 연립의 계단 앞에 나와 있었다. 벌써 한바탕 으악새 울음을 쏟아 놓고 온 길인지 팔굽을 탁 치고 으악, 손뼉을 탁 치고 으악 하는 일련의 동작들이 무르익을 대로 무르익었다. 으악새 할아버지는 그렇게 얼마 동안 **미진한** 울음을 다 뱉어 내고 나서는 머리를 쓰다듬으며 계단을 밟아 현관 안으로 사라져 버렸다.

"참말로 저것이 무슨 병인지 몰라. 보는 사람도 이렇게 심장이 지랄 같은데. 으악, 으악 치밀어 올라오는 그 할아버지야 오죽할까?"

"그러게 말예요. 내 생전에 저렇게 요상스런 병은 처음이에요. 예전에 누군가는 자꾸만 웃음이 나오는 병이 있다고 그러긴 합디다만……."

"그래 말야, 차라리 웃음이 나오는 병이면 듣기라도 좋게? 저건 꼭 가래 끓는 소리 같기도 하고, 등에 칼침 맞는 소리 같기도 하고……."

"이구, 징그런 소리도 한다. 저 양반이 그래도 어찌나 **정갈한지** 혼자 사는 노인네 빨래가 안집 것보다 많대. 가끔씩 으악새 소리만 안 내면 나무랄 데가 없는 노인인데……."

한참 동안 으악새 할아버지를 입에 올렸던 원미동 여자들은 고흥댁의 출현으로 다시 화제가 옮겨졌다. 원미동 여자들이 **환담하는** 자리에는 꼭 끼어 있던 고흥댁이 어째 보이지 않는가 했더니 강남 부동산 문이 벌컥 열리면서 그녀가 나타난 것이다.

"뭐 좋은 일이 있어요?"

날씨 탓도 있겠지만 고흥댁 얼굴이 썩 밝아 보이는 것을 두고 묻는 우리 정육점 여자의 물음이었다.

"좋은 일이 머시당가? 요새 복덕방 좋은 일 있등가?"

"그런 말씀 마세요. 봄도 오고 슬슬 집들이 뜰 텐데……. 그나저나 한 건 했나 보죠? 뭐예요, 전세?"

"아따 족집게네. 싱싱 청과물 가게가 나갔어. 인자 막 계약혔네."

"벌써요? 하긴 빨리 뜨는 게 그 사람한테는 좋을 거야."

시내 엄마는 새삼 김 반장의 형제 슈퍼를 흘겨본다.

"그란디 이번엔 시내네가 쬐까 괴롭겠어야……."

고흥댁의 의미심장한 말에 여자들은 모두 시내 엄마의 얼굴을 쳐다보았다.

"아니, 왜요? 왜 우리가 괴로워요?"

시내 엄마가 눈을 동그렇게 떴다.

"글씨 말여. 그 사람들도 딱 작정한 것은 아니라고 허드만, 워낙이 배운 기술이 그것뿐이당게 딴 장사를 할 리가 없제잉."

"네에? 그럼 전파상이 온단 말예요?"

"아직 딱 부러지게 정헌 것은 아니래여, 이것저것 알아본 담에 헌다니께……."

이웃 간에 미리 일러 주지 않고 **구전**부터 챙긴 죄가 있어서 고흥댁은 자연 말꼬리를 흐렸다.

"오죽하면 이 동네까지 와서 전파상을 벌일라구. 같이 먹고살아야지. 안 그래?"

시내 엄마가 한 말을 흉내 내는 우리 정육점 안주인 때문에 여자들은 모두 깔깔 웃어 댔다. 시내 엄마는 **샐쭉한** 얼굴로 웃는 둥 마는 둥 하는 중이었다. 64번지 새댁은 그러나 이제부터의 일이 더 궁금해서 못 견디겠는 모양이었다.

"앞으로는 어떻게 되지요? 또 싸울까요? 그때 보니 경호네도 보통 아니던데요?"

동맹을 맺어, 틈 사이로 기어드는 싱싱 청과물을 제거하는 데 성공했으므로, 남은 일은 김포와 형제가 어떤 방침으로 돌아서느냐 하는 것뿐이었다. 말하자면, 휴전 협정의 효력은 다한 셈이니 이제는 어떤 일이 벌어지겠느냐 하는 이야기였다.

"아이구, 새삼스레 뭘 또 싸우리라구. 이왕지사 그리된 것, 서로 타협해서 좋도록 해야지."

이것은 고흥댁의 타협안인데, 아무래도 시내 엄마를 염두에 둔 말인 듯싶었다.

"어머나 김 반장이 가만있겠어요? 그리고 이 바닥에서 똑같은 장사를 벌여 놓았다가는 결국 두 집 다 망하고 말걸요."

시내 엄마의 발언 내용이 잠깐 사이에 극과 극으로 달라진 것을 모를 리 없는 여자들은 모두 입을 조심하였다. 섣불리 잘못 말하였다간 이웃 사이에 금만 갈 뿐이다.

"우리야 뭐 굿이나 보고 떡이나 먹어야지."

소라 엄마의 **심드렁한** 말에,

"고래 싸움에 새우들 배부르는 재미 말이제?"

하고 고흥댁이 예의 그 옛말 풀이를 들고 나왔다.

"김 반장도 끝을 보는 성격인데 심상찮아."

많은 식구를 거느리고 살다 보니 자연 악만 남았다는 김 반장의 처지를 가장 잘 이해하는 이웃인 지물포 여자의 근심 어린 걱정도 나왔다.

"왜들 이렇게 장삿길로만 빠지는지 몰라."

우리 정육점 여자의 **우문**이었다.

"먹고살기가 힘드니까 그렇지요."

새댁이 즉각 현명한 답을 내놓았다.

그러고는 잠시 말이 끊겼다. 매일매일을 살아 내야 한다는 점에서 원미동 여자들 모두는 각자 심란한 표정이었다. 그중에서도 시내 엄마가 가장 울상이었다. 아이들 속에서 끼어 놀던 지물포집 막둥이가 넘어졌는지 입을 크게 벌리고 앙앙 울어 대는 것을 신호로 여자들은 제각각 흩어져 버렸다. 그리고 빈 자리에는 이른 봄볕만 엄청 **푸졌다**.

**싸전**(-廛)　쌀과 그 밖의 곡식을 파는 가게.

**부러**　실없이 거짓으로. 여기서는 '일부러'의 뜻으로 쓰임.

**귀띔**　상대편이 눈치로 알아차릴 수 있도록 미리 슬그머니 일깨워 줌.

**해거름**　해가 서쪽으로 기울어질 무렵. 또는 그런 때.

**부식값**(副食-)　부식(주식에 곁들여 먹는 음식. 밥에 딸린 반찬 따위)을 사는 데 쓰는 비용.

**석발기**(石拔機)　정미한 쌀에 섞인 돌을 골라내는 기계.

**기득권**(旣得權)　특정한 자연인, 법인, 국가가 정당한 절차를 밟아 이미 차지한 권리.

**밭떼기**　밭에서 나는 작물을 밭에 나 있는 채로 몽땅 사는 일.

**뒷갈망**　일의 뒤끝을 맡아서 처리함.

**번연히**　번히. 어떤 일의 결과나 상태 따위가 훤하게 들여다보이듯이 분명하게.

**공방전**(攻防戰)　서로 공격하고 방어하는 싸움.

**자부하다**(自負--)　자기 자신 또는 자기와 관련되어 있는 것에 대하여 스스로 그 가치나 능력을 믿고 마음을
당당히 가지다.

**머퉁이**　'꾸지람'의 방언.

**벽두**(劈頭)　맨 처음. 또는 일이 시작된 머리.

**필지**(筆地)　구획된 논이나 밭, 임야, 대지 따위를 세는 단위.

**일절**(一切)　아주, 전혀, 절대로의 뜻으로, 흔히 행위를 그치게 하거나 어떤 일을 하지 않을 때에 쓰는 말.

**일체**(一切)　모든 것.

**운운하다**(云云--)　이러쿵저러쿵 말하다.

**홉**　부피의 단위. 곡식, 가루, 액체 따위의 부피를 잴 때 쓴다. 한 홉은 한 되의 10분의 1로 약 180밀리리터에
해당한다.

**입하**(入荷)　짐이나 상품 따위가 들어옴. 또는 그것을 들여옴.

**도산매**(都散賣)　물건을 낱개로 사지 않고 한데 묶어서 사는 '도매'와 물건을 생산자나 도매상에서 사들여 소비
자에게 직접 파는 '산매'를 아울러 이르는 말.

**작당하다**(作黨--)　떼를 짓다. 또는 무리를 이루다.

**어깃장**　순순히 따르지 아니하고 못마땅한 말이나 행동으로 뻗대는 행동.

**어름하다**　어름대다. 말이나 행동을 똑똑하게 분명히 하지 못하고 우물쭈물하다.

**몸피**　몸통의 굵기.

**앳되다**　애티가 있어 어려 보이다.

**으악새**　'왜가리'의 방언.

**미진하다**(未盡--)　아직 다하지 못하다.

**정갈하다**　깨끗하고 깔끔하다.

**환담하다**(歡談--)　정답고 즐겁게 서로 이야기하다.

**구전**(口錢)　흥정을 붙여 주고 그 보수로 받는 돈.

**샐쭉하다**　마음에 차지 아니하여서 약간 고까워하는 데가 있다.

**심드렁하다**　마음에 탐탁지 아니하여서 관심이 거의 없다.

**우문**(愚問)　어리석은 질문.

**푸지다**　매우 많아서 넉넉하다.

# Memo

# 0**4** 가난의 굴레

작품 읽기 – 현진건 〈운수 좋은 날〉, 최일남 〈노새 두 마리〉
토론하기 – 가난의 책임
더 읽어 보기 – 최서해 〈탈출기〉

    현진건의 〈운수 좋은 날〉과 최일남의 〈노새 두 마리〉를 통해 빈곤에 시달리는 인물의 상황을 당시의 시대적 배경과 관련지어 분석합니다. 또한 가난의 책임은 개인과 사회 중 어느 쪽에 있는지 토론해 보고, 이를 통해 국가의 역할에 대해 고민해 봅니다.

'인력거(人力車)'란 '사람이 끄는 수레'를 말합니다. 이 작품은 1920년대 동소문 안에서 인력거를 끌어 먹고사는 '김 첨지'의 하루를 그리고 있습니다. 손님이 탄 무거운 인력거를 끌고 먼 거리를 매번 달리다시피 하며 돈을 벌어야 했으니, 그의 하루하루는 여간 고단하지 않았을 것입니다. 더군다나 소설의 배경이 되는 1920년대는 값싸고 편리한 전차가 사람 힘에 의존하는 인력거의 자리를 대신해 나가던 때였죠. 김 첨지도 전차에 손님을 빼앗겨 근 열흘 동안 돈은 구경조차 못한 상황입니다. 그런데 본인의 하루를 '운수가 좋다'고 표현한 걸로 보아, 뭔가 정말 좋은 일이 생겼나 봅니다. 운수가 좋다고 하기엔 새침하게 흐린 하늘에선 얼다가 만 비가 추적추적 내리고, 약은커녕 끼니조차 굶은 채 며칠을 앓고 있는 아내를 두고 나온 하루인데 말이죠.

가장 운수 좋은 날 같지만 사실은 가장 운수 사나운 날의 이야기, 일제 강점기 궁핍한 삶을 살았던 하층민의 비극을 아이러니한 제목으로 그린 작품 〈운수 좋은 날〉을 함께 만나 봅시다.


## 현진건(玄鎭健, 1900~1943)

대구 출생. 1920년 11월 《개벽》에 단편 소설 〈희생화〉를 통해 등단했고, 1921년에는 단편 소설 〈빈처〉와 〈술 권하는 사회〉를 통해 문단의 인정을 받았다. 사실주의적 기법으로 다져진 비극적 아름다움을 문학적으로 형상화한 주옥같은 작품을 다수 남겼다. 주요 작품으로는 〈빈처〉, 〈술 권하는 사회〉, 〈할머니의 죽음〉, 〈운수 좋은 날〉, 〈B 사감과 러브레터〉, 〈고향〉 등이 있다.

# 운수 좋은 날 _현진건

  새침하게 흐린 품이 눈이 올 듯하더니 눈은 아니 오고 얼다가 만 비가 추적추적 내리는 날이었다.

  이날이야말로 동소문 안에서 인력거꾼 노릇을 하는 김 첨지에게는 오래간만에도 닥친 운수 좋은 날이었다. **문안**에(거기도 문밖은 아니지만) 들어간답시는 앞집 마마님을 전찻길까지 모셔다드린 것을 비롯으로 행여나 손님이 있을까 하고 정류장에서 어정어정하며 내리는 사람 하나하나에게 거의 비는 듯한 **눈결**을 보내고 있다가 마침내 교원인 듯한 양복쟁이를 동광 학교까지 태워다 주기로 되었다.

  첫째 번에 삼십 전, 둘째 번에 오십 전— 아침 **댓바람**에 그리 흥치 않은 일이었다. 그야말로 재수가 옴 붙어서 근 열흘 동안 돈 구경도 못 한 김 첨지는 십 전짜리 백통화 서 푼, 또는 다섯 푼이 찰깍하고 손바닥에 떨어질 제 거의 눈물을 흘릴 만큼 기뻤다. 더구나 이날 이때에 이 팔십 전이라는 돈이 그에게 얼마나 유용한지 몰랐다. 컬컬한 목에 **모주** 한잔도 적실 수 있거니와 그보다도 앓는 아내에게 설렁탕 한 그릇도 사다 줄 수 있음이다.

---

**문안**(間–)  사대문 안.
**눈결**  마음이 눈에 드러난 상태.
**댓바람**  아주 이른 시간.
**모주**(母酒)  술을 거르고 남은 찌꺼기에 물을 타서 걸러 낸 막걸리.

그의 아내가 기침으로 쿨룩거리기는 벌써 **달포**가 넘었다. 조밥도 굶기를 먹다시피 하는 형편이니 물론 약 한 첩 써 본 일이 없다. 구태여 쓰려면 못 쓸 바도 아니로되 그는 병이란 놈에게 약을 주어 보내면 재미를 붙여서 자꾸 온다는 자기의 **신조**에 어디까지 충실하였다. 따라서 의사에게 보인 적이 없으니 무슨 병인지는 알 수 없으되 반듯이 누워 가지고, 일어나기는**새로에** 모로도 못 눕는 걸 보면 중증은 중증인 듯. 병이 이토록 심해지기는 열흘 전에 조밥을 먹고 체한 때문이다. 그때도 김 첨지가 오래간만에 돈을 얻어서 좁쌀 한 되와 십 전짜리 나무 한 단을 사다 주었더니, 김 첨지의 말에 의지하면 그년이 천방지축으로 냄비에 대고 끓였다. 마음은 급하고 불길은 달지 않아 채 익지도 않은 것을 그년이 숟가락은 고만두고 손으로 움켜서 두 **뺨**에 주먹 덩이 같은 혹이 **불거지도록** 누가 빼앗을 듯이 처박질하더니만 그날 저녁부터 가슴이 땅긴다, 배가 켕긴다고 눈을 **홉뜨고** 지랄병을 하였다. 그때 김 첨지는 열화와 같이 성을 내며,

"에이, **조랑복**은 할 수가 없어, 못 먹어 병, 먹어서 병! 어쩌란 말이야. 왜 눈을 바루 뜨지 못해!"

하고 김 첨지는 앓는 이의 **뺨**을 한 번 후려갈겼다. 홉뜬 눈은 조금 **바루어졌건만** 이슬이 맺히었다. 김 첨지의 눈시울도 뜨끈뜨끈한 듯하였다.

이 환자가 그러고도 먹는 데는 물리지 않았다. 사흘 전부터 설렁탕 국물이 마시고 싶다고 남편을 졸랐다.

"이런! 조밥도 못 먹는 년이 설렁탕은, 또 처먹고 지랄병을 하게."

---

**달포**  한 달이 조금 넘는 기간.
**신조**(信條)  굳게 믿어 지키고 있는 생각.
**새로에**  '고사하고', '그만두고', '커녕'의 뜻을 나타내는 보조사.
**불거지다**  물체의 거죽으로 둥글게 톡 비어져 나오다.
**홉뜨다**  눈알을 위로 굴리고 눈시울을 위로 치뜨다.
**조랑복**(――福)  조롱복. 아주 짧게 타고난 복.
**바루다**  비뚤어지거나 구부러지지 않도록 바르게 하다.

라고 야단을 쳐 보았건만, 못 사 주는 마음이 시원치는 않았다.

인제 설렁탕을 사 줄 수도 있다. 앓는 어미 곁에서 배고파 보채는 개똥이(세 살 먹이)에게 죽을 사 줄 수도 있다. 팔십 전을 손에 쥔 김 첨지의 마음은 **푼푼하였다.**

그러나 그의 행운은 그걸로 그치지 않았다. 땀과 빗물이 섞여 흐르는 목덜미를 기름 주머니가 다 된 광목 수건으로 닦으며 그 학교 문을 돌아 나올 때였다. 뒤에서 "인력거!" 하고 부르는 소리가 난다. 자기를 불러 멈춘 사람이 그 학교 학생인 줄 김 첨지는 한 번 보고 짐작할 수 있었다. 그 학생은 다짜고짜로,

"남대문 정거장까지 얼마요?"

라고 물었다. 아마도 그 학교 기숙사에 있는 이로 **동기 방학**을 이용하여 귀향하려 함이리라. 오늘 가기로 작정은 하였건만 비는 오고 짐은 있고 해서 어찌할 줄 모르다가 마침 김 첨지를 보고 뛰어나왔음이리라. 그렇지 않으면 왜 구두를 채 신지도 못해서 질질 끌고 비록 **고쿠라** 양복일망정 **노박이로** 비를 맞으며 김 첨지를 뒤쫓아 나왔으랴.

"남대문 정거장까지 말씀입니까?"

하고 김 첨지는 잠깐 주저하였다. 그는 이 우중에 **우장**도 없이 그 먼 곳을 철벅거리고 가기가 싫었음일까? 처음 것, 둘째 것으로 그만 만족하였음일까? 아니다, 결코 아니다. 이상하게도 꼬리를 맞물고 덤비는 이 행운 앞에 조금 겁이 났음이다. 그리고 집을 나올 제 아내의 부탁이 마음에 켕기었다. 앞집 마마한테서 부르러 왔을 제 병인은 그 **뼈**만 남은 얼굴에 유일의 생물 같은,

---

**푼푼하다** 모자람이 없이 넉넉하다.
**동기 방학**(冬期放學) 겨울 방학.
**고쿠라** 일본 고쿠라 지방에서 나는 두꺼운 무명 옷감.
**노박이로** 줄곧 계속적으로.
**우장**(雨裝) 비를 피하기 위해서 차려 입음. 또는 그런 복장. 우산, 도롱이, 갈삿갓 따위를 이른다.

유달리 크고 움푹한 눈에 애걸하는 빛을 띠며,

　"오늘은 나가지 말아요. 제발 덕분에 집에 붙어 있어요. 내가 이렇게 아픈
　데……."

라고 모깃소리같이 중얼거리고 숨을 거르렁거르렁하였다. 그때에 김 첨지는
대수롭지 않은 듯이,

　"압다, 젠장맞을 년, 별 빌어먹을 소리를 다 하네. 맞붙들고 앉았으면 누가
　먹여 살릴 줄 알아."

하고 홀쩍 뛰어나오려니까 환자는 붙잡을 듯이 팔을 내저으며,

　"나가지 말라도 그래, 그러면 일찍이 들어와요."

하고, 목멘 소리가 뒤를 따랐다.

　정거장까지 가잔 말을 들은 순간에 경련적으로 떠는 손, 유달리 큼직한 눈,
울 듯한 아내의 얼굴이 김 첨지의 눈앞에 어른어른하였다.

　"그래, 남대문 정거장까지 얼마란 말이요?"

하고 학생은 초조한 듯이 인력거꾼의 얼굴을 바라보며 혼잣말같이,

　"인천 차가 열한 **점**에 있고, 그다음에는 새로 두 점이던가?"

라고 중얼거린다.

　"일 원 오십 전만 줍시오."

　이 말이 저도 모를 사이에 불쑥 김 첨지의 입에서 떨어졌다. 제 입으로 부
르고도 스스로 그 엄청난 돈 액수에 놀랐다. 한꺼번에 이런 금액을 불러라도
본 지가 그 얼마 만인가! 그러자 그 돈 벌 **욕기**가 병자에 대한 염려를 사르고
말았다. 설마 오늘 내로 어떠랴 싶었다. 무슨 일이 있더라도 제일 제이의 행
운을 곱친 것보다도 오히려 **곱절**이 많은 이 행운을 놓칠 수 없다 하였다.

---

**점(點)**　예전에 시각을 세던 단위. 괘종시계의 종 치는 횟수로 세었다.
**욕기(欲氣/慾氣)**　욕심. 분수에 넘치게 무엇을 탐내거나 누리고자 하는 마음.
**곱절**　어떤 수나 양을 두 번 합한 만큼.

"일 원 오십 전은 너무 과한데."

이런 말을 하며 학생은 고개를 기웃하였다.

"아니올시다. **이수**로 치면 여기서 거기가 시오 리가 넘는답니다. 또 이런 진날은 좀 더 주셔야지요."

하고 빙글빙글 웃는 **차부**의 얼굴에는 숨길 수 없는 기쁨이 넘쳐흘렀다.

"그러면 달라는 대로 줄 터이니 빨리 가요."

관대한 어린 손님은 그런 말을 남기고 총총히 옷도 입고 짐도 챙기러 제 갈 데로 갔다.

그 학생을 태우고 나선 김 첨지의 다리는 이상하게 거뿐하였다. 달음질을 한다느니보다 거의 나는 듯하였다. 바퀴도 어떻게 속히 도는지 구른다느니보다 마치 얼음을 지쳐 나가는 스케이트 모양으로 미끄러져 가는 듯하였다. 언 땅에 비가 내려 미끄럽기도 하였지만.

이윽고 끄는 이의 다리는 무거워졌다. 자기 집 가까이 다다른 까닭이다. 새삼스러운 염려가 그의 가슴을 눌렀다.

"오늘은 나가지 말아요. 내가 이렇게 아픈데!"

이런 말이 잉잉 그의 귀에 울렸다. 그리고 병자의 움쑥 들어간 눈이 원망하는 듯이 자기를 노리는 듯하였다. 그러자 엉엉하고 우는 개똥이의 곡성을 들은 듯싶다. 딸꾹딸꾹하고 숨 모으는 소리도 나는 듯싶다……

"왜 이러우? 기차 놓치겠구먼."

하고 탄 이의 초조한 부르짖음이 간신히 그의 귀에 들어왔다. 언뜻 깨달으니 김 첨지는 인력거 채를 쥔 채 길 한복판에 엉거주춤 멈춰 있지 않은가.

"예, 예."

---

**이수**(里數) 거리를 '리(里)'의 단위로 나타낸 수.
**차부**(車夫) 마차나 우차 따위를 부리는 사람.

하고 김 첨지는 또다시 달음질하였다. 집이 차차 멀어 갈수록 김 첨지의 걸음에는 다시금 신이 나기 시작하였다. 다리를 **재게** 놀려야만 쉴 새 없이 자기의 머리에 떠오르는 모든 근심과 걱정을 잊을 듯이.

정거장까지 끌어다 주고 그 깜짝 놀란 일 원 오십 전을 정말 제 손에 쥐매, 제 말마따나 십 리나 되는 길을 비를 맞아 가며 질퍽거리고 온 생각은 아니하고, 거저나 얻은 듯이 고마웠다. **졸부**나 된 듯이 기뻤다. 제 자식뻘밖에 안 되는 어린 손님에게 몇 번 허리를 굽히며,

"안녕히 다녀오십시오."

라고 깍듯이 **재우쳤다.**

그러나 빈 인력거를 털털거리며 이 우중에 돌아갈 일이 꿈밖이었다. 노동으로 하여 흐른 땀이 식어지자 굶주린 창자에서, 물 흐르는 옷에서 어슬어슬 한기가 솟아나기 비롯하매 일 원 오십 전이란 돈이 얼마나 괴치 않고 괴로운 것인 줄 절절히 느끼었다. 정거장을 떠나는 그의 발길은 힘 하나 없었다. 온몸이 **옹송그려지며** 당장 그 자리에 엎어져 못 일어날 것 같았다.

"젠장맞을 것, 이 비를 맞으며 빈 인력거를 털털거리고 돌아를 간담? 이런 빌어먹을, 비가 왜 남의 **상판**을 딱딱 때려!"

그는 몹시 화증을 내며 누구에게 반항이나 하는 듯이 **게걸거렸다.** 그럴 즈음에 그의 머리엔 또 새로운 광명이 비쳤나니 그것은, '이러구 갈 게 아니라 이 근처를 빙빙 돌며 차 오기를 기다리면 또 손님을 태우게 되는지도 몰라.'란 생각이었다. 오늘 운수가 괴상하게도 좋으니까 그런 **요행**이 또 한 번 없으

---

**재다** 동작이 재빠르다.
**졸부**(猝富) 벼락부자. 갑자기 된 부자.
**재우치다** 빨리 몰아치거나 재촉하다.
**옹송그리다** 춥거나 두려워 몸을 궁상맞게 몹시 웅그리다.
**상판**(相–) '얼굴'을 속되게 이르는 말.
**게걸거리다** 상스러운 말로 소리를 지르며 불평스럽게 자꾸 떠들다.
**요행**(僥倖/徼幸) 뜻밖에 얻는 행운.

리라고 누가 보증하랴. 꼬리를 굴리는 행운이 꼭 자기를 기다리고 있다고 내기를 해도 좋을 만한 믿음을 얻게 되었다. 그렇다고 정거장 인력거꾼의 등쌀이 무서우니 정거장 앞에 섰을 수는 없었다. 그래 그는 이전에도 여러 번 해본 일이라 바로 정거장 앞 전차 정류장에서 조금 떨어지게, 사람 다니는 길과 전찻길 틈에 인력거를 세워 놓고 자기는 그 근처를 빙빙 돌며 형세를 **관망하기로** 하였다.

얼마 만에 기차는 왔고 수십 명이나 되는 손이 정류장으로 쏟아져 나왔다. 그중에서 손님을 물색하는 김 첨지의 눈엔 양머리에 뒤축 높은 구두를 신고 망토까지 두른 기생퇴물인 듯, **난봉** 여학생인 듯한 여편네의 모양이 띄었다. 그는 슬근슬근 그 여자의 곁으로 다가들었다.

"아씨, 인력거 아니 타시랍시오?"

그 여학생인지 뭔지가 한참은 매우 **태깔**을 빼며 입술을 꼭 다문 채 김 첨지를 거들떠보지도 않았다. 김 첨지는 구걸하는 거지나 무엇같이 **연해연방** 그의 기색을 살피며,

"아씨, 정거장 애들보다 아주 싸게 모셔다드리겠습니다. 댁이 어디신가요?" 하고 추근추근하게 그 여자의 들고 있는 일본식 버들고리짝에 제 손을 대었다.

"왜 이래, 남 귀치않게."

소리를 벽력같이 지르고는 돌아선다. 김 첨지는 어랍쇼 하고 물러섰다.

전차가 왔다. 김 첨지는 원망스럽게 전차 타는 이를 노리고 있었다. 그러나 그의 예감은 틀리지 않았다. 전차가 **빡빡**하게 사람을 싣고 움직이기 시작하였을 제 타고 남은 손 하나가 있었다. 굉장하게 큰 가방을 들고 있는 걸 보면

---

**관망하다**(觀望--)　한발 물러나서 어떤 일이 되어 가는 형편을 바라보다.
**난봉**　허랑방탕한 짓. 또는 허랑방탕한 짓을 일삼는 사람.
**태깔**(態-)　교만한 태도.
**연해연방**(連-連放)　끊임없이 잇따라 자꾸.

아마 붐비는 차 안에 짐이 크다 하여 차장에게 밀려 내려온 눈치였다. 김 첨지는 대어 섰다.

"인력거를 타시랍시오?"

한동안 값으로 승강이를 하다가 육십 전에 인사동까지 태워다 주기로 하였다. 인력거가 무거워지매 그의 몸은 이상하게도 가벼워졌고 그러고 또 인력거가 가벼워지니 몸은 다시금 무거워졌건만 이번에는 마음조차 초조해 온다. 집의 광경이 자꾸 눈앞에 어른거리어 인제 요행을 바랄 여유도 없었다. 나뭇등걸이나 무엇 같고 제 것 같지도 않은 다리를 연해 꾸짖으며 갈팡질팡 뛰는 수밖에 없었다. '저놈의 인력거꾼이 저렇게 술이 취해 가지고 이 진 땅에 어찌 가노?'라고, 길 가는 사람이 걱정을 하리만큼 그의 걸음은 황급하였다. 흐리고 비 오는 하늘은 어둠침침하게 벌써 황혼에 가까운 듯하다. 창경원 앞까지 다다라서야 그는 턱에 닿은 숨을 돌리고 걸음도 늦추잡았다. 한 걸음, 두 걸음 집이 가까워 갈수록 그의 마음조차 괴상하게 **누그러웠다**. 그런데 이 누그러움은 안심에서 오는 게 아니요, 자기를 덮친 무서운 불행을 빈틈없이 알게 될 때가 **박두한** 것을 두려워하는 마음에서 오는 것이다. 그는 불행에 **다닥치기** 전 시간을 얼마쯤이라도 늘이려고 **버르적거렸다**. 기적에 가까운 벌이를 하였다는 기쁨을 할 수 있으면 오래 지니고 싶었다. 그는 두리번두리번 사면을 살피었다. 그 모양은 마치 자기 집— 곧 불행을 향하여 달려가는 제 다리를 제힘으로는 도저히 어찌할 수가 없으니 누구든지 나를 좀 잡아 다고, 구해 다고 하는 듯하였다.

그럴 즈음에 마침 길가 선술집에서 그의 친구 치삼이가 나온다. 그의 우글

---

**누그럽다** 마음씨가 따뜻하고 부드러우며 융통성이 있다.
**박두하다**(迫頭--) 기일이나 시기가 가까이 닥쳐오다.
**다닥치다** 일이나 사건 따위가 가까이 이르다.
**버르적거리다** 고통스러운 일이나 어려운 고비에서 벗어나려고 팔다리를 내저으며 몸을 자꾸 움직이다.

우글 살찐 얼굴에 주홍이 돋는 듯, 온 턱과 뺨을 시커멓게 구레나룻이 덮였거든, 노르탱탱한 얼굴이 바짝 말라서 여기저기 고랑이 파이고 수염도 있대야 턱 밑에만 마치 솔잎 송이를 거꾸로 붙여 놓은 듯한 김 첨지의 풍채하고는 기이한 **대상**을 짓고 있었다.

　"여보게 김 첨지, 자네 문안 들어갔다 오는 모양일세그려, 돈 많이 벌었을
　테니 한잔 빨리게."

　뚱뚱보는 말라깽이를 보던 **맡**에 부르짖었다. 그 목소리는 몸짓과 딴판으로 연하고 싹싹하였다. 김 첨지는 이 친구를 만난 게 어떻게 반가운지 몰랐다. 자기를 살려 준 은인이나 무엇같이 고맙기도 하였다.

　"자네는 벌써 한잔한 모양일세그려. 자네도 오늘 재미가 좋아 보이."

하고 김 첨지는 얼굴을 펴서 웃었다.

　"압다, 재미 안 좋다고 술 못 먹을 낸가? 그런데 여보게, 자네 온몸이 어째
　물독에 빠진 생쥐 같은가? 어서 이리 들어와 말리게."

　선술집은 훈훈하고 뜨뜻하였다. 추어탕을 끓이는 솥뚜껑을 열 적마다 뭉게 뭉게 떠오르는 흰 김, 석쇠에서 뻐지짓뻐지짓 구워지는 너비아니, 굴이며 제 육이며 간이며 콩팥이며 북어며 빈대떡……. 이 너저분하게 늘어 놓은 안주 탁자, 김 첨지는 갑자기 속이 쓰려서 견딜 수 없었다. 마음대로 할 양이면 거기 있는 모든 **먹음먹이**를 모조리 깡그리 집어삼켜도 시원치 않았다. 하되 배 고픈 이는 우선 분량 많은 빈대떡 두 개를 쪼이기로 하고 추어탕을 한 그릇 청하였다. 주린 창자는 음식 맛을 보더니 더욱더욱 비어지며 자꾸자꾸 들이 라 들이라 하였다. 순식간에 두부와 미꾸라지 든 국 한 그릇을 그냥 물같이 들이키고 말았다. 셋째 그릇을 받아 들었을 제 덥히던 막걸리 곱빼기 두 잔이

---

**대상**(對像)　대비되는 모양.
**맡**　어떤 일을 하는 바로 그 순간.
**먹음먹이**　먹음직한 음식들.

데워졌다. 치삼이와 같이 마시자 **원원이** 비었던 속이라 찌르르하고 창자에 퍼지며 얼굴이 화끈하였다. 눌러 곱빼기 한 잔을 또 마셨다.

김 첨지의 눈은 벌써 **개개풀리기** 시작하였다. 석쇠에 얹힌 떡 두 개를 **숭덩숭덩** 썰어서 볼을 불룩거리며 또 곱빼기 두 잔을 부어라 하였다.

치삼은 의아한 듯이 김 첨지를 보며,

"여보게, 또 붓다니, 벌써 우리가 넉 잔씩 먹었네, 돈이 사십 전일세."

라고 주의시켰다.

"아따 이놈아, 사십 전이 그리 끔찍하냐? 오늘 내가 돈을 막 벌었어. 참 오늘 운수가 좋았느니."

"그래 얼마를 벌었단 말인가?"

"삼십 원을 벌었어, 삼십 원을! 이런 젠장맞을, 술을 왜 안 부어? 괜찮다, 괜찮아, 막 먹어도 상관이 없어. 오늘 돈 산더미같이 벌었는데."

"어, 이 사람 취했군. 고만두세."

"이놈아, 이걸 먹고 취할 내냐? 어서 더 먹어."

하고는 치삼의 귀를 잡아채며 취한 이는 부르짖었다. 그리고 술을 붓는 열오륙 세 됨 직한 **중대가리**에게로 달려들며,

"이놈, 왜 술을 붓지 않어?"

라고 야단을 쳤다. 중대가리는 희희 웃고 치삼을 보며 문의하는 듯이 눈짓을 하였다. 주정꾼이 이 눈치를 알아보고 화를 버럭 내며,

"이 오라질 놈들 같으니. 이놈, 내가 돈이 없을 줄 알고."

하자마자 허리춤을 훔칫훔칫하더니 일 원짜리 한 장을 꺼내어 중대가리 앞에

---

**원원이**(元元-) 어떤 사물이 전하여 내려온 그 처음부터. 또는 본디부터.
**개개풀리다** 졸리거나 술에 취해서 눈에 정기가 흐려지다.
**숭덩숭덩** 연한 물건을 조금 큼직하고 거칠게 자꾸 빨리 써는 모양.
**중대가리** 중처럼 빡빡 깎은 머리. 또는 그렇게 머리를 깎은 사람을 놀림조로 이르는 말.

펄쩍 집어 던졌다. 그 **사품**에 몇 푼 은전이 잘그랑하며 떨어진다.

"여보게, 돈 떨어졌네, 왜 돈을 막 끼얹나?"

이런 말을 하며 치삼은 **일변** 돈을 줍는다. 김 첨지는 취한 중에도 돈의 거처를 살피려는 듯이 눈을 크게 떠서 땅을 내려 보다가 불시에 제 하는 짓이 너무 더럽다는 듯이 고개를 소스라치자 더욱 성을 내며,

"봐라, 봐! 이 더러운 놈들아, 내가 돈이 없나, 다리 **뼉다구**를 꺾어 놓을 놈들 같으니."

하고 치삼이 주워 주는 돈을 받아,

"이 원수엣돈! 이 육시를 할 돈!"

하면서 **팔매질**을 친다. 벽에 맞아 떨어진 돈은 다시 술 끓이는 양푼에 떨어지며 정당한 매를 맞는다는 듯이 쨍하고 울었다.

곱빼기 두 잔은 또 부어질 겨를도 없이 말려 가고 말았다. 김 첨지는 입술과 수염에 붙은 술을 빨아들이고 나서 매우 만족한 듯이 그 솔잎 송이 수염을 쓰다듬으며,

"또 부어, 또 부어."

라고 외쳤다.

또 한 잔 먹고 나서 김 첨지는 치삼의 어깨를 치며 문득 깔깔 웃는다. 그 웃음소리가 어떻게 컸는지 술집에 있는 이의 눈은 모두 김 첨지에게로 몰리었다. 웃는 이는 더욱 웃으며,

"여보게 치삼이, 내 우스운 이야기 하나 할까. 오늘 손을 태우고 정거장에까지 가지 않았겠나?"

"그래서?"

---

**사품** 어떤 동작이나 일이 진행되는 바람이나 겨를.
**일변**(一邊) 어떤 일의 한 측면.
**팔매질** 작고 단단한 돌 따위를 손에 쥐고, 팔을 힘껏 흔들어서 멀리 내던지는 짓.

"갔다가 그저 오기가 안됐데그려. 그래 전차 정류장에서 **어름어름하며** 손님 하나를 태울 궁리를 하지 않았나. 거기 마침 마마님이신지 여학생님이신지—요새야 어디 **논다니**와 아가씨를 구별할 수가 있던가?— 망토를 **잡수시고** 비를 맞고 서 있겠지. 슬근슬근 가까이 가서 인력거를 타시랍시오 하고 손가방을 받으려니까 내 손을 탁 뿌리치고 **빽** 돌아서더니만, '왜 남을 이렇게 귀찮게 굴어!' 그 소리야말로 꾀꼬리 소리지, 허허!"

김 첨지는 교묘하게도 정말 꾀꼬리 같은 소리를 내었다. 모든 사람은 일시에 웃었다.

"빌어먹을 깍쟁이 같은 년, 누가 저를 어쩌나. '왜 남을 귀찮게 굴어!' 어이구, 소리가 채신도 없지, 허허."

웃음소리들은 높아졌다. 그러나 그 웃음소리들이 사라지기 전에 김 첨지는 훌쩍훌쩍 울기 시작하였다. 치삼은 어이없이 주정뱅이를 바라보며,

"금방 웃고 지랄을 하더니 우는 건 또 무슨 일인가?"

김 첨지는 연해 코를 들이마시며,

"우리 마누라가 죽었다네."

"뭐, 마누라가 죽다니, 언제?"

"이놈아, 언제는. 오늘이지."

"에끼, 미친놈, 거짓말 말아."

"거짓말은 왜? 참말로 죽었어, 참말로……. 마누라 시체를 집어 뻐들쳐 놓고 내가 술을 먹다니, 내가 죽일 놈이야, 죽일 놈이야."

하고 김 첨지는 엉엉 소리를 내어 운다.

치삼은 흥이 조금 깨어지는 얼굴로,

---

**어름어름하다** 말이나 행동을 똑똑하게 분명히 하지 못하고 자꾸 우물주물하다.
**논다니** 웃음과 몸을 파는 여자를 속되게 이르는 말.
**잡숫다** 궁중에서, 옷을 입음을 이르던 말.

"원 이 사람이, 참말을 하나, 거짓말을 하나? 그러면 집으로 가세, 가."

하고 우는 이의 팔을 잡아당기었다.

치삼의 잡는 손을 뿌리치더니 김 첨지는 눈물이 글썽글썽한 눈으로 싱그레 웃는다.

"죽기는 누가 죽어."

하고 득의가 양양.

"죽기는 왜 죽어, **생때같이** 살아만 있단다. 그년이 밥을 죽이지. 인제 나한테 속았다, 인제 나한테 속았다."

하고 어린애 모양으로 손뼉을 치며 웃는다.

"이 사람이 정말 미쳤단 말인가. 나도 아주먼네가 앓는단 말은 들었는데."

하고 치삼이도 어느 불안을 느끼는 듯이 김 첨지에게 또 돌아가라고 권하였다.

"안 죽었어, 안 죽었대도 그래."

김 첨지는 화중을 내며 확신 있게 소리를 질렀으되 그 소리엔 안 죽은 것을 믿으려고 애쓰는 가락이 있었다. 기어이 일 원어치를 채워서 곱빼기 한 잔씩 더 먹고 나왔다. 궂은비는 의연히 추적추적 내린다.


김 첨지는 취중에도 설렁탕을 사 가지고 집에 다다랐다. 집이라 해도 물론 셋집이요, 또 집 전체를 세 든 게 아니라 안과 뚝 떨어진 **행랑방** 한 칸을 빌려 든 것인데 물을 길어 대고 한 달에 일 원씩 내는 터이다. 만일 김 첨지가 **주기**를 띠지 않았던들 한 발을 대문에 들여놓았을 제 그곳을 지배하는 무시무시한 정적—폭풍우가 지나간 뒤의 바다 같은 정적에 다리가 떨리었으리라. 쿨룩거리는 기침 소리도 들을 수 없다. 그르렁거리는 숨소리조차 들을

**생때같다**  아무 탈 없이 멀쩡하다.
**행랑방**(行廊房)  대문간에 붙어 있는 방.
**주기**(酒氣)  술에 취한 기운..

수 없다. 다만 이 무덤 같은 침묵을 깨뜨리는—깨뜨린다느니보다 한층 더 침묵을 깊게 하고 불길하게 하는, 빡빡 하는 그윽한 소리, 어린애의 젖 빠는 소리가 날 뿐이다. 만일 청각이 예민한 이 같으면 그 빡빡 소리는 빨 따름이요, 꿀떡꿀떡하고 젖 넘어가는 소리가 없으니 빈 젖을 빤다는 것도 짐작하는지 모르리라.

혹은 김 첨지도 이 불길한 침묵을 짐작했는지도 모른다. 그렇지 않으면 대문에 들어서자마자 전에 없이,

"이년, 남편이 들어오는데 나와 보지도 않아, 이년!"

이라고 고함을 친 게 수상하다. 이 고함이야말로 제 몸을 엄습해 오는 무시무시한 증을 쫓아 버리려는 **허장성세**인 까닭이다.

하여간 김 첨지는 방문을 왈칵 열었다. 구역을 나게 하는 **추기**—떨어진 **삿자리** 밑에서 나온 먼지내, 빨지 않은 기저귀에서 나는 똥내와 오줌내, 가지각색 때가 켜켜이 앉은 옷내, 병인의 땀 썩은 내가 섞인 추기가 무딘 김 첨지의 코를 찔렀다.

방 안에 들어서며 설렁탕을 한구석에 놓을 사이도 없이 주정꾼은 목청을 있는 대로 다 내어 호통을 쳤다.

"이년, **주야장천** 누워만 있으면 제일이야. 남편이 와도 일어나지를 못해!"

라는 소리와 함께 발길로 누운 이의 다리를 몹시 찼다. 그러나 발길에 차이는 건 사람의 살이 아니고 나뭇등걸과 같은 느낌이 있었다. 이때에 빡빡 소리가 응아 소리로 변하였다. 개똥이가 물었던 젖을 빼어 놓고 운다. 운대도 온 얼굴을 찡그려 붙여서 운다는 표정을 할 뿐이다. 응아 소리도 입에서 나는 게

---

**허장성세**(虛張聲勢)  실속은 없으면서 큰소리치거나 허세를 부림.
**추기**  추깃물. 송장이 썩어서 흐르는 물.
**삿자리**  갈대를 엮어서 만든 자리.
**주야장천**(晝夜長川)  밤낮으로 쉬지 아니하고 연달아.

아니라 마치 배 속에서 나는 듯하였다. 울다가 목도 잠겼고 또 울 기운조차 **시진한** 것 같다.

　발로 차도 그 보람이 없는 걸 보자 남편은 아내의 머리맡으로 달려들어 그야말로 까치집 같은 환자의 머리를 **꺼들어** 흔들며,

　"이년아, 말을 해, 말을! 입이 붙었어? 이년!"

　"……."

　"으응, 이것 봐, 아무 말이 없네."

　"……."

　"이년아, 죽었단 말이냐, 왜 말이 없어."

　"……."

　"으응, 또 대답이 없네. 정말 죽었나 보이."

　이러다가 누운 이의 **흰창**이 검은창을 덮은, 위로 치뜬 눈을 알아보자마자,

　"이 눈깔! 이 눈깔! 왜 나를 바라보지 못하고 천장만 보느냐? 응."

하는 말끝엔 목이 메었다. 그러자 산 사람의 눈에서 떨어진 닭똥 같은 눈물이 죽은 이의 뻣뻣한 얼굴에 어룽어룽 적신다. 문득 김 첨지는 미친 듯이 제 얼굴을 죽은 이의 얼굴에 한데 비비대며 중얼거렸다.

　"설렁탕을 사다 놓았는데 왜 먹지를 못하니, 왜 먹지를 못하니? 괴상하게
　도 오늘은 운수가 좋더니만……."

---

**시진하다**(澌盡--)　기운이 빠져 없어지다.
**꺼들다**　잡아 쥐고 당겨서 추켜들다.
**흰창**　'흰자위'의 방언.

1970년대 산업화의 물결이 일렁이던 서울, 그 중심 도로를 자동차들이 쌩쌩 달리고 있습니다. 이와 조금 떨어진 도시 변두리에서 말도 아닌 노새를 끌며 연탄을 배달하는 한 아버지가 등장합니다. 그는 서울로 올라오기 전 시골에서도 줄곧 말 마차를 끌던 마부였습니다. 휘황찬란한 도시와 어울리지 않는 연탄 마차를 끌며 낙후한 삶을 살아가는 아버지. 어느 날 아버지와 '나'는 배달 중 노새가 달아나 큰 낭패를 겪습니다. 결국 노새를 찾을 길이 없어 망연자실할 무렵, 달아난 노새가 '나'의 꿈처럼 온 동네를 난장으로 만드는 바람에 아버지는 경찰서로 소환됩니다.

노새가 도심의 골목을 거니는 모습이 어색하게 느껴지듯, 그 노새가 이끄는 마차로 가족의 삶을 지탱했던 아버지 역시 시대와 조화를 이루지 못하는 인물입니다. 어딘가 어긋나 버린 아버지의 모습이 '나'의 눈에는 암말과 수나귀 사이에서 태어나 번식 능력이 없는 노새처럼 비춰집니다. 못난이 노새를 닮은 아버지는 이대로 가난에 굴복할까요, 아니면 현실을 극복하고 가난의 굴레를 벗을 수 있을까요? 아버지를 쫓던 '나'의 시선으로 작품을 감상해 봅시다.

## ▮최일남(崔一男, 1932~)

전북 전주 출생. 1953년 《문예》에 〈쑥 이야기〉가, 1956년 《현대문학》에 〈파양〉이 추천되어 등단했다. 오랫동안 언론인으로 일했으며, 소시민의 일상사와 시골 출신 도시인들의 내면 심리 등을 해학적으로 묘사한 작품을 많이 썼다. 주요 작품으로는 〈흐르는 북〉, 〈타령〉, 〈노새 두 마리〉, 〈장 씨의 수염〉 등이 있다.

# 노새 두 마리 _최일남

　그 골목은 몹시도 가팔랐다. 아버지는 그 골목에 들어서기만 하면 미리 저만치 앞에서부터 마차를 세게 몰아 가지고는 그 힘으로 하여 단숨에 올라가곤 했다. 그러나 이 작전이 매번 성공하는 것은 아니고 더러는 마차가 언덕의 중간쯤에서 더 올라가지를 못하고 주춤거릴 때도 있었다. 그러면 아버지는 이마에 **심줄**을 잔뜩 돋우며,

　"이랴, 이랴."

하면서 노새의 잔등을 손에 휘감고 있는 긴 고삐 줄로 세 번 네 번 후려쳤다. 노새는 그럴 때마다 뒷다리를 바득바득 바둥거리며 안간힘을 쓰는 듯했으나 그쯤 되면 마차가 슬슬 아래쪽으로 미끄러져 내리기는 할망정 조금씩이라도 올라가는 일은 드물었다.

　물론 마차에 연탄을 많이 실었을 때와 적게 실었을 때에도 차이는 있었다. 적게 실었을 때는 그깟 것 달랑달랑 단숨에 오르기도 했지만, 그런 때는 드물고 대개는 짐을 가득가득 싣고 다녔다. 가득 실으면 대충 오백 장에서 육백 장까지 실었는데 아버지는 그래야만 다소 신명이 나지 이백 장이나 삼백 장 같은 것은 처음부터 성이 안 차는 눈치였으며, 백 장쯤은 누가 부탁도 안 할뿐더러 아버지도 아예 실으려고 하지도 않았다.

---

**심줄** '힘줄'의 변한말.

우리 동네는 변두리였으므로 얼마 전까지도 모두 그날그날 벌어먹고 사는 사람들이 많아 연탄 배달도 일거리가 그리 많지 않았다. 기껏해야 구멍가게에서 두서너 장을 사서는 새끼줄에 대롱대롱 매달고 가는 게 고작이었다. 그랬는데 이삼 년 전부터 아직도 많은 빈터에 집터가 다져지고, 하나둘 **문화 주택**이 들어서더니 이제는 제법 그럴듯한 동네 꼴이 잡혀 갔다. 원래부터 있던 허름한 집들과 새로 생긴 집들과는 골목 하나를 경계로 하여 금을 긋듯 나누어져 있었는데, 먼 데서 보면 제법 그럴싸한 동네로 보였다. 일단 들어와 보면 지저분한 헌 동네가 이웃에 널려 있지만 그냥 먼발치로만 보면 이 층 **슬래브** 집들에 가려 닥지닥지 붙인 판잣집 **등속**이 보이지 않았으므로 서울의 변두리에 흔한 여느 신흥 부락으로만 보였다.

동네가 이렇게 바뀌자 그것을 가장 좋아한 사람 중의 하나가 아버지였다. 아까 말한 대로 그전에는 동네 사람들이 연탄을 두서너 장, 많아야 이삼십 장씩만 사 가는 터여서 아버지의 일거리가 적고, 따라서 이곳에서 이삼 킬로미터나 떨어진 딴 동네까지 배달을 가야 했는데 동네에 새 집이 많이 들어서면서부터는 그렇게 먼 걸음을 하지 않아도 되었기 때문이다. 그런 집에서 연탄을 한번 들여놓았다 하면 몇 달씩 때니까 자주 주문을 하지 않아서 아버지의 일감이 이 동네에서 끝나는 것만은 아니고, 여전히 타동네까지 노새 마차를 몰기는 했지만 그전보다는 자주 먼 곳까지 가지 않아도 된 것만은 사실이었다.

새 동네(우리는 우리가 그전부터 살던 동네를 구동네, 문화 주택들이 차지하고 들어선 동네를 새 동네라 불렀다.)가 생기면서 좋아한 것은 **비단** 아버지만은 아니었다. 구동네에 두 곳 있던 구멍가게 주인들도 은근히 무언가를 기대하는 눈

---

**문화 주택**(文化住宅)  국가 정책에 따라 1950년대 후반부터 등장한 새로운 형식의 주택.
**슬래브**(slab)  콘크리트 바닥이나 양옥의 지붕처럼 콘크리트를 부어서 한 장의 판처럼 만든 구조물.
**등속**(等屬)  나열한 사물과 같은 종류의 것들을 몰아서 이르는 말.
**비단**(非但)  부정하는 말 앞에서 '다만', '오직'의 뜻으로 쓰이는 말.

치였다. 그전까지는 가게의 물건들이 뽀얗게 먼지를 쓰고 있었고, 두 홉짜리 소주병만 육실하게 많았는데 그 병들 사이에 차츰 환타니 미린다니 하는 음료수병들이며 아이스크림도 섞이고, 할머니의 주름살처럼 주름이 좌좍 가 말라비틀어진 사과 사이에 귤 상자도 끼이게 되었다. 그전에는 볼 수 없었던 우유 배달부가 아침마다 골목을 드나들고, 갖가지 신문 배달부가 **조석**으로 골목 안을 누비고 다녔다. 전에는 얼씬도 않던 **슈사인 보이**가 새벽이면,

"구두 딲으……"

하면서 외치고 다녔다. 전에는 저 아래 큰 한길가 근처에 차를 대 놓고, 올 테면 오고 말 테면 말라는 식으로 버티던 청소부들이 골목 안까지 차를 들이대고 쓰레기를 퍼 갔다.

그러나 동네의 모습이 이처럼 달라지기는 했어도 구동네와 새 동네 사람들이 서로 어울리는 일은 없었다. 너는 너, 나는 나 하는 식으로 새 동네 사람들은 문을 꼭꼭 걸어 잠그고 누가 다가오는 것을 거절하고 있었다. 다만 그들이 들어옴으로써 구동네 사람들의 사는 모습이 조금 달라지기는 했는데 아무도 그걸 입에 올리지는 않았다. 아버지도 배달 일이 늘어나서 속으로는 새 동네가 생긴 것을 은근히 싫어하지는 않는 눈치였지만 식구들 앞에서조차 맞대 놓고 그런 내색을 하지는 않았다. 그런 가운데서도 우리 노새는 온 동네 사람들의 눈길을 모으고 짤랑짤랑 이 골목 저 골목을 헤집고 다녔다. 아니 그것은 새 동네 쪽에서 더욱 그랬다. 원래의 우리 동네에서야 아무도 거들떠보지 않았다. 자기들은 아이들의 싯누런 똥이 든 요강 따위를 예사롭게 수챗구멍 같은 데 버리면서도 어쩌다 우리 노새가 짐을 부리는 골목 한쪽에서 오줌을 찍깔기면,

---

**조석**(朝夕)  아침과 저녁을 아울러 이르는 말.
**슈사인 보이**[shoeshine boy]  구두닦이 소년.

"왜 하필이면 여기서 싸. 어이구, 저 지린내, 말을 **부리려면** 오줌통이라도 갖고 다닐 일이지, 이게 뭐야. 동네가 뭐 공동변손가."

어쩌구 하면서 아낙네들은 코를 찡 풀어 노새 앞에다 팽개쳤다. 말과 노새의 구별도 잘 못하는 주제에, 아무 데서나 가래침을 퉤퉤 뱉는 주제에 우리 노새를 보고 눈을 찢어지게 흘겼다. 그러나 새 동네에서는 단연 달랐다. 여간해서 말을 잘 않는 아주머니들도 우리 노새를 보면 입가에 미소를 머금었다. 개중에는,

"아이, 귀여워, 오랜만에 보는 노샌데."

하기도 하고,

"어머, 지금도 노새가 있었네."

하기도 하고,

"아니, 이게 노새 아니에요? 아주 예쁘게 생겼네."

하기도 하고,

"어머 어머, 이게 망아지는 아니고…… 네? 노새라고요? 아, 노새가 이렇게 생겼구나아."

하면서 모가지에 매달린 방울을 한번 만져 보려다가 노새가 고개를 젓는 바람에 찔끔 놀라기도 했다. 비단 연탄 배달을 간 집에서만이 아니라 이 근처의 길을 가던 사람들도 우리 노새를 힐끗 쳐다본 순간 분명히 다소 놀라는 기색으로 다시 한번 거들떠보곤 했다. 대야를 옆에 끼고 볼이 빨갛게 익은 채 목욕 갔다 오던 아주머니도 부드러운 눈길로 노새를 바라보고, 다정하게 나들이를 가려고 막 대문을 나서던 내외분도 우리 노새가 짤랑짤랑 지나가면 '고것……' 하는 표정으로 한동안 지켜보고, 파 한 단 사 가지고 잰걸음으로 쫄쫄거리고 가던 식모 아가씨도 잠시 발을 멈추고 노새를 바라보았다.

---

**부리다** 마소나 다른 사람을 시켜 일을 하게 하다.

무엇보다도 우리 노새를 보고 좋아하는 것은 새 동네 아이들이었다. 노새만 지나가면 지금까지 하던 공차기나 배드민턴을 멈추고 한동안 노새를 따라왔다.

"야, 노새다."

한 아이가 외치면 다른 아이들도 덩달아 외쳤다.

"그래그래, 노새다."

"야, 이게 노새구나."

"그래 인마, 넌 몰랐니?"

"듣기는 했는데 보기는 처음이야."

"야, 귀 한번 대빵 크다."

"힘도 세니?"

"그럼, 저것 봐, 저렇게 연탄을 많이 싣고 가지 않니."

아이들이 이러면 나는 나의 시커먼 몰골도 생각하지 않고 어깨가 으쓱해졌다. 아버지도 그런 심정일까, 이런 때는 그럴 만한 대목도 아닌데 괜히,

"이랴 이랴!"

하면서 고삐를 잡아끌었다. 나는 사실 새 동네 아이들을 그리 좋아하지 않았다. 걔네들은 집 안에서 무얼 하는지 도무지 밖에 나오는 일도 드물었는데, 나온다 해도 저희네끼리만 어울리지 우리 구동네 아이들을 붙여 주지 않았다. 처음부터 우리가 걔네들더러 끼워 달라고 한 일은 없으니까 붙여 주고 안 붙여 주고 한 것은 없었는데, 보면 알지 돌아가는 꼴이 그런 처지가 못 되었다. 우리 구동네 아이들이야 학교 가는 시간을 빼고는 내내 밖에서만 노는데, 놀아도 여간 **시망스럽게** 놀지 않았다. 걸핏하면 싸움질이요, 걸핏하면 욕질이었다. 말썽은 어찌 그리도 잘 부리는지 아이들 싸움이 커진 어른 싸움도

---

**시망스럽다** 몹시 짓궂은 데가 있다.

끊일 날이 없었다. 그러자니 구동네 아이들은 자연히 새 동네 골목에까지 진출했다. 같은 골목이라도 새 동네는 조금 널찍한 데다가 사람들의 왕래도 그리 잦지 않아서 놀기에 좋았다. 그렇다고 새 동네 아이가 **텃세**를 부리지도 않았다. 그들은 저희끼리 놀다가도 우리들이 내려가면 하나둘씩 슬며시 자기네 집으로 들어갔다. 그런 아이들이었으므로 나는 평소에 **데면데면하게** 대했는데 이들이 우리 노새를 보고 놀라거나 칭찬할 때만은 어쩐지 그들이 좋았다. 거기 비해서 우리 동네 아이들은 노새만 보면 엉덩이를 툭 치거나, 꼬챙이 같은 걸로 건드리고 머리를 쓰다듬는 척하면서 콧잔등을 한 대씩 쥐어박고 하기가 일쑤였다. 평소에 말수가 적고 화내는 일이 드문 아버지도 이런 때는 눈에 불을 켜고 개구쟁이들을 내몰았다.

"이 **때갈** 놈의 새끼들, 노새가 밥 달라든, 옷 달라든? 왜 지랄들이야!"

우리 집에 노새가 들어온 것은 2년 전이었다. 그 전까지는 말을 부렸는데 누군가가 노새와 바꾸지 않겠느냐고 제의해 왔다. 싫으면 웃돈을 조금 얹어 주고라도 바꾸어 주겠다는 것이었다. 한 3년 가까이 그 말을 부려 온 아버지는 막상 놓기가 싫은 모양이었으나 그 말이 눈이 자주 짓무르고, 뒷다리 복사**뼈** 근처에 늘 상처가 가시지 않는 등 잔병치레가 잦은 터라 두 번째 말을 걸어왔을 때 그러자고 응낙해 버렸다. 할머니와 어머니, 그리고 큰형은 그래도 말이 낫지 그까짓 노새가 무슨 힘을 쓰겠느냐고, 바꾸지 말자고 했으나 노새를 한번 보고 온 아버지는 어떻게 생각했는지 그 길로 노새와 말을 맞바꾸었다. 아닌 게 아니라 노새는 힘이 하나도 없어 보였다. 보기에도 비리비리한 게 약하디 약하게만 보였다. 할머니나 어머니, 그리고 큰형은 그것 보라고,

---

**텃세**(-勢)　먼저 자리를 잡은 사람이 뒤에 들어오는 사람에 대하여 가지는 특권 의식. 또는 뒷사람을 업신여기는 행동.
**데면데면하다**　사람을 대하는 태도가 친밀감이 없이 예사롭다.
**때가다**　죄지은 사람이 잡혀가다.

이게 어떻게 그 무거운 연탄 짐을 나르겠느냐고 빈정댔는데, 그래도 아버지는 **가타부타** 말이 없이 노새를 우리로 끌고 가 우선 솔질부터 시작했다. 말이 우리이지 그것은 방과 바로 잇닿아 있는 처마를 조금 더 **달아낸** 곳에 있었다. 그래서 우리 집에는 항상 말 오줌 냄새가, 똥 냄새가 가실 날이 없었다. 그뿐 아니라 그 우리의 바로 옆방이 내가 할머니나 큰형과 함께 자는 방이었으므로 나는 잠결에도 노새가 앉았다가 일어나는 소리, 히힝거리는 소리, 방귀 소리까지 들을 수 있었다. 어쨌거나 이 노새가 들어오면서 그 **뒤치다꺼리**는 주로 내가 맡게 되었다. 큰형도 더러 돌봐 주기는 했으나 큰형마저 군에 들어가고 난 뒤부터는 나에게 전적으로 그 일이 맡겨졌다. 고등학교를 나온 작은형이 있기는 해도 그는 아버지나 어머니의 **성화**에 아랑곳없이, 늘상 밖으로 싸다니기만 하고 집에 있을 때도 기타를 들고 골방에 처박히기가 일쑤였다. 가엾게도 노새는 원래는 회색빛이었는데도 우리 집에 온 뒤로는 차츰 연탄 때가 묻어 검정빛으로 변해 갔다. 엉덩이께는 물론 갈기도 까맣게 연탄 가루가 앉아 있었다. 내가 **깜냥**으로는 **지성스럽게** 털어 주고 닦아 주고 하는데도, 연탄 때는 속살까지 틀어박히는지 닦아 줄 때만 조금 희끗하다가 한바탕 배달을 갔다 오면 도로 그 모양이었다. 하지만 노새도 내 그런 정성을 짐작은 하는지, 멍청히 서 있다가도 내가 가까이 가면 고개를 위아래로 흔들어 아는 체를 했다. 그랬는데 그 노새가 오늘은 우리 집에 없다.

　노새가 갑자기 달아난 건 어저께 일이었다. 아버지는 연탄을 실은 뒤 노새의 고삐를 잡고 나는 그냥 뒤따르고 있었다. 내가 뒤따르는 것은 아버지에게

---

**가타부타**(可-否-)　어떤 일에 대하여 옳다느니 그르다느니 함.
**달아내다**　덧대어 늘이다.
**뒤치다꺼리**　뒤에서 일을 보살펴서 도와주는 일.
**성화**(成火)　몹시 귀찮게 구는 일.
**깜냥**　스스로 일을 헤아림. 또는 헤아릴 수 있는 능력.
**지성스럽다**(至誠---)　보기에 지극히 정성스러운 데가 있다.

큰 도움이 못 되고 하릴없이 따라다니기만 할 뿐이었다. 야트막한 언덕길을 오를 때 마차의 뒤를 밀기도 했으나 그것은 그대로 시늉일 뿐, 내 어린 힘으로 어떻게 된다든가 하는 일은 없었다. 아버지는 이따금 따라다니지 말고 집에 가서 공부나 하라고 했지만, 내가, 공부를 다 했어요, 하면 그 이상 더 말리지는 않았다. 그러나 탄을 싣거나 부릴 때 내가 거들려고 나서면 아버지는 한사코 그걸 말렸다. 아버지가 그랬으므로 나는 그러면 더 좋지 하는 홀가분한 마음으로 망아지 모양 마차 뒤만 졸졸 따라다녔다. 바로 어저께도 그랬다. 새 동네의 두 집에서 이백 장씩 갖다 달라고 해서 아버지는 연탄 사백 장을 싣고 새 동네로 들어가는 그 가파른 골목길을 들어서고 있었다. 얘기의 앞뒤가 조금 뒤바뀌었지만, 우리 아버지는 연탄 가계의 주인이 아니고 큰길가에 있는 연탄 공장에서 배달 일만 맡고 있다. 그러므로 연탄 공장의 배달 주임이 어느 동네 어느 집에 몇 장을 배달해 주라고 하면, 그만한 양의 탄을 실어다 주고 거기 따르는 구전만 받으면 그만이었다. 그런데 한 가지 자랑스러운 일은 아버지는 아무리 찾기 힘든 집이라도 척척 알아낸다는 것이다. 연탄 공장 사람들의 설명이 미처 끝나기도 전에 알 만하오, 한마디면 그만이었다. 열이면 열 거의 틀리는 일이 없었다. 오죽하면 공장 사람들도,

"마차 영감은 집 찾는 데 귀신이니깐."

하면서 혀를 내두를까. 그들도 아버지에게 실려 보내면 마음이 놓인다는 것이었다. 어저께도 아버지는 이러이러한 댁에 갖다 주라는 말을 듣자, 두 번 다시 물어보지 않고 짐을 싣고 나선 것이다.

그 가파른 골목길 어귀에 이르자 아버지는 미리 노새 고삐를 낚아 잡고 한 달음에 올라갈 **채비**를 하였다. 그러나 어쩐 일인지 다른 때 같으면 사백 장

---

**채비** 어떤 일이 되기 위하여 필요한 물건, 자세 따위가 미리 갖추어져 차려지거나 그렇게 되게 함. 또는 그 물건이나 자세.

정도 싣고는 힘 안 들이고 올라설 수 있는 고개인데도 이날따라 오름길 중 턱에서 턱 걸리고 말았다. 아버지는 어, 하는 눈치더니 고삐를 거머쥐고 힘 껏 당겼다. 이마에 힘줄이 굵게 돋았다. 얼굴이 빨개졌다. 나는 얼른 달라붙 어 죽어라고 밀었다. 그러나 길바닥에는 살얼음이 한 겹 살짝 깔려 있어서 마 차를 미는 내 발도 줄줄 미끄러져 나가기만 했다. 노새는 앞뒷발을 딱딱 소리 를 낼 만큼 힘껏 땅을 밀어냈으나 마차는 그때마다 살얼음 위에 노새의 발자 국만 하얗게 긁힐 뿐 조금도 올라가지 않았다. 아직은 아래쪽으로 밀려 내리 지 않고 제자리에 버티고 선 것만도 다행이었다. 사람들이 몇 명 지나갔으나 모두 쳐다보기만 할 뿐 아무도 달라붙지는 않았다. 그전에도 그랬다. 사람들 은 얼핏 도와주고 싶은 생각이 났다가도, 상대가 연탄 마차인 것을 알고는 감 히 손을 내밀지 못했다. 도대체 어디다 손을 댄단 말인가. 제대로 하자면 손 만 아니라 배도 착 붙이고 밀어야 할 판인데 그랬다간 옷을 모두 망치지 않겠 는가. 옷을 망치면서까지 친절을 베풀 사람은 이 세상엔 없다고 나는 믿어 오 고 있다. 그건 그렇고, 그런 시간에도 마차는 자꾸 밀려 내려오고 있었다. 돌 을 괴려고 주변을 살펴보았으나 그만한 돌이 얼른 눈에 띄지 않을뿐더러, 그 나마 나까지 손을 놓으면 와르르 밀려 내려올 것 같아서 손을 뗄 수가 없었 다. 아버지는 평소의 그답지 않게 사정없이 노새에게 매질을 해 댔다.

"이랴, 우라질 놈의 노새, 이랴!"

노새는 눈을 뒤집어 까다시피 하면서 바득바득 악을 써 댔으나 판은 이미 그른 판이었다. 그때였다. 노새가 발에서 잠깐 힘을 빼는가 싶더니 마차가 아 래쪽으로 와르르 흘러내렸다. **뒤미처** 노새가 고꾸라지고 연탄 더미가 데구루 루 무너졌다. 아버지는 밀려 내려가는 마차를 따라 몇 발짝 뒷걸음질을 치다 가 홀랑 물구나무서는 꼴로 나자빠졌다. 나는 얼른 한옆으로 비켜섰기 때문

---

**뒤미처** 그 뒤에 곧 잇따라.

에 아무 일도 없었다. 그러나 정작 일은 그다음에 벌어지고 말았다. 허우적거리며 마차에 질질 끌려가던 노새가 마차가 **내박쳐진** 자리에서 벌떡 일어서더니 뒤도 안 돌아보고 냅다 뛰기 시작한 것이다. 정확히 말하면 벌떡 일어섰다가 순간적으로 아버지와 내가 있는 쪽을 힐끔 쳐다보고는 이내 뛰어 버린 것이다. 마차가 넘어지면서 무엇이 부러져 몸이 자유롭게 된 모양이었다.

"어 어, 내 노새."

아버지는 넘어진 채 그 **경황**에도 뛰어가는 노새를 쳐다보더니 얼굴이 새하얘졌다. 그러나 그런 망설임도 그때뿐 아버지는 힘들게 일어서자 딴사람이 되어 빠른 걸음으로 노새를 뒤쫓았다.

"내 노새, 내 노새."

아버지는 크게 소리 지르는 것도 아니고 그렇다고 입 안의 소리도 아닌, 엉거주춤한 소리로 연방 **뇌면서** 노새가 달려간 곳으로 뛰어갔다. 나도 얼른 아버지의 뒤를 따랐다. 노새는 10미터쯤 앞에 뛰어가고 있었다. 뒤미처 앞쪽에서는 악악 하는 비명 소리가 들려 왔다. 어깨에 스케이트 주머니를 메고 오던 아이들 둘이 기겁을 해서 길옆으로 비켜서고, 뒤따라오던 여학생 한 명이 엄마! 하면서 오던 길을 달려갔다. 손자를 업고 오던 할머니 한 분은 이런 이런! 하면서 어쩔 줄 몰라 하다가 그 자리에 폭삭 주저앉고 말았다. 막 옆 골목을 빠져나오던 택시가 찍— 브레이크를 걸더니 덜렁 한바탕 춤을 추고 멎었다. 금세 이 집 저 집에서 사람들이 쏟아져 나와서 골목은 어느 사이 수많은 사람들이 모여 웅성대기 시작했다.

"왜 그래, 왜 그래."

"무슨 일이야, 무슨 일이야."

---

**내박치다** 힘껏 집어 내던지다.
**경황**(景況) 정신적·시간적인 여유나 형편.
**뇌다** 지나간 일이나 한 번 한 말을 여러 번 거듭 말하다.

"말이 도망갔나 봐, 말이 도망갔나 봐."

"무슨 말이, 무슨 말이."

"저기 뛰어가지 않아."

"얼라 얼라, 그렇군. 말이 뛰어가는군."

"별꼴이야, 말 마차가 지금도 있었군."

이런 웅성거림 속을 아버지는 두 주먹을 불끈 쥐고 뜀박질 쳐 갔다.

"내 노새, 내 노새."

그때 나는 아버지보다 몇 발짝 앞서 있었다. 아버지의 헉헉 소리가 들려왔다. 하지만 노새는 우리보다 훨씬 빨랐다. 노새는 이미 큰길로 나가고 있었다. 드디어 아버지는 큰길을 나오자 덜컥 그 자리에 주저앉고 말았다. 노새는 이제 보이지 않았지만 나는 노새보다도 아버지의 일이 더 큰일일 것 같아서, 뛰던 것을 멈추고 아버지의 손을 잡고 끌어 일으키려고 했다. 한데 아버지는 쉽게 일어나지를 못했다. 아버지의 눈은 더할 수 없는 실망과 깊은 **낭패**로 가득 차, 나는 제대로 쳐다보지도 못하고 슬며시 고개를 돌리다가 이내 축 처지고 말았다. 얼굴 근육이 실룩거리는 것이 옆얼굴에도 보였다. 불현듯 슬픔이 복받쳐 내 눈도 **쓰벅거렸으나** 나는 그것을 억지로 참고 계속해서 아버지의 팔목을 이끌었다.

"아버지, 여기서 이렇게 앉아 있으면 어떻게 해요. 노새를 찾아야지요."

지나가는 사람들이 우리 부자의 이런 모습을 구경거리나 되는 듯이 잠깐잠깐 쳐다보았다.

"그래."

아버지는 힘없이 일어났으나 나는 어디를 어떻게 가야 할지 그저 막막하기

---

**낭패**(狼狽)  계획한 일이 실패로 돌아가거나 기대에 어긋나 매우 딱하게 됨.
**쓰벅거리다**  눈이나 살 속이 찌르듯이 자꾸 시근시근하다.

만 했다. 아버지도 그런 눈치인 듯 나를 한 번 덤덤히 쳐다보다가 아무 말 없이 앞장을 서기 시작했다. 두 사람 중 아무도 내박쳐진 마차며 연탄 이야기를 꺼내지 않았다. 그 뒤처리도 큰일일 테니 말이다. 터덜터덜 걸어서 네거리까지 온 우리는 정작 그때부터 막막함을 느꼈다. 동서남북 어느 쪽으로 가야 할 것인가.

"아버지, 이렇게 하면 어때요. 둘이 같이 다닐 게 아니라 따로따로 헤어져서 찾아보도록 해요. 내가 이쪽 길로 갈 테니깐 아버지는 저쪽 길로 가세요. 네?"

아버지는 아무 말 없이 나와는 반대 방향으로 걸어갔다.

아버지와 헤어진 나는 **사뭇** 뛰었다. 사람들은 거리에 가득 넘쳐 있었다. 크고 작은 자동차는 뿡빵거리면서 씽씽 달려가고 달려오고 하였다. 오 층 건물 삼 층 건물이 즐비한 거리는 언제나처럼 분주했다. 아무도 나를 붙잡고 왜 뛰느냐고, 노새를 찾아 나선 길이냐고 묻지 않았다. 아무도 네가 찾는 노새가 방금 저쪽으로 뛰어갔다고 걱정 말라고 일러 주지 않았다. 나는 이 사람에게 툭 부딪치고, 저 사람에게 탁 부딪치면서 사뭇 뛰었다. 그러나 뛰면서도 둘레둘레 사방을 쳐다보는 것을 잊지 않았다. 벌써 거리는 조금씩 어두워지고 있었다. 이미 앞이마에 헤드라이트를 켠 자동차도 있었다. 나는 그런 자동차들이 막 뛰어다니는 노새로 보였다. 파랑 노새, 빨강 노새, 까만 노새 들이 마구 뛰어다니는 것이 아닌가. 바람같이 달리는 놈, 슬슬 가는 놈, 엉금엉금 기는 놈, 갑자기 멈추는 놈, 막 가다가 휙 돌아서는 놈, 그것은 가지가지였다. 그런데도 그중에 우리 노새는 없었다.

두 귀가 쫑긋하고 눈이 멀뚱멀뚱 크고, 코가 예쁘고, 알맞게 살이 찐, 엉덩이에 까맣게 연탄 가루가 묻어 반질반질하고, 우리 사촌 이모 머리채처럼 꼬

---

**사뭇**  거리낌 없이 마구.

리를 길게 늘어뜨린 우리 노새는 안 보였다.

어디까지 왔는지도 몰랐다. 차츰 다리가 아프기 시작했다. 배도 고프기 시작했다. 그러고 보면 나는 오늘 점심도 **설친** 채였다. 아이들하고 한참 놀다가 집에서 점심을 몇 술 뜨는 둥 마는 둥 하다가 아버지의 일이 궁금하여 연탄 공장에 갔는데 그때 마침 아버지가 짐을 싣고 나오는 것이었다. 그러나 나는 걸음을 멈출 수가 없었다. 노새를 찾아야 한다. 노새를 찾아야 한다는 마음이 내 걸음에 앞서 몇 번 고꾸라지기도 하였다. 더러는 어떤 신사 아저씨의 옆구리에 넘어지듯 부닥치기도 하였는데, 그러면 그 아저씨는,

"이 녀석아……."

어쩌고 하면서 못마땅하게 쳐다보고, 더러는 어떤 아주머니의 치마꼬리를 밟기도 하였는데, 그러면 그 아주머니는,

"얘가 왜 이래, 눈을 어데 두고 다녀?"

하면서 호통을 치기도 하였다. 그럴 때마다 나는,

"미안해요, 우리 노새를 찾느라고 그래요."

하고 **뇌까렸으나** 그것이 입 밖으로 말이 되어 나오지는 않았다. 입안이 메말라서 도무지 말을 하고 싶지도 않았다. 언뜻 내가 왜 이렇게 쏘다니고 있을까, 노새가 어디로 간지도 모르고 왜 이렇게 방황해야만 하는가 하는 생각이 없지도 않았으나 그런 마음에 앞서 내 눈은 **부산하게** 거리의 구석구석을 살피고 있었다. 그러고 보면 나는 그동안 우리 노새와 깊이 정이 들어 있었는지도 몰랐다. 자다가도 바로 옆 마구간에서 노새가 **투레질하는** 소리, 발을 들었다 놓았다 하는 소리를 들으면 왠지 마음이 놓였고, 길에서 놀다가도 저만치

---

**설치다** 필요한 정도에 미치지 못한 채로 그만두다.
**뇌까리다** 아무렇게나 되는대로 마구 지껄이다.
**부산하다** 급하게 서두르거나 시끄럽게 떠들어 어수선하다.
**투레질하다** 말이나 당나귀가 코로 숨을 급히 내쉬며 투루루 소리를 내다.

서 아버지에게 끌려오는 노새가 보이면 후딱 달려가 그 시커먼 엉덩이를 한 번 두들겨 주기도 했다. 그러면 저도 나를 알아보는지 그 큰 눈을 한번 크게 치떴다가 내리곤 했다. 아이들은 그런 나를 더욱 놀려 댔다.

"비리비리 노새 새끼."

그리고 나더러는 '까마귀 새끼'라고 말이다. 까마귀 새끼라는 것은 우리 아버지가 까맣게 연탄 가루를 뒤집어쓰고 다닌대서 그 아들인 나를 가리키는 말이다. 사실 아버지는 노상 시커먼 몰골을 하고 다녔다. 옷은 물론 국방색 신발도 어느새 깜장 구두가 되어 있었다. 손 얼굴 할 것 없이 온몸이 껌정투성이였다. 어쩌다가 헹 하고 코를 풀면 콧물조차도 까맸다. 그런 가운데에서도 눈 하나만은 퀭하니 크게 빛났다. 아이들은 그런 아버지를 보고 까마귀라고 불러 댔으나 차마 대놓고 그러지는 못하고, 만만한 나만 보면 까마귀 새끼라고 놀려 댔다. 하지만 저희네들 아버지는 별것이었던가. 영길이네 아버지는 조그마한 기계와 연탄불을 피워 가지고 다니면서 뻥 소리와 함께 생쌀을 납작하게 눌러 튀겨 내는 장사를 하고 있었고, 종달이네 형님은 번데기 장수였다. 순철이네 아버지는 시장 경비원이었고, 귀달네 아버지는 포장마차에서 장사를 하고 있었다. 그래서 우리는 영길이더러 '뻥', 종달이더러는 '뻔'이라는 별명을 붙여 주었으며, 순철이 귀달이도 모두 하나씩 별명을 가지고 있었다. 그러니까 내가 까마귀 새끼라는 별명을 가지고 있다는 것은 어떻게 보면 당연한 것이고 별로 억울할 것도 없었다.

내가 집에 돌아온 것은 밤 열 시도 넘어서였으나 아버지는 그때까지 돌아오지 않고 있었다. 할머니와 어머니는 동네 사람들의 귀띔으로 미리 사건을 알고 있었던지, 내가 들어서자 얼른 뛰어나오며 허겁지겁 물었다.

"찾았니?"

"아버지는 어떻게 되셨어?"

내가 혼자 들어서는 걸 보면 찾지 못한 것을 번연히 알면서도 어머니는 다

그쳐 물어 댔다. 어머니는 나에게 밥을 줄 생각도 하지 않고 한숨만 내리 쉬고 올려 쉬곤 하였다.

아버지가 돌아온 것은 **통행금지** 시간이 거의 되어서였다. 예상한 일이지만 아버지는 빈 몸이었고 형편없이 힘이 빠져 있었다. 그때까지 식구들은 아무도 잠들지 않았다. 작은형도 일이 일인지라 기타도 치지 않고 죽은 듯이 방 안에만 처박혀 있었다. 아버지를 보고도 아무도 말을 하지 않았다. 다만 할머니만이 말을 걸었다.

"이제 오니?"

"네."

그뿐, 아버지는 더는 말이 없었다. 그러고는 어머니가 보아 온 밥상을 한옆으로 밀어 놓고는 쓰러지듯 방 한가운데 드러눕고 말았다. 아버지는 지금 내일부터 당장 벌이를 나갈 수 없는 아픔보다도 길들여 키워 온 노새가 귀여워서 저러는지도 모를 일이었다. 아버지는 원래가 마부였다. 서울에 올라오기 전 시골에서도 줄곧 말 마차를 끌었다. 어쩌다가 소달구지를 끄는 적도 있기는 했으나 얼마 가지 않아서 도로 말 마차로 바꾸곤 했다. 그런 아버지였으므로 서울에 올라와서는 내내 말 마차 하나로 버텨 나왔었는데 어떻게 마음먹었는지 노새로 바꾸고 만 것이다. 노새나 말이나 요즘은 그놈의 **삼륜차** 때문에 아버지의 일감이 자칫 줄어드는 듯하기도 했다. 웬만한 오르막길도 끄떡 없이 오르고, 웬만한 골목 안 집까지도 드르륵 들이닥치니 아버지의 말 마차가 위협을 느낌 직도 했고, 사실 일감을 빼앗기기도 했다. 그런데도 그때마다 아버지는 큰소리였다.

"휘발유 한 방울 안 나오는 나라에서 자동차만 많으면 뭘 해."

---

**통행금지**(通行禁止)  일정한 시간 동안 일반인이 거리를 지나다니거나 집 밖으로 활동하는 것을 못하게 하던 일.
**삼륜차**(三輪車)  바퀴가 세 개 달린 차. 앞바퀴 한 개, 뒷바퀴 두 개가 있어 주로 짐을 실어 나른다.

마치 애국자처럼 말하는 것이었으나 나는 아버지의 그 말 뒤에 숨은 오기 같은 것을 느낄 수 있었다. 너무 고단해서였을까, 이날 밤 나는 앞뒤를 가릴 수 없을 만큼 깊이 잠에 빠졌던 것 같다.

골목에서 뛰쳐나온 노새는 큰길로 나오자 잠시 망설이다가 곧 길 복판으로 뛰어들어 갔다. 그러자 달려가고 달려오던 차들이 브레이크를 밟느라고 찍— 찍— 소리를 냈으나 노새는 그걸 본체만체하고 달렸다. 어디서 뛰어나왔는지 교통순경이 호루라기를 불며 달려오다가 노새가 가까이 오자 혼비백산해서 도망갔다. 인도를 걸어가던 사람들이 일제히 발을 멈추고 노새의 가는 곳을 쳐다보곤 저마다 놀라고, 또는 재미있다는 표정을 지었다.

"허허, 저놈이 제 세상 만났군."

"고삐 풀린 말이라더니 저놈도 저렇게 한번 뛰어 보고 싶었을 거야."

"엄마, 저게 뭔데 저렇게 뛰어가? 말이지?"

"글쎄, 말보다는 노새 같다, 얘."

사람이 그러거나 말거나 노새는 뛰고 또 뛰었다. 연탄 짐을 메지 않은 몸은 훨훨 날 것 같았다. 가파른 길도 없었고 채찍질도 없었고 앞길을 막는 사람도 없었다. 신호등에 파란불이 켜진 때도 있었고 노란불이 켜진 때도 있었으며 빨간불이 켜진 때도 있었으나, 막무가내로 그냥 뛰기만 했다. 노새는 이윽고 횡단보도에 이르렀다. 마침 파란불이 켜져서 우우 하고 길을 건너던 사람들이, 앗, 엇, 외마디 소리를 지르며 **풍비박산**이 되었다. 보퉁이를 이고 가던 아주머니가 오메 소리를 지르며 퍽 그 자리에 넘어지자 머리 위에 있던 보퉁이가 데구루루 굴렀다. 다정히 손잡고 가던 모녀가 어머! 소리를 지르며 제자리에 우뚝 섰다. 재잘거리며 가던 두 아가씨가 엄마! 소리를 지르며 한꺼번에

---

**풍비박산**(風飛雹散)　사방으로 날아 흩어짐.

엉켜 넘어졌다. 자전거에 맥주 상자를 싣고 기우뚱기우뚱 건너가던 인부가 앞사람이 갑자기 뒷걸음질 치는 바람에 자전거의 핸들을 놓쳐 중심을 잃은 술 상자가 우르르 넘어졌다. 밍크 목도리에 몸을 휘감고 가던 아주머니가 난 몰라! 하고 소리를 지르며 홱 돌아서다가 자기도 모르게 옆에 있는 낯모르는 아저씨 품에 안겼다. 땟국이 잘잘 흐르는 잠바 청년 하나가 이때 워! 워! 하면서 앞을 가로막았으나 노새가 앞다리를 번쩍 한 번 들자 어이쿠 소리를 지르면서 인도 쪽으로 도망갔다.

노새는 그대로 달렸다. 뒤미처 순경이 쫓아오는 소리가 나고 앵앵거리며 **백차**가 따라오고 있었다. 노새는 그러나 아랑곳하지 않았다. 노새는 어느덧 번화가에 들어서고 있었다. 여기는 아까의 횡단 길보다도 더욱 사람이 많았다. 노새는 자꾸 자동차가 걸리는 것이 귀찮았던지 성큼 인도 쪽으로 방향을 꺾었다. 그러자 이번에는 더욱 요란스런 혼란이 벌어졌다. 사람들은 달랑달랑하는 노새의 목에 달린 방울 소리가 들릴 때는 호기심으로 그쪽을 쳐다보았다가도, 금세 인파가 우, 우, 이리 몰리고 저리 몰리고 하면서 눈앞에 노새가 뛰어오자 어쩔 바를 모르고 왝, 왝, 소리를 지르며 달아나기에 바빴다. 분홍색 하이힐 짝이 나뒹굴고, 곱게 싼 상품 상자들이 이리저리 흩어졌다. 신사가 한옆으로 급히 비키다가 콘크리트 전봇대에 이마를 찧고, 군인이 앞사람의 뒤꿈치에 밟혀 기우뚱하다가 뒤에 오는 할아버지를 안고 넘어졌다. 배지를 단 여학생이 **황망히** 길옆 제과점으로 도망치다가 안에서 나오던 청년과 마주쳐 나무토막 쓰러지듯 넘어지고, 아이스크림을 핥고 가던 꼬마들이 얼싸 안고 넘어졌다.

번화가 옆은 큰 시장이었다. 노새가 이번에는 그 시장 속으로 뚫고 들어갔

---

**백차**(白車) 차체에 흰 칠을 한, 경찰이나 헌병의 순찰차.
**황망히**(慌忙-) 마음이 몹시 급하여 당황하고 허둥지둥하는 면이 있게.

다. 머리에 수건을 동이고 좌판 앞에 앉아 있던 아낙네들이 아이구 이걸 어쩌지, 하면서 벌떡 일어서는 것을 신호로 시장 안에 벌집 쑤신 듯한 소동이 사방으로 번져 갔다. 콩나물 통이 엎어지고, 시금치가 흩어지고, 도라지가 짓이겨지고, 사과알이 데굴데굴 굴렀다. 미꾸라지 통이 엎어지고, 시루떡이 흩어지고 테토론 옷감이 나풀거리고 제주 밀감이 사방으로 굴렀다. 갈치가 뛰고 동태가 날고, 낙지가 미끈둥미끈둥 길바닥을 메웠다. 연락을 받고 달려왔는지 시장 경비원 세 명이 이놈의 노새, 이놈의 노새, 하면서 앞뒤를 막았으나 워낙 젖 먹던 힘까지 다 내서 길길이 뛰는 노새를 붙들지는 못하고, 저 노새 잡아라, 저 노새, 하고 외치며 이리 뛰고 저리 뛰고 할 뿐이었다.

골목을 뛰쳐나온 지 한 시간이 지났을까, 노새는 시장 안에서 한바탕 **북새**를 떨고는 다시 한길로 나왔다. 이 무렵에는 경찰에 비상이 걸렸는지 곳곳에 모자 끈을 턱에까지 내린 경찰관들이 지키고 서 있었다. 서울 장안이 온통 야단이 난 모양이었다. 군데군데 무전차가 동원되어 자기네끼리 노새의 방향에 대해서 연락을 취하고 있었다. 그러나 노새는 미리 그것을 알고라도 있는 듯 용케도 경비가 허술한 길만을 찾아 잘도 달려갔다. 모가지는 물론, 갈기며 어깻죽지, 그리고 등허리에 땀이 비 오듯 해서 네 다리에 물이 주르르 흐르고 있었다. 검은 물이. 노새는 벌써 한강 다리를 건너고 있었다. 노새는 얼핏 좌우로 한강 물을 훑어보더니 여전히 뛰어가면서도 길게 심호흡을 하였다. 다리를 건너고 얼마를 가자 길이 넓어지고 앞이 툭 트였다. 고속 도로였다. 노새는 돈도 안 내고 톨게이트를 빠져나가더니 그때부터는 다소 속도를 늦추었다. 그러나 절대로 뛰는 일을 멈추지는 않았다.

여느 날보다 다소 늦게 일어난 나는 간밤의 꿈으로 하여 어쩐지 마음이 **헛**

---

**북새** 많은 사람이 야단스럽게 부산을 떨며 법석이는 일.

**헛했다.** 꿈 그대로라면 우리는 다시는 그 노새를 찾지 못할 것이 아닌가. 꿈 대로라면 우리 노새는 고속 도로를 따라 멀리멀리 달아나서 우리가 도저히 찾을 수 없는 곳, 상상도 할 수 없는 곳에 가서 있는 것이 아닐까. 우리를 버리고 간 노새, 그는 매일매일 그 무거운, 그 시커먼 연탄을 끄는 일이 지겹고 지겨워서 다시는 돌아오지 못할 자기의 보금자리를 찾아 영 떠나가 버렸는가. 아버지와 내가 집을 나선 것은 사람들이 아직 출근하기도 전인 이른 새벽이었다. 큰길로 나오자 두 사람은 막상 어느 쪽부터 뒤져야 할지 막연하기만 했다. 둘 중 아무도 말을 꺼내지는 않았으나 부자는 잠깐 주춤하다가 동네와는 딴 방향으로 걷기 시작했다. 새벽이라 그런지 사람은 그리 많지 않은데 날씨가 몹시도 찼다. 길은 단단히 얼어붙고 바람은 매웠다. 귀가 따갑게 아려 오는 듯하자 아랫도리로 냉기가 찰싹찰싹 달라붙었다.

"아버지, 시장으로 가 봐요."

나는 언뜻 간밤의 꿈이 생각났다.

"시장은 왜?"

"혹시 알아요, 노새가 뛰어가다가 시장기가 들어 시장 쪽으로 갔는지."

나는 말해 놓고도 좀 우스웠지만 아버지도 별 싱거운 녀석 다 보겠다는 듯이 시큰둥한 태도였다. 아버지는 키가 컸다. 그래서 그런지 급히 서둘지도 않고 보통 걸음으로 걷는데도 나는 종종걸음을 쳐야 따라갈 수 있었다. 나는 할 수 없이 한 손을 내밀어 아버지의 손을 잡았다. 아버지의 손은 크고 투박하고 나무토막처럼 단단했다. 끌려가듯 따라가면서도 나는 좀 우스웠다. 이날까지는 이런 일을 생각할 수도 없었다. 아버지와 손을 잡고 길을 걷는다는 것은 꿈에도 상상할 수 없는 일이었다. 그렇게 지내 왔는데, 오늘 나는 아주 자연스럽게 아버지와 손을 맞잡고 길을 걷고 있다. 좀 우쭐한 생각이 들었다. 하

---

**헛헛하다** 채워지지 아니한 허전한 느낌이 있다.

지만 아무도 그런 우리를 부러운 눈초리로 쳐다보지는 않았다.

아버지와 나는 한도 끝도 없이 걸었다. 어느새 거리는 점심때쯤 되었고, 눈발이 비치기 시작했다. 어느 곳을 가나 거리는 사람으로 붐볐고, 그 많은 사람들은 우리 부자더러 어디를 그리 바삐 가느냐고, 노새를 찾아다니느냐고 묻지 않았고, 아버지와 나는 아무에게도 노새를 보지 못했느냐고 묻지 않았다. 다리는 쇠사슬을 단 것처럼 무겁고, 배가 고프고 쓰렸다. 나는 그런 우리가 옛날 얘기에 나오는 길 잃은 나그네 같다고 생각했다. 길은 멀고 해는 저물었는데 쉬어 갈 곳이라고는 없는 그런 처지 같았다. 아무리 가도 **인가**는 나타나지 않고, 멀리서 깜박깜박 비치는 불빛도 없었다. 보이느니 거친 산과 들뿐, 사람이나 노새는 보이지 않았다.

아버지와 내가 동물원에 들어간 것은 거의 해가 질 무렵이었다. 어떻게 해서 동물원에 들어오게 되었는지 나는 잘 기억해 낼 수가 없다. 둘 중의 아무도 동물원에 들어가자고 말한 사람은 없었는데 어째서 발길이 이곳으로 돌려졌는지 모른다. 정처 없이 걷다가 마침 닿은 곳이 동물원이어서 그냥 대수롭지 않게 들어왔는지도 모르겠다. 하여튼 나는 희한한 곳엘 다 왔다 싶었다. 내 경우 동물원에 와 본 것은 지금까지 딱 한 번밖에 없었으니까. 그것도 어린이날 무료 공개한다는 바람에 동네 조무래기들과 함께 와 본 것뿐이었다. 그때는 사람들에 치여 제대로 구경도 못 했는데 지금 나는 구경꾼도 별로 없는 동물원을 더구나 아버지와 함께 오게 되었으니, 참 가다가는 별일도 있는 것이구나 하였다. 남들 눈에는 한가하게 동물원 구경을 온 다정한 부자로 비칠 것이 아닌가. 동물원 안은 조용하고 을씨년스러웠다. 동물들은 제 집에 처박혀 있거나 가느다란 석양이 비치는 곳에 웅크리고 있거나 하였다. 막상 들어온 아버지는 그런 동물들을 별로 눈여겨보지 않았다. 동물들의 우리를 보

---

**인가**(人家)  사람이 사는 집.

다가 하늘을 보다가 할 뿐, 눈에 초점이 없었다. 칠면조도 사자도 호랑이도 원숭이도 사슴도 그런 눈으로 건성건성 보고 지나갈 뿐이었다. 그러던 아버지가 잠시 발을 멈춘 곳은 얼룩말이 있는 우리 앞이었다. 얼룩말은 두 마리였다. 아버지는 그러나 그 앞에서도 멍하니 서 있기만 하지 이렇다 할 감정의 표시를 하지 않았다. 나는 그런 아버지를 한 번 쳐다보고, 얼룩말을 한 번 쳐다보고 하였다. 그러다가 아버지의 얼굴이 어쩌면 그렇게 말이나 노새와 닮았는지 모르겠다고 생각하였다. 그렇게 생각하고 보니 꼭 그랬다. 길게 째진, 감정이 없는 눈이며 노상 벌름벌름한 코, 하마 같은 입, 그리고 덜렁하니 큰 귀가 그랬다. 아버지가 너무 오래 말이나 노새를 다뤄 와서 그런 건지, 애당초 말이나 노새 같은 사람이어서 그런 짐승과 평생을 같이 해 온 것인지는 알 수 없으나, 막상 얼룩말 앞에 세워 놓은 아버지는 영락없는 말의 형상이었다.

동물원을 나왔을 때 이미 거리는 밤이었다. 이번엔 집 쪽으로 걸었다. 그럴 수밖에 우리는 더 갈 데가 없었던 것이다. 우리 동네가 저만치 보였을 때 아버지는 바로 눈앞에 있는 대폿집에서 발을 멈추었다. 힐끗 나를 돌아보고 나서 다짜고짜 나를 술집으로 끌고 들어갔다. 이런 일도 전에는 없던 일이었다. 술집 안에는 사람들이 가득 차서 왁왁 떠들어 대고 있었다. 돼지고기를 굽는 냄새, 찌개 냄새, 김치 냄새가 집 안에 가득했다. 사람들은 우리를 의아스런 눈초리로 쳐다보았으나 이내 시선을 거두고 자기들의 얘기 속으로 다시 들어갔다. 나는 들어가자마자 그 냄새들을 힘껏 마셨다. 쓰러질 것 같았다. 아버지는 소주 한 병과 안주를 시키더니 안주는 내 쪽으로 밀어 주고 술만 거푸 마셔 댔다. 아버지는 술이 약한 편이어서 저러다가 어쩌나 하고 걱정이 되었다.

"아버지, 고만 드세요. 몸에 해로워요."

"으응."

대답하면서도 아버지는 술잔을 놓지 않았다. 얼마나 지났을까. 안주를 계속 주워 먹었으므로 어느 정도 시장기를 면한 나는 비로소 아버지를 쳐다보았다.

"이제부터 내가 노새다. 이제부터 내가 노새가 되어야지 별수 있니? 그놈이 도망쳤으니까, 이제 내가 노새가 되는 거지."

기분 좋게 취한 듯한 아버지는 놀라는 나를 보고 히힝 한 번 웃었다. 나는 어쩐지 그런 아버지가 무섭지만은 않았다. 그러면 형들이나 나는 노새 새끼고, 어머니는 암노새고, 할머니는 어미 노새가 되는 것일까? 나도 아버지를 따라 히히힝 웃었다. 어른들은 이래서 술집에 오는 모양이었다. 나는 안주만 집어 먹었는데도 술 취한 사람마냥 턱없이 즐거웠다. 노새 가족—노새 가족은 우리 말고는 이 세상에 또 없을 것이다.

그러나 이러한 생각은 아버지와 내가 집에 당도했을 때 무참히 깨어지고 말았다. 우리를 본 어머니가 허둥지둥 달려 나와 매달렸다.

"이걸 어쩌우, 글쎄 경찰서에서 당신을 오래요. 그놈의 노새가 사람을 다치게 하고 가게 물건들을 박살을 냈대요. 이걸 어쩌지."

"노새는 찾았대?"

"찾거나 그러면 괜찮게요? 노새는 간데온데없고 사람들만 다치고 하니까, 누구네 노새가 그랬는지 **수소문** 끝에 우리 집으로 순경이 찾아왔지 뭐유."

오늘 낮에 **지서**에서 나온 사람이 우리 노새가 튀는 바람에 여기저기서 많은 피해를 입었으니 도로 무슨 법이라나 하는 법으로 아버지를 잡아넣어야겠다고 이르고 갔다는 것이었다. 아버지는 술이 확 깨는 듯 그 자리에 선 채 한동안 눈만 **뒤룩뒤룩** 굴리고 서 있더니 힝 하고 코를 풀었다. 그러고는 아무 말 없이 **시적시적** 문밖으로 걸어 나갔다. 나는,

"아버지."

---

**수소문**(搜所聞)  세상에 떠도는 소문을 두루 찾아 살핌.
**지서**(支署)  본서에서 갈려 나가, 본서의 감독 아래 해당 관할 지역의 일을 맡아 하는 관서.
**뒤룩뒤룩**  크고 둥그런 눈알이 자꾸 힘 있게 움직이는 모양.
**시적시적**  힘들이지 아니하고 느릿느릿 행동하거나 말하는 모양.

하고 뒤를 따랐으나 아버지는 돌아보지도 않고 어두운 골목길을 나가고 있었다.

나는 그 순간 또 한 마리의 노새가 집을 나가는 것 같은 착각을 일으켰다. 그러고는 무엇인가가 뒤통수를 때리는 것을 느꼈다. 아, 우리 같은 노새는 어차피 이렇게 비행기가 붕붕거리고, 헬리콥터가 앵앵거리고, 자동차가 **빵빵**거리고, 자전거가 쌩쌩거리는 **대처**에서는 발붙이기 어려운 것인가 하는 생각이 들었다. 언젠가 남편이 택시 운전사인 칠수 어머니가 하던 말,

"최소한도 자동차는 굴려야지 지금이 어느 땐데 노새를 부려."

했다는 말이 생각났다. 그러나 그것은 잠깐 동안이고 나는 금방 아버지를 쫓았다. 또 한 마리의 노새를 찾아 캄캄한 골목길을 마구 뛰었다.

---

**대처**(大處) 도회지. 사람이 많이 살고 상공업이 발달한 번잡한 지역.

운수 좋은 날

**1_** 이 작품에 대한 설명으로 옳은 것을 골라 봅시다.

① 6·25 전쟁 직후를 배경으로 한다.

② 주인공 김 첨지는 아내에게 약을 사다 준 적이 없다.

③ 김 첨지는 아내가 괜찮을 것이라는 확신을 갖고 있다.

④ 1인칭 주인공 시점으로 김 첨지의 심리가 섬세하게 표현되었다.

⑤ 일자리를 잃어 인력거꾼을 할 수밖에 없었던 지식인의 하루를 그렸다.

**2_** 다음 ㉠～㉟의 내용을 소설 구성 단계에 맞춰 순서대로 배열해 봅시다.

※ 각 구성 단계의 정답은 두 개일 수 있습니다.

㉠ 큰 가방을 든 사람을 인사동까지 태워다 준다.

㉡ 집으로 들어서자 무서운 정적을 느낀다.

㉢ 학생을 남대문 정거장까지 태워다 준다.

㉣ 앞집 마마님을 전찻길까지 모셔다 드린다.

㉤ 아내의 죽음을 확인하고 비통해한다.

㉥ 양복쟁이를 동광 학교까지 태워다 준다.

㉦ 귀가를 늦추고 친구 치삼과 술을 마신다.

**3_** 다음 문장이 작품 안에서 어떤 역할을 하는지 적어 봅시다.

> • 새침하게 흐린 품이 눈이 올 듯 하더니 눈은 아니 오고 얼다가 만 비가 추적추적
>   내리는 날이었다.
> • 흐리고 비 오는 하늘은 어둠침침하게 벌써 황혼에 가까운 듯하다.
> • 궂은비는 의연히 추적추적 내린다.

_____

_____

**4_** 제시문 **나**를 참고하여 제시문 **가**에서 김 첨지가 ⊙과 ⓒ처럼 생각한 이유를 각각 정리하고, ⓒ이 의미하는 바를 구체적으로 적어 봅시다.

> **가** 학생을 태우고 나선 ⊙김 첨지의 다리는 이상하게 거뿐하였다. 달음질을 한다느니보다 거의 나는 듯하였다. 바퀴도 어떻게 속히 도는지 구른다느니보다 마치 얼음을 지쳐 나가는 스케이트 모양으로 미끄러져 가는 듯하였다. 언 땅에 비가 내려 미끄럽기도 하였지만.
>   이윽고 ⓒ끄는 이의 다리는 무거워졌다. 자기 집 가까이 다다른 까닭이었다.
>
> **나** 한 걸음, 두 걸음 집이 가까워 갈수록 그의 마음조차 괴상하게 누그러웠다. 그런데 이 누그러움은 안심에서 오는 것이 아니요, ⓒ자기를 덮친 무서운 불행을 빈틈없이 알게 될 때가 박두한 것을 두려워하는 마음에서 오는 것이다.

• ⊙의 이유: _____

• ⓒ의 이유: _____

• ⓒ의 의미: _____

**5_** 선술집에 간 김 첨지는 기이한 행동을 합니다. 그의 행동에서 유추할 수 있는 심리를 적어 봅시다.

| 김 첨지의 행동 | 김 첨지의 심리 |
|---|---|
| • 일 원짜리 한 장을 꺼내어 중대가리 앞에 집어 던졌다. ➡ | |
| • 친구 치삼에게 낮에 있었던 일을 말하며 큰 소리로 웃었다.<br>• 갑자기 아내가 죽었다고 말하며 울기 시작했다. ➡ | 불안을 떨쳐 내기 위해 과장되게 행동하고 있으며, 아내에 대한 걱정과 자책, 두려움을 느끼고 있다. |
| • 치삼을 향해 다시 싱그레 웃더니 자신에게 속았다며 손뼉을 쳤다.<br>• 아내가 죽지 않았다고 소리를 지르며 화증을 냈다. ➡ | |

**6_** 작품에서 〈보기〉의 설명에 해당하는 소재를 찾아 적어 봅시다.

┤보기├
• 아내에 대한 김 첨지의 사랑이 담겨 있다.
• 소설의 결말에서 비극성을 더욱 강조한다.

**1_** 이 작품에 대한 설명으로 적절하지 <u>않은</u> 것을 <u>모두</u> 골라 봅시다.

① 1인칭 주인공 시점의 소설이다.

② 과거를 회상하는 방식으로 서술하고 있다.

③ 농촌에서 도시로 떠나는 사람들이 많았던 시대를 배경으로 한다.

④ 노새를 소재로 하여 고단하게 살아가는 서민의 모습을 보여 준다.

⑤ 아들의 시선으로 사회에 적응하지 못하는 아버지를 비판적으로 그린다.

**2_** 다음 내용을 참고하여 작품의 배경이 되는 사회·문화적 상황을 〈조건〉에 맞게 적어 봅시다.

┃조건┃
• 공간적 배경을 포함하여 서술할 것.

---

• 2~3년 전부터 문화 주택이 하나둘 들어서기 시작하며 새 동네가 생겨났다.

• 구동네와 새 동네는 골목 하나를 경계로 하여 금을 긋듯 나누어져 있었다.

• 새 동네가 생기며 동네 구멍가게에서 구비해 놓는 물품에 변화가 생겼고, 우유 배달원과 신문 배달부, 슈사인 보이가 매일 골목 안을 돌아다녔다.

• 새 동네 사람들은 문을 걸어 잠그고 구동네 사람들과 친해지기를 거부했다.

---

**3_** 구동네 사람들과 새 동네 사람들이 노새를 대하는 태도를 각각 정리하고, 이들의 태도에 차이가 나는 이유를 적어 봅시다.

• 노새를 대하는 태도

| | |
|---|---|
| 구동네 사람들 | |
| 새 동네 사람들 | |

➜ 노새를 대하는 태도에 차이가 나는 이유: 

 

 

**4_** 다음 빈칸에 들어갈 알맞은 단어를 적어 봅시다.

> 노새가 달아난 사건의 계절적 배경이 (  ㉠  )임을 알려주는 (  ㉡  )은/는 마차가 미끄러지는 상황을 만든다. 늘 다니던 가파른 골목길의 어귀에서 올라갈 차비를 하였으나, (  ㉢  )에서 마차가 뒤로 미끄러져 부서지면서 노새는 달아나게 된다. 이러한 공간적·계절적 배경의 설정은 '노새의 도망'이라는 이 소설의 주요 사건에 (  ㉣  )을/를 부여하는 역할을 한다.

• ㉠: _____  • ㉡: _____

• ㉢: _____  • ㉣: _____

**5_** '나'와 아버지는 노새를 찾으러 다니다가 동물원에 들어가게 됩니다. 이 작품에서 '동물원'이라는 공간이 어떤 역할을 하는지 적어 봅시다.

> 아버지와 내가 동물원에 들어간 것은 거의 해가 질 무렵이었다. 어떻게 해서 동물원에 들어오게 되었는지 나는 잘 기억해 낼 수가 없다. 둘 중의 아무도 동물원에 들어가자고 말한 사람은 없었는데 어째서 발길이 이곳으로 돌려졌는지 모른다. 정처 없이 걷다가 마침 닿은 곳이 동물원이어서 그냥 대수롭지 않게 들어왔는지도 모르겠다.

_____

_____

**6_** 다음 제시문에서 '아버지'를 상징하는 4어절의 단어를 찾고, 그것이 의미하는 바를 적어 봅시다.

> 나는 그 순간 또 한 마리의 노새가 집을 나가는 것 같은 착각을 일으켰다. 그러고는 무엇인가가 뒤통수를 때리는 것을 느꼈다. 아, 우리 같은 노새는 어차피 이렇게 비행기가 붕붕거리고, 헬리콥터가 앵앵거리고, 자동차가 빵빵거리고, 자전거가 쌩쌩거리는 대처에서는 발붙이기 어려운 것인가 하는 생각이 들었다. 언젠가 남편이 택시 운전사인 칠수 어머니가 하던 말,
> "최소한도 자동차는 굴려야지 지금이 어느 땐데 노새를 부려."
> 했다는 말이 생각났다.

• '아버지'를 상징하는 단어: _____

• 의미: _____

_____

## Step_1 제목의 의미

'운수 좋은 날'과 '노새 두 마리'라는 제목에 담긴 의미를 생각해 봅시다.

**가** 발로 차도 그 보람이 없는 걸 보자 남편은 아내의 머리맡으로 달려들어 그야말로 까치집 같은 환자의 머리를 꺼들어 흔들며,

"이년아, 말을 해, 말을! 입이 붙었어? 이년!"

"……."

"으응, 이것 봐, 아무 말이 없네."

"……."

"이년아, 죽었단 말이냐, 왜 말이 없어."

"……."

"으응, 또 대답이 없네. 정말 죽었나 보이."

이러다가 누운 이의 흰창이 검은창을 덮은, 위로 치뜬 눈을 알아보자마자,

"이 눈깔! 이 눈깔! 왜 나를 바라보지 못하고 천장만 보느냐? 응."

하는 말끝엔 목이 메었다. 그러자 산 사람의 눈에서 떨어진 닭똥 같은 눈물이 죽은 이의 뻣뻣한 얼굴에 어룽어룽 적신다. 문득 김 첨지는 미친 듯이 제 얼굴을 죽은 이의 얼굴에 한데 비비대며 중얼거렸다.

"설렁탕을 사다 놓았는데 왜 먹지를 못하니, 왜 먹지를 못하니? 괴상하게도 오늘은 운수가 좋더니만……."

— 현진건, 〈운수 좋은 날〉

**나** 그러던 아버지가 잠시 발을 멈춘 곳은 얼룩말이 있는 우리 앞이었다. 얼룩말은 두 마리였다. 아버지는 그러나 그 앞에서도 멍하니 서 있기만 하지 이렇다 할 감정의 표시를 하지 않았다. 나는 그런 아버지를 한 번 쳐다보고, 얼룩말을 한 번 쳐다보고 하였다. 그러다가 아버지의 얼굴이 어쩌면 그렇게 말이나 노새와 닮았는지 모르겠다고 생각하였다. 그렇게 생각하고 보니 꼭 그랬다. 길게 째진, 감정이 없는 눈이며 노상 벌름벌름한 코, 하마 같은 입, 그리고 덜렁하니 큰 귀가 그랬다. 아버지가 너무 오래 말이나 노새를 다뤄와서 그런 건지, 애당초 말이나 노새 같은 사람이어서 그런 짐승과 평생을 같이 해 온 것

인지는 알 수 없으나, 막상 얼룩말 앞에 세워 놓은 아버지는 영락없는 말의 형상이었다. (중략)

대답하면서도 아버지는 술잔을 놓지 않았다. 얼마나 지났을까. 안주를 계속 주워 먹었으므로 어느 정도 시장기를 면한 나는 비로소 아버지를 쳐다보았다.

"이제부터 내가 노새다. 이제부터 내가 노새가 되어야지 별수 있니? 그놈이 도망쳤으니까, 이제 내가 노새가 되는 거지."

기분 좋게 취한 듯한 아버지는 놀라는 나를 보고 히힝 한 번 웃었다. 나는 어쩐지 그런 아버지가 무섭지만은 않았다. 그러면 형들이나 나는 노새 새끼고, 어머니는 암노새고, 할머니는 어미 노새가 되는 것일까? 나도 아버지를 따라 히히힝 웃었다. 어른들은 이래서 술집에 오는 모양이었다. 나는 안주만 집어 먹었는데도 술 취한 사람마냥 턱없이 즐거웠다. 노새 가족—노새 가족은 우리 말고는 이 세상에 또 없을 것이다.

— 최일남, 〈노새 두 마리〉

**1.** 제시문 **가**의 제목 '운수 좋은 날'과 관련하여 다음 물음에 답해 봅시다.

(1) 김 첨지의 하루가 정말 '운수 좋은 날'이었는지 자신의 생각을 이유와 함께 적어 봅시다.

_____

_____

_____

(2) 제목에 쓰인 표현 방법을 적고, 제목에 담긴 작가의 의도를 적어 봅시다.

_____

_____

_____

**2_** 제시문 **나**의 제목 '노새 두 마리'가 의미하는 바를 적고, 두 노새 사이의 공통점을 적어 봅시다.

┃조건┃
• 생김새를 제외한 두 가지 공통점을 적을 것.

• '노새 두 마리'의 의미: _____

• 공통점: _____

_____

_____

**3_** 소설이나 영화에서 제목은 어떤 역할을 하는지 자신의 생각을 적어 봅시다.

_____

_____

_____

_____

# Step_2 시대적 배경과 인물의 태도

작품의 시대적 배경을 정리하고, 작품 속 인물이 가난을 극복하기 위해 어떤 노력을 하였는지 살펴봅시다.

**가** 첫째 번에 삼십 전, 둘째 번에 오십 전— 아침 댓바람에 그리 흉치 않은 일이었다. 그야말로 재수가 옴 붙어서 근 열흘 동안 돈 구경도 못 한 김 첨지는 십 전짜리 백통화 서푼, 또는 다섯 푼이 찰깍하고 손바닥에 떨어질 제 거의 눈물을 흘릴 만큼 기뻤다. 더구나 이날 이때에 이 팔십 전이라는 돈이 그에게 얼마나 유용한지 몰랐다. 컬컬한 목에 모주 한잔도 적실 수 있거니와 그보다도 앓는 아내에게 설렁탕 한 그릇도 사다 줄 수 있음이다.

그의 아내가 기침으로 쿨룩거리기는 벌써 달포가 넘었다. 조밥도 굶기를 먹다시피 하는 형편이니 물론 약 한 첩 써 본 일이 없다. 구태여 쓰려면 못 쓸 바도 아니로되 그는 병이란 놈에게 약을 주어 보내면 재미를 붙여서 자꾸 온다는 자기의 신조에 어디까지 충실하였다. 따라서 의사에게 보인 적이 없으니 무슨 병인지는 알 수 없으되 반듯이 누워 가지고, 일어나기는새로에 모로도 못 눕는 걸 보면 중증은 중증인 듯. 병이 이토록 심해지기는 열흘 전에 조밥을 먹고 체한 때문이다. 그때도 김 첨지가 오래간만에 돈을 얻어서 좁쌀 한 되와 십 전짜리 나무 한 단을 사다 주었더니, 김 첨지의 말에 의지하면 그년이 천방지축으로 냄비에 대고 끓였다. 마음은 급하고 불길은 달지 않아 채 익지도 않은 것을 그년이 숟가락은 고만두고 손으로 움켜서 두 뺨에 주먹 덩이 같은 혹이 불거지도록 누가 빼앗을 듯이 처박질하더니만 그날 저녁부터 가슴이 땅긴다, 배가 켕긴다고 눈을 홉뜨고 지랄병을 하였다. 그때 김 첨지는 열화와 같이 성을 내며,

"에이, 조랑복은 할 수가 없어, 못 먹어 병, 먹어서 병! 어쩌란 말이야. 왜 눈을 바루 뜨지 못해!"

하고 김 첨지는 앓는 이의 뺨을 한 번 후려갈겼다. 홉뜬 눈은 조금 바루어졌건만 이슬이 맺히었다. 김 첨지의 눈시울도 뜨끈뜨끈한 듯하였다.

이 환자가 그러고도 먹는 데는 물리지 않았다. 사흘 전부터 설렁탕 국물이 마시고 싶다고 남편을 졸랐다.

"이런! 조밥도 못 먹는 년이 설렁탕은, 또 처먹고 지랄병을 하게."

라고 야단을 쳐 보았건만, 못 사 주는 마음이 시원치는 않았다.　　　　– 현진건, 〈운수 좋은 날〉

**나** 아버지는 원래가 마부였다. 서울에 올라오기 전 시골에서도 줄곧 말 마차를 끌었다. 어쩌다가 소달구지를 끄는 적도 있기는 했으나 얼마 가지 않아서 도로 말 마차로 바꾸곤 했다. 그런 아버지였으므로 서울에 올라와서는 내내 말 마차 하나로 버텨 나왔었는데 어떻게 마음먹었는지 노새로 바꾸고 만 것이다. 노새나 말이나 요즘은 그놈의 삼륜차 때문에 아버지의 일감이 자칫 줄어드는 듯하기도 했다. 웬만한 오르막길도 끄떡없이 오르고, 웬만한 골목 안 집까지도 드르륵 들이닥치니 아버지의 말 마차가 위협을 느낌 직도 했고, 사실 일감을 빼앗기기도 했다. 그런데도 그때마다 아버지는 큰소리였다.

"휘발유 한 방울 안 나오는 나라에서 자동차만 많으면 뭘 해."

마치 애국자처럼 말하는 것이었으나 나는 아버지의 그 말 뒤에 숨은 오기 같은 것을 느낄 수 있었다. 너무 고단해서였을까, 이날 밤 나는 앞뒤를 가릴 수 없을 만큼 깊이 잠에 빠졌던 것 같다.

– 최일남, 〈노새 두 마리〉

**1_** 제시문 **가**와 **나**의 시대적 배경과 인물이 처한 상황을 각각 정리해 봅시다.

| | **가**의 김 첨지 | **나**의 아버지 |
|---|---|---|
| 시대적 배경 | | |
| 인물의 상황 | | |

**2_** 제시문 **가**와 **나**의 인물이 현실을 극복하기 위해 어떤 노력을 했는지 정리하고, 같은
노력이 계속된다면 가난을 극복할 수 있을지 자신의 생각을 적어 봅시다.

• 현실 극복을 위한 노력

| | |
|---|---|
| **가**의<br>김 첨지 | |
| **나**의<br>아버지 | |

➡ 두 사람이 지금과 같은 노력을 ( 계속한다면 가난을 극복할 수 있다. / 계속하더라도 가난

은 극복할 수 없다. ) 왜냐하면 _____

_____

**3_** 현대 사회에서는 개인이 빈곤에서 탈출할 수 있도록 다양한 기회를 제공하고 있습니다.
제시문 **가**와 **나**의 두 주인공에게 현 정부의 지원책 중 한 가지를 골라 추천해 봅시다.

• **가**의 김 첨지: _____

_____

_____

• **나**의 아버지: _____

_____

_____

# Step_3 가난의 책임

오늘날에도 우리 주변에는 〈운수 좋은 날〉과 〈노새 두 마리〉의 두 주인공처럼 빈곤에 허덕이는 이들이 많습니다. 가난이 개인의 책임인지 사회의 책임인지 토론해 봅시다.

**가** '파이는 공평하게 분배할수록 크기가 점점 작아진다.'

　경제학자들은 소득 분배(所得分配)와 관련된 토론이 벌어지면 대체로 이러한 결론에 도달한다. 파이, 즉 부(富)를 평등하게 분배할수록 파이를 키우려는 구성원들의 **인센티브**가 줄어드는데, 이 때문에 전체적인 파이의 크기가 점차 줄어든다는 것이다. 경제 활동에서 산출된 소득이 사회 구성원에게 바람직하게 분배되는지에 대한 문제는 현대 사회의 주요 관심사이다. 하지만 경제학자들은 부적절한 소득 재분배 정책은 개인의 자유를 침해할 수 있으며, 근로 의욕 및 효율성 저하 문제 등 경제 성장에 부정적 영향을 미칠 수 있기 때문에 조심스럽게 접근해야 한다는 입장이다.

**나** 현대 국가는 복지 국가를 지향한다. 복지 국가는 모든 국민의 기본적 욕구를 충족시켜 국민이 건강하고 인간다운 생활을 **영위하는** 것을 이상으로 한다. 우리나라도 헌법에 모든 국민의 인간다운 생활을 국민의 권리이자 국가의 책임으로 규정하고 있다. 따라서 국가는 이를 위하여 적극적이고 강력한 사회 보장 정책을 수립하고 추진할 의무를 지닌다. 복지 국가의 원리는 모든 사람이 인간의 존엄에 부합하는 생존을 보장받기 위해 빈곤이나 질병, 재난 등으로부터 보호받을 수 있도록 하는 데 있다. 우리나라 역시 각종 사회 보험(질병, 노령, 실업 보험 등)과 **공공 부조** 제도(기초 생활 보장 제도, 의료 급여, 주거 급여 등)를 도입하여 소득 재분배를 추진하고 있다.

**다** 계급과 계층이 철저하게 나누어진 과거 봉건 시대에는 농민이나 노예 계급이 평생 동안 지배층의 수탈과 굶주림에 시달려야 했다. 이때의 가난은 개인의 탓이라 말할 수 없다. 하지만 현대 자본주의 사회는 봉건 시대의 신분 제약에서 벗어나 모든 개인이 자유로운 사회이다. 이처럼 자유가 보장된 만큼 개인의 행동에 대한 책임도 개인이 져야 한다. 개인의 가난 또한 마찬가지이다. **절대적 빈곤**이 해결된 현대 사회에서는 개인의 노력에 따라 얼마든지 일자리를 얻을 수 있다. 물론 선천적인 능력이 다르므로 모두가 고소득을 올리는 직업을 갖기는 힘들다. 그러나 성실함과 노력이 뒤따른다면, 그 사회의 평균적인 생활을 누릴 수는 있다. 개인의 가난을 불러오는 일차적인 원인은 근로 능력을 충분히 갖추었는데도 노력하지 않는 게으름에 있다. 또한, 도박 같은 한탕주의에 빠지거나 근검절약하지 않는 문제도 존재한다. 물론 가난의 원인에 사회적 요인이 전혀 없는 것은 아니다. 그러나 이러한 사회적 요인보다 더 결정적인 것은 개인의 나태함과 무절제한 생활 습관이다. 이렇게 능력을 키우지 않거나 노동하지 않는 개인의 태도는 가난의 악순환을 부르는 큰 원인이 된다.

**라** 개인의 게으름과 무능력이 가난의 일차적 원인이라고 말한다면, 역으로 모든 개인이 열심히 노력한다면 가난은 없어야 한다. 그러나 현실은 그렇지 않다. 그 까닭은 경제적 불평등을 해소하는 적절한 분배 구조가 없고, 임금 수준과 지위가 보장되는 괜찮은 일자리의 수가 제한되어 있기 때문이다.

개인의 노력에는 한계가 있다. 열 개의 의자를 놓고 싸우는 게임을 생각해 보자. 처음에는 방 안에 있던 열 명이 모두 앉을 수 있지만, 시간이 지날수록 의자는 줄어든다. 치열한 경쟁의 시간이 지나가고 마지막 한 명의 승자가 의자를 차지했을 때, 나머지 아홉 명은 서 있어야만 한다. 가난의 문제는 이러한 의자 뺏기 게임과 비슷하다. 그러므로 사람들이 충분히 노력하지 않았다며 개인에게 책임을 돌리는 태도는 정당하지 않다.

고소득은 자본과 경쟁력을 갖춘 소수만이 얻게 되고, 경쟁에서 **도태되는** 나머지 사람들은 저임금·저소득에서 벗어나는 것이 쉽지 않다. 즉, 약육강식의 경쟁 원리가 지배하는 자본주의 사회에서 빈부격차는 심해질 수밖에 없다. 이것이 곧 가난의 근본 원인이다. 물론 게으름이나 무능력 등이 개인의 가난에 영향을 미치기도 한다. 그러나 이러한 현상들은 가난의 원인이 아닌 결과일 따름이다.

---

- **인센티브**(incentive) 어떤 행동을 하도록 사람을 부추기는 것을 목적으로 하는 자극. 특히 종업원의 근로 의욕이나 소비자의 구매 의욕을 높이는 것을 이른다.
- **영위하다**(營爲--) 일을 꾸려 나가다.
- **공공 부조**(公共扶助) 국가나 지방 공공 단체가 생활 능력이 없는 사람에게 최저 한도의 생활 수준을 보장하기 위하여 보호 또는 원조를 행하는 일.
- **절대적 빈곤**(絕對的貧困) 인간의 생존에 필요한 최저한의 물자조차 부족한 극도의 빈곤.
- **도태되다**(淘汰--) 여럿 중에서 불필요하거나 부적당한 것이 줄어 없어지다.

**주장 1**  가난은 개인의 책임이다.

 

**주장 2**  가난은 사회의 책임이다.

## 사회 보장 제도의 역사

개인의 빈곤이나 질병을 방치할 경우 사회적 위험으로 확산될 수 있다는 견해에 따라 국가적 차원에서 이를 예방하고 치료하기 위한 법적·행정적 제도가 마련되었는데, 이를 사회 보장 제도라고 합니다.

사회 보장 제도의 원시적인 모습은 1601년 영국 엘리자베스 여왕의 구빈법(救貧法)으로 알려져 있습니다. 하지만 산업 혁명 과정에서 그 취지가 변질되어 영국 작가 찰스 디킨스는 《올리버 트위스트》에서 이 법의 **무용함**을 비판하기도 했죠. 마침내 20세기 들어 독일에서 국가 보험법을 시행하고, 1935년 미국에서 **포괄적** 사회 보장법을 제도화하면서 오늘날 많은 나라가 그 영향으로 사회 보장 제도를 구현하고 있습니다.

우리나라의 경우 삼국 시대에 구휼 사업(救恤事業)이란 형태로 사회 보장 제도가 등장했습니다. 이는 고려 시대에 들어서서 불교의 자비 정신을 바탕으로 한 각종 구빈 정책·구빈 기관의 확립으로 발전되었고, 조선 시대에는 유교의 정치적 이상을 실현하기 위한 방편으로 구빈 정책이 체계화됩니다.

이러한 구빈 정책은 조선 말기 왕정의 문란으로 부실해지지만, 개항 이후 신부·선교사·수녀 등에 의한 구호 사업이 산발적으로 시행되며 그나마 명맥을 이어 나갑니다. 그리고 일제 강점기 가혹한 식민 체제를 지나 광복 직후부터 다시 사회 보장 제도의 불씨가 일었습니다. 정부는 귀환한 해외 동포에 대한 구호 사업을 실시하고, 6·25 전쟁으로 생겨난 미망인과 고아를 보호하기 위한 정책을 펼쳐 나갔습니다. 비록 응급 조치에 불과한 규모였지만, 이때를 시작으로 1960년대 사회 복지 사업, 1970년대 사회 부조, 1980년대 사회 보험 중심의 발전 과정을 거치며 오늘날 사회 보장 제도가 자리를 잡게 됩니다.

현재 우리나라의 사회 보장 제도는 사회 보험(국민 연금, 건강 보험, 고용 보험, 산재 보험)과 사회 부조(생활 보호 사업), 사회 복지 서비스(아동 복지, 노인 복지, 장애인 복지, 부녀 복지)를 포괄함으로써, 국민 삶의 질을 향상시키는 데 크게 기여하고 있습니다.

---

**무용하다**(無用--) 쓸모가 없다.
**포괄적**(包括的) 일정한 대상이나 현상 따위를 어떤 범위나 한계 안에 모두 끌어넣는. 또는 그런 것.

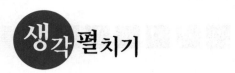

**1** 'STEP 3'에서 토론한 내용을 바탕으로 가난의 책임이 개인과 사회 중 어느 쪽에 있는 지 자신의 의견을 밝히고, 현대의 빈곤 문제를 해결할 수 있는 방안을 논술해 봅시다.

**2_** 다음 〈예시〉는 애니메이션 〈메밀꽃, 운수 좋은 날, 그리고 봄·봄〉의 시나리오 중 일부입니다. 이를 참고하여 제시문의 장면을 시나리오로 각색해 봅시다.

---

┃ **예시** ┃

## S# 1. 김 첨지의 집

기침 소리 쭉 이어진다.

| | |
|---|---|
| 아내 | (V.O. 기침 소리) 쿨럭, 쿨럭. |
| 김 첨지 | (걸어간다. 발자국 소리) |
| 김 첨지 | (머리를 긁적거리며 짜증스럽게) 으이……. |
| 앞집 마마님 | (V.O.) 첨지 있나? |
| 김 첨지 | (반응하는 짧은 호흡) |
| 김 첨지 | (인사하며) 예, 마마님. |
| 앞집 마마님 | 일 가는 참이면 나 전찻길까지만 가세나. |
| 김 첨지 | (아침부터 시작된 행운이라 반갑다.) 예! 갑지요. |

## S# 2. 김 첨지 대문 앞의 동소문 동네(혜화동)

| | |
|---|---|
| 김 첨지 | (뛰며) 어디 가시나 봐요. |
| 앞집 마마님 | 응. 광화문에 볼일이 있어서. |
| 앞집 마마님 | (천 젖히며) 아이고. 이게 눈인 줄 알았더니 얼다 만 비만 내리네. |

## S# 3. 김 첨지 동네 앞 전찻길 근처

마마님을 태운 인력거가 전찻길을 따라 광화문까지 도착한다.

| | |
|---|---|
| 김 첨지 | 다 왔습니다. |
| 앞집 마마님 | 수고했네. |
| 김 첨지 | (마마님 가는 쪽을 향해) 조심히 가세요. |

• V.O.(voice-over)　인물이 화면에 등장하지 않고 목소리만 나는 것을 나타내는 시나리오 용어.

---

그러나 그의 행운은 그걸로 그치지 않았다. 땀과 빗물이 섞여 흐르는 목덜미를 기름 주머니가 다 된 광목 수건으로 닦으며 그 학교 문을 돌아 나올 때였다. 뒤에서 "인력거!" 하고 부르는 소리가 난다. 자기를 불러 멈춘 사람이 그 학교 학생인 줄 김 첨지는 한 번 보고 짐작할 수 있었다. 그 학생은 다짜고짜로,

　　"남대문 정거장까지 얼마요?"

라고 물었다. 아마도 그 학교 기숙사에 있는 이로 동기 방학을 이용하여 귀향하려 함이 리라. 오늘 가기로 작정은 하였건만 비는 오고 짐은 있고 해서 어찌할 줄 모르다가 마침 김 첨지를 보고 뛰어나왔음이리라. 그렇지 않으면 왜 구두를 채 신지도 못해서 질질 끌고 비록 고쿠라 양복일망정 노박이로 비를 맞으며 김 첨지를 뒤쫓아 나왔으랴.

　　"남대문 정거장까지 말씀입니까?"

하고 김 첨지는 잠깐 주저하였다. 그는 이 우중에 우장도 없이 그 먼 곳을 철벅거리고 가기가 싫었음일까? 처음 것, 둘째 것으로 그만 만족하였음일까? 아니다, 결코 아니다. 이 상하게도 꼬리를 맞물고 덤비는 이 행운 앞에 조금 겁이 났음이다. 그리고 집을 나올 제 아내의 부탁이 마음에 켕기었다. 앞집 마마한테서 부르러 왔을 제 병인은 그 뼈만 남은 얼굴에 유일의 생물 같은, 유달리 크고 움푹한 눈에 애걸하는 빛을 띠며,

　　"오늘은 나가지 말아요. 제발 덕분에 집에 붙어 있어요. 내가 이렇게 아픈데……."

라고 모깃소리같이 중얼거리고 숨을 거르렁거르렁하였다. 그때에 김 첨지는 대수롭지 않은 듯이,

　　"압다, 젠장맞을 년, 별 빌어먹을 소리를 다 하네. 맞붙들고 앉았으면 누가 먹여 살릴 줄 알아."

하고 홀쩍 뛰어나오려니까 환자는 붙잡을 듯이 팔을 내저으며,

　　"나가지 말라도 그래, 그러면 일찍이 들어와요."

하고, 목멘 소리가 뒤를 따랐다.

　　정거장까지 가잔 말을 들은 순간에 경련적으로 떠는 손, 유달리 큼직한 눈, 울 듯한 아내의 얼굴이 김 첨지의 눈앞에 어른어른하였다.

　　"그래, 남대문 정거장까지 얼마란 말이요?"

하고 학생은 초조한 듯이 인력거꾼의 얼굴을 바라보며 혼잣말같이,

　　"인천 차가 열한 점에 있고, 그다음에는 새로 두 점이던가?"

라고 중얼거린다.

"일 원 오십 전만 줍시오."

이 말이 저도 모를 사이에 불쑥 김 첨지의 입에서 떨어졌다. 제 입으로 부르고도 스스로 그 엄청난 돈 액수에 놀랐다. 한꺼번에 이런 금액을 불러라도 본 지가 그 얼마 만인가! 그러자 그 돈 벌 욕기가 병자에 대한 염려를 사르고 말았다. 설마 오늘 내로 어떠랴 싶었다. 무슨 일이 있더라도 제일 제이의 행운을 곱친 것보다도 오히려 곱절이 많은 이 행운을 놓칠 수 없다 하였다.

"일 원 오십 전은 너무 과한데."

이런 말을 하며 학생은 고개를 기웃하였다.

"아니올시다. 이수로 치면 여기서 거기가 시오 리가 넘는답니다. 또 이런 진날은 좀 더 주셔야지요."

하고 빙글빙글 웃는 차부의 얼굴에는 숨길 수 없는 기쁨이 넘쳐흘렀다.

"그러면 달라는 대로 줄 터이니 빨리 가요."

관대한 어린 손님은 그런 말을 남기고 총총히 옷도 입고 짐도 챙기러 제 갈 데로 갔다.

－ 현진건, 〈운수 좋은 날〉

### 시나리오 용어

| S# (Scene Number) | 장면 번호 | Na./Nar. (Narration) | 화면 밖에서 들리는 소리로 주로 설명 형식의 대사 |
|---|---|---|---|
| M. (Music) | 효과 음악 | E. (Effect) | 효과음 |
| Ins. (Insert) | 화면과 화면 사이에 다른 화면을 끼워 넣는 기법 | Montage | 따로따로 촬영한 화면을 적절하게 떼어 붙여서 하나의 장면으로 만드는 기법 |
| F.I. (Fade In) | 화면이 점점 밝아짐. | F.O. (Fade Out) | 화면이 점점 어두워짐. |
| C.U. (Close Up) | 어떤 부분을 강조하기 위해 크게 확대하여 찍는 기법 | O.L. (Overlap) | 한 화면과 다른 화면이 겹쳐지면서 장면이 전환되는 기법 |

※ 아래에 흥미로운 광경이 눈에 펼쳐집니다.

※ 다음 작품을 읽고 〈운수 좋은 날〉의 김 첨지와 비교하여 주인공 '나'가 가난을 극복하기 위해
   어떤 노력을 하였는지 생각해 봅시다.

# 탈출기 _최서해

## 1

김 군! 수삼 차 편지는 반갑게 받았다. 그러나 나는 한 번도 **화답치** 못하였다. 물론 군
의 충정에는 나도 감사를 드리지만 그 충정을 나는 받을 수 없다.

  ─박 군! 나는 군의 **탈가**를 찬성할 수 없다. **음험한 이역**에 늙은 어머니와 어린 처자를
버리고 나선 군의 행동을 나는 찬성할 수 없다. 박 군! 돌아가라. 어서 집으로 돌아가라. 군
의 부모와 처자가 이역 **노두**에서 방황하는 것을 나는 눈앞에 보는 듯싶다. 그네들의 의지
할 곳은 오직 군의 품밖에 없다. 군은 그네들을 구하여야 할 것이다.
  군은 군의 가정에서 **동량**이다. 동량이 없는 집이 어디 있으랴. 조그마한 고통으로 집을
버리고 나선다는 것이 의지가 굳다는 박 군으로서는 너무도 박약한 **소위**이다.
  군은 ××단에 몸을 던져서 ×선에 섰다는 말을 일전 황 군에게서 듣기는 하였으나 그렇다
하여도 나는 그것을 시인할 수 없다. 가족을 못 살리는 힘으로 어찌 사회를 건지랴.
  박 군! 나는 군이 돌아가기를 충정으로 바란다. 군의 가족이 사람들 발 아래서 짓밟히는
것을 생각할 때 군의 가슴인들 어찌 편하랴.

김 군! 군은 이러한 말을 편지마다 썼지? 나는 군의 뜻을 잘 알았다. 내 사랑하는 나의
가족을 위하여 동정하여 주는 군에게 내 어찌 감사치 않으랴? 정다운 벗의 충고에 나는
늘 울었다. 그러나 그 충고를 들을 수 없다. 듣지 않는 것이 군에게는 고통이 될는지 분노
가 될는지? 나에게 있어서는 행복일는지도 알 수 없는 까닭이다.
김 군! 나도 사람이다. **정애**가 있는 사람이다. 나의 목숨 같은 내 가족이 **유린**받는 것을
내 어찌 생각지 않으랴? 나의 고통을 제삼자로서는 만분의 일이라도 느낄 수 없을 것이다.

나는 이제 나의 탈가한 이유를 군에게 말하고자 한다. 여기에 대하여 동정과 비난은 군의 자유이다. 나는 다만 이러하다는 것을 군에게 알릴 뿐이다. 나는 이것을 군이 아니면 다른 사람에게라도 알리지 않고는 견딜 수 없는 충동을 받는 까닭이다.

그러나 나는 단언한다. 군도 사람이거니 나의 말하는 것을 부인치는 못하리라.


## 2

김 군! 내가 고향을 떠난 것은 오 년 전이다. 이것은 군도 아는 사실이다. 나는 그때에 어머니와 아내를 데리고 떠났다. 내가 고향을 떠나 간도로 간 것은 너무도 절박한 생활에 시든 몸이 새 힘을 얻을까 하여 새 희망을 품고 새 세계를 동경하여 떠난 것도 군이 아는 사실이다.

—간도는 **천부금탕**이다. 기름진 땅이 흔하여 어디를 가든지 농사를 지을 수 있고 농사를 잘 지으면 쌀도 흔할 것이다. 삼림이 많으니 나무 걱정도 될 것이 없다.

농사를 지어서 배불리 먹고 뜨뜻이 지내자. 그리고 깨끗한 초가나 지어 놓고 글도 읽고 무지한 농민들을 가르쳐서 이상촌을 건설하리라. 이렇게 하면 간도의 황무지를 개척할 수도 있다.

이것이 간도 갈 때의 내 머릿속에 그리었던 이상이었다. 이때에 나는 얼마나 기뻤으랴? 두만강을 건너고 오랑캐령을 넘어서 망망한 평야와 산천을 바라볼 때 청춘의 내 가슴은 이상의 불길에 탔다. 구수한 내 소리와 **헌헌한** 내 행동에 어머니와 아내도 기뻐하였다.

오랑캐령에 올라서니 서북으로 쏠려 오는 봄 세찬 바람이 어떻게 뺨을 갈기는지.

"에그 칩구나! 여기는 아직도 겨울이로구나."

어머니는 수레 위에서 이불을 뒤집어썼다.

"무얼요. 이 바람을 많이 맞아야 성공이 올 것입니다."

나는 가장 씩씩하게 말하였다. 이처럼 나는 기쁘고 활기로웠다.


## 3

김 군! 그러나 나의 이상은 물거품으로 돌아갔다. 간도에 들어서서 한 달이 못 되어서 부터 거친 물결은 우리 세 생령(生靈)의 앞에 기탄없이 몰려왔다.

나는 농사를 지으려고 밭을 구하였다. 빈 땅은 없었다. 돈을 주고 사기 전에는 일 평의 땅이나마 손에 넣을 수 없었다. 그렇지 않으면 **지나인**의 밭을 도조나 타조로 얻어야 된다. 일 년 내 중국 사람에게서 양식을 꾸어 먹고 **도조**나 **타조**를 지으면 가을 추수는 빚으로 다 들어가고 또 처음 꼴이 된다. 그러나 농사라고 못 지어 본 내가 도조나 타조를 얻는 대야 일 년 양식 빚도 못 될 것이고 또 나 같은 **시로도**에게는 밭을 주지 않았다.

생소한 산천이요 생소한 사람들이니 어디 가 어쩌면 좋을는지? 의논할 사람도 없었다. H라는 촌 거리에 셋방을 얻어 가지고 어름어름하는 새에 보름이 지나고 한 달이 넘었다. 그새에 몇 푼 남았던 돈은 다 **부러먹고** 밭은 고사하고 일자리도 못 얻었다.

나는 팔을 걷고 나섰다. 이리저리 돌아다니면서 구들도 고쳐 주고 가마도 붙여 주었다. 이리하여 **호구하게** 되었다. 이때 H장에서는 나를 온돌장이(구들 고치는 사람)라고 불렀다. 갈아입을 의복이 없는 나는 늘 숯검정이 꺼멓게 묻은 의복을 벗을 새가 없었다.

H장은 좁은 곳이다. 구들 고치는 일도 늘 있지 않았다. 그것으로 밥 먹기는 어려웠다. 나는 여름 불볕에 **삯김**도 매고 꼴도 베어 팔았다. 그리고 어머니와 아내는 삯방아도 찧고 강가에 나가서 부스러진 나뭇개비를 주워서 겨우 연명하였다.

김 군! 나는 이때부터 비로소 무서운 **인간고**를 느꼈다. 아아, 인생이란 과연 이렇게도 괴로운 것인가 하는 것을 나는 생각하게 되었다. 나는 나에게 닥치는 풍파 때문에 눈물 흘린 일은 이때까지 없었다. 그러나 어머니가 나무를 줍고 젊은 아내가 삯방아를 찧을 때 나의 피는 끓었으며 나의 눈은 눈물에 흐려졌다.

"에구, 차라리 내가 드러누워 앓고 있지, 네 괴로워하는 꼴은 차마 못 보겠다."

이것은 언제 내가 병들어 신음할 때에 어머니가 울면서 하신 말씀이다. 이것을 무심히 들었던 나는 이때에야 이 말의 참뜻을 느꼈다.

'아아, 차라리 나의 고기가 찢어지고 **뼈**가 부서지는 것은 참을 수 있으나 내 눈앞에서 사랑하는 늙은 어머니나 아내가 배를 주리고 남의 멸시를 받는 것은 참으로 견디기 어렵구나!'

나는 이렇게 여러 번 가슴을 쳤다. 나는 밤이나 낮이나, 비 오나 바람이 치나 헤아리지 않고 삯김, 삯심부름, 삯나무 무엇이든지 가리지 않았다.

"오늘도 배고프겠구나. 아침도 변변히 못 먹고, 나는 너 배 주리잖는 것을 보았으면 죽어도 눈을 감겠다."

내가 삯일을 하다가 늦게 돌아오면 어머니는 우실 듯하게 말씀하셨다. 그러나 나는 **흔**

연하게,

"배는 무슨 배가 고파요?"

대답하였다.

내 아내는 늘 별말이 없었다. 무슨 일이든지 시키는 대로 **소곳하고** 아무 소리 없이 순종하였다. 나는 그것이 더욱 불쌍하게 생각되었다. 나는 어머니보다도 아내 보기가 퍽 부끄러웠다.

"경제의 자립도 못 되는 내가 왜 장가를 들었누?"

이것이 부모의 한 일이건만 나는 이렇게도 탄식하였다. 그럴수록 아내에게 대하여 황공하였고 존경하였다.

어떻게 하면 살 수 있을까?…… 이러한 생각은 이때 내 머리를 몹시 때렸다. 이때 나에게는 부지런한 자에게 복이 온다 하는 말이 거짓말로 생각되었다. 그 말을 지상의 격언으로 굳게 믿어 온 나는 그 말에 도리어 일종의 의심을 품게 되었고 나중은 부인까지 하게 되었다.

부지런하다면 이때 우리처럼 부지런함이 어디 있으며 정직하다면 이때 우리 식구같이 정직함이 어디 있으랴? 그러나 빈곤은 날로 심하였다. 이틀 사흘 굶은 적도 한두 번이 아니었다. 한번은 이틀이나 굶고 일자리를 찾다가 집으로 들어가니 부엌 앞에 앉았던 아내가 (아내는 이때에 아이를 배어서 배가 남산만 하였다.) 무엇을 먹다가 깜짝 놀란다. 그리고 손에 쥐었던 것을 얼른 아궁이에 집어넣는다. 이때 불쾌한 감정이 내 가슴에 떠올랐다.

'무얼 먹을까? 어디서 무엇을 얻었을까? 무엇이기에 어머니와 나 몰래 먹누? 아! 여편네란 그런 것이로구나! 아니 그러나 설마……. 그래도 무엇을 먹던데…….'

나는 이렇게 아내를 의심도 하고 원망도 하고 밉게도 생각하였다. 아내는 아무 말 없이 어색하게 머리를 숙이고 앉아서 씩씩하다가 밖으로 나간다. 그 얼굴은 좀 붉었다.

아내가 나간 뒤에 나는 아내가 먹다가 던진 것을 찾으려고 아궁이를 뒤졌다. 싸늘하게 식은 재를 막대기로 뒤져내니 벌건 것이 눈에 띄었다. 나는 그것을 집었다. 그것은 귤껍질이다. 거기는 베 먹은 잇자국이 났다. 귤껍질을 쥔 나의 손은 떨리고 잇자국을 보는 내 눈에는 눈물이 괴었다.

김 군! 이때 나의 감정을 어떻게 표현하면 적당할까?

'오죽 먹고 싶었으면 오죽 배가 고팠으면 길바닥에 내던진 귤껍질을 주워 먹을까! 더욱 **몸 비잖은** 그가. 아아, 나는 사람이 아니다. 그러한 아내를 나는 의심하였구나! 이놈이 어찌하여 그러한 아내에게 불평을 품었는가? 나 같은 **간악한** 놈이 어디 있으랴. 내가 양심이 부끄러워서 무슨 면목으로 아내를 볼까?'

이렇게 생각하면서 나는 느껴 가며 눈물을 흘렸다. 귤껍질을 쥔 채로 이를 악물고 울었다.

"야, 어째 우느냐? 일어나거라. 우리도 살 때 있겠지, 늘 이렇겠느냐."

하면서 누가 어깨를 친다. 나는 그것이 어머니인 것을 알았다. 나는

'아이구 어머니, 나는 불효외다.'

하면서 어머니의 발을 안고 자꾸자꾸 울고 싶었다. 그러나 나는 아무 소리 없이 가슴을 부둥켜안고 밖으로 나왔다.

'내가 왜 우노? 울기만 하면 무엇 하나? 살자! 살자! 어떻게든지 살아 보자! 내 어머니와 내 아내도 살아야 하겠다. 이 목숨이 있는 때까지는 벌어 보자!'

나는 이를 갈고 주먹을 쥐었다. 그러나 눈물은 여전히 흘렀다. 아내는 말없이 울고 서 있는 내 곁에 와서 손으로 치마끈을 만적거리며 눈물을 떨어뜨린다. 농삿집에서 길러 난 아내는 지금도 어찌 **숫저운지** 내가 울면 같이 울기는 하여도 어떻게 말로 위로할 줄은 모른다.


## 4

김 군! 세월은 우리를 위하여 여름을 항상 주지 않았다.

서풍이 불고 서리가 내리기 시작하였다. 찬 기운은 헐벗은 우리를 위협하였다. 가을부터 나는 대구어(大口魚) 장사를 하였다. 삼 원을 주고 대구 열 마리를 사서 등에 지고 산골로 다니면서 콩[大豆]과 바꾸었다. 그러나 대구 열 마리는 등에 질 수 있었으나 대구 열 마리를 주고 받은 콩 열 말은 질 수 없었다. 나는 하는 수 없이 삼사십 리나 되는 곳에서 두 말씩 두 말씩 사흘 동안이나 져[負] 왔다. 우리는 열 말 되는 콩을 자본(資本) 삼아 두부(豆腐) 장사를 시작하였다.

아내와 나는 진종일 **맷돌질**을 하였다. 무거운 맷돌을 돌리고 나면 팔이 뚝 떨어지는 듯하였다. 내가 이렇게 괴로울 적에 해산(解産)한 지 며칠 안 되는 아내의 괴로움이야 어떠하였으랴? 그는 늘 낯이 부석부석하였다. 그래도 나는 무슨 불평이 있는 때면 아내를 욕하였다. 그러나 욕한 뒤에는 곧 후회하였다.

콧구멍만 한 부엌방에 가마를 걸고 맷돌을 놓고 나무를 들이고 의복가지를 걸고 하면 사람은 겨우 비비고 들앉게 된다. **뜬김**에 **문창**은 떨어지고 벽은 눅눅하다. 모든 것이 후줄근하여 의복을 입은 채 미지근한 물속에 들앉은 듯하였다. 어떤 때는 애써 갈아 놓은 비지가 이 뜬김 속에서 쉬어 버린다. 두붓물이 가마에서 몹시 끓어 번질 때에 우윳빛 같은 두붓물 위에 빠다빛 같은 노란 기름이 엉기면(그것은 두부가 잘될 징조다.) 우리는 안심한다. 그러나 두붓물이 희멀끔해지고 기름기가 돌지 않으면 거기만 시선(視線)을 쏘고 있는 아내의 낯빛부터 글러 가기 시작한다. 초를 쳐 보아서 **두붓발**이 서지 않고 **메캐지근하게** 풀려질 때에는 우리의 가슴은 덜컥한다.

"또 쉰 게로구나? 저를 어찌누?"

젖을 달라고 **빽빽** 우는 어린아이를 안고 서서 두붓물만 들여다보시던 어머니는 목멘 말씀을 하시면서 우신다. 이렇게 되면 온 집안은 **신산하여** 말할 수 없는 음울, 비통, 처참, **소조한** 분위기에 싸인다.

"너 고생한 게 애달프구나! 팔이 부러지게 갈아서……. 그거(두부) 팔아서 장을 보려고 태산같이 바랐더니……."

어머니는 그저 가슴을 뜯으면서 운다. 아내도 울 듯 울 듯이 머리를 숙인다. 그 두부를 판대야 큰돈은 못 된다. 기껏 남는대야 이십 전이나 삼십 전이다. 그것으로 우리는 호구를 한다. 이십 전이나 삼십 전에 어머니는 운다. 아내도 기운이 준다. 나까지 가슴이 바짝바짝 조인다.

그날은 하는 수 없이 쉰 두붓물로 때를 **에우고** 지낸다. 아이는 젖을 달라고 밤새껏 **빽빽거린다.** 우리의 살림에 어린것도 귀치는 않았다.


5

울면서 겨자 먹기로 괴로운 대로 또 두부를 하지 않으면 안 된다. 그러나 이번에는 땔나무가 없다. 나는 낫[鎌]을 들고 떠난다. 내가 낫을 들고 떠나면 **산후 여독**으로 신음하는 아내도 낫을 들고 말없이 나를 따라나선다. 어머니와 나는 굳이 만류하나 아내는 듣지 않는다.

내 손으로 하는 나무건만 마음 놓고는 못 한다. 산 임자에게 들키면 여간한 경을 치지 않는다. 그러므로 우리는 황혼이면 산에 가서 **도적나무**를 하여 지고 밤이 깊어서 돌아온다. 아내는 이고 나는 지고 캄캄한 밤에 산비탈로 내려오다가 발이 미끄러지거나 돌에 채면 나는 곤두박질을 하여 나뭇짐 속에 든다. 아내는 소리 없이 이었던 나무를 내려놓고 나뭇짐에 눌려서 버둥거리는 나를 겨우 끄집어 일으킨다. 그러나 내가 나뭇짐을 지고 일어나면 아내는 혼자 나뭇단을 이지 못한다. 또 내가 나뭇짐을 벗고 아내에게 이어 주면 나는 추어 주는 이 없이는 나뭇짐을 질 수 없다. 하는 수 없이 나는 어떤 높은 바위 위에 벗어 놓고 (후에 지기 편하도록) 아내에게 이어 준다. 이리하여 산비탈을 내려오면, 언제 왔는지 어머니는 애를 업고 우들우들 떨면서 산 아래서 기다리시다가도,

"인제 오니? 나는 너 또 붙들리지나 않는가 하여 혼이 났다."

하신다. 이때마다 내 가슴은 저렸다. 나는 이렇게 나무 도적질을 하다가 중국 경찰서까지 잡혀가서 여러 번 맞았다.

이때 이웃에서는 우리를 조소하고 경찰에서는 우리를 의심하였다.

"흥, 신수가 멀쩡한 연놈들이 그 꼴이야, 어디 가 일자리도 구하지 않은 그 눈이 누래서 두부 장사 하는 꼬락서니는 참 더러워서 못 보겠네. 불알을 달고 나서 그렇게야 살리?"

이것은 이웃 남녀가 비웃는 소리였다. 그리고 어떤 산 임자가 나무 잃은 고발을 하면 경찰서에서는 **불문곡직하고** 우리 집부터 수색하고 질문하면서 나를 때린다. 그러나 나는 호소할 곳이 없었다.


# 6

김 군! 이러구러 겨울은 점점 깊어 가고 **기한**은 점점 **박도하였다.** 일자리는 없고…… 그렇다고 손을 털고 앉았을 수는 없었다. 모든 식구가 **퍼러퍼레서** 굶고 앉은 꼴을 나는 그저 볼 수 없었다. 시퍼런 칼이라도 들고 하루라도 괴로운 생을 모면하도록 그네들을 쿡쿡 찔러 없애고 나까지 없어지든지, 그렇지 않으면 칼을 들고 나서서 강도질이라도 하여서 기한을 면하든지 하는 수밖에는 더 도리가 없게 절박하였다. 나는 일이 없으면 없으니만치, 고통이 닥치면 닥치느니만치 내 번민은 컸다. 나는 어떤 날은 거의 얼빠진 사람처럼 눈을 감고 깊은 생각에 잠긴 일도 있었다.

이때 내 머릿속에서는 머리를 움실움실 드는 사상이 있었다(오늘날에 생각하면 그것은 나의 전 운명을 결정할 사상이었다).

그 생각은 누구의 가르침에 일어난 것도 아니거니와 일부러 일으키려고 애써서 일어난

것도 아니다. 봄 풀싹같이 내 머릿속에서 점점 머리를 들었다.

—나는 여태까지 세상에 대하여 충실하였다. 어디까지든지 충실하려고 하였다. 내 어머니, 내 아내까지도…… 뼈가 부서지고 고기가 찢기더라도 충실한 노력으로 살려고 하였다. 그러나 세상은 우리를 속였다. 우리의 충실을 받지 않았다. 도리어 충실한 우리를 모욕하고 멸시하고 학대하였다.

우리는 여태까지 속아 살았다. **포학하고** 허위스럽고 요사한 무리를 용납하고 옹호하는 세상인 것을 참으로 몰랐다. 우리뿐 아니라 세상의 모든 사람들도 그것을 의식치 못하였을 것이다. 그네들은 그러한 세상의 분위기에 취하였다. 나도 이때까지 취하였다. 우리는 우리로서 살아온 것이 아니라 어떤 험악한 제도의 희생자로서 살아왔다.

김 군! 나는 사람들을 원망치 않는다. 그러나 **마주**에 취하여 자기의 피를 짜 바치면서도 깨지 못하는 사람을 그저 볼 수 없다. 허위와 요사와 표독과 게으른 자를 옹호하고 용납하는 이 제도는 더욱 그저 둘 수 없다.

—이 분위기 속에서는 아무리 노력하여도 충실하여도 우리는 우리의 생(生)의 만족을 느낄 날이 없을 것이다. 어찌하여 겨우 연명을 한다 하더라도 죽지 못하는 삶이 될 것이요, 그 영향은 자식에게까지 미칠 것이다. 나는 어미 품속에서 **빽빽** 하는 어린것의 장래를 생각할 때면 **애잡쩔한** 감정과 분함을 금할 수 없다. 내가 늘 이 상태면(그것은 거의 정한 이치다.) 그에게는 상당한 교양은 **고사하고**, 다리 밑이나 남의 집 문간에 버리게 될 터이니, 아! 삶을 받은 한 생령을 죄 없이 찌그러지게 하는 것이 어찌 애달프지 않으며 분치 않으랴? 그렇다 하면 그것을 나의 죄라 할까?

김 군! 나는 더 참을 수 없었다. 나는 나부터 살려고 한다. 이때까지는 최면술에 걸린 송장이었다. 제가 죽은 송장으로 남(식구들)을 어찌 살리랴? 그러려면 나는 나에게 최면술을 걸려는 무리를, 험악한 이 공기의 원류를 쳐부수려고 하는 것이다.

나는 이것을 인간의 생의 충동(衝動)이며 확충(擴充)이라고 본다. 나는 여기서 무상의 **법열**을 느끼려고 한다. 아니 벌써부터 느껴진다. 이 사상이 드디어 나로 하여금 집을 탈출케 하였으며, ××단에 가입케 하였으며, 비바람 밤낮을 헤아리지 않고 벼랑 끝보다 더 험한 ×선에 서게 한 것이다.

김 군! 거듭 말한다. 나도 사람이다. 양심을 가진 사람이다. 애정을 가진 사람이다. 내가 떠나는 날부터 식구들은 더욱 곤경에 들 줄도 나는 알았다. 자칫하면 눈 속이나 어느 구렁에서 죽는 줄도 모르게 굶어 죽을 줄도 나는 잘 안다. 그러므로 나는 이곳에서도 남의 집

행랑어멈이나 아범이며, 노두에 방황하는 **거러지**를 무심히 보지 않는다. 아! 나의 식구도 그럴 것을 생각할 때면 자연히 흐르는 눈물과 뿌직뿌직 찢기는 가슴을 덮쳐 잡는다.

그러나 나는 이를 갈고 주먹을 쥔다. 눈물을 아니 흘리려고 하며 비애에 상하지 않으려고 한다. 울기에는 너무도 때가 늦었으며 비애에 상하는 것은 우리의 박약을 너무도 표시하는 듯싶다. 어떠한 고통이든지 참고 **분투하려고** 한다.

김 군! 이것이 나의 탈가한 이유를 대략 적은 것이다. 나는 나의 목적을 이루기 전에는 내 식구에게 편지도 하지 않으려고 한다. 그네가 죽어도, 내가 또 죽어도…….

나는 이러다가 성공 없이 죽는다 하더라도 원한이 없겠다. 이 시대, 이 민중의 의무를 이행한 까닭이다.

아아, 김 군아! 말은 다하였으나 정은 그저 가슴에 넘치누나!

**어휘 풀이**

**화답하다**(和答ーー)  시(詩)나 노래에 응하여 대답하다.
**탈가**(脫家)  일정한 조건이나 환경, 구속 따위에서 벗어나기 위하여 자기 집에서 나감.
**음험하다**(陰險ーー)  음산하고 험악하다.
**이역**(異域)  ① 다른 나라의 땅. ② 본고장이나 고향이 아닌 딴 곳.
**노두**(路頭)  길거리.
**동량**(棟梁)  기둥과 들보로 쓸 만한 재목이라는 뜻으로, 여기서는 집안이나 나라를 떠받치는 중대한 일을 맡을 만한 인재를 이름.
**소위**(所爲)  이미 해 놓은 일이나 짓.
**정애**(情愛)  따뜻한 사랑.
**유린**(蹂躪)  남의 권리나 인격을 짓밟음.
**천부금탕**(天賦金湯)  '하늘이 내린 좋은 땅'이라는 뜻.
**헌헌하다**(軒軒ーー)  풍채가 당당하고 빼어나다.
**지나인**(支那人)  중국인.
**도조**(賭租)  남의 논밭을 빌려서 부치고 논밭을 빌린 대가로 해마다 내는 벼.
**타조**(打租)  수확량의 비율을 정하여 놓고 소작료를 거두어들이던 제도에 따라 걷은 현물.
**시로도**  아마추어. 서툴거나 경험이 없는 사람을 낮추어 부르는 일본어.
**부러먹다**  돈이나 재물을 헛되이 다 써서 없애다.

**호구하다**(糊口--) 겨우 끼니를 이어 가다. 입에 풀칠을 한다는 뜻에서 나온 말이다.

**삯김** 삯을 받고 남의 논밭의 김을 매어 주는 일.

**인간고**(人間苦) 사람이 세상살이에서 받는 고통.

**흔연하다**(欣然--) 기쁘거나 반가워 기분이 좋다.

**소곳하다** 조금 다소곳하다.

**몸 비잖다** 아이를 배다.

**간악하다**(奸惡--) 간사하고 악독하다.

**숫접다** 순박하고 진실하다.

**맷돌질** 맷돌에다 곡식을 가는 일.

**뜬김** 서려 오르는 뜨거운 김.

**문창**(門窓) 주로 문을 바르는 데 쓰는 얇은 종이.

**두붓발**(豆腐-) 두붓물이 엉겨서 순두부가 되는 상태.

**메케지근하다** 연기나 곰팡 냄새와 비슷하다.

**신산하다**(辛酸--) 세상살이가 힘들고 고생스럽다.

**소조하다**(所遭--) 치욕이나 고난을 당하다.

**에우다** 다른 음식으로 끼니를 때우다.

**산후 여독**(産後餘毒) 아이를 낳은 후 채 풀리지 않고 남아 있는 독기.

**도적나무**(盜賊--) 남의 산에서 주인 몰래 땔나무를 마련하는 일. 또는 그렇게 마련한 나무.

**불문곡직하다**(不問曲直--) 옳고 그름을 따지지 아니하다.

**기한**(飢寒/饑寒) 굶주리고 헐벗어 배고프고 추움.

**박도하다**(迫到--) 가까이 닥쳐오다.

**퍼러퍼렇다** 시퍼렇다.

**포학하다**(暴虐--) 몹시 잔인하고 난폭하다.

**마주**(魔酒) 정신을 흐리게 하는 술.

**애잡짤하다** 가슴이 미어지듯 안타깝다.

**고사하다**(姑捨--) 어떤 일이나 그에 대한 능력, 경험, 지불 따위를 배제하다. 앞에 오는 말의 내용이 불가능하여 뒤에 오는 말의 내용 역시 기대에 못 미침을 나타낸다.

**법열**(法悅) 참된 이치를 깨달았을 때 느끼는 황홀한 기쁨.

**거러지** '거지'의 방언(강원, 경상, 함경).

**분투하다**(奮鬪--) 있는 힘을 다하여 싸우거나 노력하다.

| 구분 | 작가 및 작품명 | 수록 교과서 | 참고 도서 |
|---|---|---|---|
| 1 | 채만식, 〈이상한 선생님〉 | 비상 2-1 | 이오덕 엮음, 《이상한 선생님》[(주)사계절출판사, 2006] |
| | 하근찬, 〈수난이대〉 | 지학사 3-1/ 교학사 3-2/ 금성 3-2 | 하근찬, 《하근찬 선집》 (현대문학, 2011) |
| | 황순원, 〈학〉 | 동아 1-2 | 황순원, 《독 짓는 늙은이》 (문학과지성사, 2004) |
| 2 | 김유정, 〈동백꽃〉 | 비상 1-1 / 동아 1-2 / 천재(노) 1-2 / 교학사 2-1/ 금성 2-1/ 미래엔 2-1/ 창비 2-1/ 천재(박) 2-1/ 지학사 2-2 | 김유정, 《동백꽃》 (문학과지성사, 2005) |
| | 성석제, 〈내가 그린 히말라야시다 그림〉 | 미래엔 2-1/ 지학 2-2 | 성석제, 《내가 그린 히말라야시다 그림》(창비, 2017) |
| | 황순원, 〈별〉 | 교과서 외 | 황순원 외, 《독 짓는 늙은이, 학, 무녀도, 역마, 백치 아다다》 (창비, 2005) |
| 3 | 박완서, 〈옥상의 민들레꽃〉 | 교과서 외 | 박완서, 《자전거 도둑》 (한빛문고, 1999) |
| | 오정희, 〈소음 공해〉 | 미래엔 2-2 | 오정희, 《돼지꿈》 (랜덤하우스, 2008) |
| | 양귀자, 〈일용할 양식〉 | 교과서 외 | 양귀자, 《원미동 사람들》 (쓰다, 2012) |
| 4 | 현진건, 〈운수 좋은 날〉 | 금성 2-2/ 천재(노) 2-2 | 현진건, 《운수 좋은 날》 (문학과지성사, 2008) |
| | 최일남, 〈노새 두 마리〉 | 미래엔 3-1/ 비상 3-2 | 최일남 외, 《당제, 흐르는 북, 만취당기》(창비, 2005) |
| | 최서해, 〈탈출기〉 | 교과서 외 | 최서해, 《최서해 단편집》 (지식을만드는지식, 2012) |

* 72쪽 사진 ©_양영훈

# Memo

# Memo

# 개요표

| | |
|---|---|
| 서론 | |
| 본론 | |
| 결론 | |

# 개요표

| | |
|---|---|
| 서론 | |
| 본론 | |
| 결론 | |